李白传

葛景春 著

四川文艺出版社

图书在版编目（CIP）数据

李白传 / 葛景春著 . -- 成都 : 四川文艺出版社，2022.9（2023.9 重印）

ISBN 978-7-5411-6428-6

Ⅰ . ①李… Ⅱ . ①葛… Ⅲ . ①传记文学 – 中国 – 当代 Ⅳ . ① I25

中国版本图书馆 CIP 数据核字 (2022) 第 149505 号

LIBAI ZHUAN

李白传

葛景春　著

出品人　谭清洁
选题策划　北京斯坦威图书有限责任公司
编辑统筹　李佳铌　张艺飞
责任编辑　叶竹君
封面设计　异一设计 QQ:164085572
责任校对　段　敏

出版发行　四川文艺出版社（成都市锦江区三色路 238 号）
网　　址　www.scwys.com
电　　话　010–82561773（发行部）028–86361781（编辑部）

印　　刷　河北鹏润印刷有限公司
成品尺寸　147mm × 210mm　开　本　32 开
印　　张　10　字　数　280 千字
版　　次　2022 年 9 月第一版　印　次　2023 年 9 月第二次印刷
书　　号　ISBN 978–7–5411–6428–6
定　　价　59.00 元

前　言

李白是我国盛唐文化所哺育出来的时代骄子，他的思想和诗歌具有典型的盛唐时代特征，即昂扬奋发的进取精神和追求自由理想的思想意识。盛唐前期即开元时期，是唐代也是中国封建社会中的盛世，整个社会洋溢着奋发向上的开拓精神，人们满怀着希望和理想，充沛着青春的活力。此时的思想也比较开放，不仅儒、释、道三教并行，而且中外文化交流频繁，人们思想活跃，眼界开阔。但在盛唐社会的后期，即天宝时期，由于唐玄宗逐渐由开明走向昏聩，朝政日益腐败，国势也日益衰落。盛唐前期进取的精神、活跃的思想孕育了李白的理想主义和自由精神，而盛唐后期的腐败和堕落，则引起了李白心中现实与理想之间强烈的冲突，激起他对封建统治者强烈的批判意识。

李白从青年时代就胸怀安社稷、济苍生的崇高理想。为实现这个理想，他终生不懈地寻找报国机会，与现实中的黑暗势力进行顽强的斗争，对社会上一切不合理的丑恶现象进行大胆的揭露和抨击。盛唐时代的理想主义和进取精神使李白胸怀大志、关心国事、热衷仕进；而盛唐时代追求自由的精神又鼓舞着他敢于冲破封建礼教的重重束缚，追求个性解放，思想自由，傲岸不屈地与王公权贵分庭抗礼，勇敢地揭露批判统治者的腐朽和黑暗。儒家的用世精神、功名思想与道家的摒弃功名、粪土王侯的超越意识、出世思想，这两种看似对立的意识在李白身上兼收并蓄，得到了统一。李白广泛吸取了历史思想文化遗产，融合百家之说，形成了他自己的独特思想风貌。他的思想是复杂的，而不是单纯的。各种不同的思想倾向都在不同程度地影响着李白：儒家的仁民爱物思想，使李白的诗歌充满了热爱人民、关心百姓的高尚情感；儒家的大一统思想使他在维护祖国统一、反对民族分裂和叛乱方面，表现出了高度的爱国主义精神；道家的批判意识和变化观，给了他揭露批判统治者的思想武器，擦亮了他的眼睛，使他透过大唐繁盛的外表看出了由盛变衰的种种迹象和隐藏的弊病；墨家任侠的博爱精神，使他仗义疏财、乐于助人；纵横家的胆识和博辩，使他敢于“戏万乘若僚友，视俦列如草芥”（苏轼《李太白碑阴记》）；屈原追求理想的浪漫和执着，使他展开想象的翅膀，神游八极，上天入地，苦苦求索；兵家的机敏权变和释家的空灵超脱，则又给他的诗歌增添了纵横变幻与空灵玄远的意趣和色彩。总之，李白的“兼蓄百家，为我所用”的自由开放思想及热烈追求光明理想、勇敢批判现实的斗争精神，使得他的诗歌既有强烈的时代精神，又有独特鲜明的个性色彩。

本书是一本关于李白的文学传记，意在通过传记的形式，描绘李白不同凡响却又坎坷流离的传奇的一生，表现其大喜大悲、酸甜苦辣的人生况味，来阐发李白追求理想、热爱光明而又疾恶如仇的思想感情。其中既有人生的哲理思考，又有对盛唐文化的审美品味，当然也不乏对李白创作诗歌时的心理刻画及诗歌意象的阐发。希望能通过这本小书，激起读者进一步阅读李白诗歌的兴趣，通过李白的诗歌本身，帮助读者更进一步地了解李白的思想感情和审美意趣。但愿此书能够起到抛砖引玉的作用，那就不负作者的一片良苦用心了。

目 录

[第一章]

天马来出月支窟

天马来出月支窟，背为虎文龙翼骨。

——李白《天马歌》

太白之精下人间

当长庚星照耀之时，西域碎叶城中一个男孩呱呱坠地。李白五岁时，便随父亲远行万里，从西域来到巴山蜀水间。

武则天长安元年（701），在大唐安西都护府管辖的西域碎叶城（今吉尔吉斯斯坦托克马克）中，有一户从中原贬谪至此的原来姓李的人家（此时已隐姓埋名，改为他姓，但在西域时所改的姓名已无从所知），生了一个儿子。传说当这个婴儿降生之时，屋顶上一片白光，他的母亲梦见西方的长庚星，也就是太白金星从天而下，降落在她的怀中。于是他的父亲就给儿子取名白，字太白。

此儿长得白白胖胖，圆脸如月，俊目似星。当他尚在襁褓时，母亲教他胡语，当他满地跑时，已能与当地的胡儿一样用胡腔胡调满口讲胡语了。可是父亲却教他说汉语，怕他以后淡忘了他的祖先和祖国的母语。小时候的李白就是在这样双语甚至多语言的环境中长大的。也许是受西域文化的影响，也许是他生性所致，他特别喜爱明月。每到月上中天的时候，他总是缠着母亲给他讲月婆婆的故事，有时还独自在月下自言自语。和别的孩子不同的地方是，他富有想象力：他把月亮叫作玉盘子，也常常面对天上的浮云，从变幻的云朵中看出飞奔的骏马或在窝中孵蛋的母鸡。

转眼间到了神龙元年（705）正月，当李白五岁时，中原大地发生了一件大事。在洛阳（今河南洛阳）的宫廷中，同凤阁鸾台平章事张柬之，与右羽林大将军李多祚、羽林将军桓彦范、敬晖、李湛等人，剪除张昌宗、张易之，拥立中宗复辟，武则天被迫传位，退居上阳宫。中宗下制，天下大赦，去周，复国号为唐。

李白先世，本是流放西域的罪人，他的父亲也因在西域惹了麻烦，急于离开西域，正逢唐中宗下诏大赦天下，于是便改名换姓，带领家人和仆从离开了碎叶城。

一支驼队在大漠中缓缓地行走着。漫漫的瀚海静悄无声，唯有驼铃有节奏的叮咚响声打破了沙漠的寂静，慰藉着寂寞的行人。斜阳拉长了骆驼的身影，给骑在骆驼上的主人的背影染上了一抹斜晖。

这是一支有十余人的驼队，前面的三头骆驼上坐着李白的父亲和他的家眷，后面的八九头骆驼上全部驼着行李和货物。此时的李父有三十多岁，他回头望了望后面的驼队，他身后的骆驼上架着一顶驼轿，里面坐着一个二十多岁的女主人，这女主人就是李白的母亲。她怀里搂着一个不满两岁的女婴，是李白的妹妹月圆。奶娘搂着五岁左右的李白骑在前面的骆驼上。在李白近旁的一峰骆驼上，一个仆人的怀里坐着一个和李白年龄相仿的男孩，名叫丹砂，他是李家仆人的儿子。李白的母亲容貌秀丽端庄，细眉星眼，颇似胡人。李白白皙的圆脸被漠风吹得红扑扑的，一双眸子炯炯有神，专注地看着远方。突然，他用小手指着前方，向母亲说道："妈妈，你看，前面有城楼！"李母惊喜地叫起来："是敦煌到了吧？"眼前果然有座若隐若现的城池。李父刚毅的脸上，现出了疑惑的面色："才离伊吾不到三天，离敦煌还远着呢，怎么说到就到了呢？"他细眯着双眼，仔细地瞧着前面忽现的城池楼阁，眼看那城池和楼阁在气浪中渐渐地变了形状，一会儿就消失了。孩子叫道："爹爹，大城楼怎么不见了？"父亲说："孩子，那不是城楼，是海市蜃楼！"孩子问道："什么是海市蜃楼？"母亲轻轻地对儿子说："听老一辈的人说，那是仙人住的地方，我们凡人光能看得见，是永远也到不了的。"儿子的眼睛闪着光亮，兴奋地说："妈妈，我要是能当个仙人多好呀！"父亲说："这孩子就是好胡思乱想！"

当驼队走到一片干涸的河滩时，天色暗了下来，李父让大家停下来，让骆驼卧在一起，命仆人搭起了帐篷，在河滩旁拾了些枯胡杨树枝，点起了一堆篝火。众人围火而坐，吃着干粮，喝着皮囊中的水。这时一轮明月升上了天空。在一望无际的沙漠中，这轮明月好大好大，在沉睡的沙漠上洒下了一片银辉。儿子躺在妈妈怀里，仰望着月亮问："妈妈，月亮为什么像个盘子，是谁把它挂在天上的？"妈妈一边轻轻地拍打着怀中的儿子，一边说道："那不是个盘子，是瑶台王母娘娘的镜子。她老人家怕我们黑天里寂寞，就挂在天上，在给我们照亮呢！”天空净洁无尘，显得月亮更加晶莹透明，又圆又大。在母亲的催眠歌声里，李白渐渐地入睡了。在睡梦中，李白攀着云彩，轻轻地爬到天上，将那面玉镜从天上摘了下来，紧紧地抱在怀里……天上的明月陪伴着李白度过大漠中一个个寂寞的夜晚，深深地印在李白童年的记忆里，成了他诗歌中的一个重要的意象情结。

李家的驼队在大漠戈壁中整整走了一个多月。他们经高昌（今新疆吐鲁番）、过伊吾（今新疆哈密）至敦煌（今甘肃敦煌），在敦煌补足了干粮和水，休息了两天又起程。一路上又过玉门（今甘肃安西）、酒泉（今甘肃酒泉）、张掖（今属甘肃）、武威（今属甘肃）、金城（今甘肃兰州），来到了陇西的秦州（今甘肃天水）。看见秦州的城门，李父高兴地说：“前面就是我们的老家，我们的祖先，汉朝的飞将军李广，就是在这里出生的。”李白高兴地说：“好了，我们终于到老家了！”进了城门，市内街肆百业林立，行人熙熙攘攘，市场热闹繁荣。李白简直看花了眼，对父亲说：“爹爹，我们是不是就住在这里呀？”父亲说：“不，我们还要继续向东走，到京城长安去！”听说要到京城长安，李白问道：“长安比这里还大吧？”父亲说：“那是当然，比这里要大几十倍呢！”李白听此更高兴了：“那太好了，我要到京城好好玩一玩喽！”

李白一家在秦州住了好几天，准备歇息好了就上路。可是从京城传来的消息却对他们非常不利。有的消息说长安（今陕西西安）现在一片混乱，死了许多人。还有的消息说，大赦中并不包括他们这些远流西域的犯人及其后裔。据李家的仆人说，近日还时有身份可疑的人在打探他们的下落。李白的父亲觉得，不但京城长安去不成了，就连在秦州隐居也成了问题。到哪里去呢？李白的父亲有些发愁，返回碎叶城？不成，碎叶城现在已被突厥占据，那里的家业已经变卖，况且还有仇人要找他的麻烦。向北走？也不行，北面就是腾格里大沙漠。向南去？蜀中山川锦绣，地博物饶，人烟也比较稀少，既便于隐居，又便于生存和发展。听说在龙州附近还有他们的族人。对，就到蜀中去，先在那里暂避一时再说！主意一定，他便将骆驼变卖，顺便又抛售了一些随身带的货物，买了几匹马，带领家人踏上了南下的蜀道。

李白一家人沿着同谷（今甘肃成县）、盘堤（今甘肃武都）一路，翻过“青泥何盘盘”的泥功山（今甘肃徽县南、陕西略阳北），向“百步九折萦岩峦”的金牛道（今陕西勉县西南）进发。一路上，李白的父亲挈妻携子，翻山越岭，风餐露宿。开始的时候，还用马匹驮着东西。上了蜀道时，马匹上不去，干脆马也不要了，雇人背上行李，一家老小及其仆从在艰难的蜀道上攀登。他们过利州，渡嘉陵，登上了“一夫当关，万夫莫开”的剑门关。在关上远望，只见崇山峻岭，连绵横亘，尽在脚下，几只苍鹰在山谷里盘旋。一个背行李的蜀人，唱起了蜀道难的川腔小调：“蜀道难喽，难于上青天哟——”苍凉的歌声，在空谷里传响。幼年的李白站在父亲身旁，也跟着学唱：“蜀道难喽，难于上青天哟——”艰险的蜀道和豪放而略带凄凉的山歌，在李白幼小的心灵留下了极深的印象，融进了他日后诗歌的瑰玮的意象和雄壮的旋律之中……

少长巴山蜀水间

青莲场来了一个姓李的外乡人，他高卧云林，隐居不仕，以交游名士、课子读书为乐。少年李白聪颖异常……

李白的父亲领着一家终于在巴蜀绵州昌隆县(唐玄宗李隆基即位后，改名为昌明县，在今四川江油）的青莲场住了下来。这里虽是荒江僻野之地，却是山明水秀之乡。涪江、盘江东西环抱，南流而去；大匡山、云华山、观雾山、窦圌山四面环抱，云遮雾绕，翠竹绿蕉，红荷碧塘，一派天然情趣。

远处，山势起伏连绵，重峦叠嶂，大匡山在云雾中隐约可见。秀丽多姿的云华山、观雾山、窦圌山如一抹青黛。近处，山明水秀的青莲场尽收眼底：涪江如带，盘江如画。江畔，李白家，翠竹隐路，芭蕉掩窗，棕榈沿溪，荷花映塘。

李白的父亲初来此地，人们只知道他家姓李，又是从远方来此落户，因之以“李客”称之。李白的父亲也不在乎，于是“李客”便成了他的名字。

来到青莲场安家之后，李客便将同西域来往的生意交给管家去做，自己落得一身清闲。平时，除了与当地的名流士绅结交之外，李客自己便逍遥林泉，甘心做一名隐士。每日早上除了课子读书外，闲来便与友人对弈，比枪弄剑，谈论诗书。

李白生来聪明，五岁的时候便通习六甲，六七岁时便将“五经”和《论语》等背得滚瓜烂熟。有时趁父亲不在，李白便将父亲书架上的《老子》《庄子》《山海经》及母亲的《般若波罗蜜多心经》等书和经卷乱翻乱读一通。他觉得《庄子》和《山海经》等书远比“五经”和《论语》好看。有时，他还趁父亲出远门之际，与家童丹砂还有小妹月圆一同溜出书房和家门，到野地去玩，在小河岸边采各色各样的野花，到小泥塘里去捉鱼钓虾逮泥鳅。天晚回家时，正好碰见父亲归来。李客见李白赤着双脚、满脸污泥，大怒，命他跪在堂前，罚背《诗经》，不料李白背诵如流。李客虽心中暗喜，却仍不动声色，又罚他写大字一篇，方才罢休。

一日，李白在书房读书读得难受，门口忽探进一个头来，原来是小妹月圆，她向哥哥眨眨眼，示意父亲不在。于是李白和月圆带着丹砂又一次溜出了书房，丹砂还牵着一条小狗阿黄，三人沿着院墙外的小溪跑去。

他们来到了溪桥上，看见一个白发老婆婆。老婆婆正在溪桥边的一块石头上磨着一根铁杵。三人下桥，走到婆婆跟前，老婆婆正在全神贯注地磨杵。李白好奇地问："老婆婆，您在磨什么呢？"老婆婆头也不抬，一边磨，一边回答："磨一根铁杵。"月圆问："磨铁杵有什么用？"老婆婆说："将它磨成一根针。"李白惊讶地瞪大了眼睛："铁杵怎能磨成针呢？"老婆婆意味深长地说："只要功夫深，铁杵就能磨成绣花针。"说完，她抬头望着李白，"你说呢，小公子？"李白若有所悟地点了点头："只要功夫深，铁杵磨成绣花针！"

李白受到老婆婆的启示，决心从此发愤读书，绝不偷懒。他领悟到，再聪明的人，如果不勤奋砥砺，也终究成不了大器。他要努力奋发学习，学成文武本领，将来才能有所作为。

在李白的书房中，书架上放着《别赋》《恨赋》《羽猎赋》《古朗月行》《两都赋》《子虚赋》《上林赋》等诗赋，还有《史记》《汉书》《三国志》等史籍，卷轴满架。墙上挂着弓箭和一把宝剑。书案上，书稿积案，文房四宝，摆放整齐。十五岁的李白一会儿伏案苦读，一会儿挥笔书写……

天黑了，李白点上了一支蜡烛，仍在苦读。打瞌睡时，便将脸浸在水盆中，用冷水清醒一下头脑，把湿手巾披在头上，又接着大声地读起来。

旭日归窗。李白在挥笔写文章。写完，把笔往水盂中一扔，得意地搓搓手，舒舒臂，又展开看，文章题目是《拟恨赋》。

李府客厅中，李客在捧着《拟恨赋》审读。李白侍立榻侧。

李客时而沉思，时而默念：

昔如汉祖龙跃，群雄兢奔。提剑叱咤，指挥中原。东驰渤澥，西漂昆仑。断蛇奋旅，扫清国步。握瑶图而倏升，登紫坛而雄顾。一朝长辞，天下缟素。若乃项王虎斗，白日争辉。拔山力尽，盖世心违。闻楚歌之四合，知汉卒之重围。帐中剑舞，泣挫雄威。骓兮不逝，喑哑何归？至如荆卿入秦，直度易水。长虹贯日，寒风飒起。远僻始皇，拟报太子。奇谋不成，愤惋而死。……已矣哉，桂华满兮明月辉，扶桑晓兮白日飞。玉颜灭兮蝼蚁聚，碧台空兮歌舞稀。与天道兮共尽，莫不委骨而同归。

他抬头看着李白，满腔怜爱地想：一个十五岁的孩子，居然能写出这样的文章！虽然是模拟《恨赋》，却是文辞灿然，又自有新意，已能得江淹精髓。看来，以为父的文章学识，已经不足为我儿之师了！

李客站起来，颇有些激动："不！我知道，这些年来，家中书籍、经史百家，你已经全都读遍，有些甚至烂熟于胸。你天分又高，实在不能再耽误你。我要为你寻一位大家名师！"他捻须走着，思索着。

正当李客到处为李白寻找名师的时候，李府家到了一位客人。此人有四十多岁，剑眉细眼，神气高朗。原来不是别人，正是蜀中的名士赵蕤。赵蕤，字太宾，梓州（今四川三台）人，满腹文韬武略，善纵横之术，又好任侠仗义，扶危济困，长期不仕，隐居在梓州郪县长平山的东岩之下，人称"东严（岩）子"。赵蕤名扬蜀中，多次被州郡所荐，后被唐玄宗下诏征召，但他不慕名利，不爱做官，辞诏不赴，因此，人们又都尊他为"赵征君"。前几年他到京师长安和东都洛阳游历了一圈，回家后便闭门著书，写了一部名叫《长短经》的书。此书写完之后，颇觉烦闷，便一路西来到李家探望。

二人在客厅就座，李客命李白前来拜见，李白便上前向赵蕤施礼。赵蕤赶忙搀起，仔细地打量了李白一番：只见李白面如秋月，目如朗星，一股英气，透出眉宇之间。赵蕤夸道："令郎气宇不凡，将来定成大器，你我可不要小视哟！"李客接着把话岔开去，问道："听说前些日子您到长安去了一趟，可否给小弟讲讲所见所闻，让我等也饱饱耳福？"于是，赵蕤给李客父子讲了他在长安的见闻。他说当今圣上颇是一位励精图治之君，自即位后，便任姚崇为相，近贤士，远佞人，还在宫中焚珠埋玉，提倡俭约。皇上本人宵衣旰食，勤于政事，而且还圣文神武，喜欢畋猎和武艺。开元二年（714）秋，召文武大臣，在骊山讲武，会猎渭滨。场面之大，前所未有。猎获之丰，山积如云。皇上骑在马上，奋勇领先，威风八面，犹如神人……只听得李客父子一脸兴奋，两眼发光。

当晚，李白兴奋得一直睡不着觉。客人的话，一直在他脑海里翻腾。唐玄宗在猎场上的神武英姿，在他眼前活跃起来，挥之不去。他起身点烛，磨墨蘸笔，于是洋洋洒洒地写出一篇赋文。

次日上午，赵蕤在李白书房的案上发现了一篇题作《大猎赋》的文章，于是拿在手中看了起来。他越看越出神，不知不觉地念了起来：

君王于是撞鸿钟，发銮音，出凤阙，开宸襟。……于是擢倚天之剑，弯落月之弓，昆仑叱兮可倒，宇宙噫兮增雄；河汉为之却流，川岳为之生风；羽毛扬兮九天绛，猎火燃兮千山红。

念至此，不觉拍案称赞："啊呀，实在是好文章！"正在这时，李客也走了进来，问道："你在看什么呢？太宾兄，把你高兴成这个样子？"赵蕤兴奋地说："我是在夸你有一个好儿子！""犬子有什么值得老兄这样夸奖？"赵蕤问："李兄，这篇《大猎赋》可是令郎所作？"李客看了看赵蕤手中的《大猎赋》，呵呵地笑了："哈哈！小儿游戏之作，怎堪入老兄法眼？见笑见笑。"赵蕤却说："不，不，令郎才情不减司马相如。依弟来看，这《大猎赋》虽脱胎于司马相如的《子虚》《上林》，但其中的精彩之处，有的还在司马长卿之上呢！"说着，他微眯起双眼，手捻髭须，轻声慢语地沉吟起来："'擢倚天之剑，弯落月之弓，昆仑叱兮可倒，宇宙噫兮增雄；河汉为之却流，川岳为之生风；羽毛扬兮九天绛，猎火燃兮千山红。'令郎此赋虽尚不及司马相如之辞赋稳重沉着，但在辞采和魄力上却都已过之了。"李客心中虽然很高兴，但嘴上却说："仁兄实在是过奖了，哪能呢？"赵蕤指着李白的文章说："你看，这'擢倚天之剑，弯落月之弓'八句，他司马相如都不一定能写得出来，没有想到一个十几岁的娃娃竟能有如此水平，奇才呀奇才！"

李客见赵蕤连夸李白，十分高兴。他看李白并不在屋里，忙命家人出外寻找:“丹砂,公子去哪里了?去叫公子来!”丹砂应道:“是,老爷。”这时,月圆走进门来:“我哥正在后花园练剑呢!”

赵蕤对李客说:“不用去叫了,走,我们就到花园去看看吧!”

后院之中,李白正在翩翩舞剑。只见他指左击右,声前击后,辗转腾挪,顾盼生姿。他正舞得起兴,李客和赵蕤在旁边看了半晌,他竟浑然不觉。赵蕤不禁夸道:“好一手内家剑法!”李白听得一声喝彩,便趁机收势,跳出圈外,连忙向父亲和赵蕤行礼。赵蕤是一位武林高手,夸奖了李白一番。李白坚持要向赵蕤学习剑术,赵蕤并不推辞,脱衣取剑,跳入场中,舞了起来。他先来个凤凰展翅,又来了个青龙探珠,接着就风也似的舞了起来,只见场上一片青光。正当大家看得眼花缭乱之时,只听他高喊了一声“看剑!”只见手起剑落,便将旁边假山的一支石笋削去了半截。他住剑收势,来了一个金鸡独立,罢如江海凝清光,面不改色心不跳。众人齐声叫好!

李白很羡慕,要向赵蕤学剑。赵蕤就趁机教了他几招,说:“击剑,乃雕虫小技,君子学它不过为了防身,平时练练,作为健身之术,也未尝不可。非君子所应深留意也。”李客深以为然地点点头:“赵兄说得对,剑法再好,不过是一人敌罢了!”李白接过父亲的话头:“以前项羽学剑,认为是一人敌,不足学,要学万人敌。他的叔父便改教他学习兵法,使他成了一代名将。赵伯伯所说的,是这个意思吗?”赵蕤高兴地说:“贤侄聪敏,果然名不虚传,不知最喜读何书?”李白道:“最喜老庄之书和佛典《心经》。”赵蕤说:“老庄和佛典是养性之书,自然不可不读。老子云‘功遂身退天之道’,可见老庄也是教人先进后退的。庄子的逍遥游,教人精神逍遥,然而,若不能伸展治国安邦拯物济民之志,精神又何曾能够逍遥?”李白问:“老伯的意思是?”赵蕤说道:“我认为儒、道、释三家,当杂而用之。男儿应有四方之志,当蓬矢桑弧,报效家国,待功成名就之后,乃激流勇退,啸傲山林,游乎四海,以遣余年,方是常道。”李白慨然说道:“大丈夫之志,理应如此。”

赵蕤回头对李客说:“好!李兄,令郎文武全才,有龙驹凤雏之态,鲲鹏万里之志,绝非池中之物。”李客说:“我不敢有非分之想,只要他将来能不辱没家门，就是万幸了。”赵蕤说：“不，你可千万不能小看令郎。他不但能扬名显亲，就是为弟的贱名，也要借助令郎显于后世呢！只是荆山之璞，还须良工雕凿，方能成器。兄若不嫌为弟才疏学浅，就让令郎屈驾，跟我读书练剑吧！”李客见此大喜：“赵兄，一言为定。我就拜托了！”

这真是踏破铁鞋无觅处，得来全不费功夫。李客本要为李白寻觅名师，没想到，赵蕤这位蜀中名士倒主动送上门来了。于是，李客便择日为李白施行了拜师之礼，在孔夫子像前三拜九叩后，赵蕤便高兴地收了这个聪敏的弟子。

十五观奇书

匡山大明寺中，赵蕤亲授李白《长短经》，要他以纵横之术、王霸之道为业，游说人主，立致卿相。

李白告拜别父母家人，随赵蕤到大匡山（在四川江油北）大明寺去学剑读书。

大匡山为岷山之余脉，因形似覆筐，乡人呼为大筐山，文人以为不雅，便叫作大匡山。后宋人因避宋太祖赵匡胤之讳，改名为大康山。大明寺在昌明县北大匡山的山腰上，寺前后长满了青松翠竹，上山寺的路就隐没在山林之中。

赵蕤与寺中的长老是朋友，赵蕤师徒就借居在寺中的厢房。这是一个隐居读书的好去处，除了清晨隐隐的晨钟梵呗之声和傍晚阵阵的松涛竹韵的清响之外，整日寺中都是静悄悄的。

赵蕤向李白规定，清晨练剑，白日读书，晚上习文。赵蕤向李白说："我今日授你《长短经》，这是我半生的心血，你是我的第一个学生，我就将平生所学，尽授予你了。"说着他从包裹里取出一锦囊，从中取出几卷书来，他先打开一支卷轴，开首写着一行大字：儒门经济长短经序。

赵蕤对李白说："太白贤契，愚师此书以孔子儒学为本，杂以道、墨、名、法、阴阳、纵横、兵家之说，广集周秦以来圣哲贤人的王霸大略，帝王之术，纵横之策，明以实例，兼以解说。虽说的是历代圣君贤相的谈王说霸之道，其实仍在于经世致用，要鉴古而知今，审时度势，因时制变，灵活运用。你先拿去读吧，有看不懂的地方，再来问我。"

李白得此书大喜，如获至宝。他日夜诵读，手不释卷，就连吃饭时也口中念念有词。大明寺西厢房中，一灯如豆，李白仍在诵读《长短经》。在跳跃的灯光中，那书中的商汤王、周文王、齐桓公、晋文公、燕昭王、傅说、姜太公、管仲、晏婴、苏秦、乐毅、鲁仲连、黄石公、张良、韩信、诸葛亮、谢安等圣君贤相、英雄豪杰，仿佛一个个从书中走了出来，与他交谈、辩论，向他述说治国之道、任人之术、用兵之略；向他讲解历代治乱得失之经验；向他传授君人南面之术，游说纵横之策。

经过一个多月的刻苦诵读，李白对《长短经》已基本掌握，重要段落还能背诵如流。一天，赵蕤将李白叫到跟前，问道："书都读完了吧？有没有不懂的地方？"李白说："老师在书中纵论历代盛衰治乱，为什么单单没有论及我大唐的呢？"赵蕤说："鉴古可以知今，今与古，事虽异，道理却是一样的。这些道理一样适用于我大唐。我在《长短经》中，'大体'诸篇，皆讲的是为人主者，知人善任，听诤纳谏之道。在'臣行'诸篇，所讲的都是为人臣者，应冒死进谏，匡正君恶的道理。只要君明臣贤，上下同心，知错必改，去邪存正，就能够善始善终。要使我大唐国运永久，开元之治长盛不衰，这就要看尔辈将来之作为了。"李白问："当今正逢盛世，天子又爱贤若渴，老师您满腹韬略，学究天人，皇上又曾下诏征您入朝，为什么您还是隐居山林，不愿出仕呢？"赵蕤向他解释说："老夫本是山野之人，生性疏懒愚直，不惯官场逢迎。如今朝廷姚、宋诸公，虽与老夫同道，然而所学不同，门派有别。常言说：'一山不栖二虎，一水不藏两蛟。'再说，君臣际遇，亦各有数。当今圣上虽说能礼贤下士，收罗隐逸，曾下诏征我入朝，但古之为帝王师者，被尊师拜相，须三征三辞，方肯入朝，岂有一召即就之理？这岂不折了我读书人的身架骨气？为师之所以辞诏不赴，固然还有其他种种原因，但这一层也是重要原因之一。"李白对赵蕤的话深为赞同，说道："弟子亦知道古之君子立身处世的道理。君待臣以国士，则臣以国士报之。士可杀而不可辱。"赵蕤愤慨地说："今之士则不然。如今世风日下，为了功名利禄，投机钻营者有之，金钱贿赂者有之，弄虚作假者有之，卖身求荣者也有之。他们丧失了士人应有的独立自尊的人格，连读书人起码的脸面也不顾了。尤其现今的明经科举，名为招贤，实为辱士：入帏考试，如驱群羊；点名呼号，如对囚犯；背书贴经，如同儿戏。大唐自太宗开科取士以来。多少读书人为此耗尽了毕生精力？多少才士为此损折了英雄志气？太白贤侄，你要记住：若要出仕，你就凭着你的王霸大略、帝王之术去直干明主，立谈知我，一鸣惊人。要做你就去做帝王之师、辅弼之臣。安社稷，济苍生。兴大唐如三代，致吾君于尧舜。千万莫去参加什么明经科举，给我们读书人丢尽了脸面。”赵蕤的一席话说得堂堂正正，大义凛然。他对那些丧失独立自尊人格的奔竞之徒十分不满，进行了痛斥。他要像先秦时代的西河子夏和齐国的处士颜斶一样，保持独立和自尊。出则与王侯平交，以师友的身份与他们游处。而不能像后世的一些儒士，为了做官，便不惜为权势者当走狗、做奴才。所以，他宁肯隐居岩下，啸傲林泉，友麋鹿而侣鸥鹭，也不愿丧失人格去求官。

李白对老师的话诚心悦服。他觉得赵蕤的话句句都说到了他的心坎上，使他如饮甘露，醍醐灌顶，明白了许多立身处世的道理。大丈夫立天地间当如是也，行藏出处要顶天立地。吾道行，则放之四海；吾道不行，则卷而怀之，退藏于密。绝不能丧失了自我，丧失了独立的人格。这是李白跟赵蕤学习得到的最大收获，至于王霸大略和纵横之术，还在其次。

离大明寺五六里处，有处林子，密林深处，十分幽静。赵蕤和李白在这里养了奇禽数千，闲时来林中逗鸟取乐，为的是在读书习剑之余，消闲散心。再说，闲与野兽缉熙而游，与野禽安然相处，泯却机心，回归自然，也是隐士们的一种修身养性的功夫。因他们来时总是带着一些谷子或食物喂鸟，因此，那些鸟儿见了他们总是感到十分亲切。只要李白打声呼哨，那些鸟儿便群飞而下，叽叽喳喳，飞前绕后，等着喂食，一点也不怕他们。这种“人禽无猜”的境界，古人认为是德行高深的表现。按道家的说法，这就叫“养高忘机”。此事不知怎么就传到了绵州太守的耳朵里。一天，绵州太守领着他的随从，坐着一顶滑竿，来到匡山的密林中，找到了赵蕤师徒。太守向赵蕤问道：“听说二位高士可使野鸟掌上就食，人禽无猜？”赵蕤答道：“是的，太守大人。这不过是山人的一种一般的修炼，大人有兴趣见识见识吗？”太守说：“本官正是为此而来。”赵蕤揖道：“大人请坐，请不要近前！”赵蕤陪太守坐在石凳上：“大人请稍等。”他向李白点了点头。

只听李白吹了一声口哨，群鸟便从天而降。见了李白如见老友，纷纷近前求食。果然有一只鸟儿落在了李白掌上，婉啼求食。李白喂它一些稻谷，它高兴地在李白面前飞鸣不已。

太守在一旁看呆了，不禁站起，也要走上前去一试，那群鸟一见生人，便轰的一声都飞走了。太守遗憾地摇头不已，他问身旁的赵蕤："怎么我一去，鸟儿都飞了？"赵蕤笑道："那鸟儿是最见不得机心的。老大人身为一方父母，日理万机，那鸟儿如何不惊？"

那太守也不知赵蕤话中有话，只当是称赞他的，高兴得不得了，连连夸他师徒二人道行高深："二位高士真不愧是逸士高人，养高忘机，道行高深，本官佩服。近日朝廷有诏书，要各地寻贤访逸，参加有道科的选举，本府要以本州郡的名义，举荐二位参加，不知二位高士意下如何？"赵蕤婉谢道："感谢大人识拔之意，只是我师徒的功德未成，道行尚浅，恐怕要辜负大人的一片美意了。"

太守沉吟了片刻，说："那么，二位暂且先到敝府住上几日，以便随时请教如何？"赵蕤本不愿与这些官府之人打交道，便推辞说："山野之人，生性不惯拘束，还请大人见谅！"

太守面呈不悦之色，但隐忍不发："既然二位不肯低就，老夫也就不勉为其难了。就此告辞。"赵蕤一揖："大人好走，恕不远送。"太守拂袖转身，坐上滑竿又一颤一颤地离去了。

转眼间，第二年的春天到了，山间桃红柳绿，流水淙淙，到处是鸟语花香，春光明媚。李白读书读倦了，春困阵阵袭来，使他昏昏欲睡。他伸了伸懒腰，走出室外，明媚的春色，使他精神一振。何不趁此大好春色，出外一游？恰好师父有事外出，一两日回不来，他想起戴天山的道士雍尊师，李白曾经跟他学过剑，如今已有好几年没有见过他了，不如趁此机会前去看望他一回。

是日天晴气朗，一大清早，李白就带着家犬阿黄，上了山路。戴天山在大匡山北面，比大匡山还要高。李白翻过大匡山，向戴天山攀去。山半腰是一片桃林，正是桃花盛开季节，灼灼桃花，如一片红云，映在山际。一条清清的山溪，穿过桃林，溪水中漂着桃花的落英，顺水漂流而去。阿黄兴奋地跑前跑后，跑跑停停，等待着主人。穿过桃林，便是一片松林。走进松林，里面一片幽暗，阳光透过松枝，洒向地面。阿黄突然像发现了什么，一阵狂吠，向前追去，几只黑影在远处掠过，原来是几只野鹿，阿黄没有追上，便又跑了回来。穿过松林，李白觉得眼前一亮，前面陡峭的山峰上，一条瀑布，腾空而下，水打在石头上，溅起一片水花。经日光一照，隐隐现出一条七彩虹。李白走近瀑布潭边，掬起一汪清泉，喝了几口，啊，真是清凉可口。李白在潭边一丛翠竹旁的石头上休息了片刻，带着阿黄又上路了。

过了中午时分，李白才攀上了戴天山，来到了一座道观前。道观不大，只有几间房屋、一个小院。李白上前敲门，却无人前来开门。仔细一瞧，却发现道观的门已上了锁。李白像一个漏了气的皮球，颓坐在门槛上。雍尊师到底到哪里去了呢？李白倚在观旁的一株老松树上，一筹莫展。他本想去找，但也无处去找。他又想坐在这里等着主人归来，可是过了两三个时辰还不见有人影。眼看着太阳就要落山了，他猜想雍尊师可能是出远门了，再等也是白搭。于是起身准备下山。他走了几步，又返身回来，心想，好不容易来一趟，总该有个留言吧？可是手里又没有带笔墨，他在周围地上到处寻找，碰巧找到了一块石墨。他想了片刻，于是就在道观门上写下了一首诗：

犬吠水声中，桃花带露浓。树深时见鹿，溪午不闻钟。野竹分青霭，飞泉挂碧峰。无人知所去，愁倚两三松。

写完之后，他仔细地看了一遍，又在后边加上“寻戴天山道士不遇”。于是便带着阿黄，踏着斜阳，下山去了。

李白随赵蕤在匡山读书学剑一年有余。赵蕤将他平生所学和浑身武艺，悉授予李白。一日，赵蕤对李白说：“太白贤契，愚师已将生平所学，尽授予你了。古人云：‘读万卷书，行万里路。’有字的书你已读得不少了，现在你所需要读的是无字的书。青莲乡和大匡山，对于你来说也确实太小了。你需要走出青莲乡，走出昌明，将来还要走出巴蜀，到广阔的神州大地去飞，去闯！”李白说：“师父，您的话，弟子牢记在心。不过弟子还想追随师父……”赵蕤摇了摇头，说：“你已经十八岁了，就像该出窝的雏鹏，该是你独自放飞的时候了！如同学步和走路，愚师也只是扶你走几步，给你指指方向，脚下的路还得你自己去走。况且愚师也还有些未了之事，需要去处理。”李白点了点头，说：“弟子明白了。”

李白背着师父的行李下山。来到山脚下的大道旁，赵蕤对李白说：“贤侄，就送到这里吧。俗话说，送君千里，终须一别。”说着，他解下腰间的宝剑，递向李白，说，“这是我师父临终送给我的，我现在把它送给你。记住，做人就要像这把宝剑一样，宁可寸寸折，莫做绕指柔！”李白含泪跪在地上，接过宝剑，哽咽着说：“师父放心，弟子谨遵师命！”赵蕤接过行李，背在自己肩上，拱手说：“咱们后会有期！”转身向大道走去。李白泪眼婆娑，站在高坡上向师父频频挥手，高声喊道：“师父，要多加保重！”目送着赵蕤的身影消失在远方山道的拐弯处……

作赋凌相如

看了李白的文章，苏大人夸奖道："此子天才英丽，下笔不休，诗赋文章，清新可喜，可以比肩相如……"

成都（今属四川）是剑南道益州的首府，西南一大都会，唐时与东南都会淮南道的扬州（今属江苏）齐名。时称"扬一益二"。它们一个在长江的上游，一个在长江的下游，扬州的大船可以沿着长江，直通成都。杜甫有诗咏云"门泊东吴万里船"是也。成都不仅风光美丽，气候温润，而且工商繁茂，四方货物云集。南接南诏，西连吐蕃，北通长安，东下吴楚。这里以盛产蜀锦闻名，传说在锦江洗濯的锦帛特别亮丽，是有名的贡品，因此成都有个雅号叫锦官城，又叫锦城。

开元八年（720），李白和丹砂来到了成都。他们在成都的少城街市中徜徉。这里有卖锦缎的，卖珠宝玉石的，卖香料的，卖山货的，卖川药的，卖皮毛的，卖竹器的，卖水果的，卖小吃的，还有马骡牛羊等交易场所，土产和外来货应有尽有。来做买卖的人有汉人、巴人、苗人、吐蕃人、南诏人，还有西域胡人等，行商坐贾，顾客游人，士农工商，红男绿女，人来人往，热闹异常。

李白主仆正玩得高兴，突然听得一声锣响，有人说道："益州长史苏大人来了！"顿时市中让开一条道来。这时只见前面来了一顶官轿，前面有二人鸣锣开道，两个腰间带刀的衙役在前面清道。八人举着"肃静""回避"的牌子和仪仗旗帜。只见一面旗幡上写着"礼部尚书兼知益州大都督府长史"。

轿子里坐着一位官员，约有五十岁，名叫苏颋。曾任中书舍人、中书侍郎等职。开元四年（716）拜相，封许国公。颇有文名，与开元名相燕国公张说齐名，人称"燕、许大手笔"。街上的行人和小贩见了长史大人的轿子，都纷纷躲避。只有李白大步走到路中，站住不动。衙役扬鞭欲打，被苏长史止住。李白被带到苏长史面前，苏长史问道：“你是什么人？为什么不让官道？”李白从怀中取出一张拜帖，长揖一礼：“绵州布衣李白求见长史大人！”

苏长史让衙役接过拜帖，转呈上来，一看，上面写着“绵州布衣李白拜谒”，不禁大为惊奇。因为他还从未见过有布衣之士敢于半道拦驾晋见的。于是说道：“落轿！”打开轿帘一看，见道旁站着一位青年，只见他双目炯炯，气高神朗，唇红齿白，飘逸俊秀。一眼便喜欢上了这位青年。

苏长史走出轿来，来到李白跟前。李白趋前长揖：“布衣李白，拜见长史大人！”苏长史说：“布衣李白，你见我有什么事吗？”李白向前一揖：“早闻大人美名，欲一睹风采。”苏长史见此，觉得李白出语不俗，一笑：“哈哈，那你就仔细地看吧！”李白说：“长史大人果然与凡官俗吏不同。”

苏长史问：“唔，有哪些不同？”李白坦然答道：“不以势力等级待人。我李白一介平民布衣，挡了大人的官驾，大人不但不加怪罪，反能平等待我，此举绝非常人所能做得到的。”苏长史说：“这是因为你李白胆子太大了，我能不下来吗？”李白接着说：“还有，苏大人，您敢在皇帝面前不畏权势，主持正义，直言敢谏，就令学生钦佩之至。”苏长史叹道：“唉，老夫就是因此事得罪了朝廷，才被贬到蜀中来了。”李白说：“但是天下的百姓眼睛都是雪亮的，谁是谁非，自有公论。”苏长史亲切地拉着李白的手说：“我看你小小年纪，却胆识不凡，来，来，请随我到府中一叙。”

益州都督府后厅。苏长史正津津有味地读着李白所献的《大猎赋》，其他的幕僚也在看着诗赋行卷。苏长史读道：“曷若饱人以淡泊之味。醉以醇和之觞。鼓之以雷霆，舞之以阴阳。……顿天网以掩之，猎贤俊以御极。若此之狩，罔有不克。”读到这里，苏长史大为赞叹：“好一个‘猎贤俊以御极’！以前周文王在渭水打猎，一只兔子在前面跑，文王怎么也追不上，后来这只兔子跑到磻溪就不见了，周文王追到磻溪，见一位老翁在钓鱼。原来这位老翁就是姜太公。周文王没有猎到兔子，却猎到了姜太公这位大贤，帮助他兴周灭商，君临天下。太白小友，你这‘猎贤俊以御极’是不是这个意思呀？”

李白答道：“大人所见极是。白以为帝王畋猎，虽也符合周礼之制，偶一为之，是无可厚非的。但作为一国之主，更主要的是为国搜罗贤才，轻徭薄赋，爱惜百姓，安抚四夷，使天人晏安，草木繁殖，六宫斥其珠玉，百姓乐于耕织。以此为治国之道，方能中兴我大唐。不知大人以为然否？”

苏长史向幕僚说：“你看他小小年纪，天才英丽，下笔不休，诗赋文章，清新可喜，可以比肩相如；而且见识高远，出语不凡，在这方面可要远出相如之上了。”幕僚连连点头，说：“相如辞赋，虽说辞藻华丽，但其赋却劝百而讽一，使汉武帝看了，徒增其凌云之气，浮靡之风，而无益于匡正时弊。”

苏长史一击掌：“对极了，我看这篇《大猎赋》，辞藻结构虽脱胎于司马长卿之《子虚》《上林》，但篇中立意却高明多了。好！只要你继续发奋苦读，广学博采，将来前途无量啊。李白小友，你要好自为之啊！”

李白听此一番言语，受到极大鼓舞，信心为之倍增。他十分感动地说：“感谢大人鼓励，在下一定不负大人厚望。”苏长史接着问道：“听说梓州有位赵蕤先生，是当今杰士，你可知道吗？”李白回答说：“赵蕤先生正是在下的老师。”

苏长史听此，高兴地说：“噢，那么说，太白小友是名师传授，学有渊源了？”李白说：“不敢。赵蕤先生曾亲授学生《长短经》，先生韬略，已学得一二。”苏长史对赵蕤也颇有仰慕之情：“赵蕤《长短经》，老夫也略有所闻。可谓一部经国济民的奇书。素闻蜀中地灵人杰，不出人才则已，一出则名闻天下。想不到我苏某初镇蜀中，便得遇你这位名师的高徒，真是有幸啊！你和赵蕤，可谓蜀中双璧。待老夫向朝廷草表上疏，为国荐拔人才！”

后来，苏颋果然写了《荐西蜀人才疏》，向朝廷上表推荐赵蕤和李白，赞之谓“赵蕤术数、李白文章”，只是此疏上了之后，不知道落在朝中哪个权贵大人的手中，后来就没有下文了。之后，李白要遍访蜀中名士，苏颋向他推荐当时在渝州任刺史的李邕，并给李白写了荐书一封。李白拜别了苏颋，准备在游了成都之后，便前往渝州拜访李邕。

锦城散花楼依锦江而建。李白与丹砂登上此楼，纵目远望，锦江如带。整个城市尽收眼底。登此楼令人顿觉精神振奋，神气清爽，尘累顿失。

丹砂指着风景对李白说："公子，你看，风光真美！"李白触景生情，诗兴大发，随口吟道：

日照锦城头，朝光散花楼。金窗夹绣户，珠箔悬银钩。飞梯绿云中，极目散我忧。暮雨向三峡，春江绕双流。今来一登望，如上九天游。

（《登锦城散花楼》）

后面听得有人赞道："好诗，好诗！"李白回头一看，原来是一个道士打扮的年轻人，便问道："敢问小师父大名，看来你也是精通此道的吧！"年轻道士答道："不敢，小道名元丹丘，只是喜好而已。写诗的我见过不少，但是能像您这样张口就来、出口成章的，实不多见。敢问仁兄大名？"李白谦虚道："小弟名叫李白，小字太白。拙诗令您见笑了。何不一起坐坐，好向仁兄请教？"

他们在散花楼附近的一个酒肆中，找了一个僻静之处落座，李白叫了几个酒菜。过了一会儿，酒保将酒菜上来。二人边喝酒边谈。元丹丘原是嵩阳人，自幼好道，投于随州道门胡紫阳先生门下。现在是从随州到峨眉山去找师叔的。刚到成都，到散花楼一游，就遇到李白。李白说："小弟也自幼喜读道书，对于神仙飞升之术，常常心向往之，却无门而致之。今日得遇道兄，也是前世有缘。"元丹丘："一来到成都就遇见了太白兄，我看我们今生也有缘啊！"二人高兴得呵呵笑起来。

二人越谈越投机，酒逢知己千杯少，不觉一壶酒已经喝干。二人觉得情投意合，元丹丘提议与李白结拜为兄弟，李白欣然同意，于是让丹砂摆上香案，燃上香烛，各报上姓名年龄，结成了八拜之交。元丹丘比李白稍大些，故为兄，李白为弟。

李白和元丹丘又一起逛了两天成都，李白要到渝州去拜见李邕，元丹丘也急于上峨眉山去寻他的师叔。二人相约，等李白去过渝州后，再到峨眉山去找元丹丘相会。

丈夫未可轻年少

渝州刺史李邕对李白的大言颇为反感。离开渝州时，李白上呈李邕一首诗，他写道："宣父犹能畏后生，丈夫未可轻年少！"

李白和丹砂乘舟直下渝州（今重庆），找了个客栈住下。第二天，李白手持行卷来到渝州刺史府。他将名帖交给门子投递。隔了片刻，门子从府内走出，对李白说："刺史大人有请！"

李白走进客厅。此时李邕正在书几上写碑文。李邕约有五十岁，武则天时为左拾遗，敢于在武则天面前直斥其宠臣张昌宗兄弟，素有直声。他又是《文选》注家李善之子。传说李善注《文选》释事忘义，李邕复注《文选》，既注出典，又释文义，恰到好处。他还是著名的文章家、书法家。早擅文名，尤长碑颂。当时缙绅之家，家有丧事，若无李邕所作或所书之碑文，其子孙往往被视为不孝。当时京洛里巷，都将他视为古贤，在阡陌道路两旁围观，愿一睹其风采。

李白向李邕长作一揖，说道："山人李白，拜见刺史大人！"

李邕在座席上颇为矜持地欠了欠身子，见李白长揖不拜，微有不悦："嗯，找老夫有什么事吗？"李白本想从袖中掏出苏长史的推荐信，想了想又放入袖中，说："晚生久仰先辈大名，今日特来拜谒请教。"李邕这才将笔放在砚上，微捋胡须，指着旁边的坐垫说："坐！"李白从容入座，向李邕献上所写的行卷，说："久闻大人喜奖掖后进，请大人多指教。"

李邕接过行卷，阅读一遍，边看边点头，高兴地说："文如行云流水，立意也不同凡响，写得不错。孺子可教，孺子可教啊！可是你小小年纪，便出口大言，动不动就自比扬、马，不是少年向学之态度，我看你的言语还是要谨慎些为好。"

李白反问李邕说："当年张昌宗兄弟在武后朝得意受宠，气焰冲天，御史中丞宋璟，参了他们一本。当时满朝文武都认为他闯了大祸，吓得不敢吱声。唯有大人您挺身而出，对宋璟大人表示支持。事后百官纷纷议论，夸赞大人有识有胆，敢于仗义执言。请问大人，你此时为什么就不谨慎了呢？"李邕听了此话，很是高兴，笑着夸奖李白说："好，好，真是初生犊儿不怕虎啊。想不到你小小年纪，竟有这么高的志气，将来定非久居人下者。不知你将来作何打算？老夫看你是个人才，先在老夫府中做个府吏的差事如何？"

李邕实在是小看了李白，李白岂是甘居人下者？听了此话，李白莞尔而笑，说："多谢大人厚爱，莫说做个府吏，就是大人给我个县令，我也不一定想干。大丈夫不鸣则已，鸣则一飞冲天。在下的志向是游说人主，直取卿相。要做就做像姜太公、管仲、晏婴、诸葛亮、谢安那样的辅弼大臣，上安社稷、下济苍生。横扫人间不平事，激浊扬清，一展宏图。区区郡府小吏何足道哉！"

听了李白这番狂傲的大言，李邕冷笑道："做个府吏、县令谈何容易。就是当今的明经进士，释褐任职，想求得此职也不易得呢，况且你还是一介布衣。我劝你去掉幻想和浮浪之气，实际一点好，不要去做那些不着边际的卿相梦了！"李白也不示弱，他毫不客气地回敬道："我道大人慧眼识人，是个知己，没有想到也只是徒有虚名而已。怪不得近来有人议论……"李邕急切地问："他们说些什么？""他们说大人你眼光越来越浅，志趣越来越俗，气魄越来越小。……学生告辞！"说完，李白站起来拱手而别。"大胆狂生，你……"李邕气得仰坐在席垫上。

第二天，李白和丹砂又到渝州刺史府门前，递给守门的衙役一封书信，说道："请转交给刺史李大人。"衙役将信送上，李邕见是益州长史苏颋写给他的推荐李白的亲笔书信，信上写道："今所荐李白，风骨秀逸，胸有奇志。吾观其有卧龙凤雏之姿，长卿、子云之才。今虽羽翼未丰，他日一鸣，便当冲天。将来之成就，当在你我之上。望兄万勿因其年轻气盛而轻之，以忘年之友待之可也。"信中另附李白《上李邕》诗一首，诗曰：

大鹏一日同风起，扶摇直上九万里。假令风歇时下来，犹能簸却沧溟水。时人见我恒殊调，见余大言皆冷笑。宣父犹能畏后生，丈夫未可轻年少！

李邕看后，直摇头感叹："这个李白真是个奇人，他为什么不早些将这封荐书拿出来呢？李白他人呢？"衙役说："禀大人，李白和他的书童已经走了。"李邕命手下人说："赶快去把他追回来！"

当李邕的手下人追至江边时，李白和丹砂已乘舟离开了渝州。

峨眉邈难匹

峨眉仙山给李白的诗增添了匪夷之思，峨眉山的明月好大好圆，峨眉僧人的琴声，更使他终生难忘。

李白带着丹砂，前往峨眉山（在今四川峨眉山市）与元丹丘相会。峨眉山山路奇峭，洞壑幽深，奇花异草，秀木满山。李白和丹砂奋力登山，越往上爬，山路越险。山间的岚雾、飘忽的烟云，越来越浓。翠峦叠嶂，在烟雾中时灭时现；瀑布流泉，在云霞中时时闪现。峨眉山真像一位蒙着面纱的美丽仙女，一时露出一双美目，一时又露出满头珠翠，但又让你看不出她的全貌。真是一座神秘的仙山啊！

一路上，李白浏览着山上的风景，一面想象着有关峨眉山美丽的传说以及峨眉山上仙人的故事。李白给丹砂讲：很久以前，在峨眉山住着九位须发皆白的老神仙。轩辕黄帝曾亲来此处问长生久视之道。现神仙已去，黄帝升天，此处仅留一洞，后人称之“九老仙府”，俗称“九老洞”。又传说，周朝有位葛由，好刻木羊。只见他吹了一口仙气，木羊都变成了活羊，他便牵着这些羊到成都市上去卖。这些羊被人买走后，又变成了木羊。人们知道他有仙术，都要跟他去学仙。一日，人们见他骑着一头羊上了峨眉山，许多人都追了上去，一去不返，据说这些人也都成了神仙。

还有一个神仙点化凡人骑着竹杖上天成仙的故事。原来这位游客所骑的并不是一根竹杖，而是一条龙。此外还传说，峨眉山上还住着伏虎的罗汉、降龙的菩萨。如来佛的右胁侍普贤菩萨，还在山上的池塘中，为他心爱的坐骑——一头大白象，洗过澡呢！但是，李白最喜欢的传说，是说这座仙山是一个美丽的仙女幻化而成。李白对丹砂用手一指，说：“你看，在那淡淡云雾中所露出的两座山峰的一线峰顶，不就正像这位仙女的一双蛾眉吗？”

云雾越来越浓，森林中的小径越来越黑。只听见暗处沙沙作响，突然从竹丛中跳出一群人影。李白和丹砂吃了一惊，以为碰上了劫路的强盗。李白猛地抽出长剑，决心和这些强盗展开搏斗。黑影逃开了，发出吱吱的尖叫，原来是一群下山寻东西吃的猴子。李白收回了宝剑，松了一口气。

烟雾逐渐散去，眼前的路径和两旁的林木也逐渐地清晰起来。丹砂回头一看，见一群猴子缩手缩脚地在他们身后观望。

“公子，你看！”丹砂喊道。李白回头一看，见是一群猴子，童心大发，于是就蹲下来不走了。他向猴子频频招手，猴子们迟疑不前。只有一只小猴子，上前试探着。李白从袋子里掏出一把花生，拿出一个递给了小猴子。小猴子怯生生地伸出爪子去接，要过一个花生塞入口中。又接连要了几个，都塞入口中。结果，小猴子的两腮囊中，全塞满了花生。其他猴子看小猴子安然无恙，忽地一下，一阵风似的围上了李白。有的扯衣服，有的抓裤，有的攀肩，有的翻兜，有的撕包裹，闹个不亦乐乎。丹砂看着就乐了。李白难以招架，连忙将所带的食物一股脑地全部都拿了出来，向空中一撒，猴子们便从他的身上、身边跑过去抢东西。见此情景，李白高兴地大笑。

“瞧，公子，您的衣服上满是猴爪子黑印，衣服和袋子也给抓破了。”丹砂惋惜地说。

李白却毫不介意，他说：“人最难得的是没有机心。没有机心的人才是最高尚的人。庄子曰：‘上古道德之世，人与鸟兽同游’。今天，我能与猴子同乐，这说明我的道德修养又大进了一步呀！”说完之后，面有得色。

雍尊师几年前从戴天山来峨眉山的遇仙观中当了住持，李白前来找他。不料在遇仙寺遇见了元丹丘。元丹丘见李白大喜：“太白贤弟！”李白也扑向前去，叫了一声：“丹丘兄！我们终于又见面了！”

元丹丘惊奇地问李白：“你和师叔认识？”李白笑着说：“何止认识，你的师叔，正是我的师父！”元丹丘笑道：“原来我们是一家人哪！”

李白向雍尊师谈起前年在大匡山向赵蕤问学习剑的事，并说他曾到戴天山去拜见雍尊师，可惜在山上没有见到人。雍尊师说他前年被邀至此，向峨眉山的道徒传授道经和剑艺。李白说，这正是个好机会，他也要在此向雍尊师继续学道练剑。雍尊师点头，表示同意。

雍尊师安排李白与元丹丘同居一室。值事道士叫手下的小道士去搬行李，丹砂与他一同去了。李白和元丹丘也携手欲去，雍尊师向他们说道："明日一早，在道观后场地练剑！"

道观后的场地上，李白、元丹丘和几个道士在习武。雍尊师走到李白跟前，看他舞剑。不时地让他停下来，纠正姿势。

雍尊师做了一套示范动作，边做，边解释：无敌鸳鸯剑、越女白猿剑、武当封喉剑、峨眉追魂剑，等等。

李白在山中向雍尊师学了一年的剑，功夫大有长进。一日，李白与雍尊师对练，李白剑法凌厉，雍尊师步步后退。李白一个箭步冲刺，将雍尊师的剑击落在地。雍尊师空手与李白对打，只听雍尊师"哎呀"一声倒地，李白略一犹豫，雍尊师从地上拾起一小石子，腾空跳起，石子掷出，正中李白手腕。"当啷"一声，李白手中的宝剑落地。雍尊师一脚将宝剑挑到手中，将剑直指李白咽喉。这一招就叫"空手夺剑"。

李白又惊又惭地跪在地上，双手抱拳："师父！"雍尊师上前挽起李白："太白贤契，你的剑术已练得不错了，连贫道也几乎不是你的对手了。"雍尊师俯身心痛地为李白揉磋着手腕。

道长卧室中，雍尊师正在展看李白给他写的诗：

群峭碧摩天，逍遥不记年。拨云寻古道，倚树听流泉。花暖青牛卧，松高白鹤眠。语来江色暮，独自下寒烟。

（《寻雍尊师隐居》）

雍尊师读了，连连点头，称赞道："写得好，全诗写得精巧流丽，对仗工整，'花暖青牛卧，松高白鹤眠'二句，用典贴切，与'逍遥不记年'句呼应，写出了我道门逍遥出世，物我两忘，静心练养的特色。"他接着又读下一首：

蜀国多仙山，峨眉邈难匹。周流试登览，绝怪安可悉？青冥倚天开，彩错疑画出。泠然紫霞赏，果得锦囊术。云间吟琼箫，石上弄宝瑟。平生有微尚，欢笑自此毕。烟容如在颜，尘累忽相失。倘逢骑羊子，携手凌白日。

（《登峨眉山》）

雍尊师看了后又说："此诗辞采清丽，飘逸不群，超凡脱俗。太白贤契，你精于诗道，英才可嘉呀。只是你的诗还缺少些峥嵘的气象、雄健的风骨。贫道这里有一部国朝大诗人陈子昂的诗集。陈子昂与我师父是方外至交，曾将他的一部诗集的抄本，赠给我师父作纪念。师父在临终前又将这部诗集传给了我。听师父说，子昂先生不满齐梁以来缺乏比兴寄托和柔靡无骨的诗风，立志改革，欲复汉魏风骨，重振大雅。贫道又不善诗道，我看你骨骏风清，天姿英发，是个写诗的好材料，这部书传给你才是适得其人啊！"说着，他从柜子中取出一个匣子，打开匣子，里面是一卷诗集。卷首写着"陈拾遗诗集"六个大字。他将这卷诗集送给了李白。

李白跪在地上，郑重地接过诗集。雍尊师说："子昂先生和师父若是泉下有知，也该含笑瞑目了。"他如释重负地长出了一口气。

居室中，一灯如豆。书案上摆着《老子》《庄子》等书，如今又多了一部《陈拾遗诗集》。元丹丘和丹砂都已睡去了，李白还在灯下读书。他打开《陈拾遗诗集》，《感遇》诗三十八首映入目中。他越读越兴奋，越读越高兴。读到《登幽州台歌》，李白情不自禁地吟咏起来：

前不见古人，后不见来者。念天地之悠悠，独怆然而涕下！

吟咏完后，他猛一击案，叫道："真是千古绝唱！""什么诗使你这么高兴，太白贤弟？"元丹丘本来已经睡着，这时从帐子中探出头问道。李白说："丹丘兄，你看陈老前辈这首诗，简直要一封天下人登临之口！'前不见古人，后不见来者。'空前而绝后，世无知音，是何等孤独！'念天地之悠悠，独怆然而涕下！’宇宙空旷，唯我一人，是何等悲壮！大手笔，真是大手笔呀！”元丹丘说：“诗是不错，不过，依我看，依贤弟的才情和文笔，这样的诗也照样能作得出来。”李白：“作诗并不难，难的是气魄和胸襟。像这样襟怀博大、气势雄伟的诗，就是陈子昂本人也没有第二首。人一生能写出这样几首让人拍案叫绝的诗，也就可以心满意足了。”元丹丘说：“孟老夫子说：‘吾善养吾浩然之气。’只要贤弟认真修身养性，再多一些人生的历练，我们的大诗人李太白，一定会像这位陈老前辈一样，空前绝后的！”李白闻言，默然沉思。他手握诗卷，走出室外，仰天望着满天星斗，少顷，他喟然长叹：“将复古道，舍我其谁？”

李白在峨眉山不但与道士交游，还与僧人广泛接触。白水寺中有位善琴的僧人仲濬，李白经常到他的僧房里去切磋琴艺。一日，李白在仲濬处与几个僧友听琴。只听琴声泠泠，时缓时急，时轻时重。缓时如雨后初晴时的房檐滴水，时断时续；急时如峨眉山上的骤雨狂风，电闪雷鸣；轻时如松林中的仙鹤展翅，飘飘欲舞；重时如山顶的瀑布流水，在山谷中回响轰鸣。

自李白结识仲濬以后，他经常来白水寺与仲濬谈琴论诗。一日傍晚，仲濬携琴，李白带着丹砂，一起来到了清音阁。一轮皓月升空，又大又圆。空明的月色，透过松树的枝叶，洒在地面上，像点点白雪。李白觉得自己好像来到了一个神仙的世界。

清音阁前，瀑布喧喧，流泉淙淙。在流泉旁的一块青石之上，仲濬盘膝而坐，将一张绿绮古琴摆在膝前。他手挥七弦，弹奏了一曲《风入松》。悠然的琴声伴着松涛、泉韵和远处寺院传来的钟磬声，在山谷中鸣响，融成了一曲山水交响乐。那琴声如诗如梦，如醇酒如酽茶。李白听得如醉如痴，如同孔子听了韶乐一样感慨，“不图为乐之至于斯也”。琴声戛然而止，余音尚在山谷中盘旋回鸣……

仲濬说：“请太白先生指教。”李白这时才如梦方醒，陶醉地说：“这琴声比在室中更妙。‘天人合一，妙造自然’这句话，今天我才算是有了深切的体会。”仲濬推开琴，屈肢伸拳地活动着手臂，说：“《风入松》这支曲子本是伯牙模仿自然，在自然天籁的启发下而创制的。所以，只有回到自然之中，才能体现它的完美境界。其实山水画也是这样。艺术的精神，本来就是相通的。”李白深有所悟地说：“那么，诗歌也是如此了？”仲濬笑道：“你是大诗人，这话只有问你自己喽！”李白深有体会地点了点头：“说得好，诗、乐、画的道理确实是一样的，尽管它们所表现的方式不同。你弹出的不仅是一支优美的琴曲，其实也是一首优美的诗呀。”停了片刻，他情不自禁地吟道：

蜀僧抱绿绮，西下峨眉峰。为我一挥手，如听万壑松。客心洗流水，遗响入霜钟。不觉碧山暮，秋云暗几重？

仲濬赞道：“此诗妙极，太白先生，请您写下来，赠贫道如何？”李白高兴地说：“好，我正有此意。丹砂，拿笔墨来！”丹砂急忙将笔墨纸砚递上，李白奋笔草书，一挥而就。题曰“听蜀僧濬弹琴”。

转眼间，又是一年过去了。那本陈子昂的诗集，李白已经读得烂熟，剑术也大有提高，又跟仲濬学得一手好琴。他觉得这几年蜀中之游受益匪浅，识见、诗道与琴技剑艺都大有长进。师父赵蕤的话在他耳边不断响起：“读万卷书，行万里路……你需要走出青莲乡，走出昌明，将来还要走出巴蜀，到广阔的神州大地去飞，去闯！”尤其是读了陈子昂的诗后，他更产生了要走出巴蜀，闯荡天下的紧迫感。他跟元丹丘谈了自己的想法，元丹丘非常支持他，鼓励他说：“男儿当有四方之志，桑弧蓬矢，志在远方。贤弟，你就大胆地去闯吧！”李白说：“丹丘兄何不随我一道而去呢？”元丹丘说：“我与你不同，我是方外之人。道士讲的是求仙学道、修身养性，重在深山密林中的刻苦修炼。老弟志向远大，志在社稷，需要到社会和人群中去寻找志同道合之士，到风云际会的地方去历练本领，寻找实现自己理想的机会。不过，我们以后会有见面的机会。若遇有时机，我会帮老弟一把的！”

李白告别了雍尊师、元丹丘等人，带着丹砂下山去了。

已将书剑许明时

听了父亲的临行嘱咐，李白才知道自己是汉飞将军李广和凉武昭王李暠之后，他决心仗剑去国，辞亲远游，寻找报国之路。

回到家里，李白向父母禀明准备离别家乡、出蜀远游的打算。母亲哭哭啼啼，自然不愿儿子远离自己。李客对妻子道：“真是妇人之见。你难道愿意自己的儿子无所作为地老死家中吗？我们从碎叶万里迢迢来蜀中干什么？不就是为了儿子将来能有出息，成就一番事业，光耀门楣？我是老了，不中用了，希望就寄托在儿子身上了！”他又对儿子说：“白儿，如今你已经长大了，有件事我不得不告诉你，我们家并不是一般的平头百姓，而是帝室之后，和当今皇上是一脉宗亲啊……”接着，他把自己的家世向李白讲述了一通。李白问：“我们既是帝室宗亲，为什么不上报官府，申请列入宗正寺的宗室族谱呢？”李客说：“我怎不想列入宗室族谱？只是我家长期流放西域，辗转他乡，谱牒早失，无有凭据呀。况且为父几代人久为流人，又从事工商贱业，实无颜抛头露面，与官府中人打交道……为父的希望就全寄托在你身上了。你要记住，你是汉飞将军李广之后！凉武昭王李暠的九世孙！与当今皇室是同一血脉！济苍生、安社稷、事君荣亲是你的责任！白儿，你记住了吗？”李白跪在父亲面前立誓说：“父亲的话，孩儿都记住了。若不能赤车驷马，建功立业，荣宗耀祖，儿绝不回来见您老人家！”

“汉飞将军李广之后”“凉武昭王李暠的九世孙”“与当今皇室同一血脉”这几句话深刻地印在李白的脑海里，在他以后的诗中、谈话中屡屡出现，成了他平视王侯、笑傲公卿，与宗室贵族称兄道弟、攀亲戚的资本和一个重要的精神支柱。不过，后来他或许知道，父亲的这些话很可能是靠不住的。也许，他父亲有些更重要的话没有给他讲，也可能是讲了，他本人却不敢或不能公开讲。所以要认真地说起来就不那么理直气壮，有时只能含糊其词，约略言之了。

开元十二年（724）秋，李白怀着安社稷、济苍生的理想和事君荣亲的厚望告别了父母双亲和小妹月圆，带着丹砂离开了家乡。

一叶扁舟在蜀江中顺流而下。李白站立在船头上，北望匡山，西眺峨眉。大匡山的秀影和峨眉山的雄姿都渐渐远去了。李白恋恋不舍地向故乡告别，他大声吟道："莫怪无心恋清境，已将书剑许明时！"

小船穿过平羌江，顺江直下，驶过嘉州（今四川乐山）、戎州（今四川南溪）、泸州（今属四川）、渝州（今重庆），向三峡的方向漂去。天色渐晚，西边的天上，一轮明月又大又亮，照耀得江面粼粼发光。李白回望着月亮，痴痴地想：这故乡的明月啊，你是前来给我送行的吗？你是峨眉的雍尊师、元丹丘、仲濬上人和赵蕤师父给我护行的使者？还是我那高堂二老、月圆小妹为我送行打的灯笼？看到你，我就想起故乡的亲人啊。一支蜀调小曲在李白耳边响起，一首小诗在心中油然而生：

峨眉山月半轮秋，影入平羌江水流。夜发清溪向三峡，思君不见下渝州。

（《峨眉山月歌》）

李白的小船又历经涪州（今重庆涪陵）、忠州（今重庆忠县）、万州（今重庆万州）、来到了夔州（今重庆奉节）。

在夔州，李白和丹砂上岸，登上了三国时刘备托孤的白帝城，在那里瞻仰了武侯祠的诸葛亮塑像，登上了诸葛亮夜观天象的观星台。从台上向前望，只见赤甲、白盐二峰插天，峡江如束，江水在夔门奔腾怒号，下面江流中就是有名的滟滪堆，离其不远的江边，有八堆石头，传说就是诸葛亮所筑的八阵图。睹物思人，李白对这位"三顾频烦天下计，两朝开济老臣心"的一代名相，表达了深深的敬仰之情；对其"鱼水三顾合，风云四海生"的风云际会，怀有无限的向往和景慕。李白在诸葛亮像前上了三炷香，向他恳请道："孔明先生，但愿您能保佑在下李白，像您一样早遇明主，致身卿相，一展抱负！"

李白在夔州盘桓了几日，便又乘舟而下。撑船的老艄公在船尾用力扳着舵，他的儿子在激流旋涡中用船篙左抵右挡，躲着江中的礁石，经过一番奋战，小船才避开了滟滪堆。闯过了滟滪堆，众人松了一口气。

小船在三峡中像一条欢快的鱼儿在水中畅游。李白站在船头，仰望着两岸的景色，只见远处的巫山神女峰越来越高大。丹砂眼尖，他高叫道："公子，你看，前面山上的那块石头，像不像一个美丽的女子？"李白说："莫非这就是巫山神女？"老艄公指着在峰顶旁的一个形似窈窕少女的山石说："对，她就是巫山神女！她是天帝之女，名叫瑶姬。传说她站在山头，专为行人和船家保佑安全，一看见她，我们就觉得心里踏实多了。她可是我们船家的保护神呐！"李白觉得心中愤愤然：可在宋玉的《神女赋》中，她却被描写成了一个朝云暮雨、向楚王自荐枕席的荒淫女子，真是太荒唐了！这个宋玉，为了讨好楚王，竟拿这么好的仙女来任意编排，太不像话了，我偏要与宋玉唱唱对台戏！想到此，李白随口吟道：

瑶姬天帝女，精彩化朝云。宛转入梦宵，无心向楚君。锦衾抱秋月，绮席空兰芬。茫昧竟谁测？虚传宋玉文！

（《感兴八首》其一）

在三峡的一路水程中，李白每遇胜景，便让小船停下来，登岸游览。在秭归（今湖北秭归），他瞻仰了屈原祠，向这位与日月同辉的伟大诗人朝拜致敬，吟诵着"长太息以掩涕兮，哀民生之多艰"的诗句，久久不愿离去；黄牛峡的黄牛庙供着大禹的神像。相传大禹治水时，天上的土星化为神牛相助，以犄角抵开两山，让江流通过。此牛的身影，就留在石壁上，船行三日，犹能看得见神牛之影，因此峡名为黄牛峡，建立黄牛庙以纪念。李白游览过黄牛庙后，望着山上的黄牛影，吟诵着"朝发黄牛，暮宿黄牛。三朝三暮，黄牛如故"的民谣，回到船上。

过了南津关（今湖北宜昌西），三峡已尽。船来到荆门（今湖北宜昌西），江南为荆门山，江北为虎牙山，夹江而立。出了荆门，大江已完全摆脱了峡谷的束缚，江流突然变宽，天地为之一阔。李白长长地出了一口气，感到心胸突然开阔起来。小船上，李白仰天而望，但见蓝天上朵朵悠悠的白云，一会儿分开，一会儿又融在一起；一会儿像座座连绵起伏的山脉，一会儿又变成了一片琼楼玉宇。那天边的一轮月亮，在峨眉山下的平羌江上时还是半轮月，到这里已是满月了。再看看大江在江汉平原上奔流，就像一匹挣脱笼辔的野马，汪洋恣肆、无拘无束地流着。两岸的树木，从江中的船上望去，就好像荠菜一样低矮。大平原无边无际，连个山影也看不见。这里就是楚地，这里就是屈原和宋玉生活过、歌唱过的楚国。

一首诗在他的脑海中盘旋，这是他出三峡后所写的第一首诗。辽阔无垠的楚天和平坦无际的楚地，给了他全新的感觉：

渡远荆门外，来从楚国游。山随平野尽，江入大荒流。月下飞天镜，云生结海楼。仍怜故乡水，万里送行舟。

（《渡荆门送别》）

丹砂对李白的诗似懂非懂，但最后两句，他还是听懂了：“‘仍怜故乡水，万里送行舟’，公子是说家乡的水也对我们恋恋不舍，不远万里来给我们送行吧？”李白笑道：“你对诗也渐渐通窍了，说不定将来还能当个诗翁呢！”丹砂得意忘形，扮了一个鬼脸：“诗翁怕是没福当了，当个诗奴总是可以的吧？”他话头一转，问道：“公子，我们这是要到哪里去啊？”李白望着前方的江流，说：“顺着大江，一直走到尽头，到大海边去，到吴越的名山胜水游览去！”说着，他又沉入诗的想象中，只听他又哼道：

霜落荆门江树空，布帆无恙挂秋风。此行不为鲈鱼脍，自爱名山入剡中。

（《秋下荆门》）

［第二章］

少年落魄楚汉间

少年落魄楚汉间，风尘萧瑟多苦颜。

——李白《驾去温泉后赠杨山人》

大鹏遇希有鸟

在江陵城南的纪山上，李白巧遇大道士司马承祯。司马道长夸他“有仙风道骨，可与神游八极之表”。

天色渐暗下来，小船顺着江水漂流。暮色苍茫中，只见前面的北岸上，星火点点，一片通明。李白问船夫前面是什么地方，船夫说：“客官，江陵城到了。”

小船靠岸后，李白手携宝剑下船，丹砂担着行李和琴囊也跨上跳板。二人走进江陵（今湖北荆州）城内，街上秦楼楚馆，客栈酒肆，灯火辉煌，一个接着一个。李白和丹砂在街上东张西望，准备找个旅馆住下。

一个涂脂抹粉、打扮妖艳的女人迎了上来，伸手拉住了李白，要李白住她家的客店。又一个五十多岁衣裳齐整、手脚利索的老女人也走了过来，拉着李白，往她的客店中拽。正当二人争得不可开交之际，一个大汉走了过来。“这不是太白兄吗？你怎么到了这里？”

李白抬头一看，原来是乡人吴指南：“指南兄，你怎么也到了这里？”他乡逢故人，李白特别高兴。吴指南一把拽着李白的胳膊，说：“走，住到我的客栈去，咱们兄弟好好在一起摆摆龙门阵！”李白趁机挣脱了两个拉客女的纠缠，带着丹砂与吴指南向仙客来客栈走去。

客栈中，李白与吴指南饮酒畅谈。吴指南给李白讲述自己的身世和经历：“我自幼父母双亡，被一位老道收留。师父看我可怜，收我为徒。虽名为师徒，其实形同父子。他教我学剑读书，后来就随师父四处漂泊。师父死后，我就只身闯荡江湖，四海为家。”

李白呷了一口酒，问道：“如今指南兄打算到何处去？”吴指南说：“我现在到处流浪，四海为家，也没有什么目的。太白兄要到哪里去？”李白说：“听说岳阳洞庭湖是天下名胜，英雄荟萃之地，意欲前往一游。”吴指南说：“好，正合吾意。我愿与兄同往。”

次日，李白与吴指南一起游江陵城。江陵城又称荆州古城，传为三国蜀汉大将关羽所建。城内市井繁华，商廛林立。李白与吴指南游了城内外名胜古迹、街市商廛之后，登上了一家临街的酒楼。

酒楼不大，但很雅洁。他们找了一处幽静的地方坐下。李白叫了酒菜，二人在楼上对饮。这时，有一个中年妇女手携琵琶，拉着一个十几岁的少女走了过来。向他们施了一礼，说道："二位老爷，请点个小曲吧！"

吴指南有些不耐烦，挥了挥手，想请她们走。李白看她布衣荆钗，衣袖上打着补丁。女孩儿期待地望着他，李白顿生怜悯之心。

"不瞒二位老爷，我娘俩已有一天没有吃上饭了。请可怜我们孤儿寡母的，点个小曲吧！"

"好，我们就点个小曲吧。听说这江陵是西曲的发祥地，金陵是吴歌的发祥地，在乐府民歌中都是极有名的。不过不能让你们饿着肚子唱曲，店家，送两份饭菜上来！""这怎么能先破费您老，还是先唱吧！"妇人说。"身体要紧，我看这孩子穿得单薄，吃了再唱吧！"李白说。

"谢谢二位老爷！"母女二人狼吞虎咽，赶紧吃完了饭，请李白和吴指南点曲子。"二位老爷要听什么曲子，请点。""那就先唱一支西洲曲《石城乐》吧！"李白说。

妇人整好琵琶，弹了开头的曲子，那女孩唱道：

生长石城下，开门对城楼。城中美少年，出入见依投。布帆百余幅，环环在江津。执手双泪落，何时见欢还？

这女孩唱得声情并茂，有穿云裂石之声。李白二人听了不由得拍手叫好。二人又点了一曲《江城乐》：

阳春二三月，相将踏百草。逢人驻步看，扬声皆言好。暂出后园看，见花多忆子。乌鸟双双飞，侬欢今何在。

二人又赞扬了一番。李白对吴指南说："你听这民歌，不但唱腔清新婉转，有着浓厚的乡土韵味；就是这歌词也写得是何等的热烈大胆，这是一般文人写不出的。”吴指南也点头说：“我虽不太懂歌词的好坏，但这曲调确实是悠扬好听。尤其这姑娘的歌喉，竟像百灵鸟似的。”

李白又点了一支曲子：“姑娘，再唱一支吴声曲《子夜歌》吧！”

姑娘又开始唱了起来：

宿昔不梳头，丝发披两肩。腕伸郎身上，何处不可怜？秋风入窗里，罗帐起飘扬。仰头看明月，寄情千里光。

唱着，唱着，姑娘哭了起来，哭得再也唱不下去了。

“孩子不懂事，请二位老爷原谅！”妇人赶忙起来道歉。

李白问道：“姑娘为何啼哭？”

妇人赶忙解释道：“不瞒二位客官，我们母女本不是此地人。家本金陵，因我夫前来江陵做生意，三年未有回家。我母女千里迢迢来寻他，不料他于半年之前就死去了。我母女的盘缠早已花光，如今只好乞讨卖唱度日了。不但金陵老家回不去，恐怕我这把老骨头也要抛在异乡了。刚才小女唱起了家乡的小调，想起了我们金陵老家，欲回不得，欲住无钱，就忍不住哭将起来。”

李白连忙扶起姑娘，连声说道：“可怜，可怜。”他从衣袋中掏出一锭银子，还觉少了一点，将身上所带的碎银铜钱倾囊而出，吴指南也忙拿出一锭银子交给李白。

“这是十两银子，就作为你们回家的盘缠吧！”

妇人大为感动，连忙拉姑娘跪下：“金陵子，快给恩人磕头，二位老爷真是我们的救命大恩人呐！”金陵子和母亲千恩万谢，接了银子，拜谢而去，准备次日便回金陵。

李白与吴指南继续喝酒，这时听邻座的一个老者说：“听说大道士司马承祯已来江陵了，荆州长史正忙不迭地拜见他呢！”另一客官说：“一个穷道士，还能惊动长史大人？”老者说：“你可不能小视这位司马道长，他可不是个凡人，听说不仅先皇曾请他入宫讲道，就是当今皇上也还拜他为师呢！”又一个年轻人说：“听说司马老神仙闭门谢客，一个不见，就连长史大人也吃了闭门羹呢！”

“司马承祯到了江陵？”李白在峨眉山时听元丹丘说过他，他是当代的道教大师，正一派的第五代传人。他的《坐忘论》名闻遐迩。他不但道行高深，而且善于风鉴，给人看相摸骨，不问而知。传说他能够前知五百年后知五百载，几同于神人。

李白对吴指南说：“我们一道前去拜见司马道长如何？”吴指南说：“我也正想见见这位老神仙。”于是二人下了酒楼，向人打听了司马承祯的住地，原来他就住在江陵的紫极宫。二人便前往拜见，结果被观中的道士挡了回来：“道长不在，一大早就出门去了。”

李白和吴指南从紫极宫往回走，颇觉无聊。李白说：“指南兄，我们何不到城外走走？”吴指南说他还有事，先回去了。李白独自一人到城外去漫游。

江陵城北的十里处，有一座古城遗址——纪南城，原名叫郢城。九百多年前，这里是楚国的都城，原来是一个工商繁茂、文化发达的古城。但自秦灭楚后，此城被烧掠一空，如今只剩下一片废墟了。想那一堆瓦砾废墟，当年不正是屈原讽谏楚怀王的宫殿吗？那高高的台榭，不正是当年宋玉为楚王对，作《高唐赋》《神女赋》《风赋》的地方吗？那刚愎自用而又昏庸愚昧的楚怀王如今安在哉？那不可一世的楚王之“雄风”又在何处呢？如今只有“屈平辞赋悬日月，楚王台榭空山丘”了！

纪南城北就是纪山，纪南城就是“在纪山之南”的意思。李白游过纪南城之后，便直奔纪山。

纪山山清水秀。李白登山，见山间小亭子间有一白发道人，手持麈尾，在闭目静坐。李白近前，只见这老道鹤发童颜，面色红润，神态奇异，不似凡人。李白见他，怦然心动：此人莫非就是司马老神仙？他赶紧上前去，向老道作揖施礼：“老神仙，晚生向您施礼了！”

老道见李白，便微睁凤目，哈哈大笑：“小兄弟，贫道在此等候久矣。”李白大吃一惊，忙问道：“您老怎么知道我要来这里？”老道回答说：“贫道昨夜夜观天象，见西方长庚星有一道紫气东来，莫非此天象就要应在你的身上？”

李白更是惊奇，暗忖道：“他怎么知道我是长庚星转世？莫非他真是神仙？”于是他连忙自报姓名说：“晚生姓李名白，小字太白，前几日刚从西蜀到此江陵，不知老神仙在此，晚生叩过老神仙，您是……”“贫道是司马承祯。”司马承祯面带笑容，手挥麈尾，神气高朗。

“您就是司马老神仙？晚生仰慕久矣，不意有幸在此处见面，真是幸会！”“是有缘！”司马承祯说。“有缘，是有缘！”李白高兴地说。

四目相对，有一种奇异的感情在相互交流，这是以前所没有过的。司马承祯仔细端详了李白一番，过了片刻，说道：“太白小友，贫道素善风鉴，曾为人看过无数的面相，都不及你的相貌。你天庭饱满，地阁方圆，眉宇高朗，目光似金，口若饿虎，鼻似嵩山，其才可以入相出将，其文可为文坛北斗，进而可以安民济世，退而可为高士逸人，出而可为世外神仙。”李白正听得高兴，只听司马承祯接着说：“可惜你虽才高艺大，只是时运不济，仕路坎坷。你就像一只大鹏鸟，虽有冲天之志和凌云之才，却终非庙堂之物。我看你有仙风道骨，可与贫道神游八极之表，不如早随我学道去吧！”

李白恳切地说：“久闻司马老神仙大名，果然名不虚传，一见面就对晚生了若指掌，百般关切，晚生深铭在心。只是士生则有桑弧蓬矢之志，射乎远方；大丈夫当有安邦济世之志，行乎四方。老子曰：‘功成身退天之道。’孔老夫子也说过：‘道行则施于四海，道不行则卷而怀之，退藏于密。’吾生于大唐盛世，身为天室之裔脉，于国于民尚无丝毫贡献，于君于亲也无点滴报答，怎能就因怕仕途艰辛，去退隐学道呢？这样，我事君荣亲一无所成，岂不是上对不起朝廷，下对不起父母？我现在实不能随您而去，还望老神仙见谅！”

“太白小友说得也是，我看你志在匡济，时时不忘为国分忧。以君之才识，当此开元盛世，自是鹏程万里。待你事君之道成，荣亲之义毕，再来找我吧！”说完，一扬拂尘，便起身而去。

这时，李白才如梦方醒。真是一个奇人，他想，他说我像只大鹏鸟，而我看他就像传说中的希有鸟：南向张左翼覆东王公，右翼覆西王母，背上小处无羽，一万九千里。西王母岁登翼上会东王公。今日真是奇遇！他抬头再看，已不见了司马承祯的身影。在司马承祯坐处，李白见有司马道长留下的一张纸。李白捡了起来，上面写着一首诗，原来是李白所作的《登峨眉山》。李白心里疑惑道：我的诗怎么会在这里？莫非司马道长见过我师父雍尊师？

李白回到客栈，心潮澎湃，激动不已，他忙叫丹砂研墨展纸，提笔写了起来。不到一个时辰，便洋洋洒洒写了几千言。写完后，在前面写上《大鹏遇希有鸟赋》。他在赋中写道：

南华老仙，发天机于漆园，吐峥嵘之高论，开浩荡之奇言，徵至怪于齐谐，谈北溟之有鱼。吾不知其几千里，其名曰鲲。化成大鹏，质凝胚浑。脱鬐鬣于海岛，张羽毛于天门。刷渤澥之春流，晞扶桑之朝暾。……尔乃蹶厚地，揭太清。亘层霄，突重溟。激三千以崛起，向九万而迅征。……簸鸿蒙，扇雷霆。斗转而天动，山摇而海倾。怒无所搏，雄无所争。固可想象其势，仿佛其形。

若乃足萦虹蜺，目耀日月。连轩沓拖，挥霍翕忽。喷气则六合生云，洒毛则千里飞雪。邈彼北荒，将穷南图。运逸翰以傍击，鼓奔飙而长驱。烛龙衔光以照物，列缺施鞭而启途。块视三山，杯观五湖。其动也神应，其行也道俱。任公见之而罢钓，有穷不敢以弯弧。莫不投竿失镞，仰之长吁。……俄而希有鸟见谓之曰：伟哉鹏乎，此之乐也。吾右翼掩乎西极，左翼蔽乎东荒。跨蹑地络，周旋天纲。以恍惚为巢，以虚无为场。我呼尔游，尔同我翔。于是乎大鹏许之，欣然相随。此二禽已登于寥廓，而斥鷃之辈，空见笑于藩篱！

写完之后，李白命丹砂备酒，他边喝酒边欣赏自己的得意之作，朗诵了一番，又将此赋挂在墙上。不知不觉，一坛酒已经喝光，李白醉意醺醺地颓卧在书案旁。

吴指南掌灯时分才回来，见李白已经醉伏案上，见墙上所挂的《大鹏遇希有鸟赋》，诵读了一遍，击掌高叫：“真天下之妙文也！”于是，叫丹砂备纸，抄了一份，第二天一早，让丹砂贴在客栈门旁的墙上。

顿时，客栈门前围了一群人，观看李白的《大鹏遇希有鸟赋》。一中年士人高声朗读，每念一段，便引起一阵赞扬之声。有人问到此赋的作者时，中年士人说道："后边写着呢，蜀人李白！"人们夸道："此人真不愧是个才子，文章比庄子的《逍遥游》写得还有气势！"有人还向店主借来笔墨，让人念一句抄一句。不多时，《大鹏遇希有鸟赋》和"西蜀才子李白"的大名，便传遍了江陵城。听说西蜀才子李白就住在客栈，不少人前来拜见李白。见李白是一个举止潇洒、神情飘逸的美少年，更加赞不绝口。有向他求诗的，有向他求字的，还有的人什么也不求，只是想见见他。于是，李白所写的《听蜀僧濬弹琴》《白头吟》《上李邕》《峨眉山月歌》《秋下荆门》《渡荆门送别》及新作《荆州歌》等，很快传遍了江陵。

意气相倾山可移

友人吴指南病逝于洞庭湖畔。李白禫服痛哭，若丧天伦。猛虎在前，李白在朋友的坟前坚守不动。

开元十三年（725）初夏，李白与吴指南买舟东下。船至岳州（今湖南岳阳）城陵矶，即洞庭湖的入江口处，便命舟人将船摇进洞庭湖。一叶扁舟，在湖中缓缓行驶。李白和吴指南屹立在船头上，岳阳楼已遥遥可见。

岳阳楼是江南三大名楼之一，矗立在岳阳城西门的城台上。它面临洞庭，遥对君山，北望长江，气势非常雄伟。因此取道长江到岳阳的人，在江面上老远就可以看到它。它是岳阳城的标志。

船靠岸后，李白、吴指南登岸，丹砂担着行李随后。

李白对吴指南、丹砂说："走，我们先到岳阳楼上吃杯水酒去。"

三人登楼，在一个临窗的桌子边坐下。酒保上前上了菜和一壶洞庭春酒。三人把酒临风，欣赏洞庭湖上的风景。窗外波光粼粼，一碧万顷，白帆片片，鸥鸟飞翔，远处君山，如一抹青黛。李白为眼前的景色所动，指着窗外对二人说："这岳阳楼为江南三大名楼之首，风景最为壮阔。你看，眼前这洞庭之水，左控三湘而右襟长江，含远山而临巴丘。日月之行，若出其里，星汉之灿，若出其中。气势是何等壮阔啊！"吴指南为李白的情绪所感染，知道李白又来诗兴了，赶紧对丹砂说："丹砂，快去拿纸笔来！"

正当此时，楼下走上一个人来，向李白和吴指南作揖问道："请问，哪一位是李白先生？"李白看他有四十多岁，一副商人打扮，言谈举止却颇有儒雅之风，便还礼道："在下便是！你是……"此人答道："在下姓夏，排行十二，素喜诗赋。因经商路过江陵，闻说先生大名，前去拜谒，店家却说先生刚往岳州。因此特乘船追至此地，果然找到您了，真是三生有幸啊！”李白听此非常感动，忙请夏十二上座：“夏十二兄，在下也是凑巧排行十二，看来我们二人实在有缘。请，我们与指南兄共饮几杯！”三人一起对饮起来。

这时丹砂已向酒家借来纸笔，将墨研好，将笔递给李白。吴指南说：“太白兄，给它题上一首，也好让岳阳楼添添光彩。”夏十二见此，高兴地说：“李先生这是要题诗？”李白说：“如此佳景，又遇十二兄和指南兄这样的佳士，不有佳诗，何伸雅怀？”夏十二和吴指南一同叫好：“李兄有此佳兴，定有佳诗，好，我们敬你一大杯！”

李白左手把酒，右手挥笔写道：

楼观岳阳尽，川迥洞庭开。雁引愁心去，山衔好月来。云间连下榻，天上接行杯。醉后凉风起，吹人舞袖回。

写完后，李白将一壶酒一口气喝干。接着在诗后写上：“与夏十二登岳阳楼，蜀人李十二。”写完后，将诗一卷，递给夏十二说：“夏十二兄，咱们初次见面，这诗就赠给你了！”

夏十二大喜过望，他向李白深深一揖：“谢李十二兄！我要将这首诗当作传家宝传给子孙！”

这时，壶中酒已干，李白还要酒家添酒。夏十二手一摆：“这酒没劲，喝我带来的酒！”说完，他向楼下一招手：“将酒抬上来！”于是楼下走上三个仆从，各人怀抱一坛美酒。夏十二说：“这是江南有名的瓮头青酒，保你没有喝过！我要与李十二兄和指南兄再痛饮一场！”李白接过一坛酒，将酒封打开，一股酒香扑鼻而来，倒在杯里，一清如碧，大喜：“果然是好酒！来，今日我要与二兄一醉方休！”三人在楼上喝了一个通宵，都醉倒在地，呼呼睡去。

次日，三人酒醒，夏十二与李白、吴指南告别，乘舟要到金陵去。他拱手道：“李十二兄、指南壮士，就此告辞，咱们后会有期！”吴指南觉得身体有些不适，李白与丹砂相送夏十二至湖滨，挥手而别。

来到客栈，吴指南头痛呕吐，卧床未起。李白问他病情如何，他说可能是昨晚酒喝多了，没有什么大病，休息休息就会好的。李白也没有在意。

第二天他们乘船游览洞庭湖。时正夏日，烈日炎炎，天气燠热，湖面水平如镜，一丝风也没有。只有湖中的君山，远望如黛螺，山上绿树如发，给人一些凉意。吴指南对李白说："我们何不到君山上一游？"李白说："我也正有此意。听说君山上有湘妃墓，是这里的名胜。"丹砂问："湘妃是什么人？"李白说："湘妃是尧帝之二女，即舜帝的两位妃子娥皇、女英。传说舜帝南巡苍梧，久久未返。娥皇、女英便前来寻他。来到了君山就听说舜帝已死在九嶷山，二人便悲痛欲绝，南望而哭，眼泪洒在竹子上，便成了斑竹。二人泪尽而死，葬于此山。"说着小船就摇到了君山，三人下船。

他们沿着山路，走了一个多时辰，来到湘妃墓时已满身大汗。墓在翠竹丛中，已经荒圮，走近一看，墓旁的每棵竹子的干上，果然是斑斑点点，恰似泪痕。他们撮土为香，向二妃墓拜了几拜，便坐在竹丛的阴凉下休息。其实竹阴下也不凉快，吴指南便将上衣也脱了，用衣巾擦去了身上和脸上的汗水。

正当他们热得难耐之时，天气忽然大变，西北的乌云滚滚而来，凉风习习，好生凉快。风越刮越大，凉风渐渐变成了冷风，小风变成了大风和狂风。隐隐的雷声，也由远而近。三人见天要下雨，就赶快起身下山。下到半山腰时，只听头顶一声炸雷，雨就哗哗地下起来了。等他们跑到山下，上了小船，一个个都成了落汤鸡，浑身上下都湿了个透，冷得直打哆嗦。尤其是吴指南，哆嗦得就像筛糠一样。老船夫将身上的衣服脱下来，披在吴指南身上，自己光膀子冒雨在外面摇着船。小船冒雨顶风，驶至岳阳城。

回到客栈后，吴指南高烧不止，脸色蜡黄。热过之后，又开始发冷，盖了几层被子还直打哆嗦，连连叫冷。李白叫丹砂在床边侍候着，自己到城里请了一位郎中。郎中看了看，又把了把脉，说是偶感风寒，不要紧，开了几剂草药，说吃几天就会好的。结果连吃几天，也不见好，反而更重了。吴指南几天茶饭不进，吃了就呕吐。李白很是着急，又接连请了几位郎中，有的说是疟疾，有的说是伤寒，还有人说是霍乱。照着他们开的药方吃下去，结果病情不但不见轻，反而越来越重，人也日见瘦弱，一个壮汉，如今病得脱了人形。

吴指南躺在床上，闭着眼睛，喘着粗气。李白安慰他说："指南兄不要着急，我会找最好的郎中来给你看，花多少钱都在所不惜，你的病一定会好的。"吴指南使劲睁开了眼睛，吃力地说："太白兄，你的好意我都心领了，我知道我快不行了，再吃什么药也没用。你就不用费那个事了！""不，我一定想办法治好你！"吴指南勉强抬起手，摇了摇："我知道，你是个好人，我不能再拖累你了，"他喘了喘气，接着说，"我若是死了，你就把我埋在湖滨，将来你要是回家乡时，千万想办法把我的骨头带回老家去！我是多么想家啊……"李白眼含泪水，握着他的手说："你可千万不能这么想，你一定会好起来的！我去给你请全城最好的大夫！"接着，他叫丹砂仔细侍候吴指南，自己拿着一顶凉帽走出门去。

一个须眉皆白的老郎中，在李白的陪伴下，来到客栈。他走到吴指南床前，伸手把了把吴指南的脉，又翻了翻眼睛，淡淡地说："人已经不行了，准备后事吧！"李白央求道："胡神医，再想想办法吧！"老郎中摇头说："治得太晚了，郎中治病不治命啊。"说完站起身就走了。

老郎中走后不久，吴指南就断了气。李白伏尸大哭，若丧天伦。次日买了一口棺木，将吴指南装殓了。本来打算将吴指南的棺木运回蜀中，一了吴指南的心愿。可是当时天气炎热，尸首很快就有了异味，根本就无法上船，况蜀地离此万里之遥，又正是长江发水之时，逆水行船，根本过不了三峡。于是李白只好赶快雇了一辆牛车，将棺材拉至洞庭湖滨的树林边，将棺木临时安厝了。李白在墓前哭道："指南兄，本应将兄灵柩运回梓州家乡，可是天气炎热，一时无法回去。兄就暂栖于此吧，待来日弟回蜀时，一定让兄魂归故乡！"

厝葬了吴指南后，天色已晚。丹砂说："公子，天快黑了，咱们回去吧！"李白说："让我再陪吴公子一夜吧。"二人在墓边睡下。夜半时分，一阵沙沙风响，隐隐地传来阵阵虎啸。丹砂被惊醒，叫道："公子，你听是什么声音？"李白坐了起来，听了听，警觉地抽出宝剑："不好，是老虎！”丹砂吓得叫了一声，李白说：“你躲藏在墓后，千万不要动，老虎是不会主动攻击人的。”“那你呢？”“不要管我，我没事的！”于是李白手持宝剑，立在那里，一动不动。这时，只见前面的草丛里，有两只绿荧荧的小灯笼，在黑夜里闪闪发光，那是老虎的两只眼睛。李白横睁两目，与老虎对视着。丹砂吓得紧闭着眼睛。李白与老虎相持了一会儿，那对绿灯笼消失了。李白这才松了口气，瘫坐在地上。这时，丹砂才爬到李白跟前，问：“公子，老虎走了吧？”李白说：“大概是走了吧。”一说老虎走了，丹砂来了神儿，说：“公子，老虎跟你说了些什么？”李白也缓过劲来，对丹砂笑道：“老虎对我说，你放心地走吧，让丹砂留下，吴公子的墓由我们俩来守。”丹砂吐了吐舌头：“哎呀，我的妈呀，我可不敢与老虎做伴！”

李白将吴指南葬后，与丹砂顺着湘江南下，他们过汨罗（在今湖南境内），凭吊了屈大夫的投江处；至潭州（今湖南长沙），游了岳麓山；到衡阳（今湖南衡阳），登上了祝融峰；最后来至零陵（今湖南零陵），在九嶷山中向舜帝陵墓朝拜。一年之后，当李白又回到洞庭时，才将吴指南的尸骨取出，在湖水中清洗干净，用包袱裹了，背到了鄂城（今属湖北），但又因故一时回不了巴蜀，只好在鄂城之东买了一块墓地，将吴指南的尸骨装殓入棺葬了。此是后话。

庐山观瀑

庐山是浔阳之南的一座大山，素有盛名。李白初游庐山，对山上的五老峰和香炉峰前的瀑布特别喜爱，写了两首流传千古的名诗。

离开了岳阳城，李白便乘船过江夏，至浔阳（今江西九江）。据说，他有一个堂兄在九江做生意，他要前去探望一下。拜望过堂兄后，李白便要登庐山一游。浔阳城南，有一座高大的山影，这就是闻名天下的名胜庐山。庐山原名叫匡庐，传说周武王时有一个隐士，名叫匡俗，他们兄弟七人在山上结庐隐居，修炼道术，后升仙而去，人去庐在，故又名庐山。历史上有许多诗人名士、高僧大隐，都曾游过庐山。如晋朝的诗人谢灵运、陶渊明，南朝诗人鲍照，晋朝的高僧慧远，东汉的道教天师张道陵，东晋的道士陆静修，都曾在此修炼或传道。庐山北临大江、叠嶂九层，崇岩万仞，风景雄伟奇特。李白十分喜爱这里，把庐山游了个遍，遍访松门、石镜、三叠泉、仙人洞、五老峰等风景名胜。他在屏风叠遥望五老峰，深为此处的风景所吸引。口吟道："庐山东南五老峰，青天削出金芙蓉。九江秀色可揽结，吾将此地巢云松。"但李白最喜爱的是庐山香炉峰附近的瀑布。他先后作了两首《望庐山瀑布水》。其一是一首五古：

西登香炉峰，南见瀑布水。挂流三百丈，喷壑数十里。欻如飞电来，隐若白虹起。初惊河汉落，半洒云天里。仰观势转雄，壮哉造化功。海风吹不断，江月照还空。空中乱潨射，左右洗青壁。飞珠散轻霞，流沫沸穹石。而我乐名山，对之心益闲。无论漱琼液，还得洗尘颜。且谐宿所好，永愿辞人间。

庐山西部有南北两座香炉峰，此诗中说"西登香炉峰，南见瀑布水"。此诗是首古风，用的是写实手法，点出了李白登上了北香炉峰的峰顶，望见了黄龙南的瀑布水。“挂流三百丈，喷壑数十里”也是实写，“三百丈”是个估计的高度，所喷之水沫和水声数十里都能听见，虽有夸张，基本上也是实写。“欻如飞电来”以下十二句，是对瀑布的具体描写。其中写得最传神的是“海风吹不断，江月照还空”两句。“海风”即是江风，海有大的意思。江面水阔之处称海，言其大也。瀑布从山上降下，海风虽大也难以吹断；而瀑布之水是透明的，为江月所照，空明透亮，似有似无。这样的意境是很难用一般的语言来表现的，所以后人对此两句大为惊叹。唐人任华云：“登庐山，望瀑布，‘海风吹不断，江月照还空’。余爱此两句。”（《杂言寄李白》）宋人葛立方云：“‘海风吹不断，江月照还空’，凿空道出，为可喜也。”（《韵语阳秋》卷十三）诗的后六句写了李白对庐山的神往之情，愿远离世尘，漱琼液而洗尘颜，于此隐居。如果说此诗是对庐山瀑布的详细描写，那么《望庐山瀑布水》其二，则是一首绝句，是对庐山瀑布的概写：

日照香炉生紫烟，遥看瀑布挂前川。飞流直下三千尺，疑是银河落九天。

在《望庐山瀑布水》其一中有“海风吹不断，江月照还空”的诗句，为后人所称赞。但李白仍不满足，于是又写了这首绝句。这首诗与前一首诗，有绝句与古风的不同，写作的地点和角度也有所不同。很显然，上一首古风是在香炉峰上的高处对望瀑布，而第二首诗却是站在山下远望和仰望香炉峰和黄龙瀑布。所以望的地点不一样，角度不一样，其视角和感受也不一样。

此诗充分发挥了李白超绝的想象力和高明的艺术技巧。首二句“日照香炉升紫烟，遥看瀑布挂前川”，紧扣诗题的“望”字，从远望的和仰望的角度，来写庐山瀑布的大环境。诗中先写望香炉峰，香炉生紫烟是实写。陈舜俞《庐山记》卷二中说：“东南有香炉山，孤峰秀起，游气笼其上，则氤氲若烟水。”“挂前川”这个前川，与香炉峰不在一起，而是在香炉峰之前，这也是实写。前二句之所以平平而起，没有可令人称叹的奇句妙语，是为后二句奇景的突现所做的一个铺垫。第三句开始陡转，“飞流直下三千尺”，是对瀑布的具体描写。“三千尺”与“三百丈”是一个意思，为什么不用“三百丈”而用“三千尺”呢？这是因“三千”比“三百”数字更大，更惊人。“飞流直下”四字写出其动态气势，“三千尺”突出其高度。但这仍未能写出香炉瀑布的神奇。末句抛出“疑是银河落九天”的想象之辞，才将此诗的意境拔到一个奇妙壮伟的境界。这是作诗拙奇相生的写法，犹如兵法上的“奇正”之变，以正御兵，出奇制胜。如果此诗处处皆是奇语奇句，那就显示不出诗的重点，效果就不突出了。后二句与前二句拉开了势差，才显示出了累石于千仞之上的势差的力量。

此诗历推为咏庐山瀑布之千古绝唱，以“银河落九天”喻瀑布之高，新奇无比，古今无双。宋代大文学家苏轼说：“帝遣银河一派垂，古来惟有谪仙词。”对此诗赞赏备至。明人朱谏对《望庐山瀑布水二首》的两首诗，做了对比：“李白瀑布诗，选（指选体五古《望庐山瀑布水》）言其详，绝（指此首绝句）言其概。言其详者，奇状怪形，无不备举；言其概者，撮其大体，而略其细止也。选则详赡而精到，绝则疏畅明快。天授之才，无所不可，白之诗其神矣哉！”（《李诗选注》）明人严评本载明人批：“不能出前篇意，只是道得醒快，然亦自好。”（《李白全集校注汇释集评》卷一九引）前代学者对二首诗皆有恰切的评论。

李白还游览了庐山下的东林寺和浔阳江边的灌婴井古迹。这口灌婴井，原是西汉名将灌婴修筑九江城时所凿，其水深不见底。传说它与长江相连通，当大江上风高起浪之时，灌婴井中之水，也随之起浪。李白看过之后，后来写了一首诗，其中有“浪动灌婴井，浔阳江上风”的诗句，使此井从此有名。李白在浔阳城玩了几天之后，便乘船继续沿江而下。

乌啼白门柳

金陵子为李白诗在秦淮卖唱。一夜醒来，李白发现他在金陵成了大名人。李白又乘兴漫游吴越，不逾一年，散金三十余万。

金陵（今江苏南京）是唐代东南重镇，六朝故都。东有钟山，西有石头城，北临长江天堑，秦淮河穿城而过，有虎踞龙盘之势。这里工商繁荣，富甲江南。尤其是秦淮河一带，更是迷魂销金之窟。从六朝乐府的民歌里，从来往江上客商的口中，李白早就了解、向往这个地方了。因此，李白和丹砂从江上下船登岸，便直奔秦淮河。

那秦淮河是纸醉金迷之地，温柔富贵之乡。到处是秦楼楚馆、歌台酒肆。河中的画舫，一个接着一个。李白雇了一条小船，在秦淮河上慢慢摇过。两岸酒馆歌榭中的调笑声、音调婉转的吴地小曲，不断传来。倚门卖笑的红袖女，不断地向船上的客人招手、抛媚眼。李白既喜欢这里的热闹繁华，又讨厌这里的浮靡和轻薄。

“咱们上岸看看去。”李白说。李白和丹砂跳上岸边的台阶，上了一个临河的酒楼，在一隅坐下。他向酒家要了个小菜和一坛酒，便与丹砂对饮起来。

酒楼隔间有一个阔公子带着几个家丁，在喝酒听小曲。

一曲熟悉的歌声向李白传来，正是他在江陵酒楼上所听的吴声歌曲《子夜歌》。

歌声止，歌女向公子讨钱。“钱？我们大爷有的是钱，给你可没有那么容易，得有个条件，只要你和我们大爷亲个嘴儿，我马上就给你！”一个家丁嬉笑着说。歌女见碰上了流氓无赖，也不要唱曲的钱了，抱起琵琶就要离开。“想溜走，没有那么容易，本大爷跟你亲个嘴儿是对你的抬举！”阔少说。一个家丁堵住了门，不让走。阔少上前就要动手动脚，歌女苦苦哀求说：“请大爷高抬贵手，小女子卖艺不卖身！”接着又传来阔少的调戏声和歌女的哭救声。李白在隔间听得七窍生烟，心头火起，竟有如此大胆狂徒，在青天白日下调戏民女！他手持扇子，挑帘走进隔壁的房间，大喝道："住手！不得无礼！"阔少一看是一个操外乡口音的白衣少年，大怒道："哪里来的野小子，敢管大爷的闲事！"李白毫不示弱："这事我管定了！"众家丁一拥而上围攻李白，被李白一掌一个，打倒在地。阔少见势不妙，边说边向门口退去。

"谢客官救命之恩。"歌女拜谢李白。李白见她面相好熟，好像在哪里见过，猛又想起那熟悉的《子夜歌》来："你是金陵子？"这时歌女才抬头仔细看李白，认出来了，喊道："大恩人！"哭着扑向了李白。

李白见只有她一个人，就问："你母亲呢？"金陵子哭得更厉害了："我母亲在回家的船上就得了急病，到家没几日就去世了！"李白叹息一番，又问："那你怎么生活呢？"金陵子："如今我父母双亡，只好卖唱度日了。""好可怜的孤儿！"李白要丹砂拿三十两银子给她。金陵子坚决推辞，说道："先生要是真可怜我，就给我编些新唱词好了。"李白说："我初来此地，还没有住下。等我住下后，就写些唱词给你。你住在哪里呢？"金陵子说她每日都在秦淮河的酒楼茶肆中卖唱，好找得很。说完，便千恩万谢地走了。

在金陵子的请求下，李白写出了《长干行》《杨叛儿》《白纻辞》等诗，连同先前所作的《巴女词》《荆州歌》等诗，都给了金陵子。金陵子得到李白这些诗，如获至宝，当即调弦按拍练了多遍，第二日便在秦淮河的茶楼酒肆中唱了起来。

金陵临河大酒楼中，酒客满座，生意兴隆。金陵子当众独坐，手抱琵琶，正在声情并茂地唱《杨叛儿》：

君歌杨叛儿，妾劝新丰酒。何许最关人，乌啼白门柳。乌啼隐杨花，君醉留妾家。博山炉中沉香火，双烟一气凌紫霞。

她唱完后，立即博得一片喝彩和掌声。其中喊得最厉害的是在楼角处坐着的丹砂，李白的眼中发光，高兴地不断鼓掌。原来李白和丹砂也夹在酒客中听金陵子歌唱。只听有人高喊：“陵子姑娘唱得好，再来一个！”金陵子站了起来，含笑屈身向大家致谢，说道：“谢谢诸位客官的抬爱，刚才小女子所唱《杨叛儿》是……”她看了楼角的李白一眼，李白向她示意不要她说出他的名字。金陵子只好说，“现在再向大家献上一首新曲《长干行》。”说完，又坐下来铮铮鏦鏦地弹起琵琶，唱了起来：

妾发初覆额，折花门前剧。郎骑竹马来，绕床弄青梅。同居长干里，两小无嫌猜。十四为君妇，羞颜未尝开。低头向暗壁，千唤不一回。十五始展眉，愿同尘与灰。常存抱柱信，岂上望夫台？十六君远行，瞿塘滟滪堆。五月不可触，猿声天上哀。门前迟行迹，一一生绿苔。苔深不能扫，落叶秋风早。八月蝴蝶来，双飞西园草。感此伤妾心，坐愁红颜老。早晚下三巴，预将书报家。相迎不道远，直至长风沙。

金陵子婉转的歌喉，动人的声腔，将李白诗中少妇与丈夫离别相思的伉俪深情，表达得淋漓尽致，使所有人都大为感动，就连李白也感动得泪水满眶。歌声刚一结束，酒楼的听众都沸腾起来：“好，好，实在是太好了！”“唱得好，歌词写得更好！”一中年客官问：“姑娘，这几首新词的作者是谁？”金陵子也抑制不住自己的激动，用手指向酒楼一角的李白：“就是他，西蜀才子李白！”

人们的目光顿时注向楼角，丹砂高兴地向李白拍手：“公子，大家在看你呢！”李白从容地站了起来，向大家作揖：“在下李白，初到金陵，向大家献丑了，请多包涵！”

诸人见李白彬彬有礼的态度和潇洒倜傥的风姿与超凡脱俗的诗歌才华，大为倾倒。一老者手举酒杯，向众人道：“来来，让我们为西蜀才子的新诗举杯祝贺！”众人也一起喊道：“李先生，您的诗太好了，要多为我们写些新唱词啊！”李白也手举酒杯，向大家致谢：“谢谢大家，李某绝不辜负诸位对我的厚望！”说完将酒一饮而尽，众人也纷纷干杯表示庆贺。

在金陵子的琵琶声中，李白的诗很快传遍了金陵城。不久，江陵和九江来的客人带来了李白所作的《大鹏遇希有鸟赋》《渡荆门送别》《秋下荆门》《望庐山瀑布水》等诗，从此李白名声大振，人人都知金陵城来了一位西蜀才子李白。金陵子也因唱李白诗，唱红了金陵。

从此，金陵子经常出入李白的住所，取走新唱词，李白也经常陪金陵子出入酒楼歌肆，为她弹唱助威。金陵子视李白为自己的救命恩人，李白视金陵子为自己的红颜知己。

一次，金陵子问李白有什么打算，李白为一时偎红倚翠的浪漫生活所沉醉，金陵子恳切地对李白说：“李公子，我知道你志向远大，又有满腹才华，绝非温柔乡中人，最近金陵名士对你很是仰慕，何不交结一些豪杰之士，也好为将来找些出路。”李白闻听此言，连声叫好，说：“我也正有此意。”

第二天，李白住所的客厅中，宾客云集，金陵城中的一些名士豪杰，都应邀前来。来客中有天下驰名的大书法家常熟尉张旭、安州的官员孟少府、扶风豪士窦滔、金陵世家公子卢六、博陵名士崔十六、丹徒布衣王处士，还有李白在岳阳楼相逢的旧相识夏十二等。李白与之一一寒暄。

等宾客到齐，李白向众人拱手致意：“诸位大驾光临寒舍，使李某蓬荜生辉，不胜荣幸之至。常言说，在家靠父母，出外靠朋友。今我李白金陵做客，全仗诸位兄长扶持。今天我李白聊备水酒，请诸位赏光，实在不成敬意。”

酒过三巡，菜过五味，卢六说道：“陵子姑娘善唱太白兄诗歌，我们何不请她为我们弹唱一曲？”

窦滔说：“哎，太白兄的新诗，我已听陵子姑娘唱了多遍，早成旧闻了。我听说太白兄最善剑舞，何不请他给大家舞上一回，让我们开开眼界？”众人高叫道：“此意甚好！”

李白推辞不过，只好说：“好吧，那李某就献丑了。”窦滔也觉得技痒，说：“我就陪太白兄练一回吧！”李白从丹砂手中接过宝剑，窦滔也拔出剑对舞了起来，二人挥剑生风，舞到好处，大家又是一阵喝彩。

这时，张旭大叫一声："拿酒来！"丹砂赶忙递上一壶酒，张旭又叫备好纸墨，只见他一仰脖子将酒吸干，将帽子一掷，露出一头青丝，手挽长发，饱沾墨汁，在纸上大大地写了"剑舞"二字。众人见了，连声叫绝。

李白与窦滔舞毕，向张旭谢道："人说你草圣张旭一字千金，今日能得兄墨宝，弟当作传家之宝，永示子孙！"忙命丹砂倒了一大碗酒，敬张旭，张旭也不推辞，一饮而尽。

孟少府上前道："今日蒙太白相邀，一看了太白与窦壮士的剑舞，二看了伯高兄的草书，可称作是墨舞吧！得睹此双绝，大快平生，所愿足矣！"接着大家又觥筹交错，猜枚传钩，大大地热闹了一番，至晚方散。

在金陵的日子里，李白三日一小宴，五日一大宴，尽交天下豪杰，有时纵马行猎，有时联诗斗酒，有时歌舞取乐，除了秦淮酒楼画舫之外，城东的谢安墩，城西的孙楚酒楼，也是他们常去游乐的地方。金陵玩腻了，李白还带着金陵子、丹砂一起漫游吴越。

运河的乌篷船上坐着李白、金陵子和丹砂三人，看到河两岸菜花盛开，一片金黄，采桑的村姑三三五五，手挽筐篮，到桑林去采桑。一派宜人的春色。

在苏州（今属江苏），他们游览了吴王的姑苏台。姑苏台为春秋时吴王夫差所筑，三年乃成，周旋诘曲，横亘五里。崇饰土木，殚耗人力。上别立春宵宫，宫女数千人，为长夜之饮，造千石酒钟。夫差作天池，池中造青龙舟。舟中盛陈妓乐，日与西施为水嬉。可是往日的繁华宫殿，如今只剩下了一片荒芜的废墟。当年吴王与西施泛舟嬉游的地方，现今也只有山下采菱女在劳作歌唱。真是物是人非啊！目睹此景，李白不禁作《苏台览古》诗一首：

旧苑荒台杨柳新，菱歌清唱不胜春。只今惟有西江月，曾照吴王宫里人。

他意犹未足，十分感慨吴王的嬉戏无度，荒淫误国，于是又作了一首《乌栖曲》：

姑苏台上乌栖时，吴王宫里醉西施。吴歌楚舞欢未毕，青山犹衔半边日。银箭金壶漏水多，起看秋月坠江波。东方渐高奈乐何？

杭州（今属浙江）和越州（今浙江绍兴）的风光使李白流连忘返。杭州的西湖和越州的镜湖，天下驰名。他们游览了西湖和镜湖之后，便登上了会稽山，在越王台上，遥想春秋时越王勾践与吴王夫差争霸，被吴王打败后，在会稽山上卧薪尝胆，经过十年生息，十年生聚，一举灭吴，朝野上下一片欢腾的风光和派头，又看到一千多年后越王宫殿残垣败垒的荒凉景象。丹砂向远处投了一块石头，只见几只鹧鸪扑啦啦地飞走了。李白又是一番感慨，写下了《越中览古》的诗篇：

越王勾践破吴归，义士还家尽锦衣。宫女如花满春殿，只今惟有鹧鸪飞。

往事越千年，如今大唐时代男耕女织的太平景象，与往昔的战乱荒芜的情景形成鲜明的对比，尤其是那些在湖中采莲劳动嬉戏的村姑女娃的天真活泼、招人喜爱的形象，更使诗人心旷神怡。李白的诗如并州快剪，将她们俏丽的倩影，一个个剪入诗囊。其《采莲曲》曰：

若耶溪旁采莲女，笑隔荷花共人语。日照新妆水底明，风飘香袖空中举。岸上谁家游冶郎，三三五五映垂杨。紫骝嘶入落花去，见此踟蹰空断肠。

其《越女词五首》曰：

长干吴儿女，眉目艳星月。
屐上足如霜，不着鸦头袜。

吴儿多白皙，好为荡舟剧。
卖眼掷春心，折花调行客。

耶溪采莲女，见客棹歌回。
笑入荷花去，佯羞不出来。

东阳素足女，会稽素舸郎。
相看月未堕，白地断肝肠。

镜湖水如月，耶溪女如雪。
新妆荡新波，光景两奇绝。

诗中所写吴娃越女，天真活泼，多情美丽，一个个形象生动，神采飞扬，极尽情态，呼之欲出，比之美丽的西湖，如镜的鉴湖，明丽的剡溪（今浙江奉化、新昌境内）以及俊秀的天姥山（今浙江新昌境内）、天台山（今浙江天台境内）等优美风光，更令人难以忘怀。

吴越山川优美、人物毓秀，给李白留下了十分深刻的印象，给他的诗增添了灵秀之气。回到金陵时，他的新作又传颂一时。

转眼之间，李白在金陵已过了一年，他纵酒行乐，一挥千金，日子过得倒也痛快。博陵崔十六，度日艰难，李白资助他二千，丹徒布衣王处士要入京会考，李白资助他一千五。人们见李白心软面善，出手爽快，这个前来要一千，那个前来要五百。反正是向李白要钱从不叫还，不要白不要。人们都知道李公子行侠仗义，怜才惜贫，经常在他身旁围前围后。他也乐得前呼后拥，热热闹闹。

一日，丹砂检点行囊，发现里面的钱已剩下不多了，他对李白说："公子，我们带来的钱已经花得差不多了，客栈的掌柜又来催房钱了。今后的日子可怎么办哪？"李白这才恍然大悟，他已经在金陵花天酒地地过了一年多，觉得自己整日里与那些豪客巨贾和浮浪子弟在秦楼楚馆中胡混也不是个办法。他差点把这次出蜀的目的忘记了。张旭和孟少府等人早在去年就离开金陵了，他还留在这里干什么呢？要求官入朝就必须到扬州去，那里才是扬州大都督府的所在地。金陵这个富贵温柔之乡，纸醉金迷之地，不是长久待的地方。他与金陵子商量，金陵子虽舍不得离开他，但是，考虑到李白的前途，也认为李白应该离开金陵，到扬州去。

听说李白要离开金陵，金陵的青年朋友们相约到临江酒楼为李白饯行。面对众多前来相送的朋友，李白举起酒杯说："此次做客金陵，受到朋友们的诸多关照，非常感谢。在这里，我借花献佛，敬大家一杯！"说完，李白一饮而尽。众人也都干了一杯。

有人说道："李公子此次江东之游，已是满载而归。有道是，江山自是东南美，吴儿越女最风流。李公子可是写了不少好诗啊！"

一个中年文士说："江山之形胜自不待言，江东人物之俊秀，更是他处无法可比。可以说物华天宝，人杰地灵。自永嘉南迁，中原英秀，云集东南。如谢安石之风流，羲之、献之父子之潇洒，张翰之旷达，谢灵运之灵秀，还有江南女儿之娇美，皆是秀丽江山之所钟。自古道，文章有待江山助，好诗皆因美人来。按之太白先生之诗，确非虚论！来来来，我们为太白先生写出的好诗而干杯！"众人一起举杯："干杯！"

"太白先生才思敏捷，素有挥毫锦绣，出口成章的捷才，何不当面挥毫让我们见识一番？""好！"大家一致赞成。

李白非常激动，向众人抱拳："谢谢大家，诸位对李某的深情厚谊，我深铭在心，在此大雅群聚之时，如不吟诗，何伸雅怀？我李白只好献丑了！"他回头叫丹砂准备笔墨纸砚，只见李白挥毫濡墨，走笔作歌，文不加点地写了一首《金陵酒肆留别》诗：

风吹柳花满店香，吴姬压酒劝客尝。金陵子弟来相送，欲行不行各尽觞。请君试问东流水，别意与之谁短长？

李白边写，身旁边有人议论。"柳花怎么会是香的？"一人问。

"想是柳花为酒香所染之故，柳花香，大奇！"一人答道。

这时，吴姬又端着一坛酒过来上酒，向李白喊道："太白先生，平时你没有少喝我的酒！这坛金陵春，是我送给大诗人的！”说着，倒了满满一大碗酒，敬给李白。李白含笑接过，一边吟诵着他刚写的诗：“吴姬压酒劝客尝，劝客尝啊……”一个少年说道：“老板娘，你听听，你也上了西蜀才子的诗了！”吴姬高兴地叫了一声：“好啊，我也成名人啦，今天我高兴，为了太白先生的诗，今天的酒钱就全免了！”

“这个‘压酒’的‘压’字用得好！老板娘这么一压，味道就全压出来了！”一人评论道。此语一出，众人哄笑。

卢六笑着对老板娘说：“我看你的酒就改名叫‘柳花香’好了！”老板娘鼓掌大叫：“好，好，这个名字改得好！”

窦滔望着楼前的江水，仔细地品味着：“‘请君试问东流水，别意与之谁短长？’以眼前之景，喻胸中之情，妙，妙！”

“太白兄与我们真是情如江水长啊！”卢六感叹道。众人在一起逗笑着，耍闹着，李白也快活得像个孩子，大家全然不像要分别的样子。直到江边的船家来催，说开船的时间到了，请李白快上船。李白只好向大家说：“时间不早了，太白就此告辞！”

李白拱手与金陵的青年朋友们告别，向停在江边的小船走去，丹砂担着行囊紧跟着李白。众人纷纷拱手送别。

这时,金陵子从人群中挤了出来,她手拿着一枝杨柳,直奔李白,叫道:“李公子等等！”李白见是金陵子，又停下来回头迎接。

金陵子将折柳送给李白：“公子，若非您多次相救和支持，奴家哪有今天。今日相别，不知何日才能再见面……”李白从袖中取出一首诗，递给金陵子：“这首诗是专门送给你的。”金陵子激动地接过诗篇，说：“李公子，你的诗都记在了我的心中，我要永远将你的诗弹唱下去，让你的诗飞遍大江南北，飞遍大唐的天涯海角！”李白紧紧地握着金陵子的手说：“陵子，你真是我的红颜知己，我会永远记住你的！”

这时卢六走上前来，向李白送上一包银两，李白推辞道：“卢六，我的好兄弟，谢谢你，这钱我不要，用到更需要的地方吧！我有一事相托，我最放心不下的就是陵子，现在就把她托付给你吧！”卢六拍着李白的手背说：“放心吧，太白兄，我会好好照顾她的！”李白只觉眼睛一热，泪水盈眶，他双手高拱，向卢六和金陵子说道："请多多保重！"便转身上船。

金陵子等人凝目远送，直到一叶扁舟消失在烟波之中……

扬州（今属江苏）是东南第一大都会，这里的街市比金陵还要繁华热闹。扬州大都督府坐落在城市中心。李白手执诗文向大都督府走去，没想到刚走到府衙门口，就被守门的衙役挡了回来："大都督入朝见驾去了，你改日再来吧！"于是李白又去找其他的府中的熟人和朋友，结果不是有事外出，就是托故不见。李白只好和丹砂住在一个小店里，等待机会。闲来无事，便与丹砂到扬州的四处名胜玩玩，或到酒肆中与人纵酒赌博，斗鸡走狗，打发日子。

由于他大把掷钱，仗义疏财，一年之间，散金三十余万，他从蜀中出来所带的金钱已花费一空。如今他囊中羞涩，连旅馆也住不起了，只好寄居在僧寺中。还好，西灵寺的方丈见他游西灵寺的诗写得不错，对他有所照顾。往日千里的奔波，眼前的经济潦倒，使李白困疲交加，病倒在床。

中秋之夜，黄叶飘零，明月当空。

丹砂在门外煎药，端着半碗汤药，送至李白跟前："公子，药好了，您喝了吧。"

李白咳嗽着，摇了摇头。他正望着窗前的明月出神：好亮的月亮啊！这轮故乡的明月啊，曾伴我度过了故乡的童年；曾伴我在匡山读书；曾伴我在峨眉练剑；曾伴我一起下渝州、出三峡；曾伴我到江陵，过洞庭；曾伴我在秦淮游乐、在姑苏台怀古；如今又用它那清澈明洁的光，抚摸我这远方游子的心啊！此时此刻，我那远在万里的高堂双亲，我的月圆小妹，还有我的师父赵蕤、雍尊师，我的峨眉好友仲濬，还有我的义兄元丹丘，如今你们都在赏月吗？我的家乡，我的亲人，我是多么想念你们呀！明月啊，我要通过你来传达我对家乡和亲人的祝福与思念啊！

李白挣扎着披上衣服，从床上下来，走到窗前，推开窗户，向空中的明月合掌祈祷。月光下，李白的脸上闪着泪光。李白吟道：

床前明月光，疑是地上霜。举头望山月，低头思故乡。

（《静夜思》）

正当李白举头望月悲切地思念蜀中的亲人时，忽有一人前来看望李白，此人正是李白的金陵故交孟少府。孟少府在山南东道的安州为官，半年前在金陵相别后便回到了安州，如今到金陵办事，又去找李白，结果听说李白到了扬州。他来到扬州各大客栈，到处打听李白，都未找到，最后找到李白住过的那个小客店，才知道李白借宿在西灵寺的僧舍里。他买了些过节的东西便前来看望李白，见李白病卧在床，大惊道："哎呀！我的好兄弟，你怎么病倒了呢？" 李白叹道："小弟此次东南之游，已经有两年多了，所带银两已花费罄尽，于今实有思归之意呀！"

孟少府想了想，说："贤弟若想回家看看，那倒也好，我也要回安州去了，咱们正好同路。钱的事儿，贤弟尽管放心，就包在愚兄身上。路过安陆，你也好顺便玩上几天，贤弟以为如何？"李白点头道："好！你我兄弟，就不言谢了！乡人司马相如云：'楚有七泽，云梦居其一焉。'这云梦大泽不就在安州吗？小弟正想前去一游呢！"孟少府往前凑了凑，拍着李白的大腿："还有，我都替你想过了，安州也是都督府治所，现任马都督是个爱才之人，你应该去拜会他，我替你引荐！"

李白从床上猛然坐起："好，我现在就同你一道去！"

孟少府笑着说："不要急，一来你的病还要好好养一养，二来我还有事要办。"说着他从随从手中接过一包银两，递给李白："这样吧，你病好了再去，我回头在安陆等着你。"

桃花流水窅然去

李白的诗得了马都督诗会上的彩头，被安陆士绅许员外格外青睐。在江夏黄鹤楼游览时，他意外地结识了大诗人孟浩然。

开元十五年（727）李白到了安州（今湖北安陆），暂住安陆碧山桃花岩。桃花岩地处安陆城郊，地僻幽静，风光优美，是个读书的好地方。李白在这里读书弹琴，赋诗作文。闲时孟少府约三五好友来此饮酒赋诗，品茶论文，日子倒也过得痛快。正巧，元丹丘也云游安州，听说李白来此，特来相会。老友久别重逢，分外高兴。二人置酒小酌，边喝边聊，一直喝到次日天亮方休。

安州都督马正会是一位爱才敬贤之士。他读了孟少府转呈的李白诗赋，大加赞赏，便命孟少府将李白邀到自己府中，并在大都督府中为李白举行接风宴会。

安州各级官吏和地方名贤都纷纷出席，元丹丘也应邀在座，都督府的大厅中座无虚席。大家都在等待李白的出现，一瞻这位西蜀才子的丰采。当人们正在纷纷议论李白的才华，猜测李白的模样时，马都督手携李白步入客厅，并向众人介绍道：

“诸位，这位就是西蜀才子、诗人李太白。”

众人见李白目光炯炯，神气高朗，举止潇洒，仪态俊逸，果然不同凡响，又见马都督对李白如此高看，更生出几分敬意，便纷纷起身拱手，表示欢迎。李白施礼答谢，神色自如，不卑不亢：“谢谢诸位！”李白见元丹丘也在座，二人互相点头致意。

马都督坐了主位，请李白在客位入座。接着，大家各自就座，宴会开始。马都督伸出手来，摆了一摆，乐声骤起，一群舞女从屏风后鱼贯而出，在庭前的舞坛上翩翩起舞。

大家正喝得酒酣耳热之际，马都督忽来雅兴：“诸位，今日时值良辰佳日，名士云集，不有佳作，何以伸雅怀？老夫我雅好诗赋，今以‘百花’为令签，请在座各位抽签吟诗如何？”

众人一致赞同。一乡贤说：“我们请马大人抽头签好不好？”众人齐道：“好！”

“那老夫就先出丑了。”马都督先抽了一签，递与身旁的监酒令官，监酒官说：“马大人抽得一支‘梅花’令签。请马大人以梅花为题，先为我们吟诗一首！”大家齐表赞同。

马都督用手捋着胡须，沉吟了一会儿，吟道：“江头忽见寒梅树，凌雪开花汉水滨。偶出不知春色早，眼花疑是弄珠人。”

众人齐赞道：“好，妙极了！喝酒，喝酒！”

一乡贤趁机拍起了马屁，大声赞道：“真不愧是风雅太守啊！大家举杯，一起敬马大人一杯！”众人举杯，马都督举杯回敬：“诸位请！”马都督饮过酒后，捻须微笑，指着一位官员说：“下一个，李长史，该你了。”

李长史名叫李京之，是安州都督府的长史，听到马都督点了他的名，于是也抽了一签，递给了监酒令官，监酒令官说：“是个‘杏花’签。”李长史沉吟了半晌，吟道：“江畔杏花烂漫开，遥知不是凌雪梅。二八佳人采几朵，含羞插向鬓边来。”

众人也是一片恭维之声。有的说：“长史李大人之诗，风流旖旎。真乃绝唱也！”有人恭维道：“恭贺长史大人，喜得佳诗，我等共敬大人一杯！”于是众人也一起举杯：“敬贺长史大人！”李长史面呈得意之色。元丹丘见众人的阿谀奉承之态及李长史得意忘形的样子，止不住以袖掩口暗笑。

马都督向李白拱手道：“下面该轮到李先生了，请抽签！”李白抽了一签，给了监酒令官。监酒令官说：“一支‘桃花’签。”孟少府插言道：“太白先生借居本州碧山桃花岩，碧山桃花，为本州一绝，当赋一首碧山的桃花诗，方为切题。”马都督面带微笑向李白说：“太白先生，请吧！”李白起身，向马都督作了一揖，说：“恭敬不如从命，小生献丑了。”只听他声若贯珠，随口吟道：

问余何事栖碧山？笑而不答心自闲。桃花流水窅然去，别有天地非人间！

（《答问》）

李白刚吟诗完毕，宴会上就爆发出一片热烈的赞叹之声。马都督连声夸赞道："好诗！好诗！""此诗超凡脱俗，顺手拈来，字字入化。真仙人之辞也！"一老者摇头晃脑地品评着。"没想到太白先生有如此淡荡之胸怀，超逸之情致，堪称绝调！"一位青年才士也由衷地赞服。

马都督喜笑颜开，说："我等探骊，太白先生独得骊珠。都说太白先生有扬马之才，今日才亲眼所见，老夫实是佩服。我等之诗，乃尺附寸接，模拟前人，辞庸意浅，实无惊人之处；而李白之诗，则清新自然，神采飘逸，果是不同凡响啊！"众人齐向李白称贺道："李先生，真是诗坛之奇才！"马都督说："诗是好诗，不知先生赋文如何？"时正值暮春，马都督对李白说："就写一篇小赋吧！"李白见马都督有考一考自己的意思，就说："晚生遵命。"于是连喝了几杯酒，就挥笔写了一篇《愁阳春赋》，文不加点，顷刻而成。马都督见状大悦，说："太白先生真是倚马之才，今日亲眼所见，果真名不虚传！"他回头对身旁的长史李京之说："我阅文章多矣，但觉诸人之文，犹山无烟霞，春无草树；而李白之文，清雄奔放，名章俊语，络绎间起，光明洞彻，句句动人。真乃奇才也！"李长史心中虽有不快，但仍唯唯应声附和道："都督大人所言极是。"

在众人中，有一个六十多岁的士绅，前朝宰相许圉师之子许员外，特别赏识李白的风度和才华。他走到李白面前作了一揖，说道："老夫深佩先生才华，何时有暇，请到寒舍一叙如何？"

李白也很喜欢这位仁厚慈善的长者，还礼答道："老伯既然相邀，小可敢不遵命。日后有暇，定当登门拜访。"

在客厅一角，李长史向孟少府问道："这个李白可是你引荐来的？"孟少府满心以为李长史也是一位惜才之士，高兴地回答："是的，李大人。"没想到李长史满脸不悦地哼了一声，拂袖而去。孟少府惊愕地站在那里，望着他离去的身影，叹了口气。

元丹丘要到江夏（今湖北武昌）去，李白带着丹砂也与之同游。从汉阳（今属湖北武汉）渡江，江对面就是江南的三大名楼之一——黄鹤楼。黄鹤楼坐落在江夏蛇山临江的黄鹄矶上，面临浩浩长江，风光十分壮伟。相传古时有位叫子安的仙人，乘黄鹤过此，曾在此地小憩，故后人在此建楼纪念，名此楼为“黄鹤楼”。三人在黄鹄矶下船，登上了黄鹤楼。

楼上的墙壁上挂满了名人的题诗和字画，只见众人都在围着一幅题诗品评议论。李白走近一看，原来是崔颢所题的一首《黄鹤楼》，诗云：

昔人已乘黄鹤去，此地空余黄鹤楼。黄鹤一去不复返，白云千载空悠悠。晴川历历汉阳树，芳草萋萋鹦鹉洲。日暮乡关何处是，烟波江上使人愁。

李白看后，连连点头称赞：“好诗，好诗！”元丹丘说：“太白贤弟雅善此道，何不也题上一首？”李白长叹了一声：“眼前有景道不得，崔颢题诗在上头啊！”

这时旁边一位四十多岁的儒雅之士，头戴葛巾，隐士打扮，看了李白一眼，上前作揖道：“敢问这位就是蜀人李太白先生？”李白应道：“在下正是，敢问先生尊姓大名？”“襄阳孟浩然。”隐士说。李白眼睛一亮，走上前去，抱拳长揖：“原来是浩然先生，失敬，失敬。小弟这厢有礼了！”孟浩然说：“此地不是说话之处，请到画舫上叙谈。”

武昌东湖上，一支画船在湖上漂荡。酒席摆在船上，三人围坐，丹砂为大家斟酒。三人一起举杯，互道了一声“请”，便一饮而尽。李白对孟浩然心仪已久，今日见面，心中十分高兴，他向孟浩然一吐心中仰慕之情，说：“久闻夫子大名。在金陵即听说，先生是当代的陶渊明，隐居不出，先生人品诗风直追魏晋，不啻古人，如‘荷花送香气，竹露滴清响’，清幽可比陶谢；‘中流见匡阜，势压九江雄’，气势直压曹刘；至于‘春眠不觉晓，处处闻啼鸟。夜来风雨声，花落知多少’之妙句，只有像夫子这样的高人逸士才能道得出来啊。”元丹丘举杯说道：“干，为孟夫子的妙诗干杯！”

初次见面，孟浩然就听到了李白对自己的肺腑之言，一股知遇之情从他心中油然而生。他握着李白的手说："太白贤弟，生我者父母，知我者贤弟也。你我虽然萍水相逢，却一见如故，亲如兄弟。愚兄老矣，虽逢圣明之世，却无济世之才，只好隐老林下了。贤弟既有天人之表，又有绝世之才，胸怀远大，前途无量。来，为太白贤弟干上一杯！"李白谦虚地说："孟夫子过奖了！""不，我说的是实话。现在江夏城内到处都在争着传抄你的《大鹏遇希有鸟赋》，你看，我这里还有一份呢。"孟浩然从衣袖中掏出一卷诗赋来，递给李白："其中的名句我还会背呢。'喷气则六合生云，洒毛则千里飞雪。块视三山，杯观五湖，其动也神应，其行也道俱。任公见之而罢钓，有穷不敢以弯弧。'哈哈，真有翻江摇海之力，气吞斗牛之势啊，比我的'中流见匡阜，势压九江雄'可气势得多了！"

李白没有料到，这位名扬四海，长自己十多岁的大诗人，却对自己初出茅庐的作品如此厚爱，并能朗然成诵，心中十分感动："谢先生厚爱。"这时元丹丘又举杯邀道："来，为太白贤弟的大作成功也干一杯！"三人拊掌大笑。

孟浩然、李白、元丹丘等人在江夏玩了几日，孟浩然要下扬州，李白等人送他至黄鹤楼江边。几日来，他们情同手足，无话不谈，分手时，二人恋恋不舍。孟浩然说："太白贤弟，我们一同游览扬州如何？"李白说："浩然夫子，我刚从扬州回来不久，兄此一行，弟就不能奉陪了，待你归来之日，弟在安陆为兄接风。""太白贤弟、丹丘道长，我们就此告别了，后会有期！"孟浩然与李白、元丹丘拱手作别，登船而去。

船已驶入江心，渐渐远去。一股与老友惜别之情，从李白心中油然而起：

故人西辞黄鹤楼，烟花三月下扬州。孤帆远影碧空尽，唯见长江天际流。

（《送孟浩然之广陵》）

李白与元丹丘、丹砂登高远望，久久凝目不动，直至孟浩然的帆影消失在天际。

子倾我文章

在安陆，李白交了桃花运，被招赘许家。洞房中，李白挑下了新娘子的红盖头，新娘子含羞的面庞显得那么秀美妩媚。

送走了孟浩然，元丹丘也与李白告别，他要到汉东（今湖北随县）去拜望他的师父胡紫阳。从江夏回来之后，李白应邀来到许员外家。许家是安陆的世家大族，许员外的祖父许绍，是唐高祖的同窗，在隋时曾封为安陆郡公。隋末随高祖起兵反隋，立有战功，卒后赠为荆州都督。其少子许圉师，在唐高宗时任黄门侍郎，同中书门下三品，位至宰相。仪凤四年（679）卒，赠幽州都督，陪葬恭陵。其子名许自然，即许员外，因行猎时误伤人命，故被免官，一直在家乡安陆闲居。

李白向许府客厅走去。许员外急忙走出相迎，后面还跟着他的两个儿子许大和许二。待李白在客厅坐定，丫鬟上茶之后，许员外说："此次邀先生家中小坐，略备薄宴，望先生海涵。"李白客气地说："老伯有事，请尽管指教，不必客气。""上次在都督府中，见先生文不加草，出口成章，文辞秀逸，音声润朗。真是才比扬马，满腹文章啊。实在令人佩服！"

许大公子与其父一样，更关心的是李白的才华，他不知从哪里听说李白还善于鼓琴，非要李白弹奏一曲不可，李白被相请不过，只好答应："好吧，那就献丑了。"

室内香烟缭绕，李白在鼓琴，琴声锵然。李白一边弹琴，一边唱歌。他唱的是他自己拟作的乐府诗歌《长相思》，歌曰：

日色欲尽花含烟，月明如素愁不眠。赵瑟初停凤凰柱，蜀琴欲奏鸳鸯弦。此曲有意无人传，愿随春风寄燕然，忆君迢迢隔青天。昔时横波目，今作流泪泉。不信妾肠断，归来看取明镜前。

琴声和歌声在室内缭绕，穿过庭院，飘向绣房。许小姐正在屋内吟咏李白的诗篇："问余何事栖碧山，笑而不答心自闲。……"

忽听得一阵琴歌传来，她静心细听，一时着了迷，心想：这位客人是谁？诗作得这么好，歌又唱得这么动听？她赶紧唤来丫鬟秋菊，问道："秋菊，哪来的歌声？"秋菊回答："好像是从客厅传来的。""你去看看，是谁唱的。"

秋菊去了，过了一会儿，回来向她报告说："听说来了一个人叫李白，是他在弹琴唱歌。"许小姐大惊，急问道："李白？哪个李白？"秋菊说："还能有几个李白？就是你天天所念诵的诗人李白。""真的？"许小姐高兴极了，简直有点不相信。"那还能骗你？""走，秋菊，咱们一块儿去看看！"

于是二人蹑手蹑脚地到客厅的屏风后偷听。许小姐越听越激动，不由得从屏风后露出头来观看。但她看到的却是一个青年男子的背影。

李白弹奏歌唱完毕，余韵绕梁，久久不绝。过了一会儿，他才站了起来，转身向许员外拱手，表示演奏完毕。许小姐这才看清这个弹琴歌唱的诗人李白，眉清目秀，仪表俊逸，举止潇洒。许小姐看得着了迷，秋菊用手指捅了捅她，她才意识到自己的失态，羞得满脸通红，赶忙拉秋菊退回屏风后面去。

许家父子从沉醉中醒来，连连夸赞："好琴！""好诗！"

许员外非常喜欢李白，有意招李白为婿。他问道："贤契年方几何？""小侄今年二十七岁。""可曾成家？""至今未有。""老夫有一小女，今年一十七岁，欲高攀贤契如何？"

李白实在没有料到，许员外会突然提及婚姻之事，而且说的是他的女儿。他又不知许员外的女儿是个什么模样，性情如何。他犹豫了一下，婉言推托道："婚姻大事，小侄不敢自己一人做主，须上禀父母高堂。况我他乡做客，囊中羞涩，恐难一时答应。""你不须发愁钱的问题，这一切都由老夫张罗，不用你来操心。也好，你回去仔细想一想再说。"李白沉默不语。

许小姐听见父亲议论自己的婚事，便屏声静气地在屏风后偷听。当她听说要将她许配给李白时，她又喜又惊；继而又见李白对此婚事婉言推托，不由得心中凉了半截。她头晕目眩，差一点跌倒在那里。“小姐，小姐！”秋菊唤道。秋菊连忙搀扶她回到闺房。过了半晌，许小姐才缓过劲来，唉声叹气，泪盈满眶。秋菊安慰道：“小姐不要伤心，我看李白并没有说不答应。再说，像小姐这样的人儿，不论模样人品，还是家庭条件，在安陆城他哪里去找第二个？”秋菊的一番话，说得许小姐顿开茅塞，愁容顿消。

李白回到桃花岩，他躺在床上，翻来覆去睡不着。

他想起了白天许员外提亲的事，是的，自己今年已二十七岁了，已近而立之年，自己的终身大事确实也该考虑了。再说，他李白今后的前途和出路在哪里呢？他所认识的朋友当中，没有一个在朝中是有背景和靠山的，自己上天无门，连个援引的途径也没有。许家论门第，倒不失为一门好亲事，可是，许家的小姐到底是个什么样的人呢？他却一无所知。

正当李白前思后想、心乱如麻之时，他忽听门外有人敲门。李白起身打开门后，见元丹丘站在面前。李白又惊又喜：“我说是谁呢，原来是你这个老道！什么时候回来的？”“这不，刚从随州师父那里回来，就来到你这里。”

李白将自己的心事向元丹丘全盘托出，元丹丘高兴地说：“好啊，这样的好事，你上哪里去寻？太白，你交了桃花运了！”接着他便向丹砂要酒喝，“这喜酒我是喝定了！”

丹砂将酒菜端上，二人边喝边谈。元丹丘说：“你还别说，这许家的小姐，我还真是见过。今年初我去许府为许老夫人做法事超度，许小姐哭得像泪人一般，真是梨花一枝春带雨啊，其花容月貌，虽不能说美如天仙，但其品貌在安陆县城，可以说是无人可比的！”元丹丘见李白有些动心，接着又说起了与许家结亲的好处，“那许家世为簪缨，还是宰相门第，虽然现在有些失势，但其家族姻亲，多在朝廷为官。你要是能与许小姐结成鸾凤，这将来的前途……”李白打断他的话说：“我倒不是为做官而高攀他许家……”元丹丘看出李白心中的委屈，刚才的话确实有些太直，挫伤了他清高的自尊心。便转话头说：“又不是我们去求他，而是他许家主动找上贤弟的嘛，怎能说是高攀？”又说，“可惜他许员外没有看上我元丹丘，要是看上了我，我可不怕他们说高攀什么的……”说着，眼睛看着李白，笑了起来。李白笑骂道：“你这个贼老道，一肚子花花心肠，看来入道都是假的！”二人一番笑闹，李白的心理这才渐渐平复下来。经过元丹丘的一番说服动员，李白决意向许府求婚。他对元丹丘说：“丹丘兄，你替老弟做个红媒怎样？”元丹丘说：“我是一方外之人，做此事恐不太方便。我给你推荐一个人选，你看怎样？”李白问：“谁？”元丹丘：“孟少府！他是官场中人，又是许府的熟人，他最合适。”

就在李白与元丹丘在桃花岩喝酒之际，李长史派他的师爷向许府为他的侄子提亲，却被许员外一口拒绝了。因为李长史之侄在安陆城内是一个出了名的斗鸡走狗、眠花宿柳的“花花太岁”。李府的师爷碰了一鼻子灰，灰溜溜地回去向李长史复命。李长史十分窝火，也不好说什么。

再说，孟少府受李白之托，前去许府求亲，许员外十分热情地接待了他。孟少府向许员外下了聘礼，盘龙玉璧一双。许员外高兴地接了聘礼，并订下了结婚的日期。

结婚的那天，许府大宴宾客，把城里有头有脑的人家都请到了。李长史家也收到了请帖，当时他正在庭中手捧茶碗喝茶，听到许府所招赘的女婿竟是外来的穷小子李白，当场气得把茶碗摔得粉碎。

正当此时，许府的结婚仪式正进行到热闹处。在一片噼里啪啦的爆竹声和震天价响的唢呐声中，李白和许小姐手拉红绳进入了大厅，他们在众人的一片赞赏和祝贺声中拜天地、拜高堂与夫妻对拜。然后，在伴娘和丫鬟的簇拥下，进了洞房。

洞房中，李白挑下了新娘子的红盖头，在温柔的烛光下，新娘子含羞的面庞显得那么秀美妩媚。李白走近新娘子，坐在她旁边，爱怜地抚摸着她的肩膀，新娘子便趁势撒娇地躺进了他的怀里。

临睡前，新娘子从枕下取出一书卷递给李白，打开一看，原来都是她抄的李白的诗赋，字迹娟秀，整整齐齐。李白说：“娘子，这些诗都是从哪里来的？”许氏说：“这些诗都是我平时收集来的。有的是从父亲那里抄来的，有的是和秋菊一道从庙会的书摊上买来的。”李白指着《长相思》那首诗问道：“这首诗是我不久前作的，怎么也到了你的手中？”许氏狡黠地骨碌着大眼睛：“这首么，是我从你那儿偷来的！”“偷来的？”许氏笑道：“是你那日在我家厅堂唱琴歌时，我偷偷地记下来的。”李白亲了一口娘子，说道：“好一个聪明厉害的娘子！”许氏说：“这首诗好是好，不过这最后的两句你也是偷别人的！”李白吃了一惊：“偷别人的？”“我给你念两句，你听听：‘不信比来常下泪，开箱验取石榴裙。’这是谁的诗？”李白说：“好像是武后娘娘的吧。”“你的‘不信妾肠断，归来看取明镜前’，不是从这二句偷意脱化出来的吗？”许氏反问道。

李白还真没有想到，面前这位美貌的姑娘，还这么聪慧，这么精通诗道。他忘情地拉着许小姐的手说：“还真没有想到，我的夫人这么精于诗道。你真是我的闺中诗友啊！”

少年落魄楚汉间

因醉挡了李长史的官驾，李白发现他闯了祸，顿时谣言四起。为洗刷名声，李白主动对接任的裴长史上书，为自己辩冤。

与许氏结婚后，小两口恩爱和美，过着相府佳婿“红袖添香夜读书”的无忧无虑的生活。李白真有些“乐不思蜀”了。

一年以后，许氏夫人生了一个女儿。初为人父，李白十分高兴，给女儿起了名字叫平阳。秋菊说，这个名字怪怪的，一点也不像一个女孩的名字。李白对她解释说：“平阳就是月亮的意思，日月齐光嘛。而且高祖皇帝有个女儿就叫平阳公主，是个了不起的女中豪杰。将来我们家的小公主，说不定也是一位了不起的人物呢！”

此时的李白，时逗稚女怀中笑，闲看娇妻绣鸳鸯，生活好生自在。在温柔乡中不但不思功名进取，反而产生了耕读隐居的念头。他在桃花岩开了几亩山田，又将所居的茅屋修葺了一番，取名“桃花书屋”。无事便在山中读书。闲时便邀三五友人在山中小饮，谈诗论文，弹琴对弈，不复以功名为意。许员外起初以为李白刚结婚不久，沉溺于家室之乐，交往几个朋友，甚至躬耕陇亩，以尝稼穑之艰，是正常现象，不以为意。又见他隐居读书，还以为他是在准备功课以试应举。后来慢慢地发现，根本不是那么回事。孟少府到桃花岩去过几次，也发现李白所读的根本不是儒经六艺之书，而是老庄之书。所交之友也不是在讨论经济之道，科艺举业，而是在说佛论道，琴棋闲话。因此与许员外有同感。许员外便托孟少府劝说李白，该是准备举业，以应仕途的时候了。孟少府于是便以开玩笑的方式，戏仿南朝孔稚圭的《北山移文书》，给李白写了一篇《寿山移文书》。其意不外是以责备桃花岩的所在地寿山隐藏贤士的名义来责备李白隐居不出，辜负了朝廷望贤盼士之心。

李白接到了孟少府的《寿山移文书》，看过后会意一笑，知道老朋友是在催他出山呢。他想了想近日之所为，确实也有些好笑，怎么这样就安心地做起隐士来了呢？大鹏之志，意在四海，怎能像燕雀一样，整日盘旋蒿下，不思进取了呢？是该反省的时候了。于是，他便展纸蘸笔写了一篇《代寿山答孟少府移文书》，算是对孟少府的回复。其中有一段这样写道：

近者逸人李白自峨眉而来，尔其天为容，道为貌。不屈己，不干人，巢由以来，一人而已。乃虬蟠龟息，遁乎此山。仆尝弄之以绿绮，卧之以碧云，嗽之以琼液，饵之以金砂。既而童颜益春，真气益茂。将倚剑天外，挂弓扶桑。浮四海，横八荒，出宇宙之寥廓，登云天之渺茫。俄而李公仰天长吁，谓其友人曰：吾未可去也。吾与尔达则兼济天下，穷则独善一身。安能餐君紫霞，荫君青松，乘君鸾鹤，驾君虬龙，一朝飞腾，为方丈蓬莱之人耳？此则未可也。乃相与卷其丹书，匣其瑶瑟，申管晏之谈，谋帝王之术，奋其智能，愿为辅弼。使寰区大定，海县清一，事君之道成，荣亲之义毕，然后与陶朱留侯，浮五湖，戏沧州，不足为难矣。即仆林下之所隐客，岂不大哉！必能资其聪明，辅以正气，借之以物色，发之以文章，虽烟花中贫，没齿无恨。其有山精木魅雄虺猛兽，以驱之四荒，磔裂原野，使影迹绝灭，不干户庭。亦遣清风扫门，明月侍坐。此乃养贤之心，实亦勤矣。孟子孟子，无见深责耶？明年青春，求我于此岩也。

李白在此书信中向孟少府表明了自己的人生志向是“达则兼济天下，穷则独善一身”。说明他遁隐此山是暂时的，他的人生目标是出将入相，或为帝王之师，使“寰区大定，海县清一”，即天下太平之后，他便像春秋时的范蠡和汉时的张良一样，功成身退，去“浮五胡，戏沧州”。小寿山是养贤，而非藏贤。他李白终究要出山的。

孟少府看了此书，深明李白是一个有大志的人。他不是不想出世，而是不屑于事科举，做小官。是想一出世就一鸣惊人，立致卿相，为帝王之师。孟少府将此意向许员外禀明，许员外只是说了一声：“志向是挺高，只是做起来太难了。”就不再说什么了。

且说李白从此静下心来，专心攻书，熟读经史。许家乃世家门第，素以藏书丰富著称。一年下来，李白将他所未读过的书差不多全都翻阅了一遍。

一日，李白正在桃花书屋中读书，忽听丹砂来报，说他本家的几个兄弟前来看望他。他们是进京赶考路过此地的。李白赶紧出来迎接，原来是族弟李令问、李幼成、李之遥来访。

春夜，李白在桃花书屋前的桃花树下，设宴招待。李白为他们这次的宴饮诗作了一篇《春夜宴从弟桃花园序》，序曰：

夫天地者，万物之逆旅也；光阴者，百代之过客也。而浮生如梦，为欢几何？古人秉烛夜游，良有以也。况阳春召我以烟景，大块假我以文章。会桃花之芳园，序天伦之乐事。群季俊秀，皆为惠连；吾人咏歌，独惭康乐。幽赏未已，高谈转清。开琼筵以坐花，飞羽觞而醉月。不有佳咏，何伸雅怀？如诗不成，罚依金谷酒数。

四人依诗序之要求，各吟诗数首，诗不成者，依例罚酒。弟兄们说说笑笑，边喝酒边吟诗，不知不觉喝了一个通宵，四个人都喝醉了，东倒西歪地躺在桌子旁。桌子上的蜡烛灭了，窗外天色已亮。

次日上午，李之遥等三人告辞而去京师赶考，李白相送于十里长亭，又一一向众从弟敬了送别酒，喝得头重脚轻，东倒西歪。告别之后，由丹砂扶着回家。李白醉得一塌糊涂，醉倒在大路上。这时正巧李长史的轿子路过此处。前面有二人鸣锣开道，二人举着“肃静”“回避”的牌子，还有四人打着仪仗和旗幡，其气势好不威武。他们驱赶着行人，大声地叫喊着：“闪开，闪开！”

李白因醉卧路上，衙役禀告李长史。李长史一看是李白，十分气恼，便冷笑地嘲弄道：“原来是西蜀才子，李大诗人。你还认得我吗？”李白醉眼蒙胧，眼前的人影恍恍惚惚，似曾相识，听他戏称自己为“西蜀才子”“李大诗人”，心想，这一定是一位要好的朋友。他指着李长史说道：“你莫不是魏洽贤弟？走，走，我们回家去喝两杯！”李长史见李白口出此言，不禁大怒，他本来正想找个借口收拾李白，此时正是时机，于是便喝道："好一个大胆的狂徒，你竟敢故装醉汉，拦截官驾，戏弄本官！来人，把他拿下，押回去治罪！"两个衙役架起李白带走了，丹砂连忙赶回许府报信。

许员外得知消息后，急忙备轿赶往李长史府，赔了好多不是，后来看在李白是马都督的座上客的关系上，李长史才将李白放出。

李长史回到庭中，余怒未消，丫鬟上茶来，他将茶盏狠狠地摔在地上，怒道："不收拾收拾李白这小子，难除我胸中这股恶气。"王师爷这时走了上来，献媚地说："我有办法，不用吹灰之力，便可使李白自己卷起铺盖滚蛋。"李长史急问："夫子有什么好主意，讲来听听。"王师爷附在李长史耳边小声地说了一番。李长史不断地点头，连声说："好，好。"

一日，许大公子在酒肆中正与几个朋友饮酒，酒肆的一隅中，有四五个游手好闲的地痞也在喝酒。见酒店中顾客渐多，其中一人故意大声对周围的人说："你们知道吗？那个西蜀才子李白，原来是一个杀人的逃犯，听说是在洞庭湖杀了人，逃到我们安州来了，现在已被李长史给抓起来了。"

另一个人一唱一和地说："你说的可是那个招赘许府的李白？听说他还是一个招摇撞骗的大骗子呢！他自称是陇西王孙，和当今皇上同宗，说什么他是天枝贵种，完全是骗人。"接着，他故作神秘地说，"他家可有犯罪的血统，我听说，他的父亲就是一个从西域逃窜到巴蜀的杀人犯。"

又一个地痞无赖嬉皮笑脸地说："我还听说这小子还有不少风流韵事呢！听说他在金陵时，和一个唱小曲的小娘子相好，两个人还经常……"

他的话还没有说完，在一旁喝酒的许大公子，早就忍耐不住了。他走到这个小子跟前，抓住他的衣领，狠狠地打了他两记耳光，骂道："我叫你胡扯！说，你是从哪里听来的？""大爷饶命！我也是道听途说，听街上人讲的。"地痞告饶说。"滚，都给我滚！"许大公子一脚将他踢开。那群无赖见许大公子动了怒，便一哄而散。

许大公子无心再喝酒，他心情烦郁地回到家中，在庭院中正好遇到许员外。许员外见他面色不好，问出了什么事，许大公子说："现在外面纷纷传言，说李白家世不明，说他父亲是一个西域的逃犯，还说他杀人越货，胡作非为，生活作风放荡不轨。”

许二公子在旁有点幸灾乐祸地说：“当初我就不同意妹妹嫁给他，可是父亲就是不听。看看，现在问题都出来了吧？”

许员外心中有些烦，制止道：“你们胡嚷嚷些什么？这些胡话难道也能信得？这明明是有人在造谣生事，以后不准再给我说这些乱七八糟的谣言，我不想听！”

李长史已经任满到期，新任安州长史裴大人前来接任。裴长史一到安陆，首先到李长史家拜访。裴长史问及安陆的世风民情以及当地的世家大族时，说：“要当好这地方官，还要依靠这里的地方乡贤。听说安陆这里，有许、郝两家，最为显赫？”入乡先打听地方世家豪门，这是做官的秘诀。“是啊。这许、郝两家是这里的世家大族，先前在朝廷世为高官，两家互为姻亲。在我们安陆最有势力。你没有听说过我们这里流传的一首歌谣吗？‘衣裳好，仪丑恶，不姓许，便姓郝。’尤其这许家，可是得罪不起啊！”李长史不显山不显水地先将许家垫了一砖。裴长史问道：“你是说许家在这安陆颇为横行不法吗？”“那倒也不是。许家原来也是挺规矩的人家。”李长史欲贬先扬。“那年兄的意思是……”“只是近来他所招的一个女婿，依仗许家权势，颇为骄横不法。实为地方之一害。”李长史终于图穷匕见，趁机告了李白一个恶状。他要借裴长史之手，来收拾李白。裴长史闻此，感到很气愤，问道：“是怎样一个骄横法？”

李长史将李白如何装醉挡他的官驾戏弄他，如何杀人越货，如何诽谤孔圣人也是个酒徒，家庭如何等谣言，一股脑地给裴长史讲了一遍。裴长史听了李长史的蛊惑之言，直气得两眼冒烟，怒道：“好一个李白，竟敢如此妄为。看本官将怎样处置他！”

裴长史从李长史府上回到家中，心中一直琢磨着李白到底是怎样的一个人，李长史口中的李白与他心目中的李白形象实在是相差太远了。他倒想亲眼见一见这个人。这时，一个家人手奉一张拜帖，呈给裴长史：“禀老爷，李白求见。”

真是说曹操，曹操就到，裴长史想：我没有前去拿他，他倒自投门上来了。这也好，我倒见识见识他长得是个什么模样！便对家人说："传他进来！"李白进了裴长史的后厅，向裴长史长施一揖："布衣李白参见长史大人！"

裴长史见李白长得眉清目朗，俊雅清秀，不像是个歹人。他颇为怀疑地问道："你就是李白？""在下正是。""你可知有人告你狂傲犯上，行为不端？""在下正是为此事而来。""你可是前来投案认罪？""不，我是前来为自己辩解。"说着李白将一封《上裴长史书》呈交给裴长史。

对于李白不卑不亢的态度及见官不惊不惧、宛如平交的胆量，裴长史倒有几分好感，他将李白呈给他的书信迅速扫了一遍。但他仍拿出一副父母官的姿态对李白说："好，本官向来兼听两面。你写的可是实情？可不得有不实之词，否则休怪本官无情！""在下若有半句不实，愿听凭大人处置。""我问你，你为什么要冒充宗室，招摇撞骗？"裴长史以审问的态度问道。李白答道："大人此言差矣。我李白祖籍陇西成纪，系凉武昭王李暠之后，乃与当朝帝室李氏为同宗同祖，现有从弟李幼成、李令问可证，何谈冒充？""我再问你，你父亲可是从西域逃至西蜀的流犯？""此话说起来可就长了。我家先前世代为官，在隋朝末年，我的五世祖得罪了隋炀帝，被充军西域。直至武后神龙元年，我父亲因遵祖训，方始内迁，怎能说我父亲是逃窜的流犯？难道我们大唐现在还要遵从隋炀帝的法律吗？"李白将他家世的前因后果，详细地向裴长史说了一遍。

裴长史听李白此一番话，方知李长史对李白胸存芥蒂，因此反而对李白产生了几分同情："如此说来，此乃误传。你也不必太介意。"既然如此，不妨将李白的其他问题也都一一澄清，他继续问道，"那么我再问你，有人说你欺良霸娼，杀人越货，可有此事？"对于李长史这种无中生有、栽赃陷害的卑鄙行径，李白感到怒不可遏，他愤怒地说："大人，这可是歹人对我李白故意栽赃陷害，您可要为下民做主啊！非但绝无此事，而且事情恰恰相反。"接着他将与吴指南游洞庭湖，吴指南得病后他千方百计地为其治病及其死后为其安葬的事以及在金陵秦淮酒家驱走恶少、搭救金陵子的事都向裴长史详细地讲了一遍。裴长史边听边点头。“如今却有人造谣我欺良霸娼，杀人越货，这岂不冤枉！”

裴长史本来想替李白讲几句话，可转念一想，认为不妥。他毕竟是官场中人，觉得为了李白而去得罪李长史，对自己有什么好处呢？违心地去陷害好人，又非他之所愿。况且像李白这样知名度高又有才学的人，将来也非久为人下者。干脆来个息事宁人，两方面都不得罪，做个老好人。于是，他委婉地对李白说：“你所说的也有些道理，待本官调查清楚之后，再秉公而断。不过，本官有句话要奉告于你，不知你肯不肯听。”李白说：“大人请讲。”“李长史不管如何，也是一州之尊，你误撞了他的官驾，总该给他赔一个礼才好，也算是给他一个台阶下。我这是为你好。”

裴长史此举，在他自己看来是最佳的处理方案，既不伤害李白，又卖给了李长史一个面子，可对李白来说，这却是一种难以忍受的屈辱。他本来对裴长史寄有厚望，希望在他那里能讨回一个公道，但裴长史此举却使他大失所望。他本来想回绝，但又一想，在人屋檐下，怎能不低头，大丈夫要能屈能伸，再说，裴长史也确实在为他李白今后的处境着想。于是说道：“裴大人，谢谢您的好意。不过，他李长史大人应该有大量，这样妒才忌能，欺下凌弱，算什么君子！您明白，主动权并不在我李白，我只是个受害者。即使我给他赔礼道歉，也未必能够和解。但看在您的面子上，我仅就误撞李大人的官驾一事给他写一封道歉信吧！”一向心气孤傲的李白，这是他生平头一次违心地做了他所不愿做的事，也是他终生感到十分屈辱的事。可是，对于李白来说，他一生的坎坷，这才仅仅是开始。

西入秦海，一观国风

李白觉得在安陆受到了不公正的待遇，决定亲自到长安去，直干卿相，寻求出仕之路，一展其胸中之抱负。

李白在给《上裴长史书》中，一方面介绍了自己的家世和自己光明正大的事迹，为自己辩解，同时还表示，如果裴长史不能公平地对待自己，他将要“西入秦海，一观国风，永辞君侯，黄鹄举矣。何王公大人之门，不可以弹长剑乎？”即此处不留爷，自有留爷处，我将要到长安城去直干卿相，你不识人，总有识人的地方，我何必要受尔等地方官吏的气！我要到长安，去直干人主！

裴长史看到李白给他的书信中的最后几句话，觉得李白对他十分无礼，表面上只是笑了笑，但心中确实感到恼火，觉得此人太不识相了。也不便与他计较，从此对李白十分冷淡。

唐代取士门路有多种，除了正常的进士、明经等科举之外，还有皇帝特诏的制举。据徐松《登科记考》所载，仅唐玄宗开元年间（713—741）就开了十二次。几乎每两年一次。其名目之多，随皇上所愿。如才膺管乐科、才高位下科、才堪经邦科、贤良方正科、道侔伊吕科、直言极谏科、王霸科、智谋将帅科、文辞秀逸科、博学通艺科、博学宏词科、武足安邦科，甚至还有高才沉沦草泽自举科、才高未达沉迹下僚科等，有数十种之多。这些特诏的制举比起进士、明经之类的科举来，不仅荣耀得多，而且中举后待遇优厚。特别是天子亲自策试，考生可以凭自己的才能脱颖而出，将自己的宏图高论，直达天听，以达其“游说人主，立致卿相”的目的。但是这些有道科一般都由地方长官直接荐举，才有可能与选入京。因此除了干谒求荐，别无他途。李白在蜀中谒见苏颋、李邕，在扬州干谒大都督、在安州与马都督等地方长官交游，向裴长史等人上书，都有求荐的成分在内。所谓“十五学剑术，遍干诸侯”是也。

由于李白恃才放浪，桀骜不驯，露才显己，以至于才高招忌，遭到一些人的谤毁，招致了一些地方权贵的不悦。因此，在安陆，他屡遭坎坷，求荐无门。本来，安陆的马都督对李白的才华甚为欣赏，颇有好感，但马都督不久也调任而去。因屡遭李长史等人的毁谤，后来继任的安州都督也觉得李白才高气傲，目中无人，不是做官的材料。因此，虽有孟少府等人的极力推荐游说，许员外的多方活动，但李白始终没有得到安州官府的荐举。后来，李长史花了两千两银子，买通了方方面面，最后将他那个专会斗鸡走狗的侄子，以“奇才异技”的名目报了上去。

孟少府将这个消息告诉李白后，李白当场就气得两眼冒火：“难道这就是大唐的荐贤举能吗？”孟少府劝他说：“太白兄消消气，谁不知当今圣上喜好斗鸡，难道你不知道有个叫贾昌的小儿，因会斗鸡，被圣上封为神鸡童，十三岁就官居五品吗？长安时人有语曰：‘生儿不用识文字，斗鸡走马胜读书’。唉，上有所好，下必有所迎焉。”李白气得一连几天都没有吃下饭，天天早上起来就喝闷酒。许氏夫人也很着急，怕他闷坏了身体，劝他出去走走。于是，李白便决定到长安去碰碰运气。

开元十八年（730）秋，李白收拾行装，便和丹砂一起上了路。他们由安陆出发，途经襄阳、南阳、商州、蓝田，西入长安。一路上风餐露宿，经月始达。

过了灞桥，行近春明门，看见皇城高大，气象巍峨，引起李白一阵感叹。进了城门，行走在大街上，两旁的坊舍整齐干净，横平竖直，垂柳婀娜，槐荫夹道。当他们走过皇城时，直见宫殿高耸，红墙黄瓦，富贵雍容。皇城的朱雀门有五个门洞，只有一个侧门开着，门前站着八名守卒，衣甲闪着金光，威武雄壮。李白想通过门口向皇宫中探望，只看见宫殿的一角，便有一个军卒，手端长矛，呵斥他：“走开，不许停留！”李白只好走开。

李白在长安西市附近的一家旅舍中住下。西市是长安城中最热闹繁华的地方，这里是全国的商业中心，各地的锦缎布匹、药材土产、山货海珍、奇异珍宝、日用百货、时鲜干果、四海美酒、各地名茶，应有尽有。甚至还有西域和从泉州、广州来的海外客商，都开着商铺在这里经营。

波斯的银器、罗马的珠宝、天竺的香料、高昌的葡萄酒等，其间还有不少西域人开的酒肆，有妖艳的胡姬在门口招手延客。李白确实也感到饿了，就到一家胡姬酒店吃饭。一个胡姬热情地招待他们，李白见到这位胡姬的眉眼颇与自家的小妹月圆有几分相似，感到十分亲切。就用胡语说道："来一盘葱爆羊肉、五个胡饼和一壶葡萄酒！"

胡姬颇感惊讶："先生会胡语？"李白说："多少会一点。"胡姬问道："你是在哪里学的？"李白说："我母亲是西域人，我在家时母亲总是对我说胡语，所以我是从小学的。"胡姬问："西域的哪个地方？"李白说："伊塞克湖西的碎叶城。"胡姬惊喜道："我们家也是从碎叶来的。"她回头向里屋叫道："爸爸！快出来呀，我们遇到老乡啦！"胡姬的父亲赶忙从里间出来，见到李白，又是热情地鞠躬，又是拍李白的肩膀，二人用胡语交谈了一阵子，于是胡人掌柜命胡姬道："阿依古丽，快给客人上酒来，这顿饭我请客！"阿依古丽像一阵风似的把准备好的酒饭端了出来。四人围成一桌，喝了起来。一会儿又来了几个客人，胡人老板说："抱歉，我要招待新客人了，就让我女儿陪你们聊吧。"起身去招呼其他客人去了。阿依古丽就像遇到了亲人一样，与李白谈起了碎叶，谈起了他们的家世，李白也同她谈起了自己的身世。吃过饭后，李白将一串开元通宝搁在了桌子上，胡姬和胡人老板坚决推辞，但李白执意要给，他们只好收了。临别时，李白问长安哪个地方最好玩，胡姬告诉他，最好玩的地方就是曲江池附近的大慈恩寺和芙蓉苑。

第二天早晨，吃过早饭后，李白沿着朱雀大街，直到明德门，然后又沿着城墙来到了大慈恩寺。进门后，只见高达百尺的大雁塔耸立在面前。大雁塔是长安南城最高的建筑物。李白绕塔看了塔底层所镶嵌的石刻，其中最有名的就是褚遂良所书的《大雁塔碑记》和历代进士的《雁塔题名记》。然后李白和丹砂沿梯直上，上了一层便到四面的窗口向外瞭望，一直到了顶层，塔窗外的景物越来越小，人的眼界越来越宽广。只觉得耳边风声习习，两肋生翅欲飞。向南看，终南山的山影遥遥在望；向东南看，曲江池的芙蓉苑如同一汪清水中小巧的园林模型；向西北望，只见长安城以朱雀大街为轴心，横平竖直，街道横 13 条竖 11 条，像棋盘一样将城内分切为 108 坊。城中北部的皇城，宫殿楼阁的金顶黄瓦，在阳光下闪耀着炫目的光辉。而在皇城的东北角的龙首原上的大明宫，则金碧辉煌，仿佛人间仙境。壮哉长安！李白想起了唐太宗的《帝京篇》中的诗句“秦川雄帝宅，函谷壮皇居。绮殿千寻起，离宫百雉馀”。李白想当今皇上就住在大明宫，这位大唐天子开创了“开元盛世”，正是用人之际。生逢盛世，何其幸也。李白暗下决心，一定要进入大明宫，为大唐效力，一伸报国之志！

下了大雁塔，李白又游了曲江池。池北的芙蓉苑，由于被红墙圈了起来，由士兵把着门，而不得进入。只能在曲江池边遥望一下苑中的紫云楼那高大的楼影，叹息而去。

回到客店，李白将从前所作的《大猎赋》修改了一遍，连同平时所作乐府诗歌及交游诗篇抄成一轴，作行卷之用。他看了看岳父写给当朝左丞相张说的一封信，听说张说是一个爱才好士之人，于是决定到张相府家拜谒。

在相府门前，李白敲开了大门，大门“吱呦”一声，开了个缝，露出一个门子的脑袋，问了一声：“你找谁？”李白说：“我找相爷张大人。”门子说：“相爷有病，一律谢客，概不见人。”李白说明来意，定要进门。门子说：“我去通报一下。”过了一会儿，门子又开门对李白说：“相爷卧病在床，不能见客，有要事，让我转告一声。”李白将手中的书信和自己所写的赋文卷轴呈上，说：“我过几日再来吧！”

门子将李白的书信和卷轴转送进去。张说确实年老有病，门子说得不假。张说在床上接过李白的书信和诗赋卷轴，看过了许员外的书信，又展卷看了看李白的诗赋，尤其是李白的《大猎赋》，觉得写得真是好。他知道当今圣上，最爱辞赋。若能将此赋荐入朝中，圣上一定喜欢。叹道：李白确实是个人才，许员外又是他的故旧，既然千里而来，那就见一见吧。瞅个机会，拉他一把。他就将二儿子张垍，派去接见李白。张垍是当朝的驸马，官兼卫尉卿，是宁亲公主的丈夫。年少得志，眼高于天，张说让他去接见一个布衣李白，心中十分不悦。他也早知李白有诗名，看了李白的《大猎赋》后大惊：此人非凡人也，其才远在我等之上。如果让李白留在长安，将来又多一个竞争对手。他要想办法将李白从长安撵走，不能让他见到父亲，更不能荐入朝廷。此念既定，便派人去找李白。

李白被张驸马接入自己的府邸。张驸马起身迎接李白，显得十分热情。他把李白延至上座，对李白说："书信和诗赋，家大人已看过了，觉得兄才可比司马相如。本来想见先生，可是年老多病，现已卧床月余，不能见客，派小弟前来迎接先生。等身体好些，才能上朝举荐。要不，你就在长安再等些时日？我看这客舍的条件不好，就暂且住在我姑母玉真公主的别馆如何？我姑母现在华山修道，房子空着，那里的生活条件较好，又可以赋诗写文章。"李白听了十分高兴，觉得张丞相确实是个爱才礼士的好官，张垍也文质彬彬，谦谦有礼。于是同意先在玉真公主别馆暂居一时，以等待消息。

张垍亲自将李白送到离京城几十里远的玉真别馆。对李白说："有了消息，小弟便立即来通知你。"李白见张垍如此热情，非常感激。张垍亲昵地拍着李白的肩膀，让他不要走远，耐心地等待。过了一会儿，张垍便借口公务繁忙，告辞回去，临走时，一再嘱托："千万不要离开此地，可能随时会有信来。"又回头对一个老苍头说，"你要照顾好太白先生的生活，若有不周，我拿你是问！"

李白在公主别馆一住就是二十多天，张垍从此再也没有信来，他又不敢离开此处，只好干等着。一开始这里还有人供应吃喝，后来，老苍头借故回去取东西，也一去不回。偌大的玉真公主别馆，只剩下了李白和丹砂主仆二人。天公也偏不作美，呼啦啦地下起雨来，一下就是二十几天。别馆里眼看米也快吃完了，酒也快喝干了，还不见有人来。秋雨连绵，秋风渐紧，衣裳单薄，寒意袭人，下雨天又无处可去，李白在此实在憋得难受，他无奈给张垍写了一封信。信中附二首诗，其一写道：

秋坐金张馆，繁阴昼不开。空烟迷雨色，萧飒望中来。翳翳昏垫苦，沉沉忧恨催。清秋何以慰，白酒盈吾杯。吟咏思管乐，此人已成灰。独酌聊自勉，谁贵经纶才？弹剑谢公子，无鱼良可哀！

（《玉真公主别馆苦雨，赠卫尉张卿二首》其一）

李白在诗中抱怨张垍把他置于别馆中不闻不问，他只好在绵绵的秋雨中盼望着有人来接他，可是左盼右盼，总不见人来，他只好在馆中独酌，借酒浇愁。他浮想联翩，何时自己才能像管仲和乐毅那样，一展雄才？自己现在无衣无食，愁困在此，颇似当年孟尝君的门客冯谖，只好弹铗高唱出无车、食无鱼了。

天气终于变晴，过了几天还不见有人来，李白决定先在周围走走。终南山离此不远，李白久闻终南山的大名，但还没有上山游历过。于是他和丹砂雇了一头驴，一起进了大山。在茂密的丛林中，他们在崎岖的山道上，左攀右爬，到了中午才爬到终南山的半山腰。李白见山坡上有一处人家，几间茅屋，一个用树枝围扎起来的小院。屋后有几丛野竹，从茅屋中传来断续的琴声，显得这里的主人身份不俗。丹砂前去敲开了柴门，从里面走出一个小童，向主人说来客人了。主人从屋中走了出来，见李白神气高朗，相貌不俗，便向李白施了一揖："请问先生高姓大名，缘何而来？"李白说："我是蜀人李白，游山路过此处，来寻口水喝。"主人将客人请进屋内，待坐定后，主人向李白说："山人敝姓斛斯，也是蜀人，家住成都，后来到长安应举，因无人荐举，科场连连失意，遂隐居终南山，修身养性。"李白虽然满肚子苦水，也不便对斛斯山人讲，便扭转话头大夸斛斯山人的琴弹得好。斛斯山人也让李白弹奏一曲。李白也不推辞，遂弹了一曲《松入风》，急时如松涛阵阵，缓处如流水潺潺，忽然琴声又激昂起来，如怒如诉，如泣如歌，正起兴处，只听嘭的一声，琴弦断了一根，琴声便戛然停止。斛斯山人正听得入迷，被弦断声惊醒。问道："先生莫非有什么心事？"李白遂将此次入京遭到张垍戏弄之事相告。斛斯山人安慰道："官场中人，有几个是真心爱士的，不过是虚与委蛇，陶渊明当县令八十日，遂生退隐之心，辞官归乡了。所以弟隐居于此，'抚孤松而盘桓'，聊以打发时日罢了。"于时邀李白在松下摆起酒桌，二人痛饮了一番，眼看着明月东升，天色将暮。于是李白带着酒意，与丹砂一起下山。路上，他哼了一首诗：

暮从碧山下，山月随人归。却顾所来径，苍苍横翠微。相携及田家，童稚开荆扉。绿竹入幽径，青萝拂行衣。欢言得所憩，美酒聊共挥。长歌吟松风，曲尽河星稀。我醉君复乐，陶然共忘机。

（《下终南山过斛斯山人宿置酒》）

李白回到玉真公主别馆，让丹砂收拾行李，返回长安。将行李安顿在旅舍，便到张驸马的府邸，去找张垍。门子告诉李白，说张相爷病危，驸马去相府了。李白又来到相府，走到门前，便闻到相府中一片哭声。原来张老丞相已归天了。朝中的官员，车马填喧，前来相吊。李白欲进去吊丧，被阻在门外。李白只好在门外，望风而拜，失望地回到了旅舍。此时，他也不好意思再去找张垍问自己的事。以后张垍再也没有去找过李白。

李白在长安又找了几个亲戚故旧，他们不是推脱有事，便是让他吃闭门羹。李白在长安大失所望。李白听说他有一位族兄李粲，现任邠州长史，何不到他那里去一游？于是便去了邠州。李粲与李白本非近族，但见李白前来投他，且知李白诗名颇著，因此热情地接见了他。李粲身为一州之佐，生活豪华，出手阔绰。五日一小宴，十日一大宴。筵席上舞儿歌女相伴，不亦乐乎。李白在他那里住了些时日，便向他写了一首诗《豳歌行上新平长史兄粲》，诗中有“狐裘兽炭酌流霞，壮士悲吟宁见嗟？前荣后枯相翻覆，何惜馀光及棣华”的话，透露出希望李粲能荐举一下自己。李粲跟李白说：“我身处小州，只能管辖几个小县，在朝廷那里我是说不上话的。贤弟若要在州内找个差使做做，我可说了算，可是要荐举朝中，愚兄就无能为力了。”李白见此，便说让兄长操心了。又在邠州住了几日，便要告别而去。李粲也不挽留，赠了他一些程仪。

李白和丹砂离开了邠州，便绕道武功顺便登了太白山。太白山是关中第一高山，其主峰比终南山太乙峰还要高，素有“武功太白，离天三百”之称。李白和丹砂登上了太白山的主峰。李白感到太白山与自己同名，仿佛就是他的本命山，特别是站在太白山顶，眼望着眼前无边的云海，直与青天相接，心中非常激动。于是随口吟道：

西上太白峰，夕阳穷登攀。太白与我语，为我开天关。愿乘泠风去，直出浮云间。举手可近月，前行若无山。一别武功去，何时复见还？

（《登太白峰》）

这时忽听身后面有人鼓掌："绝妙好诗，飘飘然有神仙之气！"李白回头一看，原来是一位儒雅之士，头戴角巾，身着青袍，含笑站在他的身边。李白揖道："先生您是？"此人回礼答道："敝人是坊州司马王嵩，也是来这里游山的。"李白见王司马面善可亲，说道："让您见笑了。"二人都是性情之人，越说越投机，便一同下山去，边行边谈。到了山下，李白将揖别而去。王司马说："何不到坊州小住几日，我也好早晚请教？"李白觉得他是个朋友，便愉快地接受了邀请。

到了坊州，王司马请李白在家中住下，并在书房中拿出自己的诗作，向李白请教。李白也将近日所作，与王司马切磋。一日，王司马请李白和刚从长安来坊州办事的秘书监的阎正字一起喝酒，谈起了朝中之事，提到了驸马张垍。阎正字说："张垍与其父可是大不相同。张丞相是个好人，而此子却善于观风使舵，溜须拍马，心胸狭窄，对同僚忌妒心极强。"李白也向他说起了在长安的遭遇。阎正字说："张说大人卧病数月，不能上朝。死后，您的大作，张垍根本就未向朝廷举荐，擅自压下了。"李白这时才明白，为何张垍把自己关在离长安五六十里的公主别馆，不让他回长安，原来是他心中有鬼。李白作了《酬坊州王司马与阎正字对雪见赠》和《留别王司马嵩》等诗，作为酬赠。在坊州住了十几日，便直接由蓝田关过商州、南阳，回安陆去了。

长揖韩荆州

李白至襄阳拜见孟浩然，二人一起游了岘山。在山公楼上，李白对韩荆州长揖不拜，一展名士风采。

开元二十二年（734）秋，李白带着丹砂来到了襄阳（今属湖北）。孟浩然家住襄阳城南郭的涧南园。李白渡过一清如碧的汉江，穿过寂静幽深的松林，丹砂挑着担子，一头挑着书琴，一头是一坛酒，在后边跟着。日暮时分，他们才到了涧南园。向村人一打听，村中一老汉向庄边的一处庄院一指，说那就是孟夫子家。走近孟家的柴门，透过栅墙就看到院中种满了菊花。在一棵老梧桐树下，一个头戴葛巾身穿布袍的老者在弹琴，他边弹边唱他前不久所作的《过故人庄》：

故人具鸡黍，邀我至田家。绿树村边合，青山郭外斜。开轩面场圃，把酒话桑麻。待到重阳日，还来就菊花。

直到一曲终了，李白才高声叫道："孟公！浩然夫子！"老者这才站起，看到了墙外的来人，见是李白，大喜过望："太白贤弟，原来是你！"忙命小童开柴门。孟浩然也赶快到门前迎接："什么风把你给吹来了？"李白笑道："什么风？刚才你不还在唱'待到重阳日，还来就菊花'嘛！老弟前来就你的菊花来了！"二人挽手到菊花丛中坐定，孟浩然命家人备好瓜果秋蔬，又命小童上酒。李白叫丹砂将酒坛端过来，说："小弟特给孟兄捎来一坛安陆的状元红酒，请孟兄品尝。"孟浩然说："也好，先喝你的酒。我特酿的菊花酒，给你备着，等你几年了，到明天再喝吧！"

丹砂将酒斟好，孟浩然举起状元红，看着杯中红中透亮的酒说："老弟喝了这么多年的状元红，也没有弄个状元当当？"举杯一饮而尽，连夸好酒。李白也干了一杯，说："孟公见笑，没想到我李白酒隐安陆，将近十年，不但没有人荐举我当状元，如今连这个隐士也当不稳了。”接着他向孟浩然讲了他在安陆屡遭李长史等人的压制和欺凌，不得荐举之事。孟浩然听了微微一笑，说：“贤弟年少气盛，一定是得罪了这些人。俗话说，灭门的县令。那郡府的长官比县令还厉害，可是惹不起的呀。不过，惹不起，我们还躲不起？树挪死，人挪活嘛。”李白呷了一口酒，说：“挪到哪去还不一样？天下的乌鸦一般黑，我算是把这班地方官僚看透了！”孟浩然给李白斟满酒，安慰道：“也不能一概而论。我们襄阳的襄州刺史兼荆州长史韩朝宗就是一个好贤纳士的人物，经他奖掖提拔和推荐到朝廷做官的就有崔宗之、房习祖、黎昕、许莹等人。去年，一个姓严的后生还被他荐为秘书郎呢！像贤弟这样的英才，他韩朝宗一定赏识，荐你入朝做官，保准没有问题！”李白说：“可惜我与他素不相识，无由得见。”孟浩然说：“太白贤弟不用担心，愚兄倒与他有些交往，可代为引荐。”

李白在孟浩然家住了几日，便与孟浩然一起进了襄阳城。不凑巧，韩朝宗不在府中，衙役说过几日才能回来。孟浩然建议李白在襄阳城玩几日，以待韩朝宗回来。

次日，孟浩然带领李白一道到城南的岘山（在今湖北襄阳市南），丹砂和一个小童挑着菊花酒在后边跟着。

岘山上，李白与孟浩然在堕泪碑古亭上饮酒赋诗，观览山景。堕泪碑是襄阳人为纪念西晋时镇守襄阳的大将军羊祜而立的碑，羊祜因对襄阳有惠政，襄阳人登山见其碑无不因思念羊祜而伤心流泪，故后来继任镇守襄阳的镇南大将军杜预，称此碑为堕泪碑。岘山也因有此堕泪碑而成了名胜，往来襄阳的文人骚客，也常登临岘山，摩挲着堕泪碑而流连忘返。时已是傍暮时分，太阳即将下山。在夕照之下，山下的襄阳城，显得十分美丽。汉江如一条碧带，抱城而过。在山顶的凉亭上，丹砂将酒具摆好，李白和孟浩然二人对饮起来。二人频频碰杯，就着花生米下酒，一个时辰过去，酒已喝了半坛。

李白已喝得微有醉意，他举杯一饮而尽，将空杯推向一边，叫道：“换大杯来！”丹砂又用碗给李白斟满了酒，李白又一饮而尽，还嫌不过瘾，便端起酒坛咕咚咕咚地喝了起来。丹砂欲制止，孟浩然给他使了个眼色，让他不要管。李白从头上取下葛巾，当作扇子扇，口中叫道："好酒，痛快，痛快！"他向孟浩然问道，"浩然兄，我的酒量如何？"

孟浩然道："太白贤弟真是海量。酒量可比山公。"山公指的是晋朝的荆州太守山简，以善饮闻名。他镇守襄阳时，常常出游习家池，与人行乐饮酒，日晚酩酊大醉而归。时人为之歌曰："山公时一醉，径造高阳池。日暮倒载归，酩酊无所知。"李白此时已有些醉意，对山简很不服气，说："他山简算……算个老几？比起我李白，他差……差远了。"说着他摇摇晃晃地站了起来。一边前摇后晃地走，嘴里一边哼着：

落日欲没岘山西，倒着接䍦花下迷。襄阳小儿齐拍手，拦街争唱白铜鞮。旁人借问笑何事，笑杀山公醉似泥。鸬鹚杓，鹦鹉杯。百年三万六千日，一日须倾三百杯。遥看汉水鸭头绿，恰似葡萄初酦醅。此江若变作春酒，垒麴便筑糟丘台。千金骏马换少妾，醉坐雕鞍歌落梅。车旁侧挂一壶酒，凤笙龙管行相催。咸阳市中叹黄犬，何如月下倾金罍。君不见晋朝羊公一片古碑材，龟头剥落生莓苔。泪亦不能为之堕，心亦不能为之哀。谁能忧彼身后事，金凫银鸭葬死灰。清风朗月不用一钱买，玉山自倒非人推。舒州杓，力士铛，李白与尔同死生。襄王云雨今安在？江水东流猿夜声。

孟浩然赞道："好诗，好诗！你这首《襄阳歌》真是妙极了！"

李白一面摇头，一面用手指着孟浩然，嘴里舌头已经僵得不能打弯了，还在嘟囔道："不是我的诗好，而是你……你的菊花酒好！"

孟浩然故意逗他："是诗好！"李白坚持道："是酒好！"孟浩然猛地拍了一下自己的脑袋，笑道："对，对，要不是我的好酒，哪来你的好诗！"

从岘山上下来，他们在襄阳城内外美美地玩了两天。二人一道登上了襄阳城墙，游览了城西北角的"夫人城"，传说是东晋襄阳守将朱序的母亲为防前秦苻丕入侵所筑。由城上观望，可见城内街市，鳞次栉比；

北临汉水，碧波萦带；南望岘山，冈峦连绵；西南楚山如屏，群峰列峙。下了城墙，又到城外大堤和习家池玩了个尽兴。襄阳的名胜和风物之美，给李白留下了深刻的印象。

听说韩朝宗已回幕府，孟浩然便引李白前去拜见。其时韩朝宗正在山公楼上大宴宾客。山公楼在襄阳城北，北临汉江，南望岘山。楼上，韩朝宗正与众宾客听歌观舞，饮宴正欢。这时，一执事来报："启禀大人，孟浩然先生求见。"韩朝宗马上说道："快请他们上来！"

孟浩然和李白一起上楼，韩朝宗很有礼貌地站起来迎接："孟夫子大驾光临，使敝筵满座生辉！"孟浩然指着李白说："能使尊座生辉的不是我，而是这一位！"韩朝宗望着李白说："这位是……"李白头戴高冠，腰佩长剑，向韩朝宗长揖不拜，自我介绍："在下蜀人李白。"韩朝宗微有不悦，但他仍笑着迎了上去，说："原来是大诗人太白先生驾到，有失远迎，失敬，失敬！"他转身将李白和孟浩然，让入上座。然后他向众宾客介绍说："诸位都读过《大鹏遇希有鸟赋》吗？这位李太白先生，就是此赋的作者。李先生才思飘逸，可谓天下无双啊！"众人一片赞美之声："久仰，久仰！"

在韩朝宗的酒筵上，孟浩然咏了他的旧作《与诸子登岘山》，李白则咏了他的新作《襄阳歌》，赢得了大家的一片叫好声。

李白和孟浩然在韩朝宗的府中住了几日，三日一小宴，五日一大宴，他们一道游岘山，登鹿门，赴汉江。一日，他们一起骑马前往城西三十里的隆中游宴。隆中原是当年卧龙诸葛先生的旧隐之处，这里三面环山，一面傍水，茂林修竹，风景幽雅。当年刘备就是在这里三顾茅庐，请孔明出山。诸葛亮以一席著名的"隆中对"，使刘玄德建立霸业，一展雄图，揭开了魏、蜀、吴三国鼎立的序幕。

在卧龙山上诸葛亮抱膝长吟处，众人纵目远眺，但见万山如簇，汉江如带。李白触景生情感叹道："诸葛亮二十七岁就得遇明主，风云际会，成就了王霸大业。我李白已年过而立，却仍一事无成，实令人惭愧！"

韩朝宗说："太白先生给我的求荐信，我已拜读，写得神采飞扬，令人感动。将来遇到机会，本州定当向朝廷大力举荐。虽然朝廷例有特诏，五品以上的朝官和地方各州的刺史可举荐一人入京，可是按照惯例，本州刺史只能举荐本州的人才。而太白先生却隶属安州，非本州所能管辖。唉，不好办呐！”

孟浩然插言道：“韩大人在京师有那么多的朋友，就不能想想办法吗？”韩朝宗想了片刻，说：“我的座师前宰相张说，是一位爱才之人，可惜他已于四年前去世了。他的儿子张均、张垍等现都在京师做官。尤其是张垍，现居驸马卫尉卿，离天子颇近，去找他也许能够帮些忙。我给他写一封荐书如何？”

李白本对韩朝宗寄有很大希望，听韩朝宗此语，却大失所望，好像给他泼了一头凉水。心里想，张垍这个小人，他早领教过了，如今韩朝宗又要向他举荐。李白心里明白，但嘴上却没有说。不管怎么说，韩朝宗既然想办法托人推荐，也是一片好意，于是点头说道：“韩大人，谢谢了。”

韩朝宗顺便告诉他一个消息，今年春皇帝已驾幸东都洛阳，朝廷的主要官员也都随驾洛阳。他对李白说：“你若今年北上洛阳，这正是一个好机会。”

洛阳离襄阳只有六七百里的路程，李白还没有到过洛阳。何不趁此机会到东都洛阳去开一开眼界，找一找门路呢？他对韩朝宗和孟浩然说：“此意甚好。待我回家收拾一下，就扬鞭上路，北赴洛阳。”

孟浩然道：“祝太白贤弟马到成功！”

[第三章]

青云当自致

青云当自致，何必求知音。

——李白《冬夜醉宿龙门觉起言志》

隐隐五凤楼

洛阳明堂前，李白路遇元丹丘，元丹丘将李白引荐给玉真公主。洛阳宫中，公主将《明堂赋》转呈了皇上。

洛阳（今属河南）是中国七大古都之一。在唐以前，东周、东汉、魏、西晋、北周皆以洛阳为京城。隋炀帝大业二年（606），在洛阳旧城西建新都成，遂迁徙洛阳，以洛阳为东京。

到了唐代，洛阳仍是仅次于西京长安的政治文化中心。唐高宗显庆二年（657）置洛阳为东都，武则天光宅元年（684）以洛阳为神都。神龙元年（705）唐中宗复位，又复洛阳为东都。天宝元年（742），唐玄宗改东都为东京。直到至德元年（756）唐肃宗即位时，又改洛阳为东都。唐太宗曾三次驾幸洛阳，唐高宗前后去过洛阳七次，每次短则数月，多则数年，最后死在了洛阳。武则天执政后，朝廷常年在洛阳办公，尊洛阳为神都，可以说洛阳在武周时期已由陪都变成了首都，她也是最后死于洛阳。唐玄宗时，洛阳虽不再是首都，可其地位仍是十分重要的。唐玄宗生于洛阳，即位后曾五次驾幸洛阳，一住就是一两年，最长的一次是开元二十二年（734）正月至二十四年（736）十月，住了将近三年。他每次来洛阳，朝廷大臣都要随驾前往，许多重大的政治活动、国家的重大政令，都是在洛阳举行和发布的。如亲耕藉田、发布大赦令、下诏在洛阳举行科举和制举等。

开元二十二年（734）秋，李白告别妻女，带着丹砂经襄阳、南阳（今属河南）、方城（今属河南）、汝州（今河南临汝），翻山越岭，风尘仆仆地来到了洛阳。

首先迎接他的是龙门山奉先寺的卢舍那大佛。卢舍那大佛开凿于唐高宗咸亨三年（672），历经四年凿成。坐像高达六丈，修眉长目，面目端庄慈祥，据说武则天曾捐两万贯脂粉钱助造此像，因此这座佛像与武则天的面目颇有几分相似。李白在佛像前参拜，愿佛祖保佑此行心想事成，马到成功。

穿过龙门阙，李白骑马上了洛阳道，约有一个时辰，便到了定鼎门。进了城门，只见洛阳城中街市繁华，行人熙攘，隐隐五凤楼，峨峨横三川。王公权贵们的豪华的府第和公馆，一座接着一座。秦楼楚馆，舞台歌榭，鳞次栉比。其豪华壮丽、繁荣富庶的程度，绝不次于西京长安。

洛水像一条天河从洛阳城中东西贯穿而过，因此城正中的大桥就叫作天津桥。天津桥上，李白在流连观望，丹砂牵着马在后面跟着。

洛水在桥下奔流。洛水两岸，垂柳成行，秋菊满畦。魏王堤上，红男绿女，游人如云。桥南畔坐落着有名的董家酒楼。楼前的垂杨下系着豪贵们的雕鞍宝马，楼上传来吆五喝六的猜拳之声。

过了天津桥，李白便在临河的一家客栈住下。李白一看时间还早，何不顺便街上走走？于是就顺着大街，溜达起来。

李白边走边看，不知不觉来到了一座宫殿前。此宫殿巍峨壮丽，高大异常，这就是武则天所建的那座明堂。明堂原建于垂拱三年（687），后又改名叫万象神宫，是当年则天皇帝在这里受百官朝拜和举行庆祝大典的地方。开元五年（717），唐玄宗巡幸洛阳，看到这座万象神宫比西京长安大明宫的含元殿还要高大壮丽，认为不合于旧制，有违俭约之旨，因此下令拆改为乾元殿。开元十年（722），又改名叫明堂。

明堂宫门前，守卫森严。李白在宫门外徘徊，不得其门而入，正欲离去。正在这时，玉真公主的车驾来到宫前。在车驾后面，有一人骑马跟随，此人一眼就看见了李白："这不是太白贤弟吗？""丹丘兄，你如何在这里？"李白惊喜地说。元丹丘赶紧下马，紧握住李白的手："自从安陆一别，又有好几年没见面了，没想到今日在这里相逢了。"原来元丹丘在华山修道，与住在华山玉清宫修炼的玉真公主交往较密。玉真公主要来洛阳，他也便随玉真公主到洛阳来了。

元丹丘将李白介绍给玉真公主，公主很高兴，更请李白随他们一道进了明堂宫。

明堂内，玉真公主虔诚地向东、西、南、北、中五方天帝的神像叩拜。

拜过神像之后，他们便登上了明堂的顶楼。玉真公主对李白的诗歌很熟悉，特别是李白所写的《大鹏遇希有鸟赋》，她几乎能背诵如流，这使李白很惊奇。她对李白说："先生在《大鹏遇希有鸟赋》中写道，你与司马老神仙有如两只神鸟，一起'跨蹑地络，周旋天纲。以恍惚为巢，以虚无为场。我呼尔游，尔同我翔。'是何等自由自在，逍遥放达。这不是得其精髓吗？你可能入道比我们晚，可你悟道却比我们早啊！"

李白见玉真公主如此了解自己，觉得和她的距离一下子缩短了许多，心想，没想到公主是如此的通达，与我李白真是心有灵犀。便说道："今日能与公主相见，真是三生有幸！"

三人一道登上了明堂顶楼。他们手扶栏杆，骋目远眺，洛阳城全景尽收眼底。南望龙门，北见邙岭，洛水如一条玉带，横贯洛阳城。李白情不自禁地赞道："伟哉！壮哉！"元丹丘诗兴大发："真是'举首只看红日近，俯身但觉白云低'呀！"

玉真公主感叹地说："现在不行了，原来比这还高呢。此楼原有三层，我小时候曾经爬到第三层去看过。晴天时，往南可望见嵩山，往北可望见黄河。就是西岳华山，有时还隐约可见呢。此是洛阳第一高楼，据说那时，此楼比大明宫的含元殿还要高出好几丈呢。那时楼顶还竖有一根三丈高的大铁杆，上面盘有两条龙，杆顶上有一颗磨盘大的大铜珠。在阳光下一照，明晃晃的，洛阳城外几十里都能看得见！"

李白和元丹丘津津有味地听着，玉真公主则沉醉于往事的回忆之中。她逐渐从回忆中醒来，回到现实之中："可惜的是后来拆去了一层，现在只剩下两层了，楼顶的二龙戏珠也没有了。"

李白凝望着远方，沉思着。玉真公主望着李白，问道："你在想什么？"李白回答："您讲得太好了，我正在想，我要根据今天的所闻所见，写成一篇赋。"

元丹丘问："题目叫什么？"李白说："题目我也想好了，就叫'明堂赋'，您看怎样？""太好了，什么时候能写出来？"玉真公主对这个题目很感兴趣，她想，要写一篇大赋，一定要花很长的时间酝酿构思，据说，晋代的大作家左思，为了写《三都赋》，竟花了长达三年的时间呢。

李白不加思索地说：“请拿纸笔来，我现在就可写出。”

玉真公主命手下人拿来笔墨纸砚，李白展纸濡墨，走笔作赋，其辞曰：

昔在天皇，告成岱宗，改元乾封。经始明堂，年纪总章。时缔构之未集，痛威灵之遐迈。天后继作，中宗成之。因兆人之子来，崇万祀之丕业。盖天皇先天，中宗奉天。累圣纂就，鸿勋克宣。臣白美颂，恭惟述焉……

李白笔走龙蛇，文不加点，洋洋洒洒，下笔万言，一下子就写了十多张纸。写完后，将笔一掷，把酒自斟。

玉真公主惊异地说：“太白先生莫非是神仙下凡？真不愧有七步之才，下笔万言，倚马可待！”她又问李白道，“我将此赋献给皇上如何？他是最喜欢辞赋的。”

此语正中李白下怀，他向公主谢道：“那就拜托公主殿下了。”

“请你也将你的诗作抄上，我将一起献上。”玉真公主今天高兴极了，她今天不仅结识了一位新朋友，而且还为朝廷发现了一位人才。她要向她的皇兄全力推荐李白。

李白也为玉真公主的赏识和荐拔所感动，他发自内心地感激道：“多谢公主。”

洛阳宫集贤殿内，唐玄宗与卫尉卿驸马张垍议事，正为挑选集贤殿学士的人选而犯愁。自张说去世后，集贤殿就无人掌管，集贤殿学士也大都老的老，死的死，贬的贬，所余无几。唐玄宗让张垍暂理此事，为集贤殿挑选人才。玄宗说：“朕打算下一道诏书，广召天下才士入京，里面定有合适的人选，我看就从这些人里挑选吧。”

玉真公主兴冲冲地带着李白的《明堂赋》和一卷诗作走进宫来，见了玄宗，她道了一个万福：“御妹玉真参见陛下。”

唐玄宗起身迎接：“小妹几时从华山回来的？近来一向可好？”她忙回答皇上的话说：“托皇兄的福，小妹一向清闲自在。今日小妹进宫，是向皇兄道喜来了！”玄宗惊讶地问：“朕喜从何来呀？”“皇兄不是一再说要下诏求贤吗？小妹为皇兄发现了一个杰出的人才。”“噢，讲一讲，是个什么样的人才？”玉真公主禀道：“此人学识出众，气度不凡，才超扬马，诗过曹刘。”“噢，有这么厉害？此人是谁？”玄宗急问道。“西蜀才子李白！”

玄宗含笑地点了点头说：“朕知道此人，还读过他的诗呢！”说着，他就背诵了起来，“‘问余何事栖碧山，笑而不答心自闲。桃花流水窅然去，别有天地非人间。’真是飘飘然有神仙之气啊。朕还以为他是个老道呢。”

玉真公主以为皇兄是拿她这位女道士开玩笑，生气地说：“是老道又怎么啦？况且此人并不是个道士，而是一个志在安社稷、济苍生的有志之士。他不但诗写得好，他的赋写得更有气魄。”说着，她就把《明堂赋》拿了出来，对玄宗说，“这是他当着我的面，文不加点，一口气写下来的。”

玄宗半信半疑：“是吗？拿来给朕看看。”他接过《明堂赋》看了起来。他一面看，一面不住地点头叫好，接着就情不自禁地念了起来：

而圣主犹夕惕若厉，惧人未安。乃目极于天，耳下于泉。飞聪驰明，无远不察。考鬼神之奥，推阴阳之荒。下明诏，班旧章。振穷乏，散敖仓。毁玉沉珠，卑宫颓墙。使山泽无间，往来相望。帝躬乎天田，后亲于郊桑。弃末返本，人和时康。……此真所谓我大君登明堂之政化也！

念完之后还赞不绝口，连夸道：“好，好，实在是写得好。这分明是在赞扬朕的开元之治啊！是个不可多得的人才！”他问玉真公主：“李白现在何处？”玉真公主说：“此人正在洛阳城内。”玄宗回头对张垍说：“此人正是集贤院的最佳人选，你说是不是啊，张卿？”

张垍今日见玄宗如此欣赏夸赞李白，虽然心里不是滋味，但嘴上还是顺从皇帝的意思说：“陛下说的是，陛下说的极是！”

玉真公主：“皇兄，小妹荐贤的任务就算是完成了。明天我就要回华山去了。”

玄宗笑着说：“玉真妹荐贤有功。回来封你重赏。”他又回头对张垍说，“张卿，朕命你速召李白进宫！”

张垍心中虽然不快，也只好遵命：“臣领旨！”

欲渡黄河冰塞川

李白在洛阳城遍干公卿无果，已觉走投无路。玄宗也在洛阳遍寻李白不见。李白发现，原来是张垍使的坏。

张垍第二天就亲自到客栈去找李白。不巧李白外出，没有见着。他回到宫内向玄宗复命，玄宗命他次日再去找。张垍垂头丧气地往宫外走，在宫门旁遇见了高力士。高力士问他："真的一定要找到李白吗？找到了李白对你有什么好处？李白若进了宫，将来还说不定会在你之上呢！"张垍说："这是圣意，不去怎么办？"高力士说："这还不好办？你只需要照我说的去做。"说着便对着张垍的耳朵如此这般地说了一通。张垍听了高兴地连连点头。

且说在张垍找李白时，李白正与元丹丘在天津桥畔的董家酒楼里喝酒。在座的还有元丹丘的本家兄弟谯郡参军元演、礼部员外郎崔宗之和元丹丘的好友岑勋。旧交新识，都是些意气风发的朋友，在一起很谈得来。尤其是崔宗之，与李白更是一见倾心，对李白的王霸大略、雄辩的口才，与朋友肝胆相照的侠义之气都赞佩不已。大家关心地问起李白在安陆的生活，李白将自己在安陆受到地方官吏的压制和欺辱，向大家说了一遍。元丹丘安慰道："贤弟，现在好了，玉真公主已答应将你荐给皇上，不久你就可以直上青云，展翅高飞了！"众人听说此，一起高兴地举起酒杯向李白庆贺。

其实，张垍之后再也没有去找李白。过了几日，他便向玄宗回报说，在洛阳城内怎么也找不到李白。玄宗问："酒馆里都去找了吗？"张垍答："臣都找过了。""寺院道观、各处名胜都去找了吗？""也都找过了。""秦楼楚馆、各家行院也都去找了吗？""禀陛下，连这些地方臣也都找过了。"玄宗疑惑地问道："那他能到什么地方去呢？"张垍说："臣以为他一个布衣百姓，没见过大世面，一听说天子召见，肯定是吓跑了。"

玄宗哈哈一笑，说："李白虽为布衣，我看他文才过人，有胆有识，这怎么可能呢？"张垍犹豫了片刻，进言道："再不然，他就是恃才狂傲，有意欺君傲上。"玄宗显然有些不悦，说道："他一介布衣草民，谅他也不敢！"张垍见玄宗有些动怒，于是趁机进谗说："陛下莫要小看此人，我看他的《明堂赋》，就颇有对圣上讥刺怨讽之意。"玄宗摇头说："朕怎么就没有看出来呀？""陛下，您想，这明堂本是武后娘娘当皇帝时所造的万象神宫，陛下却嫌它违于旧制，将它拆改成了乾元殿。而他李白却对明堂唱起了颂歌，这不是歌颂武后而怨刺陛下吗？"张垍巧舌如簧，对李白的《明堂赋》曲解了一番。

玄宗颇以为然地点了点头，但却说："他不是在赋中也赞颂朕'下明诏，班旧章，毁玉沉珠，卑宫颓墙'的俭朴节约之策了吗？""这不过是他李白'将以抑之，故先扬之'的手段罢了。而且臣还听说……""听说些什么？"玄宗急问道。"李白其人放荡不羁，眼空无物，常常恃酒犯上，这样的人，让他到朝廷为官，恐不大合适吧？望陛下圣裁！"玄宗沉思了半晌，虽对张垍的话半信半疑，但显然已对召见李白失去了热情。他不置可否地说："嗯，朕知道了，此事以后再议。你下去吧！"

张垍心中暗喜，心想：李白呀李白，在洛阳做你的迷梦去吧，想从我这儿面见皇帝，这一辈子休想！我要将你困在旅舍中，赶出洛阳城！

且说张垍见李白并没有离开洛阳，恐怕天长日久，自己的阴谋手段会败露出去，让李白留在洛阳终是一患。他派管家找来了一群羽林军，向他们如此这般地说了一番。

一日，李白带着丹砂去了洛阳城北门附近的一家酒店，一个妙龄女子热情相迎。她一边上酒菜，一边和李白亲切攀谈。正在他们攀谈之际，一伙身着羽林禁卫军衣服的人走进店来向着老板大声喊叫："老杨头，快打酒来！"

老板忙命店姬送酒送菜。店姬将酒菜送到羽林军的面前，刚刚将酒菜摆好，一羽林军一把将店姬拉住，搂入怀中："宝贝儿，别走，陪爷喝二盅。"

店姬一边极力挣脱，一边高喊："放开我，放开我！"

杨老板在一边乞求道："请大人高抬贵手，饶了我女儿吧。"

李白拍案而起，叫道："休得无礼！"

此羽林军放开了店姬，指着李白骂道："哟呵，你算个什么东西，竟管起爷们来了。她是你什么人，是你老婆，还是你妹子？她既能陪你说话，就不能陪我们喝酒？"

又一羽林军上前说："你们刚才还顶亲热的，是老相好吧，让给爷们玩玩如何？"

李白气得七窍生烟。他把腰间的宝剑抽出，向桌上啪地一拍："你们谁敢动她一指头，休怪我李某的宝剑无情！"

一个头目模样的羽林军手按腰刀也走上前去，问道："你就是李白？"李白点头道："正是。"

"好啊，我们找的就是你。你小子竟敢和我们先动手，让你知道知道爷们的厉害！"他们本是寻衅而来，一见挑衅的目的已经达到，小头目便使了个眼色，喊了一声："上！"众人便拔刀而出，将李白团团围住。

李白也不示弱，他也抽出匣中的宝剑，与众人交手，在酒馆里打了起来。

酒店里一片打斗之声，外面行人在门外驻足观看，见众禁卫军围斗李白，但没有一个人敢上前解劝。这时丹砂见李白被一群人围困，赶快跑出酒店去报信找人。

李白与众打手越斗越勇，一时间酒店内刀光剑影，桌椅板凳倒了一片。店姬吓得躲在柜台下面，老板也在门后吓得发抖。

李白虽然剑法高强，但因这一群都是大内的武林高手，和李白势均力敌，所以打得难解难分。

丹砂找到了元演，元演连忙到洛阳府衙找人。洛阳尉陆调听说有羽林军喝酒闹事，便急带领一队负责纠察秩序的卫兵，骑马驰向洛阳北门。

这时元丹丘、岑勋、崔宗之等人也闻讯急忙赶来。

李白与六七个羽林军从酒店内一直打到街上。李白与他们搏斗了一个多时辰，体力渐渐有些不支。他被围困在一个墙角，六七把钢刀，一起指向了李白。

正在这时，元丹丘等人和陆调所带的人马赶到了，将这伙歹人团团围住。

这伙歹徒，一见有东都御史台的人马，也不敢恋战，他们边打边退，小头目喊了一声“撤！”，他们便一个个都逃走了。

李白抱拳向陆调致谢：“多谢陆大人极力相助！”

“以前只知道太白先生诗才超群，想不到您的武功也十分深湛，佩服，佩服！”

李白说：“若非兄等鼎力相助，我李白今天险遭不测，惭愧，惭愧！”

陆调说：“那些人都是大内的高手，功力非凡，若非今天借助于御史台卫队的威力，我们也奈何他们不得。”

元演插言道：“堂堂京都之内，在天子的眼皮底下，羽林禁卫军竟敢如此胡作非为，也真是太胆大妄为了！”

李白觉得这些羽林军来得奇怪，若有所思地说：“我看他们今天是有意向我寻衅，看来好像是受人所使。这东都之中，看来我是待不得了。”

陆调向李白拱手说：“太白先生，下官还有官务在身，告辞了！”李白送陆调等人上马，抱拳致意：“在下日后再到贵府致谢！”

在天津桥董家酒楼上，李白备了一桌丰盛的筵席，请陆调、崔宗之、元演、岑勋、元丹丘等人赴宴。李白拱手向众人谢道：“今日略备薄宴，以答谢诸兄昨日的搭救之情。”

陆调客气地说：“哪里，哪里，这都是我们应该做的嘛。”崔宗之也说：“都是自家兄弟，不必客气。”李白向众人高举酒杯，说：“诸兄，请了！”众人举杯，大家边饮边聊。

李白叹道：“真没想到，我这次来洛阳如此出师不利，头一次就碰到这么大的一颗钉子。”

岑勋说：“这叫‘吃一堑，长一智’。让你领教一下大唐盛世的清明之治。”

“什么清明之治，我看大唐早晚要毁在这帮小人手里。”一提起所谓的“清明之治”，陆调便大发感慨。

李白气愤地向大家讲了这些天来的遭遇和前几年在长安受到驸马张

垍阻挠向朝廷献赋之事，众人说：“今日之事，一定是张垍干的。除了他，谁能指挥羽林军的人！一定是张垍使的坏！他是个害贤妒能之人，就怕别人比他强！这真是小人当道啊！”崔宗之笑笑说：“朝中害贤妒能的小人多了，何止张垍一个，他不过是个小的！”元丹丘问：“还有谁？”崔宗之小声说：“一个是大太监高力士，一个是左相李林甫。”元演说：“高力士我是知道的，此人自恃恩宠，气焰熏天，收贿纳官，结党营私，朝中四品以下的官员，皆出于他的门下。皇上呼他为高将军，太子呼他为阿兄，皇子和驸马都叫他阿翁。朝廷中凡是想升官的谁不走他的后门？前些天，他的干儿子结婚，王公大臣去送礼的就有好几十个。门前的车马都挤不下了。可那左相李林甫，见人总是笑嘻嘻的，对人说话还挺和蔼的！”崔宗之说：“说话倒是挺甜，可是做起事来手段却毒辣得狠。这就叫‘口蜜腹剑’，笑面虎一个！”岑勋叹道：“如今皇上也不像以前那么勤于朝政了。总喜欢斗鸡呀，打马球呀，还有那个武惠妃，像个影子似的，天天与皇上形影不离。”

听众人一谈，李白大开眼界，原来朝廷并不像他以前想象的那么圣洁、美好。就是一代圣君的开元天子，也果然应了他的老师赵蕤的预言。以前他总觉得贪官污吏和无耻小人都出在地方官吏之中，现在发现朝廷也是一样，也有那么多的小人当道。小人，为什么小人总是那么容易受到皇上的宠信呢？他原以为，只要自己有本事，就能一鸣惊人，直干明主，立致卿相，没有想到，自己连皇宫的门都没有摸着，就遭人暗算，被小人谗毁了。李白说：“我李白真是运交华盖，在安陆，就遇到了什么李长史、裴长史，在襄阳，韩荆州也不真心喜欢我，只是卖给了我一个空头人情。在长安碰上了张垍这个小人，如今在这里又遇到了这个冤家对头，害得我欲回无颜，欲住不能，只能流落洛阳，靠朋友接济为生。如今我已穷途末路了，真是人间行路难啊！”说着，李白就手拿筷子敲着桌子唱起来：

金樽清酒斗十千，玉盘珍羞直万钱。停杯投箸不能食，拔剑四顾心茫然。欲渡黄河冰塞川，将登太行雪满山。闲来垂钓碧溪上，忽复乘舟梦日边。行路难，行路难，多歧路，今安在？长风破浪会有时，直挂云帆济沧海！

（《行路难三首》其一）

唱着唱着，李白离座拔剑而起，舞了一通。李白边唱边舞，热泪奔涌。大家听了也感叹唏嘘，都劝李白不要过于伤感，元丹丘说："我看太白贤弟就随我一道去颍阳山居住些日子吧。"

过了几日，崔宗之邀他至家中小酌。座中还有洛阳尉陆调等人。众人入座，大家开怀畅饮，说今道古，谈玄论道，十分投机。李白向崔宗之等大谈王霸之道，谈楚汉相争的历史故事。李白说得眉飞色舞，大家听得津津有味。李白饮后忽来兴致，当场又为众人舞了一通剑，博得大家一阵叫好。崔宗之笑道："太白兄，可惜你生错了时候。若是生在太宗皇帝打天下时，你这个张良、韩信式的王霸之才，可是一个不可多得的人物，一定能够出相入将，成就一番大业。可是如今朝廷却并不需要大才……"李白问："不需要大才，那他需要？"陆调说："需要的是奴才！"崔宗之说："陆兄说得对，需要的是阿谀奉承的奴才！"他呷了一口酒，接着说："当今宰相张九龄大人，可是一个直言敢谏的忠直大臣，可是皇上就是不喜欢他，一听他的谏言就皱眉头，而李林甫却会迎合上意，皇上见了他就眉开眼笑。"最后，崔宗之说，他在朝中当官感到十分憋闷，还不如到嵩山隐居去。他劝李白也与他一道去隐居。饮罢，崔宗之又将他祖传的孔子琴拿出来弹了一曲，直到月明星稀，李白才兴尽而返。

李白回到客栈，躺在床上，回想起崔宗之所说的话，感到朝廷确实是个是非之地。可是，他又想起了师父赵蕤的话，正是朝中有小人，才需要君子去和他们做斗争，才能谏正君失，辅佐朝廷。怎能因小人的阻挠，就打退堂鼓了呢？当今圣上，只是一时受了小人的蒙蔽，他总还是赏识自己的嘛。这时，丹砂进来，递给他一封书信，说是崔宗之派人送来的。李白打开信封一看，原来是邀请自己一起去嵩山隐居。

李白谢绝了崔宗之的邀请，决定在洛阳寻找其他的门路。他想起了许氏夫人的堂侄许辅乾。许辅乾是许员外的哥哥许力士的孙子、侄子许钦寂之子。许钦寂因契丹入侵，守土殉国，辅乾因其父死难而授左监门卫中候，是负责保卫皇宫安全的官员。李白找到了他，他对李白倒是挺客气，已一把胡子的人了，对李白一声声“姑丈”地叫着，叫得李白很不好意思。许辅乾说会找机会给李白打听一下，回来再给他个信儿。过了半个多月，许辅乾派家人叫李白去他府上一趟。李白进了许府，许辅乾对李白说，两个多月前，是有皇上派张垍召李白入宫的事，可后来不知皇上听了张垍的什么话，此事就搁下不提了。这话一下子就验证了众人的猜测。许辅乾对李白说：“其实，你想见皇上也不难，只要找一个人就可以了。”李白问：“谁？”许辅乾说：“内宫总监高力士，高大将军。”李白听说要他去走太监高力士的门路，非常干脆地拒绝了。许辅乾告诉他，此外别无他路。李白没有再说话，向许辅乾告辞而去。

转眼间到了开元二十三年（735）春，李白虽通过关系找遍了在东都的王公大臣，可是那些显官达贵，不是拿着李白的诗赋虚赞几句，根本不给他办事，就是闭门不见。李白本来想直接找宰相张九龄，可崔宗之说，当今皇上最讨厌的就是他，他不给你说话还好，要是让他推荐你，本来行的事，也不行了。

李白对自己在洛阳的遭遇，思来想去，愈觉得不是滋味。他在床上翻来覆去，睡不着觉。这时，一阵笛声，时高时低地由远处的夜空中传来，吹的正是《折杨柳》曲。幽怨的笛声，使他想起了临行时夫人抱着小女折柳相送的情景，不禁眼中流下泪来。他起身走出门外，望着春夜的满天繁星，在走廊中走来走去，口中吟道：

谁家玉笛暗飞声，散入春风满洛城。此夜曲中闻折柳，何人不起故园情？

（《春夜洛阳闻笛》）

此时他是多么想家啊，他的娇妻爱女，在他的眼前晃来晃去。临行时，许氏夫人一再嘱咐，此次不论在洛阳能否得官，一定要早些回来。可是，他怎样去面见对他满怀期望的岳父呢？还有大舅子、二舅子那样的势利眼，会用怎样的眼光看他？正在李白犹豫不决之时，元演向他发出同游太原的邀请。

眼识郭汾阳

在北国太原，李白救了一名中兴名将。颍阳山居的酒肆上，李白一曲《将进酒》，令人回肠荡气。

开元二十三年（735）五月，李白与元演北赴太原（今属山西）。

过了黄河，李白、元演和丹砂三人骑马向太原（今山西太原）奔去。秋风送爽，李白骑着五花马，身着一领玄色披风，跑在前面。元演催马向前，赶上了李白，说："到了并州有一人不可不见。"李白问："谁？"元演："郭子仪。""郭子仪是何人？""郭子仪现为并州别将，他胸怀大略，智勇过人。且笃于交谊，是条好汉！""好，我倒要结识一下这位好汉！"

三人驰马到了太原，进了城门，见街上的行人都朝城中心的十字街头拥去。在十字街头，只见人头攒动，围成了一个圈子，正中有一条大汉被五花大绑，跪在那里，脖领里插着一支亡命牌。身边站着两个刀斧手。李白、元演下马，将马交给丹砂，挤进人群。李白问身旁一个老汉："要斩的是什么人？"老汉说："是并州别将郭子仪。"李白和元演听此同时大吃了一惊。这时只听监斩官向犯人问道："犯官郭子仪，临死之前，你还有什么要说的吗？"郭子仪仰天叹道："子仪一死无足惜，所遗憾的是狄汉不能交好，边塞未安，百姓无宁日矣！"接着只听三声炮响，监斩官大声喊道："午时三刻已到，刀斧手准备！"他正要将斩令牌掷下，这时李白大呼一声："且慢，请刀下留人！"监斩官一惊，向李白喝道："大胆，你是何人，竟敢扰乱刑场，来人，与我拿下！"几个士兵前来要拿李白，元演上前一步喝道："住手！"监斩官认出了元演，这不是太原府尹元大人的大公子吗？忙站起作揖："啊呀，原来是元公子驾到，这位是——"他指着李白问。元演说："大诗人李白！"郭子仪听说是李白，两眼一亮，李白向他点头致意。监斩官向元演说："本官奉府尹之命，行监斩之职，您这是——"元演说："烦大人暂缓行刑，待本公子禀明府尹大人再斩不迟。”说完，与李白上马向太原府驰去。

太原府中，元演向父亲府尹大人叩安，并向他介绍了李白，二人问起要斩郭子仪的原因，元府尹说了事情的来龙去脉。原来官兵在边境巡逻时，契丹人牧马误入边境，被官军捉捕为俘虏，并掠走了他们的马匹，其中一人还是契丹一个部落的酋领。官兵将他押送给了郭子仪，郭子仪问明了情况，认为不是胡人故意入侵，便擅作主张，将契丹的酋领及其部属放了，并将其马匹归还。酋领表示，愿狄汉和好，永不生事。此事被有些人诬告说郭子仪私通狄人，并上报了朝廷，论律当斩。元府尹有意开脱郭子仪，说是不小心让胡虏走脱，按失职罪处理，可是郭子仪一直坚持说是自己主动放走的。因此有些与元府尹不睦的人，扬言要告元府尹的包庇之罪。元府尹不得已，才只好“挥泪斩马谡”。李白请求由他出面为郭子仪脱罪，元府尹早有此意，只是苦无人出面为郭子仪说情。

元大人召集众官员，重议郭子仪之罪。在大堂上，李白力陈郭子仪无罪，说：“我朝自我太宗皇帝以来，对边塞狄夷，恩威并用，以抚为主。以此，多年来边塞宁靖，百姓安生，天下太平。如果为了一些小节，轻启边衅，使战火频起，生灵涂炭，实乃国家之不幸！郭将军此举，虽有擅专之嫌，但察其本意，乃为了睦邻靖边，于国有利，为民求安，正合我朝抚胡之长策，还请大人三思，从轻处置！”

这时，一个司录事参军进来禀道：“启禀府尹大人，契丹首领派使者前来求见。”元府尹说：“让他进来！”

契丹使者进来，向元府尹禀道：“敝酋领闻听郭将军得罪入狱，十分不安，愿亲到帐前请罪，并愿代领郭将军所有罪责。今送上牛二百头，马一百匹，骆驼二十峰，慰劳贵军。”

李白大喜，契丹使者来得正是时候，于是进言道：“府尹和诸位大人！请看，郭将军措置得当，狄酋自愿和好，岂非我并州之福，大唐之幸事也？”

众文武见此情势，一齐上前下跪：“请府尹大人开恩，赦免郭将军之罪！”府尹元大人与左右官员略事商议：“郭子仪死罪免去，待本官上奏朝廷从轻发落吧！”

郭子仪在李白的救助下，终被免去死罪，责二十杖刑，允其戴罪立功。郭子仪亲至李白住处，向其致谢。二人相见，互诉倾慕之情，一个侠胆剑心，一个英风义气，二人肝胆相照，遂结为知己好友。元演和郭子仪陪同李白游了太原晋祠和雁门关、娘子关等边塞，李白此行玩得十分开心，不觉之间，几个月时间过去了。李白因思家中夫人及孩子，便向元府尹辞行。

元府尹在晋祠设宴为李白和元演饯行。酒宴上，太原府的各界人士都前来为李白、元演送行，座中有太原名士郭季鹰、太原府别将郭子仪等，座无虚席。

席前钟鼓齐鸣，管弦并奏，一队红袖歌女翩翩起舞。元府尹向李白敬酒："太白先生此并州之行，助我良多，今日将回东都，令我顿失良友，不胜怅然。来，来，让我们大家敬他一杯！"众人一起举杯向李白敬酒，李白举杯一饮而尽。名士郭季鹰走到李白跟前，说道："太白先生乃当代诗豪，今日临别，当赋诗一首，为我太原增光！"他的建议，受到大家的热烈响应。

李白也不谦让推辞，他引杯长饮，然后吟了一首《太原早秋》诗：

岁落众芳歇，时当大火流。霜威出塞早，云色渡河秋。梦绕边城月，心飞故国楼。思归若汾水，无日不悠悠。

"'梦绕边城月，心飞故国楼'，好诗！"元府尹赞道。"感谢太白先生在梦中还在思念着我们。我们边塞将士和百姓，有诗人这句话，便感到十分欣慰了。"

郭子仪走上前去，向李白拱手施礼："郭子仪愿为太白先生和元公子舞剑送行！"郭子仪率领五十个壮士，身披盔甲，头带假面，手持长剑，边舞边歌屈原《九歌》中的《国殇》：

出不入兮往不返，平原忽兮路超远。带长剑兮挟秦弓，首身离兮心不惩。诚既勇兮又以武，终刚强兮不可凌。身既死兮神以灵，魂魄毅兮为鬼雄！

他们的舞和歌，苍凉悲壮，感动得大家感叹嘘唏。

舞完之后，李白激动地上前握着他的手说：“郭将军，你的忠勇之诚，可感上苍。要多多珍重，今后，大唐社稷之安危，将系于君身。咱们后会有期！”

李白转身向元府尹及众人告辞：“感谢府尹大人和诸位高情厚谊，李白等就此告辞！”元演也向父亲元府尹拜别。李白、元演和丹砂三人，跃身上马，拱手而去。

到了洛阳，由元丹丘接风，之后元演就告别西去了长安。元丹丘和南阳的岑勋邀李白一同到他隐居的颍阳山居去小住一时。颍阳山居在嵩山少室山之西的马岭，面临颍水，一条大路直通伊阳和洛阳。这里既交通方便又较隐蔽，林泉幽美，是个隐逸的好地方。宅后的马岭和少室山，高达千米，在山顶上可望见黄河如带，从天而降，向东流去。他们一起尽览嵩山三十六峰。只见云海滔滔，紫烟缭绕，令人飘然若仙。李白对元丹丘说：“此次嵩山之行，如同仙游，尔之山居，如同仙居，元兄过的真是神仙般的日子啊。我给你作首歌吧。”歌曰：

元丹丘，爱神仙。朝饮颍川之清流，暮还嵩岑之紫烟。三十六峰常周旋。长周旋，蹑星虹。身骑飞龙耳生风。横河跨海与天通，我知尔游心无穷。

（《元丹丘歌》）

下了山后，四人去到颍阳山居旁的一家山村酒肆中，元丹丘说：“这里的山珍野味，胜似城中酒楼的大鱼大肉，这里的山酒村醪，皆颍水所酿，远比城中的美酒玉浆可口。岑勋兄特从南阳来会，太白弟又不远千里从太原来归，共临敝居，真令人大快平生。今日由我做东，咱们要喝个一醉方休！”

等酒家上好酒菜，丹砂为三人斟酒侍候。酒过三巡，三人解衣脱帽，愈加放浪形骸。李白还嫌用酒碗喝酒不够解意，便端起酒坛，又猛饮了几口。饮至半酣，忽来诗兴。嵩山上观黄河的宏伟意象，使他心中百感交集。自己从仗剑去国，辞家出蜀已经十年，可他游金陵，下扬州，隐安陆，谒襄阳，入京洛，遍干诸侯，历抵卿相，如今自己的青春却如黄河之水一样，一去不回。岁月蹉跎，年渐老大，而却一无所获，依然是布衣一个。时不催人人自老啊！他不由得从座上站起，高举酒杯，高声唱了起来：

君不见黄河之水天上来，奔流到海不复回！君不见高堂明镜悲白发，朝如青丝暮成雪！人生得意须尽欢，莫使金樽空对月。天生我材必有用，千金散尽还复来。烹羊宰牛且为乐，会须一饮三百杯。岑夫子，丹丘生，将进酒，杯莫停。与君歌一曲，请君为我侧耳听。钟鼓馔玉不足贵，但愿长醉不愿醒。古来圣贤皆寂寞，惟有饮者留其名。陈王昔时宴平乐，斗酒十千恣欢谑。主人何为言少钱，径须沽取对君酌。五花马，千金裘，呼儿将出换美酒。与尔同销万古愁！

这一次颍阳痛饮，这一首回肠荡气的《将进酒》诗，使李白倾泻了游洛以来多日在胸中积郁的烦闷，感到从来未有的痛快。

酒隐安陆，蹉跎十年

夫人许氏含恨而亡，李白在安州没有了安身之地，他只好抱子携女，含泪离开了他居住了十年的安陆。

李白回到家中，夫人许氏高兴地迎上前去，而他的女儿平阳，却畏怯地拉着母亲的衣襟，躲在母亲身后，见了李白就像见了一个陌生人一样。是啊，李白出门已经两年了，连自己的女儿都认生了。李白上前抱住了女儿，女儿却挣脱出了他的怀抱，跑回到母亲跟前。许氏说："平阳，你不是老是念叨着想你爹爹吗？他就是你日想夜盼的爹爹呀！"李白从怀中掏出给女儿买的红绒花说："看爹爹给你买的礼物，你喜欢吗？""喜欢！"平阳这才跑到父亲跟前，去接绒花。李白趁势将女儿搂入怀中，亲着女儿的小脸。李白问女儿："好乖仔，告诉爹，我走后，你娘哭过吗？"平阳回头看看母亲，见母亲向她摇头，便对爹爹小声说："我娘哭过，可她不让我告诉你！"许氏嗔道："这个孩子，净是胡说！"李白笑道："还是孩子口中吐真言嘛！"说得许氏和秋菊都笑了。秋菊对平阳说："你给爹爹准备的礼物呢？"李白盯着平阳的脸问："噢，给爹爹的什么礼物呢？"平阳从李白怀中挣脱，跑进内室，将一个布娃娃，送给了李白。"还有吗？"平阳说："我给爹爹再背一首诗吧！"李白高兴道："好哇！"只听平阳背诵道："美人卷珠帘，深坐颦蛾眉。但见泪痕湿，不知心恨谁？"平阳背诵过后，偷眼瞧瞧妈妈，李白笑问道："这是你娘教你的吧？"平阳点了点头。"你娘她恨谁呢？"李白故意问。"恨爹爹。""为什么？""恨爹爹好久好久不回家。"听女儿说了大实话，李白瞧着夫人笑了起来。许氏起身到李白跟前，用拳轻擂着李白的胸脯："好啊，你们爷儿俩合在一起编排我！"

许员外听说张垍不但不帮忙，反而想法子挤兑李白，大为生气："按说，我许家与他张家原是世交，没想到他如此不仗义。真是虎落平阳遭犬欺呀！”他劝李白不要灰心，以后有机会再想办法。可是，李白却遭到了许大公子和许二公子的白眼。尤其是那个许二，见了李白总觉得是他家的包袱，占了他许家的便宜。说起话来像吃了火药似的，十分伤人。李白也装着没听见，不理他。

且说许二是个浪荡公子，常与社会上不三不四的人鬼混，吃喝嫖赌，无所不为。一次赌博，输得精光，偷了许员外的家传宝物金佛，又去赌，又输了。许员外骂了他一顿，限他三天之内追回金佛。许二趁李白不在家，在书房里将张旭的一幅“剑舞”的字画也偷去赌了，结果又输了。许员外得知后大怒：“你这个不争气的逆子，真是气死我了。你要是有李白十分之一的德行和才能，也算是我们许家积德了！”许二听了此话，对李白更是怀恨在心。他觉得，就是因为李白在，才把他比得不像个人样。

许员外因年迈，再加上生许二的气，便生了病，卧床不起。许氏一直侍候在侧，李白也不时前往问候。一日，许员外觉得身子老是不好，恐怕不久于人世，便叫家人召集许大郎、许二郎、许氏和李白等人来自己房间安排后事。可许二不知到哪里去了，怎么也找不到他。许员外命丫鬟将许老夫人的首饰盒拿来，交给女儿说：“这是你娘临终前给你留下来的。现在我把它交给你吧。”许小姐含泪从父亲手中接过了首饰盒子。这时，正好许二闯进屋来。见妹妹正从爹手中接首饰盒子，大嚷道：“怎么，还没有等我回来，就开始分家产了？”许员外见他说话不着道，气得脸色青紫，骂道：“你这个混账东西，你爹我还没有死，分什么家产？你分明是要气我早死呀！”说着，他突然急火攻心，病情加重，哮喘不止，呼吸困难，李白忙叫丹砂到城里去请郎中。等郎中来了，许员外已快不行了。郎中给许员外把了把脉，摇了摇头说：“快准备后事吧。”说完就走了。过了一会儿，许员外有些回光返照的样子，忽然睁开了眼睛。他拉着李白的手说：“贤婿，你……你要好自为之，小女就托付给你了……”许氏哭得泪人儿似的。接着许员外又将许大郎、许二郎和许小姐叫到床前。许小姐这时又怀了身孕，许员外对女儿说：“你要善自珍重……”又对许大和许二说：“你们千万……可不要屈了你妹子……”说完之后就撒手归天了。

安葬过许员外之后，许大和许二因分家产，二人又吵又打，闹得不可开交。这时许氏因父丧劳累过度，引起早产，正在自己闺房中因难产而痛苦呻吟。李白在外室走来走去，焦躁不安。最后只听得一声婴儿嘹亮的啼哭，接生婆高兴地走出来报喜道："恭喜姑爷，喜得贵子！"李白闻此，高兴地大叫："好啊，我有了儿子啦！我有了儿子啦！"他冲进内室，抱起婴儿，左瞧右瞧，喜得眼睛眯成了一条线，在夫人蜡黄的脸上亲了又亲。

正当李白夫妇沉浸于得子的喜悦之时，许二借前来祝贺之名，来到李白夫妇居室。李白将他迎进室内，许二手提一包点心，递给李白，说："今日前来，一是恭喜妹夫喜得贵子，二是顺便告诉你们一声，这房子现在归我了。"李白问："你的意思是，让我们马上搬出去？"许二说："也不是马上搬，给你三天时间吧！"李白没有想到，这位舅哥做得这么绝情，气得脸色发白，将许二送的点心一下子扔到了屋外，喊道："好，好，我马上就搬，你，你给我滚出去！"

李白夫妇被许家扫地出门，只好住进他桃花岩的草屋中。由于许氏难产，流血过多，而且在坐月子期间来回搬家，不小心得了产后风，因此得了重病，卧床不起。为治好夫人的病，李白将家中能变卖的东西都卖了，请了城中最好的郎中，结果还是治不好。许氏在临终前，将怀中的儿子交给李白，断断续续地说："夫君，难为你了。是我拖累了你……你一定要把两个孩子……抚养成人……"话未说完便咽了气。李白全家顿时哭成了一片。

在许氏的坟前，七岁的平阳嘤嘤地哭着，李白怀抱着儿子，呆呆地望着坟前的墓碑，心想着将来的日子可该怎么过。他想起了年前在东鲁任城（今山东济宁）做县令的六叔曾经来过一封信，看来只有前去投靠他了。他向着夫人的墓碑喃喃地说："放心吧，夫人，我会将一双儿女抚养成人的！"

孟少府、廖公、蔡十等一帮安陆好友，将李白一家人送至安陆城东的大道上。丹砂雇了一辆车子，平阳抱着弟弟坐在车上。李白向老友一一告别，泪水模糊了他的眼睛，他深情地望了一眼他住了十年之久的安陆城，转身向东方的大道上走去。天上的大雁，排了个人字形，在秋风中嘎嘎飞去……

不知何处是他乡

李白来到东鲁任城投靠六叔，而六叔却即将离任赴京。送行和接风宴上，孔巢父的一杯酒，使李白顿消客中之感。

开元二十五年（737）秋，李白离开安陆，到任城投亲。来到河南道地界，他们舍车乘船，在汴河上航行。李白站在船头，向河两岸眺望。

正是黍熟豆黄时节，远处，沃野千里，一望无际；近处，村落前后，桑柘成林。田里场上，男女老幼都正忙着秋收，到处洋溢着丰收的喜悦气氛。

一个十六七岁的姑娘在船尾摇橹。船老大有五十多岁，姓鲁，正蹲在舱门补网。李白问道：”鲁老伯，任城离这里还有多远？”鲁老伯说：“快了，现在船已由汴河转入涡水，已经快到金乡了，再有两天的工夫，就到任城了。”他一边干活一边聊天：“听您的口音，好像不是中原人，您到任城是投亲或是去做官？”李白说：“投亲。我的叔父在任城当县令。”

鲁老伯惊讶地问道：“任城县令李老大人是你的叔父？”“怎么，您认识他？”“认识倒不认识，可任城县人谁不知李大人，他可是一个爱民如子的好官呐！”“噢？”“去年任城遭了水灾，颗粒未收，李大人开仓赈灾，救了好多人的命。现在任城县内几乎家家都供着他的牌位呢。听说他要调任赴京，全县父老都到县衙门口叩头挽留，还要给他立德政碑呢！听说新任的县令马上就要到了。”李白问道：“怎么，他要走了？”鲁老伯说：“是呀。怎么，这事你还不知道？我是听县衙中当差的王五亲口给我讲的。”

这时，船舱里传来了婴儿的啼哭声，平阳抱着弟弟，无论她怎样哄，也哄不住。鲁老伯叫道：“鲁姑，你去照看一下，让我来摇。”说着，鲁老伯走到船尾，替下了女儿。

鲁姑进入舱内，从平阳怀中接过小公子，那小公子见了鲁姑就像见了娘一样，立即就不哭了。平阳对鲁姑说："姑姑，还是你行，你看，他还咧着小嘴向你笑呢。"鲁姑说："瞧，他都长出四颗小牙了，多可爱呀！"

李白也走进舱来，丹砂说："小少爷都这么大了，该给他起名字了吧？"李白沉思了一会儿，说："这次移家东鲁，东鲁是春秋时鲁国旧地。鲁国是周公的封地，周公的儿子伯禽是鲁国的开国之君。周公是圣人，当然不能用他的名字，我看起名叫伯禽吧。以表示纪念这位开土创业的先人，同时希望我的儿子将来也有一番大作为！"鲁姑用手指逗着小公子的脸蛋儿："伯禽，伯禽，小少爷你有名字喽！"

船到了任城县郊，李白等人准备下船。鲁老伯对李白说："李先生，我家就在这湖边居住，如果不嫌弃的话，就先让鲁姑在我家照看这两个孩子，等你们找到了李大人再来接他们也不迟。"李白拱手致谢："那就拜托了！"

李白将孩子安排在鲁家之后，便和丹砂到了任城县衙。守门的衙役说县令李大人即将调任，新来的县令贺大人现正在城南贺兰酒楼给他设宴送行。李白闻讯即刻赶往贺兰酒楼。

贺兰酒楼上，宾客满堂，新任县令贺大人正在陪着老县令李大人饮酒。新县令名叫贺知止，原来是著名老诗人秘书监贺知章的堂兄弟。李白进了酒楼，见了从叔李大人，李大人将李白介绍给了贺知止，贺知止忙将李白延请上座。众人见李白神采飘逸，风度翩翩，一表人才，又见县令大人如此礼重，便纷纷议论："这位客人好面相，是县尊的什么人？"

贺知止向众人介绍道："这位就是李令公的贤侄、家兄秘书监贺知章经常称颂的当今有名的大诗人李太白先生！"李白站起，向众人作揖。贺知止满斟两杯兰陵美酒，一杯敬向李令公，一杯敬向李白："正值欢送李大人荣迁之时，太白先生又驾临小县，实令敝县生辉，今敬上兰陵美酒，一为李大人送行，一为太白先生接风，众位请！"众人一起举杯，表示对李令公的欢送和对李白的欢迎。酒过三巡，一个叫孔巢父的书生，起来向李白敬酒说："久闻太白先生有七步之才，何不为大家吟诗一首？"

李白问："敢问以何为题？"孔巢父向杯中一指说："就以此兰陵酒为题。"李白将孔巢父的酒接过，一仰而尽，略加思索，吟道：

兰陵美酒郁金香，玉碗盛来琥珀光。但使主人能醉客，不知何处是他乡！

（《客中作》）

孔巢父说："太白兄果然是子建之才，不但诗思敏捷，而且将我东鲁直视为故乡。好，我们鲁人为有你这样的朋友而高兴！"

又有一位豪士起身，捧起一坛酒，向李白敬道："太白先生洒脱豪爽，似我辈中人，定能豪饮。来，上大碗，小弟张叔明给先生敬酒！"李白拱手道："小弟不敏，张兄之酒岂能不喝，酒碗就免了，就用坛饮吧！"他接过酒坛咕咚咕咚地一口气喝个点滴不剩。然后将坛子口朝下，向张叔明展示。众人喝彩道："好酒量！"张叔明惊讶地说："太白兄莫不是酒仙转世？"

这时店主贺兰老人叫店小二抱酒两坛，向李白请求道："小老儿有个不情之求。"李白说："老人家，请讲。"贺兰老人："给小人的酒店题个名字如何？"李白说："这个好办，取笔墨来！"贺兰老人忙将准备好的笔墨纸砚拿将出来，只见李白捻毫濡墨，唰唰唰地写了几个大字"贺兰氏酒楼"，下署名"酒仙人李白醉题"。题完之后，手把酒杯，眯起眼睛，婉尔而笑。

一个六十多岁的老者刘乡绅，对李白的人品、诗才和书法都非常赞赏，问身旁的一个老儒："这李白才貌双全，不知他可有家眷？"老儒方巾博带，道貌岸然，对李白在此卖弄诗才，炫耀书法，纵酒狂饮早有看法，见刘乡绅问话，嘲笑地说："刘翁如此关切李白，难道要招他为乘龙快婿不成？"刘乡绅的脸立即红了，喃喃地说："随便问问。"

第二天，李令公便辞别任城父老及贺县令，起程入京，临行前向贺知止反复拜托要他对李白多加照顾，贺知止满口应承，请他放心。李令公对李白说，等他到长安有了眉目之后，再想办法接他前往。李令公走后，李白就暂住在贺兰老人的家中。

自从在贺兰酒楼的酒筵上饮酒赋诗之后，李白就成了任城县的名人，经常有人前来请他赴宴。特别是孔巢父、张叔明，此外还有陶沔、韩准、裴政等，他们常在贺兰酒楼与李白一起纵情诗酒，谈佛论道。有时还结伴外出，到泰山、东蒙等地寻仙访道，还在徂徕山竹溪结庐隐居，因此人称他们为“竹溪六逸”。

会稽愚妇轻买臣

一首榴花诗，误招一门亲事，谁知此事给李白在鲁中招惹了许多意想不到的麻烦。

李白所寄居的贺兰老人家，恰与刘乡绅家为邻，仅有一墙之隔。刘家的一棵海石榴树，长得枝叶繁茂，初夏时榴花满枝，开得如火如荼。透过墙上的缺口，李白看到一个十七八岁的女孩儿正在树下摘榴花，往自己的头上插戴。她一抬头，看见了李白，羞得满脸通红，朝着李白嫣然一笑，扭头便走了。这女孩的身材和面相和金陵子仿佛，特别是刚才那嫣然一笑，与金陵子尤其相像。李白的这一联想，使他对这个女孩儿的感情油然增添了几分。有好几天，这个女孩的身影在他的眼前晃动，他又几次在墙头缺处向邻家张望，但见榴花依然如火，而人面却再也没有出现。李白怅怅地回到屋中，心情不能平静，于是展纸濡墨，写了一首《咏邻女东窗海石榴》诗：

鲁女东窗下，海榴世所稀。珊瑚映绿水，未足比光辉。清香随风发，落日好鸟归。愿为东南枝，低举拂罗衣。无由一攀折，引领望金扉。

写了之后，李白看了一遍，觉得自己的想法未免好笑。心想，真是无聊，怎么自己成了窥墙观色之徒，竟写出这样的诗来？于是将刚写好的诗，揉了揉，扔到窗外。这时一阵风起，竟将此诗吹过了矮墙，吹到了刘家的院里。

刘乡绅出门，见地上有一团纸，捡起一看，原来是首诗。他透过围墙的缺口，见李白正在屋前背着手走来走去，一副焦躁不安的神情。刘乡绅心中一下子就明白了七分，脸上露出一丝微笑。刘乡绅自在贺兰氏酒楼的宴会上见到李白后，就对李白很有好感。当他打听到李白丧妻鳏居后，就一直想把自己的女儿嫁给他，但他一直担心李白不会答应。这下子可明白了李白的心事。他想，太好了，这正是个好机会。

第二日，他借故将李白邀入家中，设宴小饮。席间，二人饮酒正酣，刘乡绅问道："先生家中还有什么人？"李白说："家中只有一双儿女。"刘乡绅："夫人呢？"李白："夫人前年已亡故。"刘乡绅叹息了一番，说："先生何不搬到敝处来住，老夫家中甚为宽绰，也好早晚向先生请教。"李白说："感谢老伯厚意，只是不便打扰。"刘乡绅说："老夫膝下只有小女一人，家中颇为清静，先生若不嫌弃，可搬入我家后院居住，后院一直空着，反正闲着也是闲着。"李白看他颇为诚意，便点头说："那我就谢谢老伯了。"这时，刘乡绅让丫鬟将小姐叫来，过了一会儿，一个娉娉婷婷的女孩儿走了进来，刘乡绅向李白介绍说："这就是小女明珠，来见过太白先生！"李白一看，原来是前些天在墙头见到的那个石榴树下摘花的女子，顿时眼睛一亮。那女子见是李白，羞怯地向李白屈腰施礼："明珠拜见李先生。"李白忙还礼："小姐客气了。"刘小姐见过李白便与丫鬟彩云一道去了，李白目送她的身影渐渐远去。这一切都看在刘乡绅的眼里。李白告辞时，刘乡绅一再说："李先生得闲就赶快搬过来吧。"

在刘乡绅的一再催促下，李白便将女儿平阳、儿子伯禽和鲁姑一起搬进了刘家。自从伯禽和平阳在鲁老爹家寄养之后，伯禽见鲁姑就像见了亲娘一般，不哭不闹，非常听话。鲁姑对伯禽和平阳百般照顾，情同母子，不可分离。于是李白干脆就请鲁姑做保姆，照顾两个孩子。刘家后院宽绰舒适，比住在贺兰氏家好多了。李白每日弹琴读书，练剑作诗，日子过得倒也痛快。更令李白感到欣喜的是，每当他练剑、弹琴时，刘小姐总是在他身边观看、欣赏，并不时地让李白教她练上几招，学上一曲。虽然明珠姑娘学得并不认真，但那娇娜之态，确实令人爱怜。久而久之，二人也互相产生了爱慕之情。

这一切，刘乡绅都了如指掌，看到时机成熟，刘乡绅便请媒人王三婆向李白提亲。李白当然求之不得，只是担心他的两个孩子。王三婆说："这个先生不用担心。那刘小姐一向怜贫惜老，最喜欢小孩子，那天，我还见她逗你家小公子呢，玩得可开心了。"解除了这个顾虑，李白满口答应。

结婚那天，刘家十分热闹，来了许多客人，不仅孔巢父、韩准等东鲁名士前来祝贺，而且连县令贺大人也特来主婚。刘乡绅感到十分荣耀。婚后，李白与那刘氏夫人也确实过了一段和美的日子。可是好景不长，那刘明珠一改过去温柔可人的性格，变得嫉悍乖戾异常。她不但对李白的一双儿女十分虐待，就是对鲁姑也觉得看不顺眼。她一看见李白与他的儿女亲热，就火冒三丈；她不准李白与鲁姑说话，甚至连鲁姑对李白的孩子亲近也成了罪过。她对李白由专情成了专制，容不得李白分感情给其他人，甚至是自己的子女。最令李白不能容忍的是，他不允许李白与朋友交往，不让李白喝酒。因此二人经常争吵，李白因此也常常出外寻亲访友，长时间不回家。

一次，李白到南阳湖畔散心，却碰巧遇见了在湖岸柳林中舞剑的裴旻，李白一见裴旻那空中抛剑的绝技就立即认出了他。二人一见如故，在湖畔的一家小酒馆喝起酒来。裴旻曾做过金吾将军，开元间曾随信安王西征过吐蕃，北伐过奚胡，鞍马娴熟，剑术极精。他曾一次打猎，射杀过十几只老虎。还有一次在与奚奴作战时，敌人箭矢如雨，他立于马上，手舞长剑，快疾如风，箭矢纷纷被斩落地下。他的剑术曾为皇上所赏识，曾多次在宫廷中表演。他的剑舞与张旭的草书、吴道子的壁画曾被时人称为“三绝”。但他才高遭忌，年过五十仍位居人下，一气之下，便告老还乡，回东鲁隐居。二人在酒馆中谈起当今的开元盛世，裴老将军感叹道：“什么开元盛世，如今也到强弩之末了。自从宰相张九龄张大人被贬出朝后，朝中大权全由李林甫一人掌握。还有那个大太监高力士，两个人沆瀣一气，互相勾结，尽做坏事，只瞒着皇上一人。下面的官员，横征暴敛，只管讨皇上和顶头上司的欢心，有哪个管百姓的死活？就拿那兖州的刘长史来说——”他的话还未说完，酒楼下一片喧嚷。李白掀起窗帘一看，只见几个兖州府的公差在打一个渔民。李白见此，酒也喝不下去了，将酒杯在案子上狠狠地一顿，出了酒馆。为首一个公差向跪在面前的渔民骂道：“你的渔税为何迟迟不交？”渔夫哀求道：“差公高抬贵手，再宽限几日。现在打鱼是淡季，况我家中老母有病，确实一时交不上。”公差怒道：“大胆刁民，竟敢抗税不交，来人，将他的渔船掀翻，将这个刁民押到兖州府！”渔夫哭诉道：“大人，不能啊，那是我一家老小的身家性命啊！”为首的公差一脚将渔夫踢倒，另两个公差就要去掀渔船。李白气得两眼冒火，高喊一声：“住手！”为首的公差冷笑道：“你是何人，竟敢妨碍大爷的公务！”说着，向另两个公差使眼色：“给他点颜色看看！”两个公差如狼似虎地上前来打李白，被李白一拳一个，打落水中。为首的公差一看急了，拔出刀来要砍李白，裴旻急赶上前，喝道：“休得无礼！”公差一看是裴旻，忙住手作揖：“不知是裴老将军，在下有礼了！”裴旻说道：“这位是大诗人李白先生，怎容你等如此放肆！”为首的公差忙不迭地向李白作揖道歉，向另两个公差示意，灰溜溜地跑了。得救的渔夫，向裴旻和李白道谢不已。

和裴旻分手回来，李白刚一进门，就见家中乱成了一团。只见九岁的平阳在井边哭，三岁的伯禽躺在地上哭，鲁姑躲在下屋抹泪。刘氏见李白回来了，气冲冲地对李白说：“你养的好闺女、好儿子，可把我气死了！”李白如丈二和尚，摸不着头脑，问道：“怎么啦，我的夫人？”“你去问你的宝贝闺女和儿子吧！”李白去问平阳，平阳嘤嘤地直哭，又到儿子身边，将他扶起，一看，屁股上满是被荆条抽打的青紫伤痕，用手一摸，伯禽疼得直叫。再看平阳，身上穿着下人的衣服，湿了半截，两手红肿着，前面摆着一个大木盆子，盆里装着一大堆泡着的脏衣服。李白一看心中就明白了七八分。他怜惜地看着女儿和儿子，对刘氏说：“他们还都是小孩子，你就忍心这么——”没等他说完，刘氏就像连珠炮似的抢白道：“小孩子怎么了，就应该白吃白喝不干活？这两个小兔崽子还合到一起来气我！”李白辩驳道：“他们都是些没有娘的孩子——”一听此话，刘氏就更恼了：“好啊，还是你们一窝子亲，欺负我这个当后娘的不是？我就知道，我这当后娘的是猢狲照镜子——里外不是人。你这个没良心的，你说说看，你们三口人，还有那个小娼妇——”她用手一指鲁姑，继续骂道，“你们吃我刘家的，喝我刘家的，我刘家哪一点对不起你姓李的？”李白说：“是啊，我们吃你刘家的，喝你刘家的，这不都是你们情愿找上门的吗？可你不该骂得人家鲁姑那么难听，人家可是一个姑娘家呀！”一听李白为鲁姑说话，刘氏更是如打破了的醋坛子，醋意大发，大喊：“我就知道你心里只有你的两个宝贝儿女，还有那个小娼妇，你心里根本就没有我！”李白见刘氏如此刁蛮，如此出口伤人，气得眼里直冒火星，上前给了刘氏一耳光，骂道：“你凭什么随便诬人清白？你还讲不讲道理？”刘氏趁势躺在地上大闹：“好，你敢打我，我也不跟你过了，从此我们刘家跟你一刀两断！”“好吧，话已说到这个份儿上，我李白走就是了，我李白绝不沾你刘家一点光！”李白恼就恼在栖在人家的房檐下，处处低人一头，在许家，他尝过苦头；在刘家，今天又是这样。一个堂堂大丈夫，怎能老受这样的气？他一怒之下，便带着一双儿女、丹砂和鲁姑，搬到兖州（今属山东）城东的南陵村中，借住在孔巢父的一处庄园里了。

且说兖州刘长史府中的师爷刁有才，和刘乡绅是表亲，他早就看中了表妹刘明珠和刘家偌大的家产，两人有些瓜葛，可刘乡绅却看不上这个缺德少才、一肚子坏心眼儿的外甥。刘乡绅将刘明珠许配给了李白，他一直怀恨在心。他乘李白与刘氏闹矛盾，便趁机大造谣言，说李白行为不轨，败坏了鲁地的风气，而且还故意给儿子起了“伯禽”这个鲁国先祖的名字，是非圣无法。这都是自命为东鲁鸿儒的刘长史所最痛恨的。再加上李白和裴旻曾阻挠他的公差乱收渔税，刘长史更是火上加油，他要想法子惩治李白。刘氏不安于室，经常与她的表哥刁有才胡混。在刁师爷的挑拨下，刘氏来南陵村李白家中闹过几回，趁李白外出时将家中值钱的东西都拿走了，并扬言要与李白离婚。于是李白干脆写了一纸休书，让王三婆转给了她，与她离了婚。那帮鲁地的老儒，更是在李白休妻的事上大做文章，说他是一个忘恩负义的轻薄子和酗酒成性的酒色之徒，并以李白非圣无法、不遵礼教为名，对李白肆意诽谤。李白对这帮腐儒，也不甘示弱，写了一篇《嘲鲁儒》讽刺他们：

鲁叟谈五经，白发死章句。问以经济策，茫如坠烟雾。足着远游履，首戴方头巾。缓步从直道，未行先起尘。秦家丞相府，不重褒衣人。君非叔孙通，与我本殊伦。时事且未达，归耕汶水滨。

我辈岂是蓬蒿人

李白在鲁中与孔巢父等人被称作“竹溪六逸”。泰山归来，正逢皇上招贤纳士，征召金马。接旨后，李白仰天大笑出门而去。

李白在东鲁横遭鲁儒们的非议和责难，与刘长史等官吏又结下了过节，因此便从此与官府和鲁儒们很少来往，常与裴旻、孔巢父、裴政、陶沔、张叔明、韩准等人，不是谈兵论剑，便是饮酒赋诗，说佛论道，优游山水。齐鲁的山水名胜，东到崂山（在今山东青岛），西至巨野泽（在今山东巨野县北，今已为农田），北到历城（今山东济南），南至徐泗（今江苏徐州），他们几乎都游了个遍。徂徕山（在今山东泰安东南）和泰山（在今山东泰安北），更是他们常去的地方。元丹丘听说李白到了东鲁，特地从王屋山不远千里来访。李白陪他到东蒙山（在今山东蒙阴县东南）去访董炼师。元丹丘问李白近况如何，李白给他说了在东鲁的一系列遭遇，元丹丘说，他回王屋山后，将催促玉真公主再次向皇上荐举李白。元丹丘在李白家中住了几日，便回去了。

天宝元年（742）正月，陈王府参军田同秀向玄宗上报，说老子曾现形于长安丹凤门的大路上，又说，在函谷关（在今河南灵宝东北）尹喜的故宅有老子所赐的灵符。玄宗派人前去函谷故关尹喜台西，果然发现了灵符。于是玄宗下诏大赦天下，改年号为天宝，意谓“天赐灵宝”之意，还下诏：“前资官及白身人有儒学博通、文辞秀逸及军谋武艺者，所在俱以名荐京。文武官才堪为刺史者各令封状自举。”二月，群臣给玄宗加尊号为“开元天宝圣文神武皇帝”。玄宗封庄子为南华真人、文子为通玄真人、列子为冲虚真人、庚桑子为洞虚真人。称东都为东京、北都为北京，各地州改称为郡，刺史改称为太守。玄宗皇帝将崇道推向了新高潮。上有所好，下必甚焉。因此各地纷纷建玄元庙和道观，一时间崇道之风遍及全国各地。

李白本来对道教就感兴趣，加上玄宗的提倡，因此对道教更加热衷。天宝元年五月，李白与其他“竹溪六逸”的成员一起上泰山访道。泰山是道教的胜地之一，是三十六洞天中的第二小洞天。上有碧霞宫、斗姆宫、王母池等。李白对泰山并不陌生，他曾多次来过泰山，对泰山的风景十分熟悉。不过这次是夜间登山，别有一番情趣。他们乘着月色，沿着登泰山的御道，向上攀登。一路上山间极静，只有路旁潺潺的流水声和阵阵的松涛声。当他们登上南天门时，顾不得登山的劳累，高兴得放声长啸，只觉得万里清风，扑面而来。登高远望，只见东方云海，在月光下层云堆叠，如同神话中蓬莱山上的仙山楼阁，耳边又仿佛听见一阵阵仙乐鸣奏。山间的蝙蝠，迎着月光飞舞，看上去真像一群长着翅膀的仙女，从天上飘飘而下。仔细看时，它们又倏忽不见了。他们登上了玉皇顶，这是泰山的最高处，仰望天上的星斗，离人只有咫尺，仿佛举手就可以将它们摘下来。那天上的银河，既清且浅，银河岸边的织女星和她旁边的织梭星，也仿佛举手可摸。泰山上最壮观的当然还是日观峰的日出。他们沿着山道，来到了日观峰，等待着这最壮丽的日出。

这时东方刚刚露出鱼肚白色，泰山顶上起了茫茫大雾。人们就像裹在蚕茧里一样，只见周围迷蒙一片，对面不见人影。

过了一会儿，东方开始大亮。眼前的云雾开始流动，渐渐地，人影开始明显。突然，那云雾像幕帏一样拉开了。在幕帏的启处，太阳露出了橘红色的一牙，渐渐地向上升起。

李白激动得像个孩子，大喊大叫：“快看哪，太阳出来啦！”

这时眼前的烟雾逐渐散去，远处的云雾渐渐下沉，变成了一片云海。

站在日观峰，他们就好像坐在海船上，眼前的云涛在脚下翻滚。这时的太阳已由一牙变成了半圆，也由橘红变成了橙黄。太阳在云海里朝上涌，渐渐地成了一个椭圆，但下面与云海还连着。只见这轮太阳用力地一弹，跳出了云海，突然发出了万道金光，照得泰山一片辉煌。大约过了一个时辰，云海渐渐散去，上下天光，一片晴朗。

李白纵目望去，但见群山万壑，都匍匐在泰山脚下，似众山朝圣。正北处，黄河犹如一条细带，蜿蜒东去。长空中有几只雄鹰在凌空翱翔。

孔巢父："睹此奇景不可无诗。太白兄，即兴来几首！"

李白点头："好，就吟几首。"他略作思索即吟道：

平明登日观，举手开云关。精神四飞扬，如出天地间。黄河从西来，窈窕入远山。凭崖览八极，目尽长空闲。……

（《游泰山六首》其三）

此诗吟到半截，他便停住了。孔巢父问："吟完了？"李白说："没有。"韩准也问道："怎么不吟了？还不够劲呐！"李白说："杜子美有诗云：'岱宗夫如何，齐鲁青未了。造化钟神秀，阴阳割昏晓。荡胸生曾云，决眦入归鸟。会当凌绝顶，一览众山小。'这诗写得是何等地雄伟，何等地气魄，真写出了泰山的气魄和精神。有了他这首诗，也就足够了，我再写不是多余了吗？"

"太白兄的服善精神我早有所闻。当年你初出川到黄鹤楼时，见到崔颢的黄鹤楼诗，便说：'眼前有景道不得，为有崔诗在上头。'便搁笔不吟。"孔巢父说，"如今又钦服杜甫的《望岳》诗，而又要搁笔。这当然令人佩服。但是，王嫱、西施，各有妍态之别。王嫱不能为西施之捧心之态，西施也不能为王嫱颦眉之美。子美之沉郁，君诗之飘逸，亦各有其美，是不能相互替代的，你何必自惭呢？"

李白问："你们说这诗我还吟得？"众人道："当然吟得！"李白说："好，既然大家都说还吟得，那我就继续往下吟。"李白又吟道：

云行信长风，飒若羽翼生。攀崖上日观，伏槛窥东溟。海色动远山，天鸡已先鸣。银台出倒景，白浪翻长鲸。安得不死药，高飞向蓬瀛！

（《游泰山六首》其四）

陶沔听了，大为赞叹道："真令人感到飘飘然有凌云之气。与子美之《望岳》诗虽是风格不同，但同为咏泰山的千古绝唱！"

李白等人从泰山下来之后，他们又在徂徕山的竹溪山庄住了些时日，回到家时已是秋天的八月。

眼看已至中秋，李白房前的桃树是秋桃，已结满了果实。他与平阳、伯禽一起摘桃子。伯禽已经六岁，上树摘桃，麻利得像只猴子。平阳站在树下接桃子，装了满满两筐。李白命丹砂打酒买菜，并约请裴旻、贺兰老爹、鲁老伯及“竹溪六逸”等人到中秋节前来聚会。中秋节那天，李白让鲁姑将家中的那只大黄鸡也杀了，做了一盆鸡汤，将酒筵在院中摆好，等客人来齐，李白将众人请上席，举杯说：“今日请大家来，也没有什么好吃的，斗酒只鸡，再加上这些自己种的桃子，聊表寸心，感谢大家对我李白一家的照顾。诸位父老乡亲，仁兄贤弟，请了！”裴旻指着盘中的桃子诙谐地说：“其实不劳太白贤弟费心，就这些桃子就足够了！我看今日就叫‘蟠桃会’吧！”孔巢父笑着说：“裴老将军和贺兰老爹年纪大了，牙口不好，可多吃桃子，我们年轻些的就吃这只鸡吧！”

正当大家说笑吃喝之际，忽然一帮衙役敲着锣，来到了李白家门前，对着李白家门口喊：“钦差大人到——”众人立即从席上站起，迎接钦差大人。这时，钦差手捧圣旨，后面还跟着长史刘大人，一起进了李白的院子。

钦差大人高喊：“李白听旨！”李白赶紧整衣跪下，众人也都一起跪倒在地。钦差宣旨道：“顺天承运皇帝诏曰：朕闻李白德比巢由，才超扬马，文辞英秀，声扬四海，特宣进宫，委以大任。接旨后速速起程，十日到京，不得有误！钦此！李白接旨——”李白连忙叩头：“臣李白谢主隆恩，祝吾皇万岁万岁万万岁！”众人也跟着齐呼万岁。李白接旨后，仰天大笑：“想不到我李白也有今日！”刘长史赶紧走到李白跟前，满脸堆笑地说：“李大人，恭喜了！我早就看出了，您是个了不起的人才！”李白瞥了他一眼，冷冷地说：“那就多谢刘大人了！”

钦差和刘长史走后，众人一起向李白祝贺。李白又派人买了些酒肉，重新开筵，将此筵开成了庆功筵，大家喝得一醉方休。

第二天，李白就要起程，众乡亲一起前来相送。刘氏也偷偷地在树后观看李白奉诏赴京辞行的热闹场面。看到李白将要入京做官，红光满面地与众乡亲话别，刘氏悔恨交加，泪流满面。

众乡亲恋恋不舍地将李白送至官道边，裴旻向李白嘱托说：“贤弟可以一展宏图了。到了朝中，要为百姓多办些事，对那些鱼肉百姓的贪官，一定要除恶务尽！”贺兰老人说：“对，太白先生可不要忘记咱们东鲁的父老乡亲啊！”鲁老伯也说：“我们兖州的百姓，赋税太重了，你给皇上他老人家求个情，能不能少征些？”孔巢父则叹道：“太白兄这一走，我们‘竹溪六逸’就变成‘五逸’了。少了你这个酒仙人，这酒也就喝得没味道了。”李白激动地向众乡亲说：“感谢众位乡亲的厚爱，李白此次进京，定不负大家的厚望。”他将平阳和伯禽叫到面前，对裴旻、贺兰老人和鲁老伯说：“我走后，平阳和伯禽就拜托你们照顾了。”裴旻等人说：“贤弟放心，我们会把他们当作自己的孩子一样照顾的。”李白蹲下抚摸着伯禽的头说：“好孩子，爹走了，你要好好听姑姑和姐姐的话。”平阳含着眼泪对父亲说：“爹爹放心，我会和姑姑照顾好弟弟的。”李白拍着平阳的肩膀说：“有你这样懂事的女儿，爹爹就放心了。”李白站起身来，向孔巢父、韩准等人作揖道：“诸位仁兄贤弟，就此告辞了，咱们后会有期！”说完，他向众位乡亲作了一个罗圈揖，然后与丹砂一起上马，向长安的方向驰去。只听他在马上唱道：

白酒新熟山中归，黄鸡啄黍秋正肥。呼童烹鸡酌白酒，儿女嬉笑牵人衣。高歌取醉欲自慰，起舞落日争光辉。游说万乘苦不早，著鞭跨马涉远道。会稽愚妇轻买臣，余亦辞家西入秦。仰天大笑出门去，我辈岂是蓬蒿人！

（《南陵别儿童入京》）

歌声渐远，李白和丹砂的身影，渐渐消失在远方……

［第四章］

长安市上酒家眠

李白一斗诗百篇，长安市上酒家眠。

——杜甫《饮中八仙歌》

贺公呼我谪仙人

到长安见到的第一人就是四明狂客贺知章。贺知章读了李白的《蜀道难》等诗，惊道："真乃谪仙人也！"

天宝元年（742）暮秋，李白来到长安，他到金马门的公车府报到，便被安置到招贤馆中居住，等待着皇帝的召见。虽然圣旨召他赴京甚急，可当他真的到了长安，皇上好像将他忘了似的，一直没有召见的消息。李白闲来无事，便到长安四处游逛。他乘兴游了城东南的慈恩寺，登上大雁塔，向西北眺望，只见长安城内的街道横平竖直，坊宅整齐，九条南北大街、十二条东西大街，纵横笔直地通贯全城；东西两市，分处城中。城北部的皇城，墙堞崇峻，宫殿巍峨，那耸立在城北龙首山上金碧辉煌、高峻无比的宫殿，就是大明宫含元殿。向南望，远处的终南山脉如一抹青黛，隐约可见；近处就是闻名天下的绿柳垂岸、花映碧水的游乐胜地——芙蓉苑和曲江池。

李白从慈恩寺出来，穿过街坊，来到朱雀大街。朱雀大街宽约十丈，一律用青石板铺成。道旁青槐夹路，花草沿街，一直通向皇城的朱雀门。李白沿着皇城根儿，转过西南角楼，在城西北角的辅兴坊，找到了玉真公主的道观。上前一打听，道观中的女冠说，玉真公主有事外出，不在观中。

李白又顺着皇城外街，来到了城东的大宁坊，前去游览紫极宫。在玄元殿中瞻仰了老子的圣容。这是一幅老子身骑青牛的画像，就是传说开元二十九年（741）春，老子给玄宗皇帝托梦后从终南山楼观台发现的那一幅圣容图。李白觉得，这幅老子圣容图和其他道观中的老子画像没有什么大的区别，只是装裱得更加富丽堂皇而已。正当李白看得出神，一个鬓须皆白的老者走近他的身旁，目不转睛地打量着他。李白看他神情疏朗，白髯飘飘，一直看着自己，于是问道："您老是——"老者答道："老夫姓贺名知章。”李白惊喜地说:“您就是驰名天下的四明狂客?”贺知章:“正是老夫。您是——”“蜀人李白。”“啊呀!你就是李太白!你让我等得好苦!”他上前一把抓住李白的手,久久地握在自己手中。李白说:“贺大人,我也很想您啊!”贺知章说:“千万不要这样叫我,我们就以兄弟相称吧!”李白激动地说:“好,我们就以兄弟相称,季真兄!”贺知章也叫了一声:“太白贤弟!”彼此高兴得大笑起来。八十三岁的贺知章和四十二岁的李白,一见如故地称兄道弟起来。贺知章说,他听说皇帝下诏召李白入京,就一直在等着李白的到来,没想到今日在紫极宫相遇。贺知章拉着李白到西市的一家胡人酒馆饮酒相叙。

二人进了酒馆。胡姬出来迎客,迎头便碰见李白,高兴地叫道:“太白先生,您怎么也到这里来了?”李白也感到他乡遇故知一样的高兴:“阿依古丽,您还是和以前一样漂亮!”贺知章问道:“你们认识?”胡姬:“贺大人,我们是老乡。”贺知章更疑惑了:“老乡?”李白解释道:“我自幼生于西域碎叶城,和阿依古丽是同乡。我们是在上次入长安时认识的。”胡姬接着说:“请里面坐着说话,贺大人、太白先生请!”

贺知章和李白在里面入座。胡姬向她的父亲用胡语喊道:“爸爸,您来看是谁来了?”胡老爹走了过来,一见是李白,高兴得又是鞠躬,又是拥抱,用胡语说:“原来是老乡太白先生,我们又在长安见面了,愿圣主穆罕默德保佑您,阿门!”李白也用胡语说道:“最甜莫过家乡水,最亲莫过故乡人,能在长安又见到您和阿依古丽,我真感到高兴!”这时胡姬端着酒菜,像一阵旋风一样走了过来。胡老爹向贺知章用汉语说:“贺大人,您和李白先生在这里慢慢喝,我还要去照顾其他客人。对不起,失陪了!”又回头对胡姬说,“你要好好照顾贺大人和太白先生。”说完,就走开了。贺知章对李白说:“想不到你还会说胡语。”李白说:“我从小的时候说的就是胡语,入蜀以后,我母亲平时说的也是胡语。家父与胡商做生意,也用胡语交谈。后来,我还曾对各种胡语和文字做过一番研究,所以,至今还懂得一些。”胡姬说:“光听话音,我们还以为太白先生是位胡人呢!”贺知章说:“太白贤弟真是聪颖过人呐!”李白说:“不谈这个了,我们喝酒。季真兄,请!”贺知章举杯道:“贤弟请!”

“季真兄，我们以前虽不曾见面，可是早在诗中就已认识了。记得小时候家父教我学诗：‘碧玉妆成一树高，万条垂下绿丝绦。不知细叶谁裁出，二月春风似剪刀。’心想，这位锦心绣口的诗人是谁？将来能亲眼见他一面多好。没想到，今日终于如愿了！”“那是老夫年轻时的少作，算起来，离现在差不多有五十多年了吧？正是风华正茂的时候。那时老夫与张若虚、包融、张旭并称‘吴中四士’。时光过得真快，如今，老夫已鸡皮鹤发，垂垂老矣。如今大唐诗坛，就全靠尔辈喽。太白贤弟，最近有什么大作，让愚兄先开开眼如何？”李白从怀中掏出一个诗筒，递给了贺知章：“请贺兄指教！”贺知章接过诗筒，抽出一卷诗来，展卷而读，第一首就是《蜀道难》，他朗声诵道：

噫吁嚱，危乎高哉！蜀道之难，难于上青天！蚕丛及鱼凫，开国何茫然！尔来四万八千岁，不与秦塞通人烟。西当太白有鸟道，可以横绝峨眉巅。地崩山摧壮士死，然后天梯石栈相钩连。上有六龙回日之高标，下有冲波逆折之回川。黄鹤之飞尚不得过，猿猱欲度愁攀援。青泥何盘盘，百步九折萦岩峦。扪参历井仰胁息，以手抚膺坐长叹。问君西游何时还？畏途巉岩不可攀，但见悲鸟号古木，雄飞雌从绕林间。又闻子规啼夜月，愁空山。蜀道之难，难于上青天，使人听此凋朱颜。连峰去天不盈尺，枯松倒挂倚绝壁。飞湍瀑流争喧豗，砯崖转石万壑雷。其险也若此，嗟尔远道之人胡为乎来哉！剑阁峥嵘而崔嵬。一夫当关，万人莫开。所守或匪亲，化为狼与豺。朝避猛虎，夕避长蛇。磨牙吮血，杀人如麻。锦城虽云乐，不如早还家。蜀道之难，难于上青天，侧身西望长咨嗟！

此诗刚一咏完，贺知章惊异地睁大了眼睛，连连称赞说：“好诗，好诗，简直妙极了！”他对李白说道：“真乃谪仙人也！此诗是凡人作不出来的，你难道真的是太白金星转世不成？”李白听此语哈哈大笑，说道：“知我者，贺兄也！白也本是天星辰，偶被玉皇贬世尘。天纵之才谁能识？贺公呼我谪仙人！君乃当今之伯乐也！”贺知章高兴地捋着白胡子笑，得意地说：“昔日伯乐只能识马，今日我贺某慧眼却为国发现了栋梁之材，我比伯乐还要高明啊！太白贤弟，待明天上朝时，我就向皇上启奏，说你李谪仙奉诏入京，已经到了长安！”

二人起身，贺知章叫道：“酒家，结账！”胡姬走过来道：“贺大人是这里的老主顾，李先生又是同乡，这顿酒饭就不收钱了。”贺知章说道：“哪有吃酒不付钱的道理，何况你又是小本买卖。”他向怀中一摸，竟然空无一文。李白见此，说道：“这酒钱由我来付吧！”说着就向怀中掏钱。贺知章连忙止住。说：“老夫请你喝酒，哪有让客人付钱的道理？”说着就从腰间解下佩物小金龟一只，递给了胡姬：“就暂以此抵作酒钱吧！”

番书一笔成

一封番书满朝无人能识，贺知章力荐李白识得此文。李白的一纸吓蛮书，吓得番使跪倒在地。

大明宫含元殿上，清晨，百官入朝，肃立两旁。直到日上三竿时玄宗才驾至含元殿。在群臣跪拜山呼万岁声中，唐玄宗坐朝听政。

贺知章欲出列上奏，这时宰相李林甫抢先奏道：“我皇神文圣武，恩及八埏，天下承平，万方来朝。现有西域米国，贡献白鹦鹉一对！日本国献日本布三百匹！”说着，命人将贡品呈上。

紧接着侍御史、度支郎杨国忠出列奏道：“承吾皇恩德，天下一统，海内承平，天人感应，普现祥瑞。今剑南道巂州献千年灵芝一株，河南道洛州献绿毛神龟一对，东京洛阳献并蒂白牡丹一株。”

玄宗得意微笑，眼睛眯成了一道缝。

安禄山也腆着肚子上前奏道：“臣安禄山，向皇帝陛下和娘娘献上长白山千年老人参一对，祝陛下和娘娘就像老人参一样长命千岁，天长地久！”

下面都为安禄山不伦不类的祝词发出一阵窃笑。

玄宗和太真妃也觉得好笑，但玄宗反觉得安禄山憨直可爱，不但不责备他，反而称赞说：“难得胡儿有此一片孝心，其忠可嘉。”他回头叫道，“高力士，赏安将军骏马五百匹，黄金千两！”高力士应道：“是，陛下！”

玄宗对李林甫等三人褒奖道：“李右相、杨侍御和高力士辅佐朝政有功，各赏锦缎一万匹！”高力士、李林甫、杨国忠、安禄山一起拜呼：“谢主隆恩！祝吾皇万岁，万岁，万万岁！”

众朝臣对此反应不一，有人窃窃私语，面露不满之色；有人摇头叹气，心怀忧虑；有人张口瞠目，表示艳羡。

这时，贺知章正欲上前启奏，忽然有一内使拿着一份文书，慌慌张张地进殿报道："启禀陛下，现有西域两个番邦使者，口吐番语，态度傲慢，呈上国书一份。"

玄宗脸上有些不悦，说道："将国书呈上来！"内使将国书交给高力士，高力士将国书呈给皇上。玄宗接过国书一看，脸上出现一片阴云，问道："是何处番邦，竟如此无礼，为何只有番文，而不见汉文副本？"

李林甫上前奏道："启奏陛下，这番邦分明是藐视天朝，何不命人将他们轰出去？"安禄山也奏请道："请陛下给臣三万精兵，前去讨伐这个蕞尔小国！"杨国忠则不同意贸然行事，他上前奏曰："臣以为这样做不妥，万一他们是来进贡的呢，这岂不是贻笑于天下吗？"

玄宗点了点头说："那杨爱卿就多劳你了，看看这上面写的是什么意思？"杨国忠面有难色："这……"他还是接过来了。一看，上面全是蛇形鸟迹一般的文字。只好说："臣……不懂。"

玄宗看着李林甫问道："李爱卿，你呢？"李林甫也只好接过来，看了之后，苦笑地摇了摇头。

这时高力士说："安将军是个胡人，想来一定能够看懂此番书。"安禄山的头摇得像只货郎鼓，两手向胸前一伸，说："臣虽会说胡语，但自幼失学，大字不识一个。还是高将军比我的学问大。"玄宗惊讶地问："力士，难道你能认识？"高力士连忙摇手说："不，不，老奴也不认识。"

玄宗说："想我天朝，济济多士，难道没有人能识这小小的番文国书吗？岂不让我大唐贻笑于天下？高力士，传示满朝文武百官！"番国文书在朝臣中传来传去，人人摇头，大殿中鸦雀无声，一片静寂。

玄宗大怒道："难道你们都是些酒囊饭袋，白吃国家俸禄不成？"

这时，贺知章从朝列中走出，向玄宗奏道："启奏陛下，臣荐一人，可识此番书！"

这下子可急坏了李林甫，他一向是个嫉贤害能之人，如果真找到了一个能识番文的人，那将置他李林甫与众百官于何地，不是都成了窝囊废了吗？他宁可让百官都降三级，也不愿找到一个比自己还强的人。他见贺知章这老头子不识趣，便凑近他小声地威胁说："贺大人，你要是荐错了人，可是欺君之罪呀！"杨国忠也心有此想，他也赶紧加上一句，说："这可是要杀头的呀！"贺知章向他们冷冷一笑，说："老夫已活了八十多岁，何惧一死。二位大人，就不必多操心了！"

玄宗喜出望外："贺爱卿，快快奏来！"贺知章奏道："臣所荐之人，才超扬马，文过子建，自幼出生西域，长于西蜀，能精通好多种番语文字。""快说，这位才子是谁？""他就是西蜀才子，诗人李白！"

李林甫问高力士："高公公可知道这个李白？"高力士淡淡地回答："就是玉真公主曾向皇上推荐的那位。"

玄宗闻之大喜："你是说李白？他已经到京了？"贺知章回答："是的，陛下。""他现在何处？""就住在公车府的招贤馆中。"

玄宗命曰："高力士，速派人牵天厩御马，召李白入宫！"

天京御街上，一群内使簇拥着李白骑马入宫。李白骑在马上气宇轩昂，左右顾盼有神。天街两旁观者如堵，争睹大诗人李白的风采。

李白骑马来至皇城朱雀门，守宫门的御林军士要李白下马。这时从宫内跑来一个内使，向李白和守门卫士喊道："诏谕李白骑马入宫！"

李白在马的屁股上狠加了一鞭，那马冲门而入，直驰金銮殿前。在太监的服侍下，李白下了马，快步登上玉墀，风吹袍袖，飘舞若仙。

在殿上的唐玄宗，见李白英姿秀逸，光彩照人，不觉忘了帝王之尊，从御座上起身，前去迎接，并亲自下了三级御阶。

李白上前叩见皇帝，拜姿如舞："臣李白奉诏见驾，祝吾皇万岁，万岁，万万岁！"

玄宗急忙前去搀起李白，说道："卿为布衣，名为朕知，若非胸有奇才，怎能至此？"

李白答道："圣上望贤如渴，待贤如宾，实乃我大唐之福也！臣生逢盛世，际遇明主，敢不肝脑涂地，以报圣上于万一！"

玄宗和李白携手走进了大殿。玄宗回到御座上，对高力士说："给李爱卿赐座！""臣谢陛下。"李白在玄宗御座前侧坐下。

玄宗对李白说："现有一番邦，上了一道国书，只有番文，满朝文武尽不能识。贺爱卿荐你能懂多国番文，卿要为朕解除国忧啊。"他转身命高力士，"拿国书来！"高力士将番邦国书递给了李白。

李林甫在朝列中对杨国忠说："这次可要李白好看了。他要是认不得番文，立即奏他个欺君之罪。"杨国忠一脸杀机地说："将他斩首示众！"

李白接过番文一看，哈哈大笑，说："这是西域的吐火罗文。此邦乃是西北一蕞尔小国，竟敢出语如此狂妄！"

玄宗命李白道："他说些什么，念给朕听听。"李白用汉语念道："唐皇听谕。"玄宗听此语一愣，面呈愠色，"嗯？"了一声。

杨国忠察言观色，见机行事，见玄宗脸色有变，便马上跪到地上奏道："陛下，臣请治李白的欺君之罪！"

李白问道："这位大人，我李白照本宣译，何罪之有啊？"你李白假借翻译国书之机，辱慢皇上！""想来这位大人一定是认得这番文国书了，那么，你来看这国书是什么意思？""这……"杨国忠无言以对。

玄宗说："李爱卿，照实念来，朕赦你无罪。""谭旨！"李白继续念道：

"唐皇听谕：天地无私，育生万物。宇宙无私，并列万邦。唐为列国之一，为何自称天朝，居于列邦之上？我虽小邦，但水草丰美，兵强马壮。上下同心，志气盛旺。唐虽大国，但朝廷失德，上下离心，奸臣弄权于内，边将跋扈于外，生民失所，苍生涂炭。名虽曰大，外强中干者是也。今请让出安西四镇，与我君管辖。如若不然，吾当挥师东上，与君会师玉门，饮马洮河。勿谓言之不预也！"

听此一番话语，唐玄宗气得面无血色，浑身发抖，勃然大怒："真是胆大包天，狂妄至极！"

高力士见皇上动怒，趁机进言说："陛下息怒，莫伤龙体。依老奴所见，此番国未必敢如此狂妄。""嗯？"玄宗扫了高力士一眼。高力士继续说："恐怕是有人在借此之机，指桑骂槐，侮蔑朝廷，讥刺圣上。"

玄宗用怀疑的眼光看着李白。贺知章胡须颤抖，为李白捏了一把汗。众朝臣都面面相觑。

这时，只听李白一阵狂笑，震得大殿梁上的灰尘乱飞。高力士被笑得心中发虚，问道："你，你为何发笑？""有人说，谗言如刀，可以杀人不见血，今日看来，果真不假。这位老公公，你说我哪一处译得不实？哪一个字是我李白所加？”高力士支吾道：“这个，我……”

贺知章奏道：“圣上，有道是用人不疑，疑人不用。李白确实是胸有奇才，他精通番语文字，绝不会有错。我贺某可以性命担保！”

“众爱卿不必争执。大敌当前，当以团结为重。”玄宗制止了殿上的纷争。

李林甫做出为皇上分忧的样子说：“既然吐火罗国出此狂言，难道陛下真的要给他让出安西四镇吗？”

安禄山也做出为国效力的姿态说：“臣请率领三万人马，杀他个血流成河，鸡犬不留！”

玄宗征询李白：“李爱卿，你说呢？”李白对曰：“以臣之见，倒大可不必兴师动众，大动干戈，劳民伤财。圣人有云：‘兵者乃凶器，圣人不得已而用之。’我朝向以德政，抚四夷，来远人。臣以片纸之言，便可向他们讲清利害，说明道理，消此兵祸之灾。他们如若不听，一意孤行，我大唐再出兵也不迟！”“嗯，李爱卿说得有理。”玄宗同意李白的看法，他速命李白草诏。

两个太监摆好笔墨纸砚，众人前来围观。李白蘸笔剔毛弹墨，墨汁弹到了杨国忠的朝服上。

杨国忠气得哼了一声，骂道：“哼，这样的人只配给我磨墨！”

高力士也在一旁咬牙切齿地说：“磨墨也不配，他只配给我脱靴子！”

李白听了微微一笑，也不理睬。只见他连饮了三杯御酒，手挥狼毫，飞龙走蛇地写了起来。先写了汉文正本，又写了番文副本。

太监将国书呈给了玄宗。玄宗看了点头称赞，叫道：“高力士，传番使进殿！”

两个番使神态傲慢地进了大殿。高力士喊道：“番使听诏！”

玄宗命李白宣诏，李白朗声念道：“番使听旨：尔等边鄙小国，孤陋寡闻。误听谣言，便欲兴衅。我大唐开国，一百三十余年，国泰民安，马壮兵强。自太宗以来，以德立国，以义交邦。现有战马万匹，貔貅百万。以甲堆地，地可成山；投鞭入水，洮水可断。攻可使尔城夷为平地；

战可使汝血遍洒天山。摧枯拉朽，所向无敌。远人威伏，万邦来朝。天下尊之为天可汗是也！以尔等小邦，犯我天朝，则无异于以卵击石，自取灭亡！念尔小邦无知，初犯天朝，我大唐以仁义为怀，慈悲为本，对尔等过错,既往不咎。如若再犯,定当严惩不贷。勿谓言之不预也！钦此！”

念完之后，李白将番文副本，掷向番使。番使看了之后，吓得脸色变白，他问身旁的贺知章，写番文诏书的是谁？贺知章告诉他说：“是天上下凡的谪仙人。”两番使听说后，初而颤，继而跪，最后则磕头求饶。在群臣的讥笑中，两个番使连滚带爬地逃出了宫殿。

玄宗大悦，亲自斟了一杯酒，递给了李白：“李爱卿，你真是天下之奇才呀，你是天上的星星，或是下凡的神仙？朕暂命你为翰林供奉，待诏宫中，将来再委你以大任。赏你西域国白鹦鹉一只，另赐你御酒三杯，以表对爱卿的敬意。”

李白敬谢道：“谢陛下隆恩，臣愿为陛下竭尽驽钝，肝脑涂地！”接过三杯御酒，一饮而尽。

玄宗又对贺知章说：“贺爱卿荐贤有功，真乃当代之伯乐也！朕赐你御酒三坛，玉杯一对，以示奖励！”贺知章叩拜：“谢陛下恩典！”

这时左相李适之、汝阳王李琎、左司郎中崔宗之，都纷纷向玄宗表示祝贺。众朝臣见李白得宠，一起向玄宗跪拜道：“祝贺陛下喜得贤才，吾皇圣明，祝吾皇万岁，万岁，万万岁！”

玄宗听此一片祝贺之声，心中感到十分高兴。他叫高力士道：“命后殿摆宴，为李爱卿庆功祝贺。朕之有李白犹如汉武之有司马相如也！”

在大明宫蓬莱殿前，大摆庆功宴，玄宗和太真妃并坐在太液池龙舟的御座上。众大臣陪侍玄宗左右，李白也坐在玄宗身旁。这时池畔乐声顿起，一群舞女鱼贯而出，跳起了《绿腰》舞。玄宗和太真妃向李白频频举杯。

接着场上的乐队又奏起了《霓裳羽衣曲》。在一片烟雾中，一群仙子飘然而来。太真妃扮作霓裳仙子，在一群仙女簇拥下飘然起舞，那形象真像是月宫的嫦娥一般。

跳完之后，太真妃回到了玄宗的身边，对玄宗说：“李白是一位大诗人，让他当场来一首诗吧！”玄宗今天的心情特别高兴，听此言立即表示赞成，向众朝臣宣布说：“大家听着，现请李爱卿给大家吟诗一首！”

李白站起来，向皇上作揖道：“臣遵旨！”他右手高举金杯，左手轻捻乌髯，双目炯炯，神采飞扬。只听他朗声吟道：

深宫高楼入紫清，金作蛟龙盘绣楹。佳人当窗弄白日，弦将手语弹鸣筝。春风吹落君王耳，此曲乃是升天行。因出天池泛蓬瀛，楼船蹙沓波浪惊。三千双娥献歌笑，挝钟考鼓宫殿倾，万姓聚舞歌太平。我无为，人自宁。三十六帝欲相迎，仙人飘翩下云軿。帝不去，留镐京。安能为轩辕，独往入窅冥。小臣拜献南山寿，陛下万古垂鸿名。

（《春日行》）

玄宗听了之后，高兴非常。连连称赞道；“好诗，好诗！李卿不但才学过人，而且诗才冠群，真不愧是我大唐第一诗人啊。”这时，贺知章插言道：“是诗坛谪仙人。”众人说：“对，对，是我大唐诗坛的谪仙啊！”

众朝臣又都齐声贺道：“祝贺吾皇喜得诗坛谪仙！“

后来，诗坛谪仙又被传为“诗仙”。

杨国忠对高力士哼了一声说：“一个不入品的翰林供奉，有什么可得意的？”高力士说：“此人固穷气，什么谪仙，只是一个空名罢了，一文不值！”

李林甫对他们的意见却并不赞同，他对高力士、杨国忠说：“莫要小看了此人，我们对他不可不防！”

长安市上酒家眠

来了李白，长安才凑足了酒中八仙。在汝阳王家中的八仙会饮中，李白眼看着一个个都醉倒了……

自从李白草答番书之后，他的美名一夜之间，传遍了长安。街头巷尾，都在纷纷传论李白的事。

胡姬酒店中，一群酒客在那里议论纷纷。一胖子说：“听说过大诗人李白的事了吗？”瘦子道：“现在全城都传遍了，皇帝封他当了翰林大学士呢！”民间哪里知道翰林院还有翰林供奉与翰林学士之分？入了翰林院，大家就统以翰林学士称之。

胖子扬扬得意地向大家介绍：“你们知道吗？李白和贺知章贺大人，就是在这个酒店结了八拜之交呢！”

一位高个子客人道：“听说李学士在宫中醉草吓蛮书，双手能同时写两种文字。一手写番文，一手写汉文。”一矮子插言道：“你们知道他的番语是跟谁学的吗？”众人齐问：“跟谁学的？”矮子神秘地说：“我听说就是跟这店中的胡家小娘子学的。”众人不信：“这是真的吗？”

矮子说：“你们不信？咱们可以当场问问她。喂，胡家小娘子，你过来！”胡姬走了过来：“还要添什么菜，客官？”矮子问：“李学士是不是常来你这里喝酒啊？”胡姬感到很荣耀地说：“那是当然，昨天他还与几位大人一起来光顾我的小店呢。不信你看，这墙上挂的还是他给我写的一首诗呢！”

众人抬头一看，果然是新挂出的一张诗牌。上面写的是一首七绝：

五陵少年金市东，银鞍白马度春风。落花踏尽游何处，笑入胡姬酒肆中。

（《少年行二首》其二）

胡姬炫耀地说："我这里还有贺知章大人和李学士喝酒时赏我的小金龟呢！"她从怀中取出让大家观看，众人争相观赏。胖子说："啧啧，还是纯金的呢！"胡姬："怎么样，不骗你们吧？"

胖子问："请问小娘子，李学士的番语是你教的吗？"胡姬骨碌着大眼睛，狡黠地说："这个嘛……保密！"矮子很是得意："怎么样，我不是骗你们的吧？"

瘦子嬉皮笑脸地凑近胡姬："胡家小娘子，也教教我怎么样？"说着，就要动手动脚。

胡姬将脸一嗔，说："请放尊重些，不然的话，把你送到李学士那里去，看不剥了你的皮！"

自从李白金殿上醉草番书，蓬池赋诗，被皇上封为待诏翰林之后，长安的王公权贵们立即另眼相看。不断有人请他去赴宴，待为上宾。今日是某某王爷来请，明日是某某驸马相邀，三日一小宴，五日一大宴，他几乎踏遍了长安的公侯之门。但他去的最多的还是汝阳王李琎家。

大街上，李白身骑御马与贺知章并辔而行。王公权贵们不断地向他和贺知章打招呼。

一权贵上前施礼道："李学士，贺大人，多日不见。有闲时请到寒舍一坐，借借两位大人的光如何？"李白马上拱手说："多谢美意，以后有时间再叨扰吧！"又一个权贵也主动上前相邀："二位大人，是去汝阳王府赴宴吧？也给小弟一个面子嘛，明天到我家何如？"

贺知章说："明天还要去苏大人家，以后有时间再说罢！"他转对李白说，"别看他们今天对你笑容可掬，非常客气，等明天你失势了，他们的脸马上就是另一副样子。"

李白似乎还未有深刻体会，他颇踌躇满志地哼着一首诗。清脆的马蹄声，伴着李白得意的吟诗声，在大街上传响……

汝阳王府邸中正在大摆宴席，汝阳王李琎已与李白交上了朋友，邀他到自己的府邸中去做客。汝阳王是唐玄宗的嫡兄宁王李宪的长子，李宪因让位于玄宗有功，他去世后便被谥为让皇帝，因此，玄宗看在李宪的分上，对汝阳王格外优宠。汝阳王承父亲之训，整日饮宴歌舞，不与朝政，以示胸无大志，免被猜忌。这日，他请朝中诸友，来邸中小宴。现厅中已来了左相李适之、吏部侍郎苏晋、左司郎中崔宗之、金吾长史张旭和处士焦遂诸客人。

李白和贺知章来到了汝阳王府邸，他们一进门，众人便迎向前去。

张旭原是李白在金陵的旧识，一见李白就马上迎上前去："太白贤弟，我们终于又见面了！"李白紧紧拉着张旭的手，高兴地说："万流朝宗，水归大海。我们兄弟终于都聚会到长安了！"

汝阳王上前迎接："小王今日得了几坛酒泉酿的美酒，特邀诸兄前来一作醉乡之游。大家都到了，就等你们二位了。"接着大家推让着不肯就首位，汝阳王见状，也不再相让，说，"那好吧，今日之饮，就不必拘礼了，大家不分长幼尊卑，围成一个圈子坐下。今日恰好凑够八仙之数，我们就叫作'饮中八仙'吧。好，请诸位就便入座吧！"

众人随意就座，酒过三巡，李适之建议道："众人饮酒，不可无酒令。有酒令不可无人宰酒。我看太白在金殿之上，意气风发，气吞曹刘。视权贵如草芥，待阉竖如小儿。真有宰辅气魄，大将风度。就让他今日宰酒如何？"

苏晋在一旁点头附和说："此意甚好，就让太白贤弟做令官吧！"众人一致表示赞同。

李白站起来说："李白承蒙错爱，雅意难违。这酒令官之职，我就愧领了吧。一日权在手，便把令来行。本令官赏罚严明，执令如山。当赏则赏，当罚则罚。令行禁止，决不徇私。诸君请满饮此杯，以听我酒令。"说完，李白自己先饮了一杯。

汝阳王："吟诗对联，不是小王我的所长，我看，咱们今天干脆来个击鼓传花，鼓点一停，花落在谁的手中，谁就罚饮。"

大家一致表示赞成。汝阳王朝着一个侍女招手："宠姐，你来击鼓。"

宠姐走了过来，汝阳王给她的眼睛蒙上了一条黑纱。宠姐击起了羯鼓。那鼓点忽快忽慢，忽轻忽重，一会儿如疾风骤雨，一会儿如雨滴梧桐，变化莫测。

一朵红绒花在众人手中飞快地传递着。随着鼓声的响沉，花传花落，绒花落到了谁的手中谁就饮酒，不到一个时辰，汝阳王的三坛酒泉佳酿就被大家差不多喝光了。这三坛酒喝得大家真情毕露，醉态百样。贺知章喝得酩酊大醉，晕晕乎乎，颓然而卧；汝阳王喝得个四肢朝天，醉眼蒙眬，手举金樽，仍向大家劝饮不止；左相李适之素以豪饮著称，此时也醉得步履踉跄；崔宗之喝得直翻白眼，摇摇晃晃，如玉树临风；苏晋醉成了一团，但他仍正襟打坐，如参禅一般；焦遂醉后，一改平时的沉默寡言，期期艾艾地与李白争执辩论；李白则愈喝愈有精神，醉后他口若悬河，诗思如泉，吟起诗来；张旭在醉眼蒙眬中，听到李白吟诗，连声叫好，便脱帽露发，大叫一声，便以发辫濡墨，在粉壁上写起了狂草，李白吟一句，他写一句。只见满壁烟云，酣墨淋漓。写完之后，也醉倒在地……

除了李白，筵席上的人都一个个地先后醉倒或将要倒了。李白怀抱着一坛酒，也不时地打着酒嗝。他望着粉壁上张旭所写的草书，念了一遍：

天若不爱酒，酒星不在天。地若不爱酒，地应无酒泉。天地既爱酒，爱酒不愧天。已闻清比圣，复道浊如贤。贤圣既已饮，何必求神仙？三杯通大道，一斗合自然。但得醉中趣，勿为醒者传。

（《月下独酌》其二）

李白用手指着一个个醉倒和欲倒的人，哈哈大笑，说：“倒也，倒也！”说完之后，他又捧起酒坛饮了几口。此时，他也觉得自己头重脚轻，有些站不稳，渐渐颓卧在地上。他枕着酒坛醉倒了，坛中的酒在汩汩地向外流淌着。

此时此景，后有杜甫的《饮中八仙歌》为证，诗曰：

知章骑马似乘船，眼花落井水底眠。汝阳三斗始朝天，道逢麴车口流涎，恨不移封向酒泉。左相日兴费万钱，饮如长鲸吸百川，衔杯乐圣称避贤。宗之潇洒美少年，举觞白眼望青天，皎如玉树临风前。苏晋长斋绣佛前，醉中往往爱逃禅。李白一斗诗百篇，长安市上酒家眠。天子呼来不上船，自称臣是酒中仙。张旭三杯草圣传，脱帽露顶王公前，挥毫落纸如云烟。焦遂五斗方卓然，高谈雄辩惊四筵。

醉使力士如使奴

沉香亭中，太真娘娘要李白为她写新歌词。李白半醉半醒，故意提出要力士脱靴出丑。娘娘催高力士说："你快脱呀！"

在长安天长日久，李白也看出了朝廷中的一些弊端，可是唐玄宗总让李白献些歌功颂德之类的诗，就是不让他参与朝政。一次李白上书言一些权贵横行不法，抢占民田和边将滥邀边功的事，被李林甫斥为越职言事，皇上也对此不悦。可皇上对李林甫和杨国忠等人的谀言谗语，总是言听计从。因此李白思想也很苦闷，时常与贺知章到胡姬酒店喝酒。一次，李白与贺知章对饮。李白已喝得有些晕晕乎乎了，他还是不断地向贺知章劝酒："季真兄，你喝呀，喝呀！"贺知章劝道："太白贤弟，你不能再喝了。""怎么不喝，君问世上何处好，唯有酒乡人最乐呀！"

贺知章向胡姬叫道："胡姬姑娘，快烧些醒酒汤来！"胡姬答应道："好嘞，请稍等一会儿，马上就好。"

"我不要醒，我不要醒。我还要喝。"说着，李白抱起桌上的酒坛子，咕咚咕咚地又喝了起来。喝完后又说起了醉话："什么圣明天子，什么开、天盛世，真是万言不如一杯水呀！他安禄山两棵老人参就能换来五百匹骏马，一千两黄金，而我的和番书，只值一只鹦鹉！"

胡姬将醒酒汤端了上来："醒酒汤来了。李先生，你喝一点吧！"说着，她扶起李白，给他喝醒酒汤。

李白一拂袖，将醒酒汤碗打掉在地："我不要喝什么醒酒汤。我没有醉！真正醉的是他，是他李三郎！这大唐的江山，早晚要毁在那帮小人的手里！"李白这时颓卧在地上，嘴里哼起了一首诗，"大道如青天，我独不得出！羞逐长安社中儿，赤鸡白狗赌梨栗。……君不见昔时燕家重郭隗，拥篲折节无嫌猜。剧辛乐毅感恩分，输肝剖胆效英才。昭王白骨萦蔓草，谁人更扫黄金台？行路难，归去来！"

贺知章去拉他，他怎能拉得起来？他对胡姬说：“太白先生醉了。姑娘，你帮我把他扶回家去。”

胡姬扶起李白，踉踉跄跄地走出了店门。

兴庆宫内，玄宗正与太真妃玩斗鸡的游戏。两只斗鸡在圈子中你来我去地厮杀着。宫女和太监都各为玄宗和太真妃的斗鸡加油鼓劲。太真妃的芦花鸡斗得玄宗的黑斗鸡满圈子跑。玄宗的鸡几次都被太真妃的斗败了。

太真妃高兴地拍手叫好：“我的鸡赢了！我的鸡赢了！”

玄宗笑道：“玉环，你不要高兴得太早了，等我的金鸡将军来了，你准输不可。”

杨太真恼怒地说：“什么金鸡将军，那可是只杀人的魔王。我的好几只斗鸡都被它啄死了，连肠子都被它啄出来了。好残忍啊。我一定要把它亲手杀了不可，要它为我的鸡偿命！”

玄宗见贵妃发了脾气，连忙赔笑说：“好，好，我们不玩斗鸡了好不好？”

玄宗对高力士说：“起驾沉香亭，我和娘娘赏牡丹去！”

高力士：“是，陛下。”他向手下人喊道，“起驾沉香亭！”

李白回到寓所，想起这些日子的遭遇，感到十分窝火，又无从排解，只好以酒解闷，于是又一人独酌独饮起来。

李白一边喝酒，一边自言自语：“酒啊，酒啊，不是我李白贪杯，但我实在是离不开你呀！要是没有了你，这个世界该是多么黑暗，多么丑恶，多么肮脏，多么可怕。只有你才是我最好的朋友，只有你才能医治我受伤的心灵，抚慰我孤寂的灵魂。只有你才能使我的一腔忧愤和痛苦，得到发泄和解脱呀！”

李白喝得昏昏沉沉，嘴里还在不断地说着醉话：“一樽齐死生，万事固难审。醉后失天地，兀然就孤枕。不知有吾身，此乐最为甚！”最后，他喝得烂醉如泥，伏在酒坛上睡着了。

丹砂进来服侍李白，一看，一坛子御酒，都被李白喝光了。

兴庆宫沉香亭畔，玄宗正与太真妃赏牡丹。玄宗指着一株白牡丹说：“这是从洛阳进贡来的。这里面还有你哥哥杨国忠的功劳呢！”

“我可不喜欢这株白的，戴到头上多不吉利。我喜欢这株红的。”杨太真说着就从红牡丹枝上摘下一朵来，撒娇地对玄宗说，“三郎，你给我戴上！”

玄宗高兴地给太真妃的发鬓上插了一朵鲜艳的红牡丹。太真妃问道：“好看吗？”玄宗望着太真妃娇美的脸，色眯眯地说：“古人说‘秀色可餐’，说得真好。看见你这么漂亮的脸蛋儿，我不吃饭就饱了。”

太真妃不满地瞟了玄宗一眼，说道：“看你说得多么难听，还是皇上呢，肚子里就没有一个好听的词儿？看人家李白，出口成章，好词儿都是一串儿一串儿的。”说了，她就哼起了李白的一首诗：

小小生金屋，盈盈在紫微。山花插宝髻，石竹绣罗衣。每出深宫里，常随步辇归。只愁歌舞散，化作彩云飞！

（《宫中行乐词八首》其一）

玄宗见贵妃喜欢李白的诗歌，就叫高力士道：“力士，传李龟年和梨园弟子来！”“遵旨。”高力士便派小太监去传李龟年来。

过了一会儿，李龟年等奉命来到。李龟年请示道：“陛下和娘娘要听什么歌？”玄宗为讨太真妃的喜欢，问太真妃道：“你不是喜欢听李白的诗吗，就唱李学士的《宫中行乐词》怎样？”

“三郎，今天是臣妾的生日，我要李学士为我写一首新歌词。”“对，赏名花，对妃子，怎能唱旧歌词呢？高力士，速传李学士进宫，为娘娘写新歌词！”

“是，陛下。可是……”高力士口中答应，脚却不动。“可是什么？”高力士说：“奴才是说，老奴不知到哪里去找李白。据奴才所知，他经常不在家。不是到这家去赴宴，就是到那家去喝酒。他还常常醉卧花丛，宿酒不归。据说他还与一个胡家酒店的小娘子相好……”这最后一句，他是故意说给太真妃听的，以激太真妃的妒意，减少她对李白的好感。

玄宗不耐烦地说："朕不管他在哪里，你一定要将他找来！"高力士无奈："是，老奴遵旨。"

高力士率领几个小太监来到了李白的寓所，李白却是烂醉如泥，酣睡不醒。高力士命小太监将李白抬上马去，面带冷笑地说："李白呀，李白，这一次我就叫你在皇上的面前出出丑，让你吃不了兜着走！"

兴庆宫沉香亭内。玄宗为庆贺太真妃的生日，召来了安禄山和杨国忠等人。高力士与一帮太监扶着在马上东倒西歪的李白，来到兴庆宫。高力士向玄宗报告："陛下，奴才已将李白找来了，不过他已烂醉如泥，沉睡不醒。"

玄宗命速将李白抬上御床，走到李白跟前呼唤："李爱卿，李爱卿醒醒！"李白一直在酣醉中，仿佛听见有人在叫他。他挣扎着想起来，便觉得心里一阵难受，一侧身，"哇"地吐了一地。玄宗赶紧命宫女收拾了，亲自用手巾将李白的衣襟拭干净。李白翻了个身，又睡去了。

在一旁的杨国忠道："他这是故意装醉，轻慢圣上！"太真妃埋怨杨国忠说："哥哥，人家都醉成这个样子了，你还说这话！"

高力士趁机造谣说："我是在胡姬酒店找到他的。可他现在已醉得一塌糊涂，我看他是写不成什么新词了！"

太真妃说："不要紧，我有办法。"她叫宫女端来一杯冷水，她噙了一口，朝向李白的脸上轻轻地喷了一层薄雾，连喷了数次。

李白感到一阵清凉，头脑清醒了许多。他逐渐睁开了眼睛，太真妃美丽的面庞在他眼前逐渐由朦胧变为清晰，旁边是玄宗的一张期待的面孔。

李白以为是在做梦，他问自己说："我这是在哪里呀？"只听耳旁太真妃高兴地叫道："他醒过来了，李白他醒过来了！"玄宗也说道："李爱卿，你终于醒过来了！"

这时，宫女端了一碗醒酒汤，玄宗接了过来。他从碗中酌了一羹匙，放在口中尝了尝，有些烫，又用羹匙调了调，用嘴吹着，然后到李白跟前，亲自给李白喂醒酒汤。

李白喝了醒酒汤，便觉得头脑清醒了许多。他环视四周，看见人们笑着望着他。就连高力士和杨国忠也是笑容可掬。这是他第一次见到他们二人对自己这样谦恭地笑。他不知道今天自己为什么这样受恩宠。于是他问道："不知陛下召臣有何要事？是不是要臣草拟诏书？""不，不是。""那陛下召臣来干什么？""今天是太真爱妃的生日，又值园中牡丹盛开，特请爱卿为爱妃写首新歌词。"太真妃满面笑容地对李白说："对，是请李翰林为我写一首新歌词。""噢，原来是这样。那好吧，臣请赐酒一壶！""你不是已经醉了吗，怎么还要喝？再醉了怎么作诗？"太真妃担心地问。"酒乃诗之胆，诗乃酒之魂。臣越是在醉之中，越能作诗，越能作好诗。"

"原来如此。力士，上酒来！"玄宗命道。这时高力士将酒杯端了过来。太真妃接了过去，在琉璃七宝杯中满斟了一杯西凉葡萄酒，亲自端给了李白："玉环敬先生一杯！"

太真妃急着要李白给她写诗，催促道："太白先生，那你就赶快写吧？"李白说："臣的脚憋得好难受哟，烦请高将军为臣脱靴。"

高力士除了给皇上脱靴外，还没有给谁脱过靴，他为难地说："这……"太真妃说："叫你脱你就脱嘛！"玄宗命道："力士，脱靴！"李白便将脚伸了过去。高力士羞得满脸通红，犹犹豫豫，不愿前去。太真妃催道："你快脱呀！"

高力士只好弯下腰去，为李白脱靴。李白的靴子很紧，不好脱。高力士费了好大的劲才把李白的靴子脱了下来。由于使劲太猛，一屁股跌在了地上，惹得众人哈哈大笑。高力士羞得恨不得从地上找个缝，钻进去。李白嘲弄地说："高将军，偏劳你了！"

一个宫女正在研墨，李白用笔蘸了蘸说："这墨研得不够浓，我看还是请杨御史来磨吧，他可是一个精通笔墨的老行家呀！"杨国忠正要发作，这时太真走过来说："哥哥，今天可是妹妹的好日子，你可不能扫妹妹的兴。我求你了。"玄宗也说："是啊，国忠，快研墨！"杨国忠只好前去磨墨。

李白嘲讽地说："国舅大人。您辛苦了！"杨国忠也羞得满脸通红。

李白捋须，哈哈大笑。他挥笔走书，三首《清平调词》，文不加点，顷刻而成。李白掷笔，手把酒壶悠然自得地自斟自饮起来。玄宗拿起诗稿一看，拍手叫绝，连连叫道："好诗！真不愧是谪仙之才！"

他叫李龟年交给梨园弟子演奏，并亲吹玉笛伴奏。太真妃亲率舞女入场，翩翩起舞。

李龟年手持檀板，唱道：

云想衣裳花想容，春风拂槛露华浓。若非群玉山头见，会向瑶台月下逢。

一枝红艳露凝香，云雨巫山枉断肠。借问汉宫谁得似？可怜飞燕倚新妆。

名花倾国两相欢，长得君王带笑看。解释春风无限恨，沉香亭北倚阑干。

（《清平调词三首》）

歌已唱完了，太真仍然沉醉于歌词的优美意境之中。她觉得自己仿佛就是瑶台仙子，随着一股清风，飘入了仙界之中，在天空中自由自在地遨游。她还从来没有这样美好的享受。

"太美了，我太幸福了！"她的脸上闪耀着幸福的光辉。

《清平调词》三首，很快就传遍了长安城，又像长了翅膀一样，飞遍了全国。李白的诗名，从此红遍了天下。但使人料想不到的是，李白因此荣获了大名，也蒙受了不测之祸。

兴庆宫的侧殿中，杨国忠和高力士在商量如何对付李白。在沉香亭所受的捧砚之辱，使杨国忠羞愤满怀。他对高力士说："高公，现在外边到处传言我给李白研墨、你给李白脱靴的事，真是奇耻大辱啊。此仇不报，枉为丈夫！"高力士阴沉着脸说："这还不都是皇上和你妹子给李白宠的？"杨国忠两眼望着高力士，向他讨主意："我们该怎么办呢？难道白白受辱不成？"高力士强压着心中的怒火，静了静气说："此事我们不能着急，我们要慢慢地想办法。""有什么办法好想？"杨国忠问。

高力士在屋中走来走去，手中的拂尘被他一根一根地掐断。他突然止了步，说："办法么……啊，有了！"杨国忠急问："说说看，什么好办法？"高力士说："解铃还须系铃人。"

杨国忠走到高力士的面前问："高公公的意思是？"高力士阴险地说："我们要通过太真娘娘的手，拔去这肉中刺、眼中钉！"杨国忠问："怎么个拔法？"高力士贴着杨国忠的耳朵小声说道："我们就从李白的词上开刀……"

杨国忠一脸谄笑："还是高公公行！"

高力士拿着李白的《清平调词》来到了张垍的府中。张垍笑脸相迎："高公公，什么风把您老给吹来了！"高力士高扬拂尘，拱手道："驸马爷，我是无事不登三宝殿。今来特向您请教一事。""公公客气，请公公上座。"张垍将高力士延入上座。高力士入座后，说："驸马爷是有学问的人，向您求教一首诗。""高公公是个大忙人，怎么有空忽然对诗有兴趣了？""不是我对诗有兴趣，而实在是有人借写诗要找我们的麻烦。""公公此话怎讲？有什么事您就直截了当地说吧。"

高力士从袖中掏出李白的诗，递给张垍。张垍接过一看，说："这不是李白写给太真娘娘的诗吗？怎么到了公公的手里？""这是我抄来的。你看这些诗是不是有问题？"高力士问道。

张垍仔细地看了一遍，说："这都是一片赞美之辞，在下看不出有什么问题呀。"高力士凑到张垍的耳边说："那咱们就不能给它钻上一个洞，下上几个蛆吗？"

张垍一拍脑门："哦，我明白了，高公公，你是说……"高力士点了点头，得意地发出一阵冷笑，张垍也跟着发出一阵谄媚的笑声。

自从李白给太真妃写了三首《清平调词》，太真妃这些天显得特别高兴。她走路时在唱，吃饭时也在哼，好像着了魔似的。这一天，她又在沉香亭的龙池畔，念诵着这首诗。一边念，一边自言自语：

"'云想衣裳花想容'，这到底是在写我，还是在写牡丹？若说是说牡丹吧，牡丹叶子怎么能拿云彩相比？一定是在写我的云裳霓衣了。'花想容'，自然是写我了。他是说我比牡丹花还要美，花也在羡慕我的容颜？'借问汉宫谁得似，可怜飞燕倚新妆。'这'可怜飞燕倚新妆'写得多好啊，就是说我比赵飞燕还……”

正当太真妃反复体味这首诗的时候，高力士突然出现在她的面前：“娘娘，您还在吟咏这首诗啊？”

太真妃问道：“力士，您不觉得李学士这首诗写得好吗？”

高力士答道：“好是好，可是……”他故意吞吞吐吐地说了个半截话。

太真妃问：“可是什么？”高力士试探地说：“可是老奴总觉得写得不够得体。”“怎么，不够得体？”太真妃感到惊讶。高力士肯定地说：“是的，娘娘。”“他不是把我比作牡丹花吗？”“我说的不是这一句。”“那是哪一句？”“把娘娘比作赵飞燕那一句。”“赵飞燕是历史上有名的美女，把我比作赵飞燕不是顶好的吗？”太真妃觉察不出这句话有什么毛病。

高力士眼中闪出诡谲的光芒，提示着说：“娘娘知道赵飞燕是什么出身吗？”“什么出身？”太真妃妃确实还不曾考虑过赵飞燕的出身问题。

“赵飞燕是娼家出身。娘娘想想看，李白把您比作这样一个下贱的女人，这不是糟践娘娘吗？”高力士抛出了这一句，两只眼盯着太真妃察看她会有什么反应。太真妃心中一震：“我倒没有想到这一层。”

“其实，如果仅止于此，这还不算是最坏的。”高力士又加了一句。太真妃大惊：“怎么，还有更坏的？”高力士低着头说：“奴才不敢讲。”

高力士越是说不敢讲，太真妃越是想知道。她追问道：“为什么？”“奴才讲了怕娘娘生气。”“讲吧，没关系。”

“那赵飞燕在宫中与宫奴燕赤凤私通……”没等高力士把话讲完，太真妃就啪啪打了他两个耳光，骂道：“大胆奴才，你竟敢如此胡编乱诌！你才懂得几句诗？”高力士扑通一声跪了下来：“奴才不敢，不信，您可去问问张垍。”

太真妃被高力士煽起了一腔怒火：“好一个李白，我平时待你不薄，你竟然如此恩将仇报！”

举杯邀明月

朝中的污浊和黑暗，小人的排挤和暗算，使李白感到长安到处都是阴暗的陷阱，只有天上的月亮才是最光明、最干净的。

唐玄宗生于武则天垂拱元年（685）八月五日。他即位以后，每年此日，都要举行盛典，普天同庆，名谓千秋节。天宝二年（743）千秋节又到，是夜，在兴庆宫花萼相辉楼内外张灯结彩，灯火辉煌。宫外楼下人山人海，观者如堵。

玄宗和太真妃坐在龙椅上正接受百官朝拜。众官朝拜完毕皆散去。玄宗身旁唯留高力士、李林甫、杨国忠、张垍等人。

玄宗命力士传旨："赐民酺三日，今晚宵夜不禁，朕要与民同乐！"

这时楼下一片狂呼："皇上万岁！""祝圣上万寿无疆！"

接着李龟年领着一班梨园弟子上前唱起了李白《春日行》诗。此时，玄宗听李龟年唱起了李白的诗，心中高兴，忽然想起了李白，问道："李白今天怎么没见他来？力士，宣他过来，朕要他写诗！"

这时一个太监走上来，向玄宗跪奏道："奴才曾奉旨召李白入宫，李白说他身体不适，不能奉诏，要向陛下请假。这是李白让奴才转呈给陛下的奏书。"

玄宗接过奏书，展卷观看，念道："臣李白偶感风寒，身染小疴，不能侍于陛下左右。今值圣诞，臣祝圣上万寿无疆。望圣上以万民为念，以节约为本，切不可铺张过甚，过于靡费。……"念至此，玄宗大为不悦，哼了一声将李白的谏书扔在了一边。

这时高力士趁机奏道："这李白不分明是轻慢圣上，抗旨不遵，要跟陛下过不去吗？"

张垍也凑了过来，向玄宗奏道："李白狂傲自大，在翰林院对陛下屡有怨言。"说着，他从袖中掏出了一首诗，呈给玄宗。玄宗接过，只见上面写着：

美人出南国，灼灼芙蓉姿。皓齿终不发，芳心空自持。由来紫宫女，共妒青蛾眉。归去潇湘沚，沉吟何足悲。

（《古风》其四十九）

张垍说："从此诗来看，李白自比美人，而将众朝臣都比作妒女，大有怨恨陛下对其冷落，愤欲去朝之意。"

杨国忠便趁机挑动皇上对李白的不满："李白目无朝中大臣，倒还罢了，竟然连圣上也不放在眼里，太可恶了！"

玄宗虽对李白有些不悦，但仍有怜才之意："李白虽有些狂傲，但朕怜他有过人之才。"

李林甫深知皇上最忌有才而不忠之人，便煽动说："陛下，有才而不愿为圣上所用，这样的才要他何用？"

玄宗以征询的眼光看着高力士，问道："你的意见呢，力士？"

高力士巴不得立即把李白扫地出门，便极力怂恿皇上说："以老奴之见，不如陛下下一道圣旨，将李白逐出长安！"

玄宗听了此言，对高力士大发脾气，说："李白就是有过，也罪不至此吧？这岂不把朕陷于不义之地？"

高力士赶紧惶恐地请罪："老奴无知，请陛下饶恕。"

玄宗白了高力士一眼，问太真妃道："爱妃，你认为如何？"

太真妃见皇上并不愿赶走李白，便装作对此事漠不关心的样子，说："玉环从不过问朝政之事，任凭陛下处置。"

玄宗对众人说："好吧，朕知道了。容朕再想一想。"便把李白的事搁下了。

此时的李白确实因送王昌龄返乡受了些风寒，一连数日躺在床上卧病。丹砂在门口的炉子上煎药，胡姬给李白头上敷热手巾，并将煎好的药喂给李白喝。李白喝了药就睡下了。

当李白醒来的时候，已经夜深了。他出了些汗，感到轻松了许多。

这时，窗外的月亮已经升起来了。他瞧瞧丹砂，丹砂已经睡着了。可他再也睡不着了。于是他从床上起身，将丹砂身上的被子盖好，轻步走到院内。

院内虫声唧唧，明月高照。月下的花圃中金菊和桂花盛开，花香扑鼻。微风吹来，花影在月光下婆娑起舞。

李白打了一个寒战。他觉得十分口渴，便回到房间取出一壶酒来，在花间自斟自饮。他喝了一杯又一杯，逐渐有了些醉意。

在他的眼前逐渐出现高力士、李林甫、杨国忠、安禄山等人时而得意时而狰狞的脸；斗鸡徒在街上飞扬跋扈的神态；唐玄宗、太真妃沉湎声色的笑容；贺知章、李适之、汝阳王等人以酒浇愁的忧愁面容；上林苑附近的老农望着被践踏的农田时可怜的模样；王昌龄对朝政失望的神色；元丹丘为他担忧的神情……

幻影一个个都消失了。李白感到十分失望和孤独，举目四望，空无一人。他抬头望天，唯有一轮明月，当头高照。

他举杯邀月道："月亮啊月亮，在夜阑人静的时刻，你独自在天空徘徊，你不感到孤单和寂寞吗？你是不是和我一样，是一个被人认为自视清高的孤独者？夜间原本是黑暗所统治的世界，而你却用你的光芒划破了黑暗，照亮了人间，照出了那些惯于在黑暗中鼠窃狗偷者的嘴脸，照出了世界的真面目，而遭到他们的憎嫌？来，你下来呀，我的朋友，你陪我来喝一杯，叙一叙衷肠！"

月亮在空中一动也不动，没有反应。

他低头看地，在花丛中只有伴随他的孤影。他举杯邀影："影子啊影子，你才是我真正的朋友。不管我是穷困潦倒，还是亨通显达，你都忠实地伴随着我，从来也不嫌弃我，背叛我。当我最感孤独的时候，你又寸步不离地跟随我，安慰我，守卫着我。来呀，我的朋友，你也来陪我喝一杯！"

李白向他的影子浇了一杯酒，可是随着他身子的移动，影子又换了位置。

李白长叹了一声，说："既然两个老朋友都对酒没兴趣，不如你们陪我唱歌跳舞吧！”说着他手持酒杯在花丛中舞了起来。他边舞边唱：

花间一壶酒，独酌无相亲。举杯邀明月，对影成三人。月既不解饮，影徒随我身。暂伴月将影，行乐须及春。我歌月徘徊，我舞影零乱。醒时同交欢，醉后各分散。永结无情游，相期邈云汉！

（《月下独酌》其一）

他唱着，舞着，但是，他的声音渐渐地弱了，舞姿也渐渐地颓了。原来他病后身体虚弱，他累了，醉了，最后醉卧在花丛之中。

第二天清晨，胡姬提着一罐炖好的鸡汤，送给李白。她走进屋中，发现李白不在，便叫醒丹砂，二人在院内找来找去，总找不到人。最后在后园的花丛下才找到了李白，此时他还酒醉未醒。二人将他抬到屋中。

同归无早晚

李林甫和杨国忠、高力士沆瀣一气，专擅朝政，将贺知章排挤出朝。李白愤怒地对贺知章说："我也要辞京还山！"

兴庆宫中，玄宗正与虢国夫人下围棋。眼看玄宗就要输了，在一旁观看的太真娘娘，忙将怀中康国进贡的小狮子狗放出，小狮子狗登上棋盘，搅乱了棋子。正在愁眉苦脸的玄宗，如释重负，现出了笑容。

这时，李林甫和杨国忠一起向皇上请安。李林甫禀道："臣有要事启奏陛下，左相李适之、太子宾客兼秘书监贺知章及李白等，与汝阳王以饮酒为名，搞什么'饮中八仙'之会，经常聚集汝阳王府，诽谤朝政，怨恨陛下，以图不轨。臣恐……"

玄宗半信半疑："有这样的事？"杨国忠奏道："臣已派人查得一清二楚。这是汝阳王府的府曹王某的告发书。"

玄宗拍案大怒："这还了得，立即交付吏部议处！"李林甫老奸巨猾地说道："以臣之见，此事因牵及汝阳王，不必过于张扬，只需贬出李适之、劝退贺知章、孤立汝阳王即可，树倒猢狲散，其余之人，无足虑也。这样，既可拆散奸党，又可示陛下之仁。"

玄宗对李林甫说："李爱卿，就照你的意见办吧。"

高力士趁机插言说："那李白……"说着，他用眼瞟着玄宗。

玄宗好像没听见，不置可否。

大明宫蓬莱殿上，玄宗坐朝，百官肃立。贺知章向皇上呈上辞职书："臣贺知章，年已老迈，不堪重任，现请陛下，赐臣还乡入道，乞归骸骨。"

面对满头白发的贺知章，玄宗也颇存怜悯之情，说："贺爱卿勤慎事国，历经四朝，忠心可嘉。现以年老，请去职还乡，志期入道，高尚其心。朕甚恤之。朕准其所奏，赐镜湖一曲以安其居。明日五品以上朝官，至长乐坡为贺爱卿送行！"贺知章叩头谢道："谢陛下隆恩！"

第二天，朝中众官一起到长乐坡送贺知章。送行的官员都纷纷给贺知章赠诗和打招呼。

李适之第一个走上前向贺知章打招呼，感慨地说："贺老，你先走了一步。下一个就该轮到我了。"贺知章说："早走早好，有什么可留恋的呢？我只是放心不下太白。"李适之说："放心吧，你走了还有我呢。"崔宗之也上前说："贺公，你走了，弟心中十分难受。你一路上要多多保重！"贺知章的眼睛有些湿润，很动感情地说："以后再举行'八仙'之游的话，请不要忘了我贺知章。"

这时李林甫也走了过来，故作亲热地说："贺公，锦袍玉带，衣锦还乡，百官祖饯，皇上赐宴，好不荣耀啊？"

贺知章语含讥讽地回敬道："这老夫倒要感谢老兄了。这不是您李丞相的功劳吗？"李林甫尴尬地笑着，走开了。

贺知章在等着李白，但他却迟迟未来。

这时，一内使骑马来到，宣敕道："圣上赐贺大人御诗一首！"

贺知章跪下准备接旨。内使宣读御诗道：

遗荣期入道，辞老竟抽簪。岂不惜贤达，其如高尚心。寰中得秘要，方外散幽襟。独有青门饯，群僚怅别深。

（《送贺知章归四明》）

贺知章接过御诗，叩拜道："臣贺知章，祝皇上万岁，万岁，万万岁！"众官也一起跪下山呼万岁。

内使喊道："时辰到，贺大人起程了！"贺知章向众官施礼告别："诸位大人，贺某就此告辞了！"众官道："祝贺大人一路顺风！"

贺知章回首登车。两辆马车缓缓地起程了，一辆坐人，一辆载行李。马车渐渐地去远了。

马车在起伏的丘陵上行走着，前面有一人倚马伫立在路边。走近一看，原来是李白。贺知章急忙下车走向前去。李白也急忙迎上前来。两双紧紧握在一起的手，两双流泪的眼睛。

“季真兄！”“太白贤弟！”一切都在不言中。

李白深情地注视着贺知章：“我都知道了。贺兄，你走得好，我也马上要走了。”贺知章关切地对李白说：“现在是小人得志，奸佞专权，皇上再也不是开元初年的皇上了，你留在这里还能干些什么呢？”李白无限感慨地说：“是啊，开元盛世早已过去了。我留在这里能干些什么呢？让我阿谀奉承？我不肯；让我点缀升平？我不愿；让我同流合污？我不能。只有一条路，辞京还山！”

兴庆宫中，玄宗拿着李白呈上的辞职书，对李林甫、高力士、杨国忠说：“怎么，他也要辞京还山？诸爱卿意见如何？”高力士说：“李白经常酗酒，醉卧酒市，又熟知宫内秘事，恐怕他酒后不免泄露宫中之秘。”杨国忠说：“他是贺知章举荐的，与李适之本是一党，留他必为后患！”李林甫说：“一匹不服管教的野马，走了也罢。”

玄宗又问身边的太真妃：“爱妃，你呢？”太真妃虽记恨李白的诗中之讥，但终怜他是位才子，说道：“李白既然不愿留在宫中，不如就优诏放还吧！”玄宗叹了一口气说：“朕本打算授他中书舍人之职，可惜他终非廊庙之器。就依爱妃之意，赐李白千金，优诏放还吧，以示朕怜才之意。”

李白和丹砂收拾行装，准备起程。架上鹦鹉叫道：“敕赐李翰林，优诏还山！”丹砂说：“老爷，这架上的鹦鹉，是皇上的御赐之物。我们也带走吧！”

李白感慨地从架上取下鹦鹉，解开它脚上的金环。感叹道：“落羽辞金殿，孤鸣托绣衣。能言终见弃，还向陇山飞！鹦鹉啊鹦鹉，你也和我一样，今天你自由了！”说完，他将鹦鹉向空中一抛：“你也回家去吧！”

那鹦鹉在空中飞旋了一周，渐渐在浩渺的天空中，消失了。

华阴（今属陕西）县街上，李白布衣角巾，一身隐士打扮，骑马穿街而过。丹砂牵着一头驴在后面跟着。

二人进入一家酒馆，从酒馆出来时李白已醺然大醉。

丹砂扶他上马，但马身高大，李白上不去，丹砂只好扶他上驴，自己牵马在后面跟着。

那头驴载着李白，信马由缰地走着……

华阴县令正与人在后堂吃酒行乐，这时，那头驴子载着醉醺醺的李白闯进了县衙。

守门的衙役边追边嚷嚷："停下，停下，你这个人怎敢私闯衙门！"那头驴子已经闯进了县衙大院的中庭。

这时县令从屋内走了出来，问道："你们叫喊什么，到底发生了什么事？"

当他看到驴子上的李白，顿时明白了所发生的事情。县令向李白喝道："你是何人，如此大胆，竟骑驴闯入本县衙门中庭？"

李白醉中听见有人拦了他的驴子，还在大声呵斥他，此时酒也醒了大半。他睁开眼睛一看，原来是自己已闯入了华阴县的衙门内。

他本欲下驴道歉，但见到华阴县令不可一世的样子，决定戏弄他一番。于是他在驴上作揖道："在下不敏，曾用龙巾拭吐，御手调羹，力士脱靴，国舅捧砚。天子殿前尚容走马，华阴县里不得骑驴？"

县令疑惑地问："你是？"这时，丹砂从外面赶进来道："他是李学士！"

华阴县令大吃一惊，赶忙谢罪："不知李学士驾到，万望恕罪！"李白笑道："不必了。"

"李大人衣锦还乡，本当高车驷马，锦袍玉带，为何却骑蹇驴，着布衣？"县令不解地问。

"君不闻，《离骚》有云：'进不入以离尤兮，退将复修吾初服。'吾以布衣入朝，今又以布衣而归，退修吾初服，还其本色矣！"李白在驴上回答。

华阴县令只好勉强笑脸附和："好，好，李学士真乃高人，下官佩服，佩服！"他接着邀请李白到后堂饮酒，"下官略备薄馔，请李学士小酌几杯，如何？"

李白不屑与他交往，便调转驴头，猛抽了一鞭，驰驴而去。

李白和丹砂来到了华山下的玉泉院，见到了元丹丘。二人相见分外欣喜，便相约一同前往华山顶上的翠云宫见玉真公主。

第二天一早，元丹丘就叫起李白、丹砂一同登山。走到半道，忽然下起了阵雨。这雨越下越大，雨水顺着山坡流了下来，悬崖峭壁之上，到处都是小瀑布，景色煞是壮观。

他们在青坷坪的道观里避了一会儿雨，等雨停了又继续爬山。

千尺幢上，云雾缭绕，他们三人在云雾中攀登。过了千尺幢，穿过了云层，来到了北高峰云台上，这时天空一片晴朗，头上是一轮红日，脚下是一片云海。

过了一会儿，云海也散了。站在云台之上北望，只见茫茫黄河，由北向南而下，至华山处猛拐了一个弯，向东流去。渭水如一道游丝，由西向东，蜿蜒而来，注入了黄河。

李白不禁感叹道："壮哉！"元丹丘也赞美道："真乃奇景也！"丹砂见李白来了诗兴，说道："老爷，快来一首诗吧！"元丹丘也说道："太白，如此壮景，正好壮你诗怀。来一首吧，算是赠给我的。"

李白此时诗兴大发，便对元丹丘说："好，那我就赠给你一首《西岳云台歌》吧！"说着就大声吟诵起来：

西岳峥嵘何壮哉！黄河如丝天际来。黄河万里触山动，盘涡毂转秦地雷。荣光休气纷五彩，千年一清圣人在。巨灵咆哮擘两山，洪波喷流射东海。三峰却立如欲摧，翠崖丹谷高掌开。白帝金精运元气，石作莲花云作台。云台阁道连窈冥，中有不死丹丘生。明星玉女备洒扫，麻姑搔背指爪轻。我皇手把天地户，丹丘谈天与天语。九重出入生光辉，东求蓬莱复西归。玉浆倘惠故人饮，骑二茅龙上天飞。

（《西岳云台歌赠丹丘子》）

元丹丘连连赞道："好诗，好诗！如此之佳景，如此之豪情，正配有如此之好诗。"

李白赞叹说："华山之奇险，天下第一。华山之高，直上天庭。恨不携谢朓惊人句来，搔首直问青天！"

三人在苍龙岭上艰难地攀登。苍龙岭是一道窄狭的山脊，两旁是悬崖峭壁，万仞深壑。西峰遥遥在望，形如斧劈，异常险峻。峭壁上只有奇松怪柏，姿态各异。一只苍鹰在深谷里盘旋。

终于走完了苍龙岭，华山西峰已经在望。元丹丘指着西峰顶上的一座寺院说："你看，那就是翠云宫！"

西峰翠云宫的大殿上，嵌着写有"翠云宫"三字的匾额。元丹丘对宫前的一个女冠说："请向公主通报，太白先生来访！"

元丹丘指着寺门前的一块状如莲花的大石说道："因西峰有此石如莲花，故西峰又叫莲花峰。"他又指着南高峰中峰和东峰向李白介绍道："南峰名落雁峰，上有老君祠，传说李老君曾在此炼丹。中峰名玉女峰，相传秦穆公的女儿弄玉和仙人萧史在此隐居。东峰名朝阳峰，旁有仙人洪崖和卫叔卿下棋的博台。在此三峰之间的镇岳宫中，有玉井一眼，传说井中生有十丈莲花。"

正说话间，去通报的女冠出来说："玉真公主请二位进去。"

玉真公主从殿内走出来迎接。她虽然已有五十多岁，可看起来却很年轻，好像只有三十岁左右。她见李白来到，心中十分高兴，说："太白先生，想不到您这座尊神，竟降临到我这小庙中来了。幸会幸会。"

她将李白等人让到了后室，上茶招待。李白说："本当早来拜会，今日方来，请公主恕罪！"

玉真公主说："你的情况，丹丘子都给我讲了。朝中乃是非之地，不可久留。你激流勇退，正合道义。老子云：'功成身退天之道。'你还是与我们一起来修道吧！"

李白本有此想，只是顾虑到家中儿女，因此说道："在下正有此意。只是东鲁家中尚有一双小儿女。女儿尚未婚配，儿子也未成人。此事未了，不能心安。"

玉真公主微微一笑，说："此皆身外之事，何必挂牵？我看你尘心尚未退尽，也不必强你所难。我在齐州紫极宫中有一位道友，名叫高如贵，你日后若有心入道，可以前去找他。我可给你荐书一封，你看如何？"李白揖道："谢公主美意。"玉真给高如贵写了一封推荐李白入道的荐书，李白接过后，向玉真公主施礼告别。

“好好保重，恕不远送！”公主目送三人下山。

三人离开了翠云宫。路上，李白对元丹丘说：“公主虽然已遁入道门，但她仍未脱离朝廷，也算是身在江湖，心悬魏阙吧！”

“不要说她是公主，就是我们又何尝不是如此呢？”元丹丘说，“你李太白要不是被高力士、李林甫等人排挤，你会辞京还山吗？你虽辞别了长安，难道你从此对长安就一点也不关心了吗？”

“说实在的，别看我已经离开了长安，可是我这一颗心，已经留在了长安，时刻在想念着长安。今后，我与长安也只有在梦里再见了！”李白说的是真心话，也是伤心话。

［第五章］

一生好入名山游

五岳寻仙不辞远，一生好入名山游。

——李白《庐山谣寄卢侍御虚舟》

遇我宿心亲

李白在洛阳天津桥南的酒楼上，受到当地官民的热烈欢迎。宴会上，听了李白的当众赞扬，杜甫的眼泪夺眶而出。

李白与元丹丘在玉泉院分别后，便与丹砂过潼关，走函谷，于天宝三载（744）初夏，来到了东都洛阳。

天津桥旁的董家酒楼，也因慕李白的盛名改名为谪仙酒楼。楼前人山人海。洛阳官民因欲一睹这位曾使御手调羹、杨妃捧酒、国忠侍砚、力士脱靴的谪仙人的风采，都齐集到谪仙楼前，欢迎李白的到来。

李白头戴乌纱，身穿宫锦袍，骑着御赐白马，翩翩而来。他翻身下马，与众人一见面，人群就涌动起来。李白不断地向众人抱拳致意，众人鼓掌欢呼，表示欢迎。

这时东京留守兼河南府尹魏大人赶忙上前迎接："李翰林大驾光临，本官不胜荣幸。今日略备小酌，为翰林接风！"此时李白的好友元演和岑勋也都上前与李白相见，大家相互寒暄问候了一番，李白感到非常高兴。

杜甫在人群中站着。他很从小时就仰慕李白。他听说李白已到洛阳，洛阳各界名流要在谪仙楼为李白接风，所以很早就从仁风里赶到这里，要一睹李白的风采。看见李白俊逸的风姿，夺人的神采，以及对老朋友的热情，他很想前去和李白打个招呼，但又恐怕自己年轻位卑，别人不予理睬，自寻没趣。所以他试了几试，终未敢贸然上前。见李白等人上了楼，他便随众人一起拥了进去。

酒楼上，李白和魏府尹居于上座，元演和岑勋作为主陪。下面是河南府的郡丞、司马、主簿、参军以及各县的县令等各级官员、洛阳城中的贤达名流等。杜甫幸得叨陪末座。

魏府尹起身祝酒道："今日李翰林光临洛阳，使我洛城顿生光辉。来来来，让我们共同举杯，为谪仙人的到来接风洗尘！"众人举杯齐声道：

“为李学士干杯！”

这时元演起身为李白敬酒：“太白兄在长安醉草和番书，吓得番使屁滚尿流，狼狈而去，大长了我大唐志气，大灭了胡夷之威风，天下传为美谈。为此，让我们再敬你一杯！”李白淡淡地说：“此乃小事一桩，不值一提。”“太白兄过谦了，”岑勋说，“连当今天子都亲自为您御手调羹，太真娘娘为您亲斟葡萄美酒，以表宠敬，这是莫大的荣幸。怎能说不值一提呢？”

河南府郑司马向大家建议：“太白先生的三首《清平调词》，真是妙绝天下之工呀，现在请李学士给我们吟诵一遍怎样？”众人一致叫好。

李白却说：“众人所好，正是李白之所轻。那些小词不过是雕虫小技罢了。正是扬子云所谓的‘壮夫不为’的东西。这些东西上不能谏君，下不能经国，只能起点缀升平和附庸风雅的作用。说起来只能叫我李白感到汗颜，比起诸君的诗差远了。”说到这里，他举出一个人来赞道：“如杜子美之‘会当凌绝顶，一览众山小。’那才是真正的天下绝唱呢！”

杜甫独坐一隅，正不知如何才能与李白答话，忽听李白在如此大庭广众之中称赞自己，于是感到心中一热，眼泪便夺眶而出。他忍不住心情的激动，喊了一声：“李学士！”

众人的眼光一起投向了杜甫。杜甫激动得满面通红。

李白望着这双放出炽热光芒的眼睛，心中一动，说道：“莫非你就是……”杜甫激动地站了起来，说：“洛阳杜子美！”

李白大喜过望，大声喊道：“子美贤弟！”他从座位上站了起来，直走到杜甫身旁，热情地紧握住杜甫的手说：“子美，我可见到你了！”

杜甫此时激动地不知说什么为好，他喃喃地说：“太白兄，你让我等得好苦啊，我终于见到你了！”

李白将杜甫拉到自己的桌子跟前，俩人并肩坐在一起，互道仰慕之情。大家见李白如此高看杜甫，顿时对杜甫刮目相看。

元演举杯贺道：“让我们为大唐谪仙李白与洛阳才子杜甫的会面而干杯！”

杜甫今天十分高兴，他一改以往的腼腆，大胆上前说：“为欢迎李学士，弟今日特吟诵一首太白先生的《襄阳歌》！”说着，便大声吟诵起来。此诗吟得铿锵顿挫，回肠荡气，赢得了一片喝彩。

魏府尹也是斯文中人，见此情景大喜：“今夕何夕，得此良人！今日诗坛文星在此聚会，实为我大唐盛事。来人，奏乐，上歌舞！以表庆贺！”

顿时管弦齐奏，一队歌儿舞女登场翩翩起舞，众人把盏齐饮，把欢迎宴会推向了高潮。

洛阳之会后，杜甫邀李白至陆浑（今河南嵩县）县陆浑山庄的家中做客。杜甫家本河南府巩县（今河南巩义），自幼丧母，有兄弟六人，排行第二，兄早卒。他的童年是在洛阳仁风里的姑母家中度过的。自父亲过世后，便搬至偃师的土娄庄居住，为父守墓。这里是杜氏祖先庐墓所在，他的十三世祖西晋镇南大将军、当阳侯杜预和他的祖父初唐大诗人杜审言的坟墓都在这里。在这里，杜甫为父丧守墓三年。守孝期满，便搬到陆浑县的陆浑庄中居住。这里原有庐舍十数间，良田数顷。杜甫便对旧舍略加修葺，在房屋周围编篱打桩，插竹种花，遂成一处幽雅的别墅。杜甫住在这里，读书作诗，耨花种菜，清贫自守，倒也过得逍遥自在。

夜晚，杜甫茅舍里，炕上摆着一个小桌，墙上的灯厨中，一灯如豆。李白、杜甫在炕对面盘坐，相对而饮。丹砂在一旁侍候着，不时地前去上菜斟酒。二人相见恨晚，说起话来便如同开了闸的渠水一般，滔滔不绝。杜甫平时本是一个少言寡语的人，可见了李白，却觉得有满肚子的话要说，总也讲不完。

“太白兄，你在长安的事，早已传遍了洛阳。尤其是你的《将进酒》《蜀道难》等诗，真是气压群雄！”

李白说：“贤弟的五古和五律诗，我曾看了一些。五古写得层次分明，沉着有力，精于安排。而五律则严守格律，对仗工稳，中规守矩。你的委婉沉着的诗风，为兄我也要自叹不如了！”

杜甫受此夸奖，反觉得浑身不自在，便自谦道：“兄若如此说，小弟就觉得无地自容了。兄是海内大家，歌诗里手，弟不过是初出茅庐而已，还望兄不吝赐教。”

望着眼前这位诚实敦厚的小兄弟，李白打心眼里感到喜爱，他向杜甫坦言相告：“真人面前不说假话。若论律诗，君是行里出身，令祖是诗家圣手，用不着我来饶舌。可要说起长句歌行，贤弟显然是新手。”他向杜甫指出了律诗和歌行的不同特点：“歌行和律诗本是两途。律诗是从骈赋和排律过来的，讲究的是铺陈排比，格律严正，如亚夫治军，军伍齐正，布阵整肃；而歌行是从楚骚和汉乐府长短句中过来的，讲究的是跳宕腾挪，形散而神不散。如李广治军，貌若散漫，而实以奇兵制胜。贤弟要果真学写长句歌行，要撒得开，收得拢。就是说，你写得要再放开些，就会写得更好。”

杜甫点头道：“那今后我就多多模仿兄的歌行就是了。”

“贤弟此言差矣。古人云：‘离我者生，学我者死。’你学我学得再好，也不过是第二个李白。况且诗有常法，而无定法。歌行尤其如此。畅你性情尽管写去，而不管它有法无法。你怎样觉得尽兴，你就怎样写。不要为条条框框所束缚。诗出心声，其异如面。要我诗出我口，方为上乘。”李白向杜甫畅谈了自己的创作体会。

听了这番话，杜甫心中茅塞顿开，他高兴地说：“这些天我一直在为此事苦苦思索，没想到你几句话就解开了我心中的疑团。真是与君一席话，胜读十年书啊！”

李白和杜甫促膝饮酒，边饮边谈，说了一夜，不觉杯盘狼藉，东方既白。

巩县瑶湾村，在笔架山峰下有一处青砖黑瓦的院落，这就是杜甫的故居。此院落原是杜甫的曾祖父杜依艺任巩县令时所盖，据传杜甫就诞生在峰下的一座窑洞里。杜甫领着李白和丹砂来到了他的故居。

杜甫指着窑洞前的石桌石凳说：“小时候，我父亲曾在这里让我对对子，对得好了，就赏我柿饼吃。对得不好就罚我站砖，挨板子。你别说，还真灵，对子对多了，我便能出口成对，不管是五律、五排，我出口便是，养成了我写律诗的习惯。”

李白：“令祖杜老大人，是我大唐律诗的奠基者，沾溉后人多矣。我少年时也是从律诗入手。令祖的诗，我可是背诵如流的。可惜，我生性不喜束缚，后来就不大写律诗了。写诗这东西，就是要写自己性情之所近，要发挥自己之所长。你善写律诗，此是你之所长，要发扬光大之，保持你的个性特色。”

杜甫：“兄所言甚是。吾祖诗冠古，诗是吾家事。我祖父所开创的诗坛家风，决不能败在我的手里。”

李白深情地望着杜甫，鼓励说：“你一定会成为一个当之无愧的大诗人！”

杜甫并不满足于只当一个诗人的愿望，他还有更大的理想：“古人云，‘太上立德，其次立功，又其次立言’，当诗人只是我一个小的愿望。我的理想是能像我的远祖当阳侯杜预一样，为国建功立业。要立登要路津，成为契、稷一样的宰辅人物。”

这真是英雄所见略同，李白感慨颇深地说：“立其大者，其小不能夺也。咱们英雄所见略同。但是，子美贤弟，行路难啊。现在已不是开元时代了。如今朝政已被李林甫、高力士等奸佞所把持。现在是鸾鸟凤凰日以远兮，燕雀乌鹊巢堂坛兮。行路难，难于上青天！”

杜甫毕竟年少气盛，说道：“我就不信李林甫、高力士他们能一手遮天！”

李白知道，如今的天下大势，一时也难使杜甫明白，于是说：“好了，咱们不谈这个了。不过将来你总有一天会明白的。”

携手日同行

大相国寺前，李白和杜甫遇到了插草卖剑的高适，他们吹台赋诗，孟诸行猎。后来李白和杜甫又历下会饮，石门访逸，过了一段快意的日子。

李白与杜甫在一起漫游和生活了十多天，二人觉得亲如弟兄，无话不谈。李白要回东鲁去，顺便路过梁园等地，沿途游览风光，杜甫也有事到陈留去，正好与李白同行。

李白、杜甫和丹砂，来到了开封（今属河南）城。开封又名大梁，是战国时魏国的都城，唐时为汴州，天宝后改陈留郡，古为四战之地，侠风甚盛。其中最有名的侠士就是帮助信陵君窃符救赵的侯嬴和朱亥，千载之后，仍使人追念不已。进了城门，他们在街上东游西逛，观览市容。

在夷门，他们瞻仰了侯嬴的抱关处。李白对侯嬴、朱亥这样的侠士一向是很佩服向往的。信陵君访侯嬴时，侯嬴已年逾七十，原是大梁城夷门的守门人，胸有奇谋。当赵国被秦兵所围，平原君向信陵君报信求救的时候，信陵君向魏王请求发兵，未成，他求计于侯嬴。侯嬴向信陵君出了一个让魏王的爱姬窃符救赵的主意。结果，兵符窃到了，信陵君仍犹豫不决，侯嬴便从夷门为信陵君送行，并以自杀来坚定信陵君的信心。从此夷门便成了后代侠士凭吊这位豪杰的地方。

看过了侯嬴抱关处，他们便一起到大相国寺游逛。相国寺原为信陵君故宅，北齐天保六年（555）在此创建佛寺，后毁于兵火，唐睿宗为相王时，封于此地。他即位后，重修了此寺，于是改名为大相国寺，并御书赐额。从此大相国寺香火之盛，非他处可比，成了汴州城内最热闹的所在。

寺前摆着许多小摊，有卖各种小吃的，有卖各种用品和玩具的。红男绿女，游人如织。

一个四十多岁的壮汉，拿着一柄宝剑，上面插着草标。他已坐等多时，可是一直无人问津。

李白和杜甫走了过来。他们欲进寺游玩，忽见路旁有一个人在卖宝剑，便走近前去。李白拿过宝剑，抽开一看，是一对雌雄鸳鸯剑，两道寒光，眩人眼目。他连夸道："好剑，好剑！"

杜甫对这个汉子好像有些面熟，打量了好久，便问道："你莫非是渤海高达夫兄？"汉子说："在下正是高适。"他抬头看了看杜甫，也想起来了："噢，原来是子美贤弟，又是几年没有见面了！"

李白惊喜道："你就是作《燕歌行》的高达夫？"

高适指着李白向杜甫问道："这位先生——"

杜甫说："他就是鼎鼎大名的谪仙人李白！"李白激动地上前一把拉住高适的手说："听说你在梁园一带住，我和子美正准备前去找你呢！达夫兄如何潦倒到这般地步？"

"说来惭愧，弟在开元年间曾北游蓟门，原打算投笔从戎，建立边功，以报国家。因与边帅意见不合，又因写《燕歌行》得罪了权贵，因此仕路蹭蹬，久不得志，流落梁宋。不意在此幸会二兄。"

李白将剑还给高适，说："达夫兄，把你的传家宝剑收起来吧。这是一百两银子，就算是我给兄的见面礼吧。聊补无米之炊。"高适不接："这怎么能行？我不能……""你我之间，还客气什么，再客气就见外了！"李白坚持道。

高适只好接下宝剑和银子，说："好吧，权当我暂借兄的，日后待我有了再还你。"李白说："哪里的话，只要达夫兄日后得志，不要忘了我李白和子美就行了！"

高适感激地说："好，太白兄真是一位豪士，这份深情厚意我高适就愧领了。走，咱们一起到吹台去饮酒赋诗。我请客！"

在高适的带领下，李白和杜甫一起来到吹台。丹砂担着酒菜食盒，在后面跟着。

高适指着古吹台的匾额，向李白和杜甫介绍："相传此处是春秋时晋国大音乐家师旷鼓琴奏乐的地方。传说晋平公爱听音乐，要师旷鼓清角之音。师旷说平公德薄，不足以听。平公坚持要听，师旷说，听了将要败国。平公说他最爱好音乐，败国也不怕。师旷只好为他鼓清角之音。一鼓之后，有玄云从西北而起，再鼓之后，有飓风暴雨袭来，毁屋揭瓦，摧墙拔树，听音乐的人都吓跑了。平公也吓得藏在廊室之间。从此晋国大旱三年，赤地千里。平公从此一病不起，一命呜呼了。为纪念大音乐家师旷，梁孝王在此地修建了这座古吹台，以作宴游之地。”

他们在吹台上的石桌石凳旁，坐了下来。丹砂将酒食盒子打开，将酒菜都摆在石桌上。三人开始饮酒。高适提议：“以前梁孝王和枚乘、邹阳、司马相如在此台上饮酒作赋。咱们三人也饮酒赋诗如何？”

李白表示赞同：“这是个好主意。达夫兄，你先来一首吧！”

高适说：“你是谪仙人，我们怎能先吟？你说是吧，子美？”

杜甫也说：“那是当然。论年龄也得是太白兄在前。”“那好吧，只是得让我先喝够了酒再说。”李白命丹砂道：“丹砂，上酒！”“是，老爷。”丹砂给李白满上了三杯酒。

李白三杯酒饮完，朗声吟道：

赵客缦胡缨，吴钩霜雪明。银鞍照白马，飒沓如流星。十步杀一人，千里不留行。事了拂衣去，深藏身与名。闲过信陵饮，脱剑膝前横。将炙啖朱亥，持觞劝侯嬴。三杯吐然诺，五岳倒为轻。眼花耳热后，意气素霓生。救赵挥金槌，邯郸先震惊。千秋二壮士，烜赫大梁城。纵死侠骨香，不惭世上英。谁能书阁下，白首太玄经。

（《侠客行》）

杜甫和高适连声叫好：“太白兄豪气凌云，真有古侠之风！”

高适：“好，既然太白兄吟了古代大梁的侠气英风，我也跟着吟一首吧！”他接着吟道：

古城莽苍饶荆榛，驱马荒城愁杀人。魏王宫观尽禾黍，信陵宾客随灰尘。忆昨雄都旧朝市，轩车照耀歌钟起。军容带甲三十万，国步连营一千里。全盛须臾哪可论，高台曲池无复存。遗墟但见狐狸迹，古地空余草木根。暮天摇落伤怀抱，抚剑悲歌对秋草。侠客犹传朱亥名，行人尚识夷门道。白壁黄金万户侯，宝刀骏马填山丘。年代凄凉不可问，往来唯见水东流。

（《古大梁行》）

“达夫兄这首大梁歌，比我的那首更英勇悲壮，格调高古。好极了！”李白赞道，他回头对杜甫说：“子美，下面该看贤弟你的了！”

杜甫惶恐地说：“二公之诗，真使我杜甫大开眼界了。在二位兄长面前，小弟岂敢班门弄斧？我就免了吧！”

李白说：“三人登台赋诗，你岂有不作之理？你问问达夫，看他可会答应？”

高适点头：“我看贤弟就不必推辞了。”

“好，好，那小弟就勉为其难了。”

据说杜甫当时也吟有一首，只是没有流传下来。他晚年在夔州时，曾写诗回忆说：“忆与高李辈，论交入酒垆。两公壮藻思，得我色敷腴。气酣登吹台，怀古视平芜。芒砀云一去，雁鹜空相呼。”（《遣怀》）。诗中回忆了他们吹台赋诗的情景。

高适脸放红光，高举酒杯说：“今日是我最痛快的一天！”

李白、杜甫和高适吹台之会后，又到睢阳（原为宋州，天宝后改为睢阳郡，今河南商丘）的梁园去游览。只见大名鼎鼎的梁园，已多是残砖败瓦，成了遗墟。李白十分感慨地写了一首《梁园吟》：

我浮黄河去京关，挂席欲进波连山。天长水阔厌远涉，访古始及平台间。平台为客忧思多，对酒遂作梁园歌。却忆蓬池阮公咏，因吟“渌水扬洪波”。洪波浩荡迷旧国，路远西归安可得？人生达命岂暇愁，且吟美酒登高楼。平头奴子摇大扇，五月不热疑清秋。玉盘杨梅为君设，吴盐如花皎白雪。持盐把酒但饮之，莫学夷齐事高洁。昔人豪贵信陵君，今人耕种信陵坟。荒城虚照碧山月，古木尽入苍梧云。梁王宫阙今安在？枚马先归不相待。舞影歌声散绿池，空馀汴水东流海。沉吟此事泪满衣，黄金买醉未能归。连呼五白行六博，分曹赌酒酣驰晖。歌且谣，意方远。东山高卧时起来，欲济苍生未为晚！

（《梁园吟》）

此诗李白将开封的梁苑与睢阳梁园合写，吊古怀今，引出战国时魏国的信陵君、汉代的梁孝王、枚乘、司马相如及晋代的阮籍等古人。说梁宋地区可谓英杰辈出，而如今却都如“苍梧云”和“汴水”，水流人散，一去不返。古人如此，今也如何？西望长安而归不得，只有黄金买醉，暂游梁园。然后再像谢安一样，高卧东山，待机而起吧。

李、杜、高三人，在睢阳暂时分手，杜甫至陈留（今河南开封陈留镇）去探望他卧病的继祖母卢氏，高适也回到家中。李白和丹砂则回东鲁家中。三人约定秋八月在宋城聚会。

天宝三载（744）秋八月，李白、杜甫和高适三人如期相会于宋城。睢阳郡太守李公、单父县（今山东单县）县令崔公热情地接待了这三位诗人，并安排与他们一道骑马到宋城附近的孟诸泽打猎。

在猎场上，李白、高适身手矫健，书生模样的杜甫也不示弱，他们打了不少狐兔和野鸡、野鸭，猎获颇丰。傍晚，打猎归来，李白、杜甫和高适与睢阳李太守、单父县崔县令并辔而行。军士们抬着猎物，在后面紧跟着。

来到单父城内，天色已晚，一行人在单父东楼摆下了野味宴。楼前庭中，篝火通明，一群狩猎的军士在火中烧烤猎物。楼前，李太守、崔县令在陪着李白、杜甫和高适饮酒，吃野味，观看歌舞。众人一片欢呼，争相斟酒割肉，行令猜枚，闹了一夜。这是李白从出宫后所度过的最高兴的一天，他已好久没有这么痛快地玩过了。

李白、杜甫与高适在单父县城门前分手。高适要到楚地去游历，杜甫则与李白一道踏上去东鲁的征途。杜甫的父亲杜闲，开元年间曾任过兖州司马，杜甫在兖州住过很长一段时间，至今对那里还很有感情，他要前去故地重游，正好与李白同路。

行至兖州，李白邀杜甫在他家住了几日。杜甫受到了李白一家及乡人的热情招待，尤其是小伯禽跑前跑后，在杜甫面前，左一个杜叔叔，又一个杜叔叔，一会儿给杜甫拿出他的蝈蝈笼子，一会儿又给杜甫桃子吃。平阳姑娘则非常懂事而有礼貌，给他献茶端饭，鲁姑也很贤淑，把杜甫招待得十分周到，使杜甫宾至如归，感到十分温馨。裴旻、贺兰老人和鲁老伯等人听说李白回来了，都一起前来探望，大家在李白家一起热闹了一番。杜甫在李白家住了几日，听说李邕在济南的侄孙、齐州司马李之芳家里做客，二人便一道前去访他。李白、杜甫和李邕都是老相识，李之芳也甚慕他们的大名，约他们一道游览当地的名胜鹊山湖。

一只画船在湖中荡漾。李白、杜甫和李邕祖孙在船上饮酒观光。

李邕捋着自己斑白的胡须感慨万分，对李白说："记得在渝州我们见面时，你还是个十几岁娃娃。转眼间已是二十多年了，如今你正是盛年，老夫我已是皤然一老翁了。"

李白问："您老还记得我临别时给您的那首诗吗？"李邕笑道："当然记得。"他想了想，闭目吟道，"大鹏一日同风起，扶摇直上九万里。假令风歇时下来，犹能簸却沧溟水。时人见我恒殊调，见余大言皆冷笑。宣父犹能畏后生，丈夫未可轻年少。"

吟完后，他问李白："对吧？"李白说："竟然一字不差。从祖您老真是好记性啊！"

"老喽，不行了。当年你真是年少气盛，胸怀凌云之志。今日果然不负当年所愿，成了名扬天下的大诗人喽！"

"当年在渝州，少不更事，多所得罪。"回想起当年之事，李白觉得颇有歉意。

李邕大笑，说："老夫眼浊，当年真是错看你了。你走后，我看了苏长史给我的书信，好生后悔，让下人去找你时，你已经走了。唉，往事如烟呐。"

李白说："惭愧，惭愧，我那时真是不知天高地厚啊。"李邕笑道："哪里，哪里。你能使力士脱靴，国忠捧砚，龙巾拭吐，贵妃侍酒，在长安，让你出尽了风头，占尽了风光。其胆其识，哪个可比？从小看大嘛，此言真是不虚。哈哈哈哈！"

二人一提起在渝州那段往事，便说个没完，往日的不快，化成了今日愉快的回忆。

船靠历下亭停下，四人和随从下船上亭。亭上酒宴已经摆好，有济南名士四五人已在此等候。见李、杜和李邕祖孙，纷纷起身前迎。

李邕向众人介绍了李白和杜甫，众人都一起拱手："李学士，杜公子欢迎，欢迎！"

李邕招呼众人入座，说："来来来，对此良辰美景，我们要畅饮几杯！"

"今日在此雅集，又有二位大诗人在场，面对如此佳景，何不吟它几首诗，以流芳后世？"李之芳提议说。李邕对李白说："太白，写首诗吧，好久没有听你吟诗了。""好吧，我就给从祖再献上几首绝句吧。"李白即兴挥笔，一挥而就。李之芳拿过诗稿念道：

初谓鹊山近，宁知湖水遥？此行殊访戴，自可缓归桡。

湖阔数千里，湖光摇碧山。湖西正有月，独送李膺还。

水入北湖去，舟从南浦回。遥看鹊山转，却似送人来。

（《陪从祖济南太守泛鹊山湖三首》）

众人看后，一片称赞。李之芳将诗稿给了李邕。接过李白赠给他的诗，李邕高兴极了："太白，这是你第二次向我赠诗。哈哈，我以后就更有向人炫耀的资本了！"

李之芳将笔墨递给杜甫，请道："子美兄也来一首吧！"杜甫推辞不过，也写了一首。李之芳拿起诗稿念道：

东藩驻皂盖，北渚临清河。海右此亭古，济南名士多。云山已发兴，玉佩仍当歌。修竹不受暑，交流空涌波。蕴真惬所遇，落日将如何！贵贱俱物役，从公难重过。

（《陪李北海宴历下亭》）

众人听了之后，都击掌称绝："好，好，'海右此亭古，济南名士多'，杜公子，济南人是不会忘记您的。”

李邕高兴地说：“得你们二位的诗，真是太珍贵了。老夫的大名，也要随你们的大作流传千古了！上酒，为二位大诗人的佳作庆贺！”

拜别了李邕之后，李白和杜甫到了齐州（今山东济南）的紫极宫。李白向看门的小道士递上拜帖，小道士进去后，不一会儿就见一位身着鹤氅、白发银须的老道士出门迎接。

进了内殿，三人坐定后，高天师问道："李学士、杜公子二位光临敝观，有何指教？”

李白从袖中掏出玉真公主的一封信递给了高天师，说：“蒙玉真公主举荐，弟子李白今天实是来从天师入道，望请天师恩准。”高天师说道："既有公主推荐，贫道哪有不受之理。只是道门清规，委屈了李学士了。”

紫极宫三皇殿中，李白入道的仪式，正在隆重举行。殿内明烛高照，香烟缭绕，旌幡如林，四周挂满了天罡地煞的神像。

高天师在画着八卦的法坛上，披发仗剑。踏罡履斗，口念“真言”。李白和一群将入道的教徒围绕着法坛打转不止，口中念念有词，向众神忏悔祈祷。

做过祈祷仪式之后，接着便举行受戒仪式。李白身穿道袍，跪在坛前，虔诚地听着天师的训诫。高天师盘坐法坛，对李白宣读道教戒律，接着又举行授箓仪式。高天师手持黄绢朱符“豁落七元真箓”，对李白说：“汝佩此符箓，可招灵摄魔，驱遣鬼神。五帝灵官，神仙万灵，皆得稽首奉迎，听汝之命，护法卫身。”李白向高天师稽首三叩，郑重地接过道箓，佩在身上。高天师向众宣布：“李白名入道籍，归列仙班！”李白徐徐站起，列入道士的行列中。一时间，法器齐鸣，仙乐顿起。

仪式结束后，杜甫羡慕地对李白说：“太白兄终于实现入道的愿望了。”李白却说：“我实在是不得已而为之，你哪里知道我心里的苦衷。”

李白在紫极宫受完了道箓，完成了入道仪式之后，便与杜甫一起返回东鲁。

二人并辔而行，快到兖州城的时候，李白说：“我有一个朋友范十，就住在城北，他老早就约我到他家去玩，我们顺路去他家一趟怎样？”

杜甫欣然同意。

范十住在城北的小山中。山路崎岖，二人只好下马步行。李白一个不小心，被石头绊了一跤，跌入苍耳丛中，弄得衣服和头发上都沾满了苍耳，形象很狼狈。约走了有半个时辰，二人才到了范十家门口。李白上前敲门，院内走出一个头带浩然巾的隐士，问道："你们找谁呀？"

李白说："怎么，范十兄，你不认识我了？我是李白呀。"

范十这才认出："啊呀，原来是谪仙翁驾到。瞧你的狼狈样，好像刚从草窝里钻出来似的。"

李白笑道："你说的不假。我刚才跌倒在前面的草丛里，身上沾满了草梗和苍耳，怎么摘也摘不净。"

范十指着杜甫问道："这位是……"

李白介绍说："这是我的朋友杜甫，大诗人，洛阳才子。"

"久仰大名，只是没有见过面。请到家里坐！"范十道。

三人进入院中。范十家虽是竹篱茅舍，摆设简朴，但却不俗，墙上挂的都是名人字画。院内寒瓜蔓架，枣梨满树，秋菊遍畦，充满幽意和雅趣。

过了一会儿，酒菜就摆上来了。他们喝的是范十家酿的果酒，吃的是家种的蔬菜和果品。其中有"卷耳"，也就是春天采的经过加工泡制的苍耳的嫩苗，还有院内树上刚摘下的霜梨。

李白："味道真是好极了。范兄，你过的可是陶渊明的快活日子啊。瞧你院中秋瓜黄菊，到处都是，'采菊东篱下，悠然见南山'。你的日子过得够悠然了。真令人眼气！"

范十笑道："李十二，你用不着眼气。想过隐士的生活还不容易吗？只怕你耐不了这山中的寂寞。不要说在这里隐居，就是让你在这里住上十天，你保证就憋不住了。我还不知道你吗？"

李白说："看来你是很了解我的。我也和你一样，想出尘避害，找一个精神的归宿。陶渊明不为五斗米折腰，他归向了田园，归向了自然。我也一样，我要归入大道，最后也是归向自然。"

杜甫说："我现在才真正地明白了。记得我们刚见面时，我曾经赠过您一首诗：‘秋来相顾尚飘蓬，未就丹砂愧葛洪。痛饮狂歌空度日，飞扬跋扈为谁雄？’那时，我的确很不了解您。这些天，跟您一起生活这么长日子，尤其是今天，我才真正地了解您了。”

是夜，李白、杜甫在范十家共居一室，同榻而眠，说了一夜话，天快亮才睡了一觉。

李白、杜甫后又与范十在石门山上玩了几日，便告别了范十，来到了兖州城。他们一同在泗水河上泛舟，在尧祠前赋诗，在兖州城门上远眺，在崇明寺观陀罗尼经幢。李白还陪同杜甫拜访了几个故交旧友，结识了一些新朋友。一个多月的“醉眠秋共被，携手日同行”的生活，使李、杜结成了兄弟般的友谊，成了中国文史上千古流传的佳话。

杜甫将要告别李白，回洛阳去。泗水河边，石门路口，二人难分难舍，别情依依。

李白紧紧地握着杜甫的手说：“子美，此一别我们兄弟不知何时才能见面。但不论你走到哪儿，为兄都是时刻在想着你的。我衷心地祝愿你以后前途光明，一切顺利。”

杜甫深情地望着李白，留恋不舍地说：“太白兄，跟您认识我就很幸运了。能跟您在一起生活这么多快活日子，使我感到尤其愉快。这是我一生最幸福最值得怀念的日子。不论我走到什么地方，就是天涯海角，您也永远在我心中。”

“今日相别，无以为赠，就送给你一首诗吧。”望着泗水河中浩荡的流水和远处徂徕山明灭的山影，李白吟道：

醉别复几日，登临遍池台。何时石门路，重有金樽开？秋波落泗水，海色明徂徕。飞蓬各自远，且尽手中杯！

（《鲁郡东石门送杜二甫》）

杜甫说：“这是您送给我最好的礼物。等我回去后，我会很快给您寄信、寄诗来的。”

杜甫上马，他含泪作揖：“太白兄，再见！”李白拱手礼别：“子美贤弟，再见，祝你一路顺风！”

杜甫的马逐渐消失在路尘中，李白仍站在高冈上，向远处不住地挥手，泪水模糊了他的眼睛。

一夜飞度镜湖月

吴越山水是李白日思夜梦的地方，李白到姑苏、会稽、天台、金陵访友，旧地重游，国事日非，使他无限感慨。

李白送别杜甫后便回到了家中。他觉得自己长期出门在外，很少与家人团聚，给儿女的父爱温情太少了，觉得很对不住他们，决心在家多住一段日子，以享天伦之乐。

李白与女儿平阳、儿子伯禽和鲁姑正在院中给桃树浇水。桃树已长有一丈多高，伯禽抚摸着桃树说："爹爹，今年秋天，我家的桃树，结了好多好多的桃子，可好吃啦！"自从李白回家后，伯禽天天像个小尾巴似的跟在李白身后。今天，父亲和他一起在院子里提水浇树，他特别高兴。

这时贺兰老爹走了进来。李白问："老爹，有事吗？"

"您和杜公子走后，兖州府的一个公差曾向我打听您的消息。这几天，经常有几个鬼头鬼脑的人，在您院子的周围晃悠。我总觉得好像有点不对劲儿似的。"

李白警惕地皱起了眉头："莫非他们真是来算计我的？"

贺兰老爹提醒道："李学士，您可得多加小心呐！"

李白说："如果他们再来找我，你就说，李白已经出家当道士了！"

是夜，李白在灯下一个人喝闷酒，他感到很孤独。他想起了好友贺知章，心想，要是贺知章能在身边多好，我多么想能与他诉一诉衷肠啊！在长安紫极宫二人的第一次会面，在胡姬酒店二人一起使酒骂座，在玄宗面前贺知章为他舍命辩护，在汝阳王府中二人一道饮酒赋诗，在黄土高坡上二人深情的话别，都像走马灯似的，一幕幕地在李白的脑海中闪过。

李白已喝得颇有醉意，他还沉浸在回忆之中："季真兄，你不要走，不要走！"不知不觉，一坛老酒让李白喝完了。

李白喝醉了，伏在桌子上睡着了。他觉得身轻如燕，向吴越飞去，感到两耳旁呼呼生风，身下的山川河流，向后掠去。他仰首见一轮明月在天，他俯首下望，月光下，逐渐出现了西湖、镜湖、剡溪……

他忽又觉得，自己已来到了天姥山上，脚下踏着谢公木屐，在山道上攀登。在半山腰上，他看见了一轮红日从海上升起，耳边仿佛听见了天鸡的鸣叫声。他在山中行走，忽觉得峰回路转，路已不见，山花在眼前明灭，耳边传来了龙吟虎啸，声音在山谷中回荡。

忽然，天阴了起来，烟云弥漫，空中电闪雷鸣，雷雨交加。突然又雨过天晴，眼前洞天石扉，訇然中开。他走进洞天石门，里面阳光灿烂，出现了一个金殿银屋的神仙世界，其中有鼓瑟的老虎，驾车的鸾凤。一位酷似贺知章的老神仙，驾着祥云走了过来，向他含笑点头。一群仙女随着一阵仙乐，乘着云霓纷纷飘然而下。其中领头的一位仙女酷似金陵子，在向李白招手。李白正要上前与金陵子打招呼，只见老虎向他扑来。突然，老虎又化为高力士狰狞的笑脸向他逼来……

李白从梦中惊醒，出了一身冷汗。

他起身走向室外，天上明月高悬，庭中虫声唧唧。他回想起刚才的梦境，仰天长叹："何不骑白鹿游访名山，作逍遥之游乎？怎能向那些小人摧眉折腰，低三下四地过日子？我要活得扬眉吐气，活得自在逍遥！"

他回到室中，展纸挥毫，走笔作歌：

海客谈瀛洲，烟涛微茫信难求。越人语天姥，云霞明灭或可睹。天姥连天向天横，势拔五岳掩赤城。天台四万八千丈，对此欲倒东南倾。我欲因之梦吴越，一夜飞度镜湖月。湖月照我影，送我至剡溪。谢公宿处今尚在，渌水荡漾清猿啼。脚著谢公屐，身登青云梯。半壁见海日，空中闻天鸡。千岩万转路不定，迷花倚石忽已暝。熊咆龙吟殷岩泉，栗深林兮惊层巅。云青青兮欲雨，水澹澹兮生烟。列缺霹雳，丘峦崩摧。洞天石扉，訇然中开。青冥浩荡不见底，日月照耀金银台。霓为衣兮风为马，云之君兮纷纷而来下。虎鼓瑟兮鸾回车，仙之人兮列如麻。忽魂悸以魄动，恍惊起而长嗟。惟觉时之枕席，失向来之烟霞。世间行乐亦如此，古来万事东流水。别君去兮何时还？且放白鹿青崖间，须行即骑访名山。安能摧眉折腰事权贵，使我不得开心颜！

（《梦游天姥吟留别》）

天宝五载（746）初冬，李白和丹砂买舟南下。他要到山阴（今浙江绍兴）镜湖，去拜访好友贺知章。

二人来到了山阴镜湖边，在一个小童的指引下，来到了贺府门前。丹砂上前敲门，守门人开门问道："你们找谁？"李白问："这是贺知章的家吗？"守门人说："是的。请跟我来吧。"进了贺府，出来相迎的却不是贺知章，而是贺知章的儿子贺僧子。李白问道："贺老安在？"僧子回答说："家父于前年，刚到家不久就病故了，临终还叫着您的名字。"李白后悔地说："季真兄，我来迟了，我来迟了呀！"

会稽山下，贺知章墓前，丹砂在烧纸，李白跪在坟前哭祭了一番。他在贺知章墓前献上了两首悼诗：

四明有狂客，风流贺季真。长安一相见，呼余谪仙人。昔好杯中物，今为松下尘。金龟换酒处，却忆泪沾巾。

狂客归四明，山阴道士迎。敕赐镜湖水，为君台沼荣。人亡余故宅，空有荷花生。念此杳如梦，凄然伤我情。

（《对酒忆贺监二首》）

李白将祭奠贺知章的诗文烧掉，并将酒酹在地上，在墓前拜了三拜，怆然伤情，泪流满面，不能自已。李白深情地说："季真兄，安息吧，咱们来生再续前缘，重结八仙之游。"

贺知章的去世，使李白难过了许多天。为了排遣心中的苦闷，他与丹砂在天宝六载（747）春，游历了天姥山（在今浙江新昌南）、天台山（在今浙江天台北）。

天台山上，他极目眺望，只见重峦叠嶂，千峰竞秀，万壑争流。山风吹来，松涛阵阵，似龙吟虎啸。山腰间，瀑布流泉，山花盛开，风光如画。

在天台山华顶峰上，李白伫立山头，东望大海，高声吟咏：

天台邻四明，华顶高百越。门标赤城霞，楼栖沧岛月。凭高远登览，直下见溟渤。云垂大鹏翻，波动巨鳌没。风潮争汹涌，神怪何翕忽。观奇迹无倪，好道心不歇。攀条摘朱实，服药炼金骨。安得生羽毛，千春卧蓬阙？

（《天台晓望》）

山川犹在，在此曾经修道的司马道长已经仙去，李白摇头叹息说："我真想在此筑一茅屋，潜心修仙学道。可惜，司马老神仙已经仙故，元丹丘又不在这里，无人为伴。"

李白和丹砂从天台下来，要回金陵，路上经过杭州，游了西湖和山上的天竺寺，又乘小船直达苏州。小船在灵岩山下靠岸，李白和丹砂登上了灵岩寺。

灵岩寺坐落在灵岩山上。山顶上有一座古塔，那就是吴王宫的旧址。塔前有响屧廊的遗址，传说此殿初盖时，在廊下埋了数十口大瓮，上面铺以檀板，西施在上面穿着木屐款款走过，便发出悦耳的声响。山前还有采香径，传说是西施采花的地方。旧地重游，李白产生了很多感触。他对丹砂说："二十多年前我们初来这里时，曾写了《乌栖曲》一诗，感慨吴王和西施醉生梦死，荒淫误国。谁知今天旧事重演，果真成了现实。当今皇上和贵妃也正在重蹈吴王之覆辙啊。"

丹砂说："老爷还有一首诗呢，也是咏吴王的。我记得其中有两句：'只今惟有西江月，曾照吴王宫里人。'"

"不错。虽然历史如镜，结论明明白白，可是今之人还是照走不误，真是可悲啊！"

李白站在山头，看落日西沉的情景。他无可奈何地叹了一口气。

李白和丹砂在运河上乘舟继续北行，在丹阳（今江苏镇江）停泊。此时已是盛夏，骄阳之下，一群船夫在岸上拉纤。他们光臂赤脚，拉着纤绳，艰难地走着，口中发出"哎嗬"的声音。

几个官差不时地用鞭抽打着纤夫，口中喊着：“快点，快点！”

一艘大船上插着杏黄旗，载着一块巨大的太湖石，在水中缓慢地航行。

李白问船夫：“这是干什么用的？”

船夫一边用手擦着汗，一边摇着橹说：“听说杨国忠要为贵妃娘娘扩修御花园，特派专使来江南收罗奇花异石。客官没有看见船上的杏黄旗吗？这是运花石的官船。”

李白摇头叹息，说：“苛政猛于虎。他杨国忠比老虎还要厉害。可叹我大唐百姓，如今竟受此等劳苦！”

看着在骄阳下赤身露体拉纤的纤夫，李白的心都要碎了。他吟道：

云阳上征去，两岸饶商贾。吴牛喘月时，拖船一何苦！水浊不可饮，壶浆半成土。一唱都护歌，心摧泪如雨。万人凿磐石，无由达江浒。君看石芒砀，掩泪悲千古！

（《丁督护歌》）

船入金陵秦淮河，李白终于又回到了他多次魂牵梦绕的金陵城。二十多年，弹指一挥间。想当年，他李白只有二十多岁，风流倜傥，青丝红颜，这秦淮河畔的青楼酒肆中，哪一处没有留下他的足迹和身影？在这里他赋诗饮酒，走马纵博，一掷千金。他在这里行乐、交友、成名，在这里与金陵子和金陵少年度过了他一生中最快意的时光。这里保存着李白最美好的回忆和青春之梦啊。如今他回来了，回到金陵寻梦来了，回来寻找他的梦中人金陵子来了。

这时，一艘画舫驶了过来，一个四十多岁的官员正在摇着扇子观览两岸风光。丹砂眼尖，一眼看出了这人正是李白在长安结识的侍御史崔成甫：“老爷，你看，那不是崔成甫大人吗？”

船渐走近，崔成甫也认出了李白，惊喜道：“太白兄，是你！”李白和丹砂跳上了画舫，舫中在座的还有扶风豪士窦滔和卢六。金陵子和一班歌伎正在弹唱。

窦滔、卢六一见李白便大叫道：“呀，是太白兄！”金陵子也站起向李白问安："李公子，多年不见，您越发精神了！"

李白见到金陵子也分外高兴，说："陵子，没想到你还是那么年轻漂亮！"他又忙回过头向众人作揖打招呼，"哎呀，诸位贤弟，想不到我们在金陵又见面了。"

崔成甫说："咱们是一棵草上拴的蚂蚱，一根藤上结的苦瓜，能分得开吗？"一句话说得众人开怀大笑。

李白问崔成甫："朝中的情况现在怎样？"

崔成甫叹息说："李左相被贬出朝，汝阳王闭门思过，苏侍郎已经去世，我被贬官金陵。朝中的正直官员，死的死，走的走，贬的贬，躲的躲，朝中只剩下李林甫、杨国忠、高力士一帮小人，他们的目的终于都达到了。"

李白说："贤弟出来也好，省得在朝中受那帮小人的窝囊气。我们在此饮酒作乐，岂不痛快！"

崔成甫提议道："我们今日在秦淮河上一同饮酒赋诗如何？"众人一致表示同意。

船上，金陵子和众歌女吹箫鼓琴，奏曲唱歌，一片歌吹之声。李白身披宫锦袍，头戴乌纱巾，与崔成甫等人站在船头谈笑风生。

秦淮岸边，一个人发现船头上站着李白，高兴得大叫："都来看呐，谪仙人李白来了！"听说李白来了，人们从酒肆中、店铺中、家中跑了出来。一个老太太让孙儿扶着，颤颤巍巍地走了出来。

秦淮两岸的店铺、酒肆和人家为之一空，人们都出来看李白。这时秦淮两岸挤满了人，大家都在争睹谪仙人李白的风采。

一看客问："哪个是李白？"一老者向船上一指说："中间那个头戴乌纱巾，身穿宫锦袍的就是。"

一个中年书生由衷赞美："你看他神采飘逸，英姿潇洒，真如神仙一般！"一少年道："那是当然。不然的话，还能叫谪仙？"

李白见岸上那么多的人来看他，感到很高兴，他不断地向两岸的人群拱手致意。两岸的百姓也都向李白招手致敬。

画舫在秦淮河上漂流着，天色渐暮，众人还在饮酒赋诗。这时李白想到了在江宁做县丞的王昌龄，问道："昌龄兄怎么不见？"

窦滔说："怎么，你还不知道？他两个月前已被贬官龙标了。"李白问："为什么？"窦滔说："还不是因王大人生性倨傲，得罪了他的顶头上司。"

崔成甫说："听说他这个顶头上司，是高力士的干儿子，一味搜刮民财，讨好高力士，昌龄对他颇有微词，他嫌昌龄兄碍眼，因此向朝廷告他个'不矜细行'的罪名，就将昌龄兄贬官湘西了。"

李白起身离席，走出舱外。秦淮河两岸，楼台馆阁，灯火凄迷，一轮明月挂在天中，夜空如洗。李白仰首问月："明月啊明月，龙标远在夜郎之西，只有你才能把我的问候捎给那远在天涯的朋友，以慰他的孤寂之心。你能给我捎个信吗？"

月亮在水中徘徊荡漾，似乎在答应他的请托。李白举杯以酹江月，说道："拜托了，请受我一杯酒。"他接着吟道：

杨花落尽子规啼，闻道龙标过五溪。我寄愁心与明月，随君直到夜郎西。

（《闻王昌龄左迁龙标尉遥有此寄》）

金陵子见李白在望着明月发呆，口中念念有词。她怕李白在外面着凉，赶紧拿起一件衣服，到舱外给李白披上："李公子，进舱来吧，外面有风。"李白握住金陵子的手说："陵子，你说，为什么我李白的朋友一个个都这样命苦，命运这样悲惨啊？"

金陵子邀李白到她的住所小住，百般安慰他，李白的心情才逐渐有所好转。李白问金陵子，这些年她是如何熬过来的。金陵子说，这些年来，要不是有李白的诗歌作为她的精神支撑，她也许活不到现在。她给李白打开她的箱子和柜子，李白一看，里面收藏的全是自己的诗歌，他一卷一卷地翻着，除了早年自己送给她的诗之外，全是近年来金陵子在社会上搜集的。其中有的诗，就是李白自己手头上也没有保存，而这里却全都有。金陵子说："李公子，你放心地写吧，你写得越多，我的精神就越富有。我知道，我配不上你，但只要有你的诗陪伴着我，就够了，我就心满意足了。”李白看看这些琳琅满目的诗卷，又看看眼前的金陵子，他的眼中涌出了感激的热泪，他一下子将金陵子抱在怀里，说道：“陵子，你真是我的红颜知己啊，我永远也忘不了你！”金陵子也深情地说：“公子，我金陵子就是为着你，为着你的诗而活着的！你可要好好地保重自己啊！”

李白还游览了金陵城西南的凤凰台。据《江南通志》载，南朝刘宋元嘉十六年，有三鸟翔集山间，文采五色，状如孔雀音声协和，众鸟群附，时人谓之凤凰。起台于山，谓之凤凰山，台曰凤凰台。李白登临其上，想起了崔颢的《黄鹤楼》一诗。因崔诗是首前半首为古风、后半首为律诗的诗，李白意欲胜之，故以《凤凰台》与《黄鹤楼》相对应，写下了一首亦古亦律的失粘的七律《登金陵凤凰台》：

凤凰台上凤凰游，凤去台空江自流。吴宫花草埋幽径，晋代衣冠成古丘。三山半落青天外，一水中分白鹭洲。总为浮云能蔽日，长安不见使人愁。

（《登金陵凤凰台》）

在这首诗中，李白前六句是写景与怀古，感慨金陵的沦落，以及描写开阔苍茫的自然形势。最后两句写出了诗人对朝廷的思念和对时局的担心。此诗更进一步，李白不仅对六朝古都金陵城的历史没落而感到伤心，还思考当今大唐未来的命运。他身在江湖而心存魏阙，以浮云蔽日作喻，直刺当今朝廷为奸贼小人所蒙蔽，对国家前途岌岌可危的局势，表示由衷的担忧。

李白在金陵盘桓数月，终日与崔成甫、金陵子、窦滔、卢六等人诗酒为乐，有时在孙楚酒楼，有时到凤凰台，有时到谢安墩，有时月夜放船大江，纵情吟诗弹唱，放歌啸傲。

举杯销愁愁更愁

李华带来了长安李林甫大兴冤狱的消息，朝中故旧，死的死，贬的贬，谢朓楼上，李白激愤不能自已。

天宝六载（747）秋天，他的从弟宣州长史李昭，邀他前往宣城（今安徽宣城）会面。不久，他的从叔侍御史李华被贬杭州，路过宣城，叔侄相见，分外亲热。李昭在宣城北楼设宴招待李华和李白，有窦主簿等人陪坐。

北楼又叫谢公楼，是南齐宣州太守、大诗人谢朓所建，地处宣州城北的陵阳山麓。站在楼上可北眺敬亭，下视双溪，景色十分美丽。

席间，李白问李华道："从叔刚从京城来，可有什么消息？"李华说："杜甫如今已到了长安。"李白关切地问："他近来情况怎样？"

李华说："他本来打算通过科举，平步青云，可是应试的结果，却无一人及第。而李林甫却向皇上进表庆贺，说是野无遗贤。杜甫、元结等人，他们全都落第了。"李昭插言道："李林甫是个害贤忌能的家伙。他是怕出了贤才，他的相位就保不住了。"

李华从怀中掏出一封书信给了李白："这是杜甫让我捎给你的。"李白打开信封，内有书信一通，信中备述杜甫对李白的思念之情。信中还附有一首诗，李白念道：

白也诗无敌，飘然思不群。清新庾开府，俊逸鲍参军。渭北春天树，江东日暮云。何时一杯酒，重与细论文？

（《春日忆李白》）

李昭叹道："子美对太白兄，真是一往情深啊！"李白点头说："我在长安也是长相思呐。"

李华叹息道："太白，幸亏你走得早。如今长安可是一片恐怖，人人惊慌不安呐！"李白问："发生了什么事？"

李华讲起了朝中的种种变故："李林甫如今大兴冤狱，已经抓了好几百人了。""他为什么要抓人？"李白气愤地问。

李昭插言道："此事我也略有耳闻，主要是韦坚一案。"

李华说："李林甫和太子李亨不和，韦坚是太子妃的哥哥。他是想通过诬陷韦坚，来搞倒太子李亨。"

"听说李林甫手下有两个爪牙，极为狠毒。一个叫罗希奭，一个叫吉温。人称'罗钳吉网'。"李昭耳目颇灵，对朝中的事知道得一清二楚。

李华点头道："是的。李林甫诬告韦坚要拥立太子谋反，把韦坚贬出长安，又派罗、吉二人将他追逼致死。李林甫趁机将反对他的人，全都牵连入案，有的被捕进狱，有的被逼致死。"

"被株连的都有哪些人？"李白关心地问。

李华说："有李适之、王忠嗣、李邕、裴敦复、崔成甫等人。"

李白大惊："有李适之、李邕和崔成甫？"他急问道，"他们现在怎么样了？"

"李适之被贬之后，又被逼自杀。李邕和裴敦复，竟被他们在刑庭上活活打死。王忠嗣被贬后忧愤而死。崔成甫被革去侍御史之职，又贬至湘阴。"李华说出了这一连串的噩耗。

窦主簿问："这些情况，难道当今圣上就不知道吗？"

"他哪里会不知道？唉，不说了，不说了。"一说及天子，李华讳莫如深，不再谈下去了。

李白听后，捶桌大怒："真是岂有此理！"李华也气愤地说："如今，你到哪里讲道理去？已经没有讲理的地方了！"

李昭见大家都义愤填膺，他忙扭转话题说："侍御叔、太白兄，来来，咱们喝酒。"

李白唉了一声，说："如今哪有心喝酒啊，大唐就要完了呀！"

李昭说："就是为了消愁，才要喝酒。古人云'何以解忧，唯有杜康'嘛！"

李白喝得有了几分醉意，他忽地从座位上站了起来，拔出腰间的宝剑，说："剑啊剑，虽然你有鱼肠之锐，干将之利，可以陆断犀象，水斩蛟龙，可是你却难以斩断我这心中之愁啊！"说着就在楼中舞起醉剑来了。他边舞边吟道：

弃我去者，昨日之日不可留；乱我心者，今日之日多烦忧。长空万里送秋雁，对此可以酣高楼。蓬莱文章建安骨，中间小谢又清发。俱怀逸兴壮思飞，欲上青天揽明月。抽刀断水水更流，举杯销愁愁更愁。人生在世不称意，明朝散发弄扁舟！

（《宣州谢朓楼饯别校书叔云》一作《陪侍御叔华登楼歌》）

李华在宣城住了几日，就准备赴杭州上任。李华与众人告别道："老夫就此告辞。以后诸位到杭州时，我请大家去吃西湖的醋溜鱼！"

李白说："好，我以后去杭州，一定去吃从叔的醋溜鱼。"

李华对李白笑道："不过我的醋溜鱼也不是那么好吃的，必须拿你的诗来换。"

李昭说："太白兄，我看你不如现在就把你的诗预支了吧。"

李华拍手叫好，说："那是我求之不得的。"

李白北眺青山，下视宛溪，仰望红日西驰，白云悠悠，来了诗情，说："好，就为从叔吟一首送别诗吧。"于是吟道：

青山横北郭，白水绕东城。此地一为别，孤蓬万里征。浮云游子意，落日故人情。挥手自兹去，萧萧班马鸣。

（《送友人》）

李华感叹说："'浮云游子意，落日故人情'，说得好。不知我这个游子，何时才能返回长安的老家。你们的深情厚谊，我已铭记心中了。二位贤侄，再见吧，老夫去也。"

李白、李昭齐祝道："祝侍御叔一路顺风！"

当涂（今安徽马鞍山属县）的横望山，离宣城不远，李白得知老友元丹丘在此修道，故前来看他。元丹丘住在山中石门的一个道观中。此道观原是梁时人称“山中宰相”的陶弘景的隐居炼丹之处，因此横望山又称隐居山。

李白和丹砂来到道观门前。在小道童的带领下，进入观中。小道童进屋通报，过了一会儿，元丹丘从室中迎了出来，见到李白，老友相见，分外高兴。忙命小童，将他多年藏在床底的宣城纪氏老春酒取来，要与李白痛饮一场。元丹丘问李白：“听说你已经入道了？”

李白说：“不错，是在齐州高天师那里入的道籍。”

元丹丘笑道：“其实，你入道不入道都是一样。说你入道了吧，可是你的心并没有入道。说你没有入道吧，可你又确实入了道籍。你入了道又不遵守道门的规矩，你算是哪门子道士？”

丹砂接话道：“酒肉道士！”说完，看着李白，吐了吐舌头，李白瞪了他一眼，没有说话。三人哈哈大笑。

小道童将酒菜端了上来。李白端起酒杯喝了一口，咂咂嘴说：“这酒味道挺醇厚。好酒！哪来的？”

元丹丘说：“这是宣城纪叟酿的老春酒。”“比京城的御酒还好喝。”李白又连喝了两杯。元丹丘又给李白满斟了一杯酒，说：“那你今天就多喝点。”

李白对元丹丘说：“元兄，我跟你一块儿学炼丹怎样？”元丹丘说：“你别开玩笑了，你能不能来点正经的？”李白一本正经地说：“我这不是开玩笑，我是说真的。”

“别人不知道，你还不知道吗，丹药那玩意儿，有几个是真的？不过是道士哄骗人的玩意儿罢了。要是有真的，我还留着给自己吃呢。”元丹丘向李白透了丹药的谜底。

李白大发感慨：“活得这么艰难，还求什么长生不老。我是说想通过炼丹修道求个精神寄托。多少次，我都梦见我成仙了，与仙人浮丘公、洪崖公一起在天空中遨游、飞翔，在金殿银台中过着神仙生活。可是，梦醒了，什么神仙呀，金银台呀，仙宫呀全不见了。我还是我，现实还是那么冷酷黑暗。我是多么想一直生活在梦中呀！”

“我虽从小修道，可是我从来都没有见过什么神仙。有时候，我在练功入静之时，仿佛冥冥中有什么仙呀道的，其实那都是我们自己心中的幻影。也许，我没有仙缘，不能修成正果！”元丹丘觉得神仙之事渺茫，不可信。虽然他修了大半辈子的道，也没有摸到神仙的边。

其实，李白也不相信有神仙，他认为这不过是人的一种愿望，一种自我感觉：“人总是好欺骗自己。别人欺骗自己，自己也欺骗自己。别人称我是什么酒仙呀，谪仙、诗仙，我也挺乐意当酒仙、谪仙和诗仙。别人叫多了，仿佛我也真的是酒仙和谪仙似的。不叫我酒仙、谪仙，我反而不舒服了。我自己总想故意佯狂一下，装成酒仙或谪仙的样子。若不那样，反觉得自己就不是李白了。”

元丹丘说：“人生就是演戏。人生在世，总要扮演一定的角色。比如，我当道士，在人的面前总要装扮成道士的样子，而你以前在朝中做翰林学士，也总要在人前作出翰林学士的样子。你做谪仙也要做出谪仙人的样子，而那些朝中的权贵，也总要在人前摆出当大官的样子。其实，这都是没有得道的表现。”

李白点头，表示赞同，于是问道：“你说，得了道该是怎样的表现呢？”元丹丘说：“回到邃古之初，恢复到人的本来模样。那时的人，没有造作，没有矫饰，没有虚伪，处处都是人自己的本色。”

“就是说，一切归于自然，也就是归入大道了？”“是的。社会发展了，对于人来说虽然是进步，但对人性来说，却是个倒退。大道废，有仁义。智慧出，有诈伪。我们大唐社会虽然人文和物质比上古时丰富了，人也比古人聪明了，但是，在人性道德上，却比古人堕落了。”元丹丘觉得，随着社会的发展，人的物欲的膨胀，人心离道却越来越远了。元丹丘接着说：“所以老子想回到小国寡民的时代，庄子想回到邃古之初含哺而熙、鼓腹而游的时代。那时的人可真是天真无邪啊！”一提起老庄所说的人性纯朴的上古时代，元丹丘就无限神往。

“虽是这样说，可人和社会总不能往回走啊。”李白却认为恢复上古时代是不可能的事，很赞成司马承祯的坐忘论：“我看还是庄子‘坐忘’的方法最好。两眼一闭，灵魂出窍，嗒然若丧天下，就可以物我为一，人与天地为一了。此法最为便捷。”

元丹丘笑道：“看来你还是悟得比我透彻。你不是已经得道了吗？”

李白遗憾地说：“可惜我偏忘不掉天下，你看怎么办？”

元丹丘大笑：“那是你六根不净，没治了。神仙也没有办法！”

二人的一番神侃，大有棋逢对手，将遇良才的感觉。虽然没有说出一个得道的良方，但彼此的心灵都很默契，很觉惬意，也很痛快。

李白在横望山住了十多日，他耐不住道士生活的寂寞和清苦，便要回宣城去。

元丹丘送李白至路口，说：“你对尘世生活虽然厌倦、讨嫌，但是你还是离不开它。看来，你这道士是个假道士。”

李白说：“你的神仙洞府虽然远离尘世，但是连喝酒都不自由。我还是到宣城去喝纪叟的老春吧！”

“好吧，再见。什么时候过得不耐烦了，再来找我。”元丹丘说。“再见！”李白跨马，丹砂骑驴而去。

桃花潭水深千尺

宣城纪叟的老春使李白终生难忘，桃花潭的水美、景美、酒美、人更美。

到了宣城，在路人的指引下，李白找到了纪叟酒店。酒楼上，李白斟酒自饮。他一边饮，一边夸赞：“好酒，好酒！”他回头叫道：“店家，再来一壶！”纪叟连忙又送上了一壶酒，说：“客官，不是我老汉自吹，这方圆百里的酒家，能赶上我这纪家老春的还不多。”

“今天正是冲着你家老春来的。”纪叟听此，感到很高兴，问道：“客官是外地人？”李白说：“是的。”“这酒您以前喝过？”

“是的，在一个朋友处喝过。”“您觉得这酒怎样？”“这酒初进口淡淡的，绵绵的，可是味道醇厚，有回味。比我在京师喝的御酒还好。”

纪叟听了客人的夸赞，心中暗自高兴，但嘴上却说：“客官不愧是见过大世面的人，就是会说话。我这僻远小县的村酒，哪能比得上宫廷的御酒？”

李白说：“我这是说的实话。御酒是好喝，可是加的香料太多，猛一进口，味道是挺美，可是喝多了，就有些苦味，倒不如你这老春的味道醇正。”

纪叟听此，高兴极了，觉得遇上了知音：“这也倒是。酒就讲的是个本味儿，看来您是一个喝酒的行家！”

“不敢当。不过我酒喝得多了，自然就会品出个味道、高低来。我喝过许多天下名酒，像剑南的烧春、江陵的抛青春、富平的石冻春、郢中的富水春、荥阳的土窟春、开封的汴梁春、兰陵的郁金香、金陵的金陵春、临潼的新丰酒，还有什么珍珠红、瓮头青、玉浮梁、流霞酒等等，各有各的特色。但我最喜欢的还是你的老春。”李白一口气说出了他所尝过的几十种名酒。

纪叟大惊："啊呀呀，我今天怕是遇见酒仙了，竟尝遍了天下的美酒。您到底是什么人？"

这时窦主簿走了过来："他就是当今的谪仙加酒仙李太白！"

纪叟听是酒仙驾到，赶忙跪倒在地，拜道："小老儿真是有眼无珠，不知酒仙翁李学士驾到，恕罪，恕罪！"

李白忙将纪叟搀起，说："老人家，使不得，使不得！"

李白问窦主簿道："窦兄，找我有事？"

窦主簿："李长史派我前来寻您，请您赶快回去。"

李白从怀中拿出一锭银子给了纪叟。纪叟说什么也不收，说："这钱我是决不能要的，但是小老儿有个请求。"

"老人家请讲。""我想请您为小店写几个字，题一首诗。"

李白爽快地答应道："请放心，我明天就派人送来。老人家，告辞了！"

纪叟酒店，这天特别热闹，门前挤满了人。原来纪叟正在举行酒店挂匾仪式，门前响起了一阵炮竹声。

在炮竹的余音中，一个小伙子正在梯子上给店门头挂匾。匾上写着"纪氏酒家"四个大字。旁边有一行小字"酒仙翁李白题"。匾上披红挂彩。

人们拥进店内，争看李白的亲笔题诗。

店正中挂着一幅中堂，上面题着李白的一首诗。

一人念道："天若不爱酒，酒星不在天。地若不爱酒，地应无酒泉。天地既爱酒，爱酒不愧天。……"一老者说："这首诗写得真好。我喝了一辈子酒，竟没想到喝酒还有这么大的学问。"一人说："是啊，喝酒还真符合天地之道呢！"一人说："既然喝酒这么好，以后我就天天来喝。"

又一人笑着说："说不定还能喝出诗来呢！"此话一出，众人皆笑。

纪叟从酒店中出来向众人打躬道："小老儿的酒，李学士说比宫廷的御酒还好喝呢，欢迎大家前来品尝！"

众人蜂拥而进。纪氏酒店，从来没有像今天这样热闹。

且说纪叟酒店自从李白为酒店题诗、写招牌以来，名气大振，前来喝酒的人络绎不绝，酒店座位常常爆满。纪叟乐得合不上嘴。

一天，李白又来酒店喝酒，座中酒客见李白来，纷纷起身，向李白致意。李白也向大家抱拳问好。

李白依窗自斟自饮。他推开窗子，楼下正临着宛溪。远处可以望见敬亭山，风景如画。他起身一边在窗边踱来踱去，一边在吟前些日子在宣城崔八丈家所作的一首诗：

高阁横秀气，清幽并在君。檐飞宛溪水，窗落敬亭云。猿啸风中断，渔歌月里闻。闲随白鸥去，沙上自为群。

（《过崔八丈水亭》）

李白自言自语道："如此好酒，如此好景，宣城真是个好地方啊。"

这时一人说道："天下美酒、美景多矣，何止宣城一处？"李白回头，原来是一位中年书生，身穿儒服，头戴方巾，不知是什么时候已站在了李白的身边。

李白正欲相问，这书生却自我介绍道："在下泾县汪伦，一向仰慕太白先生。今特来此请先生到敝乡桃花潭一游。"

"桃花潭？真是个好名字。不知贵乡之美，是否真如其名？"李白问。

汪伦一笑："那是当然。敝乡有万家酒店，桃花潭美酒，不亚于纪氏酒家之老春；敝乡溪边有十里桃花，也不亚于宣城敬亭之美景。先生意欲从我一游乎？"

李白惊奇地问："您说贵乡有十里桃花，这我信；您说贵乡竟有万家酒店，这就令人难以置信了。老兄一定是与我说笑话吧？"

汪伦说："是不是真的，信不信由你。眼见为实，耳听为虚。您随我去一看便知。怎样，太白先生，跟我去一趟吧？"

李白见汪伦一片诚心，便说道："好，我就跟先生去一趟。"

汪伦高兴地说："太好了，船我已经备好了，就在门外，太白先生，请！"李白随汪伦一起出了店门。

汪伦和李白乘着船，来到了泾县桃花潭。小船沿着桃花溪行走，岸畔十里，桃花盛开，如云蒸霞蔚。

李白望着如云的桃花，高兴地说："尊兄说得果然不假。这里的风景，不仅不亚于宣城，而实则胜之。那万家酒店呢？"

汪伦指着桃林深处一个酒旆飘扬的酒家说："你瞧，前面就是。"

李白和汪伦二人下船走到酒店跟前，大招牌上赫然写着"万家酒店"四个大字。

"汪老兄，您不是说有万家酒店吗？怎么只此一家？"

汪伦哈哈大笑说："李学士，我所说的，就是这家姓万的开的酒店呀！"

李白这才恍然大悟，也大笑了起来："汪老兄，真有你的！"

汪伦说："我不这样说，能请得动您李学士的大驾吗？"

这时，桃花潭的男女老少，闻风而动，都从家里拥了出来，成群结队地出来欢迎李白。

一个瞎眼的老太太，由孙女扶着，颤颤巍巍地走至李白跟前："谪仙人在哪里？李学士在哪里？"

李白上前扶着老人道："老人家，我就是。"

瞎老太兴奋极了："我们早就盼着您来呢，您果真就来了。我真高兴。可惜我看不见您，让我摸摸您吧！"

李白低下身子，让老太太摸了摸，瞎老太激动地说："我总算也见到谪仙人了，就是死了，这辈子也不枉活了！"

汪伦向村民说："父老乡亲们，李学士前来看我们，为了感谢他的到来，我们大家都到万家酒店里去，为李学士接风！"

万家酒店里里外外都坐满了人。桌上都摆满了酒菜。汪伦和李白坐在席首，他站起来，高举酒杯向大家说："请大家都举杯，向李学士敬酒！"

众人嚷成了一片："请李学士干杯！""向李学士敬酒！""李学士辛苦了！"

眼前，村民一张张淳朴挚诚的面孔，使李白感动万分。他参加过那么多的宴会，从来都没有像今天这样激动过。今天，他感动得流泪了。

一位老大爷站起来端着杯子祝酒道："李学士，您的诗，我虽看不大懂，可您在长安的事，我们都是知道的。今天您又特地来看望我们，我觉得您的心，是和我们老百姓紧密相连的。今天我小老儿代表大家敬您一杯，您一定要喝下！”

李白高举着酒杯说：“我喝，我喝，谢谢老人家，谢谢大家！”

汪伦说：“今天，李学士来此，我们也没有什么好招待的，我们村民特组织了一台家乡小戏，请李学士观赏。”

汪伦摆了摆手，一场皖南小戏开始演出，演的是“夫妻观灯”。这时有一对男女上台演唱。

男唱：“这是什么灯？”

女唱：“这是谪仙灯。”

男唱：“谪仙哪里去？”

女唱：“桃花潭里行。”

男唱：“来这干什么？”

女唱：“看望众乡亲。”

男女合唱：“他与咱们老百姓一呀么一条心！得儿哟，得儿哟，他与咱们老百姓，一呀么一条心呐哈呀！”

原来为欢迎李白，小戏临时改了新词，赢得了众人的一片欢呼。

李白激动地站了起来，向大家作揖致意：“谢谢众乡亲，谢谢大家！众乡亲对我的深情厚谊，我李某终生不忘！来来来，我李某借花献佛，敬诸位乡亲一杯！”众人回敬道：“为李学士干杯！”

汪伦问李白道：“此一行先生感受如何？”李白：“汪兄没有骗我，我李白深感不虚此行。”

汪伦又问：“我们桃花潭的酒如何？”李白衷心赞道：“桃花潭的水美、景美、酒美，人更美！”

李白在桃花潭住了半月有余，要回去了。村民们敲锣打鼓，前来相送，一直送到桃花潭渡口。

一只乌篷船在潭边等着，上面摆满了汪伦和村民所送的桃花潭酒和各种土产。

汪伦和李白携手走在前面，一条长长的队伍，在后面跟着踏歌相送。

汪伦握着李白的手，久久不愿松开，说：“太白先生，希望您以后还来。”李白点头：“我以后还会来的。”说完，他登上了乌篷船。

船慢慢地开走了。李白站在船头向汪伦和村民们挥手。李白感动得热泪盈眶，一首优美的诗脱口而出：

李白乘舟将欲行，忽闻岸上踏歌声。桃花潭水深千尺，不及汪伦送我情！

（《赠汪伦》）

乌篷船满载着桃花潭人民的无限深情行驶在绿水桃花中。

山逼画屏新

九子山恰似高入云霄的九朵莲花，李白改名为九华山；游了秋浦和黄山，李白说："皖南真是个好地方！"

李白来宣州的消息在皖南传开之后，人们奔走相告，异常高兴。青阳（今安徽青阳）名士高霁，连忙向青阳县令报告消息。青阳县令韦权舆，一向仰慕李白，听此消息非常高兴，他命高霁前往宣州请李白来游九子山。高霁找遍了宣州也未能找到李白。一个老者对他说，李白经常到城北的敬亭山去练气功，于是高霁又一口气爬上了敬亭山（在今安徽宣城北）。山顶上，李白正在一块大石头上独自练禅，凝神静坐。眼前的飞鸟一群群地飞过，天上只剩下悠悠的白云。他屏去尘虑，气沉丹田，仿佛自己的身心已与敬亭山相通，精神悠然与天地相往来。李白若有所悟，口中吟道：

众鸟高飞尽，孤云独去闲。相看两不厌，只有敬亭山。

（《独坐敬亭山》）

等李白坐完了禅，高霁向前递上韦县令的书信，并表达要邀李白到青阳县做客的意愿。李白欣然答应，随他一起下山到青阳去了。

青阳县令韦权舆，亲陪李白一起游九子山（今安徽九华山，在青阳县境内）。九子山地处皖南，它东南接黄山，西北临大江，东面沃野千里，西南是丘陵湖泽。九子山巍然耸峙，景色壮丽雄奇，山多奇峰、怪石、瀑布、流泉，它和黄山犹如两颗璀璨的明珠，闪耀在江南大地上。

山道上，只见两旁奇花异石，青松绿竹，层层叠翠，令人目不暇接。尤其是天台峰下的那株干如苍龙偃蹇、枝如凤凰展翅的凤凰松，更是令人意迷神驰。

面对着如此秀丽的风景，李白心旷神怡，因而问道："此山如此峻秀，为什么叫九子山呢？"

韦权舆说："此山有九十九峰，其中以天台、莲华、天柱、十王等九峰最为雄伟。当地百姓谓此九峰状如九子在山间嬉戏，故名九子山。"

李白说："山犹人焉，闻名而想见其面，有个好名字方能传得久远。九子山这个名字，有点太俗气了。"韦权舆请李白改个名，李白欣然应允。

众人登上了天台峰顶。李白纵目四望，只见周围八座高峰，犹如八朵莲花，拱拥着天台峰。天台正在八峰之中。李白说："我看这九座高峰，势如九朵盛开的莲花。就叫它作'九华山'怎样？"众人齐声称好。

韦权舆说："此山由李学士改名，犹如此山之再生。这是流誉千古的雅事，不可无诗以记之。那就请李学士吟首诗吧？"

李白建议三人联吟。能与诗仙一起联句，这是巴不得的荣耀，韦权舆高兴地应允："既然李学十不肯独专，我们二人就附骥尾吧。李学士请先出首联。"

李白吟道：

妙有分二气，灵山开九华。

高霁赞道："首联开得好。此乃凤头也！"他接着吟道：

层标遏迟日，半壁明朝霞。

韦权舆："此言九华之高峻，下面就该写山的壮大了。王维有诗云：'分野中峰变，阴阳众壑殊'，写出了大山的变化。我下面就写山的变化吧。"他接吟道：

积雪曜阴壑，飞流歕阳崖。

李白："二兄都是实写，我就以虚结尾吧。"于是吟道：

青荧玉树色，缥缈羽人家。

高霁赞道："好一个'缥缈羽人家'，一句就使九华山灵气毕现。真乃是豹尾呀！"

韦权舆说："有人说，好诗是凤头、猪肚、豹尾。李学士将凤头和豹尾都占了去，我们俩就只有猪肚了。"

高霁笑道："猪肚有什么不好，好下酒嘛！"大家都笑了起来。

正当李白与韦县令等人谈话之际，忽听有人喊道："李学士，你让我找得好苦啊！"李白回头一望，高兴地叫了起来："崔贤弟，你怎么也到这里来了？"秋浦县令崔某是李白的旧友，他听说李白已到了青阳县，便亲自来青阳邀李白到秋浦县去。李白只好告别韦权舆，同他一同到秋浦去。

秋浦（今安徽池州）西临长江，这里丘陵起伏，丛林茂密，湖港纵横，河溪交错，山水清奇，景色优美。

李白和崔县令身穿便衣，乘着一叶扁舟在清溪中游览。清溪之水至清，一清见底，水中游鱼，历历可数。李白说："清溪之水，可真清呀，比新安江的水还要清澈。真是人行明镜中，鸟度屏风里呀！"李白情不自禁地吟了一首诗：

水如一匹练，此地即平天。耐可乘明月，看花上酒船。

（《秋浦歌》其十二）

崔县令指着前方说："此溪直通杏花村，杏花村所出的美酒，还是用这清溪之水酿成的呢！"李白一听说有美酒，劲就来了，忙问："哪里有杏花村酒？"崔县令对船家说："船家，驶至玉镜潭，到王处士家去。"

王处士排行十二，家住在玉镜潭畔大楼山脚下的竹林中，竹篱院墙，茅屋数间。王处士是位隐士，他不愿做官，便在这山清水秀的秋浦山中隐居下来。他平时以打鱼和打猎为生，闲来无事也吟诗作赋，自得其乐。县令大人能领李白这样的大诗人到他家做客，这是巴不得的好事。于是做了一席山珍野味，搬了一坛藏了多年的杏花春酒，请李白和崔县令品尝。

席间，王处士将自己平时所作的诗歌，向李白请教。李白看了几篇，其中有一篇名为《寒夜独酌有怀》，十分赞赏，说道："十二兄诗有《诗经》小雅之风，虽处江湖之远，可时时怀有庙堂之忧啊。"王十二说："李学士过奖了，还请您多多指教。"李白说："指教谈不上，我们互相切磋吧！"

王十二说："太白先生真是一个爽快人，我愿交你这样的朋友！"他给李白和崔县令各斟上一杯酒，举杯道："来，我们干杯！"崔县令也举杯说："今朝有酒今朝醉，明朝无酒空腹睡。来，我们继续喝酒。今日先饱饱口福，明天再一饱眼福。我们明天到黄山去！"黄山有一位温处士，是王十二的老朋友，王十二听说二人要去黄山，说："好，明日我带你们一起到黄山，找温处士去。"

是夜，李白和崔县令在王十二家留宿。崔县令鼾声大作，他已经睡熟了。

星夜中，不断传来夜猿的叫声和山泉的淙淙流水声。李白睡不着，他从床上起来，披衣走出室外，望着房檐前的满天星斗，听着山泉淅沥的响声。一股诗情涌上心头：

夜到清溪宿，主人碧岩里。檐楹挂星斗，枕上响风水。月落西山时，啾啾夜猿起。

（《宿清溪主人》）

李白自言自语道："多好啊，这里没有人世间的纷争，没有名与利的争斗；只有宁静的自然、古朴的民风，人与人的温馨，人与自然的和谐。古人所向往的桃源仙境，也不过如此。皖南真是个好地方啊！"

正当李白感觉良好之时，第二天清晨，有几个宣州府的差役，前来征兵。他们说奉朝廷之命，要征兵前往南诏去打仗，因杨国忠几次征伐南诏阁罗凤都失败了。由于南诏乃瘴疠之地，官军前往因染瘟疫瘴气而死者，十之八九，因此无人应征。于是杨国忠便遣人四处抓兵，包括南方之地。差役见年轻力壮者就抓，于是就抓到王处士家里来了，王处士刚起床就被逮个正着。这时崔县令闻声出门，差役见县令大人在此，吓得连忙放人，灰溜溜地走了。李白见此，十分惊讶和愤怒。朗朗乾坤，清平世界的大唐盛世竟然闹出如此一幕，令他十分忧心。因此他的《秋浦歌十七首》，充满了悲愤和忧伤。如《秋浦歌》其十五：

白发三千丈，缘愁似个长。不知明镜里，何处得秋霜。

在《秋浦歌》其十四中，他还描写了一个当地的炼铜工人夜间在炉前炼铜的动人形象：

炉火照天地，红星乱紫烟。赧郎明月夜，歌曲动寒川。

从这里我们可以看到李白不但时时忧心国事，对下层的劳动人民，也是十分关心的。

在王十二的带领下，众人来到黄山白鹅岭去访温处士家。山坳中，竹林茅舍，柴墙蓬门，院中养着一群白鹅。推开柴扉，几只凶猛的白鹅便扑上前来，哦哦直叫。温处士正在给笼中的白鹇喂食，见有人来便丢下手中的木盆，前来开门。见是李白、崔县令、王十二等人来访，温处士分外高兴，便让众人欣赏他笼中养的白鹇。众人夸赞一番，说明来意。温处士请大家吃过饭后，便领着一道登山。

一路上山道崎岖，景色迷人。登上了北海，遥见一峰酷似一支毛笔，温处士指道："这是'梦笔生花'的梦笔峰。"

李白、崔县令和王十二望去，那座形似毛笔的山峰顶上，长着一棵开着花的小树，果然似毛笔尖上开了一朵花。

崔县令向李白开玩笑说："李学士，这不是你那支笔头生花的如椽大笔吗，怎么扔到这里来了？"

李白听此开怀大笑："安得有此如椽笔，蓝天作纸写白云！"

众人行至北海排云亭，但见前面白云如海，苍山如岛，奇峰林立，千姿百态。温处士一路上热情地向众人介绍："黄山有四绝——奇松、怪石、温泉、云海。”王处士指点着前面的奇峰怪石说：“看见了吗？这是‘仙人晒靴’，这是‘天狗望月’，这是‘仙女弹琴’，北边有‘猴子观海’，南边是‘飞来仙石’。”

“黄山奇石，真是鬼斧神工。这黄山云海，更是一绝，也是别处看不到的。”崔县令对黄山奇景赞不绝口。

李白正望着眼前的滔滔云海出神，他完全沉浸在诗情画意里了：“黄山真乃蓬莱仙境啊！”“李谪仙要去蓬莱仙境吗？有，有，前面就是。随我来！”于是众人随温处士继续向前攀登。

众人翻山越岭，来至玉屏峰，但见石壁上一株奇松，张开虬枝，摇着松风，迎接他们的到来。过了迎客松，前面是一个向下的山道。温处士遥指着前面路口的三块奇石说：“太白兄，你所找的蓬莱三岛，就在这里！”众人看这三块巨石，云遮雾绕，出没在烟雾中。

李白大喜：“梦中往往觅仙山，不知蓬莱何处边？你们原来却在这里！”

温处士道：“你们切莫高兴过早了，更好的风景还在后面呢。”众人说：“走，我们继续往前登！”说着，便向天都峰攀去。

天都峰非常险峻，穿过鳌鱼洞，沿着鲫鱼背，经过九折十八弯，他们四人费了好大劲才爬到了峰顶。放眼四望，群山众壑都匍匐在天都峰的底下，此峰之高，仿佛与天相通。

天风阵阵，云海滔滔。李白望着这壮丽的景色高呼：“美哉，黄山！”崔县令也叫道：“天下美景尽在此矣！”

游完黄山，众人又回到了白鹅岭，与温处士依依惜别。温处士送了李白一对白鹇，说：“这是我用家鸡孵的，送你们作纪念吧。”

李白接过白鹇，仔细地打量着它通身雪白的羽毛，黑色的翅膀，喜爱极了，说：“黄山不但山奇、水奇、松奇、云奇，而且连这鸟儿也奇。黄山真是个好地方，我真想在此隐居，了此余生啊。”黄山给李白留下了深刻的印象，今天离开这里，李白还真有些恋恋不舍呢。三人与温处士揖别，李白手笼白鹇，下山而去。

次年，温处士到宣城再邀李白游黄山，李白因有事要到金陵，便没有再随温处士去。但他说，黄山之行给他留下了十分深而美好的印象，答应以后有机会还会再去黄山。温处士回黄山时，李白作了一首诗给他送行：

黄山四千仞，三十二莲峰。丹崖夹石柱，菡萏金芙蓉。伊昔升绝顶，下窥天目松。仙人炼玉处，羽化留余踪。亦闻温伯雪，独往今相逢。采秀辞五岳，攀岩历万重。归休白鹅岭，渴饮丹砂井。凤吹我时来，云车尔当整。去去陵阳东，行行芳桂丛。回溪十六度，碧嶂尽晴空。他日还相访，乘桥蹑彩虹。

（《送温处士归黄山白鹅峰旧居》）

李白到了金陵，恰好侍御史崔成甫前来访他。崔成甫在潇湘贬所，日子过得很无聊，心中十分烦闷。他听说李白已来金陵，便又扁舟千里，特来相访。没有想到他们却在酒肆相遇，二人分外高兴，不由得哈哈大笑，不想有如此巧遇。崔成甫当即戏作诗一首相赠：

我是潇湘放逐臣，君辞明主汉江滨。天外常求太白老，金陵捉得酒仙人。

（《赠李十二》）

李白见诗大喜，也戏作一首酬答：

严陵不从万乘游，归卧空山钓碧流。自是客星辞帝座，元非太白醉扬州。

（《酬崔侍御》）

二人谈及长安的情况，崔成甫谈起了他所听到的消息，皇上整日斗鸡走马，依旧沉迷声色，最近连朝也懒得上了。大权都是李林甫一人独揽，杨国忠又想出了许多新花样来献媚。正直的大臣在朝中已无一人。又谈了哥舒翰因邀功心切，以几万将士的性命换取了吐蕃的一座石堡空城。安禄山与李林甫，内外勾结，在渔阳一天天地坐大。一听到这些消息，再想起以前所听到的李林甫大兴冤狱的情景，李白的气便不打一处来，愤怒之火又在他胸中复燃。他回到寓所中久久不能入睡。在灯下，他将王十二送给他的诗仔细地读了一遍，觉得王十二虽然忧心国事，但对朝中的情况还不大了解，特别是对当今君主昏庸，权奸当道，知之甚少。应该让他有一个清醒的认识。想到这里，他提笔写道：

昨夜吴中雪，子猷佳兴发。万里浮云卷碧山，青天中道流孤月。孤月苍浪河汉清，北斗错落长庚明。怀余对酒夜霜白，玉床金井冰峥嵘。人生飘忽百年内，且须酣畅万古情。君不能狸膏金距学斗鸡，坐令鼻息吹虹霓。君不能学哥舒，横行青海夜带刀，西屠石堡取紫袍。吟诗作赋北窗里，万言不直一杯水。世人闻此皆掉头，有如东风射马耳。鱼目亦笑我，谓与明月同。骅骝拳跼不能食，蹇驴得志鸣春风。折杨皇华合流俗，晋君听琴枉清角。巴人谁肯和阳春，楚地由来贱奇璞。黄金散尽交不成，白首为儒身被轻。一谈一笑失颜色，苍蝇贝锦喧谤声。曾参岂是杀人者？谗言三及慈母惊。与君论心握君手，荣辱于余亦何有？孔圣犹闻伤凤麟，董龙更是何鸡狗！一生傲岸苦不谐，恩疏媒劳志多乖。严陵高揖汉天子，何必长剑拄颐事玉阶？达亦不足贵，穷亦不足悲。韩信羞将绛灌比，祢衡耻逐屠沽儿。君不见李北海，英风豪气今何在？君不见裴尚书，土坟三尺蒿棘居。少年早欲五湖去，见此弥将钟鼎疏。

（《答王十二寒夜独酌有怀》）

这首诗一吐他几年来压在心中的郁闷。他愤怒，他压抑，他不满，他有满腹的牢骚要诉说，有满腔的怒火要爆发。如今倾泻出来之后，心里才好受些。

李白在皖南盘桓了几年之久，过了一段放浪漫游的生活。但久客他乡，使他产生了强烈的思家之情。一次，一个朋友萧三十一，要到北方去，他托萧顺便去探问他的鲁中儿女，并捎去《寄东鲁二稚子》之诗。诗曰：

吴地桑叶绿，吴蚕已三眠。我家寄东鲁，谁种龟阴田？春事已不及，江行复茫然。南风吹归心，飞堕酒楼前。楼东一株桃，枝叶拂青烟。此树我所种，别来向三年。桃今与楼齐，我行尚未旋。娇女字平阳，折花倚桃边。折花不见我，泪下如流泉。小儿名伯禽，与姊亦齐肩。双行桃树下，抚背复谁怜？念此失次第，肝肠日忧煎。裂素写远意，因之汶阳川。

［第六章］

且探虎穴向沙漠

且探虎穴向沙漠，鸣鞭走马凌黄河。

——李白《留别于十一兄逖裴十三游塞垣》

忆君迢迢隔青天

天上的谪仙人来到了宗家，使宗小姐激动得脸都红了。宗氏姐弟欣喜万分，他们多年的愿望终于实现了。

天宝十载（751）李白决意还家。他带着丹砂，踏上返回东鲁之路。途经汴州（今河南开封），应宗璟之邀，到其家做客。

宗璟有二十七八岁，他是在武则天、中宗、睿宗三朝为相的宗楚客的孙子。宗楚客因参与韦后之乱被杀，其家遂败落，其子孙便归家汴州。宗璟父母早逝，家中只剩下宗珏、宗璟姊弟相依为命。他们姊弟二人，都喜欢李白的诗歌，宗璟和李白还有师生之谊，他们几次邀李白到家里做客，可李白始终没有机会到他家去。宗珏曾几次问宗璟："你总说你是李学士的好朋友，为什么邀了几次他都不来？你莫不是在吹牛吧？"因此，当宗璟听说李白已来汴州时，便特邀李白一定要到他家中做客。

师生重逢，分外高兴，二人略备小酌，做彻夜之谈。李白向他谈了这几年在江东皖南一带游历的情况，顺便将自己的诗作拿给宗璟看。宗璟高兴地翻阅着，只见上面写着《金陵歌》《越中秋怀》《天台晓望》《横江词》《秋浦歌》《答王十二寒夜独酌有怀》《长相思》等诗。他高兴地说："我和姐姐可想你呢，你总像是天上的星星，让我们可望不可即。我姐姐经常埋怨我，说我没有本事，连自己的老师都请不来，使我好没面子哟！"李白说："我这不是来了嘛。"宗璟扬了扬手中的李白新诗卷说："这次我姐姐非高兴坏了不可，她正想要您的新诗读呢！"

李白问道："你姐姐也喜欢读我的诗？"宗璟答道："那是当然。您的诗她差不多篇篇会背，不但会背，有的还会唱呢！"

李白惊奇地问道："我的诗她还会唱？""是啊。她不但会唱，而且还会弹一手好瑟呢，她唱得可好听呢。是不是叫她来唱给您听听？"

李白不好意思地笑了，说："那倒不必。你真有一个聪明的好姐姐啊。"

宗府绣房中，宗小姐坐在绣架前发呆。宗珏因父母早亡，弟弟宗璟年幼，为抚养弟弟成人，迟迟未嫁，今已年过三十，一心在家修禅学道，读诗弹琴，以遣日月。

她的书桌上摆着几卷佛经、道书和一部《昭明文选》，几案上的大花瓶里插着李白、王维、孟浩然等人的诗卷，室内另摆绣架一座，锦瑟一张。

宗珏正在房中刺绣，这时宗璟手中拿着李白的新诗，高兴地走进了绣房。“姐姐，你看！”他举着李白的诗卷晃了晃。宗珏问：“是什么喜事，看把你给乐的！”“告诉你一个好消息，李学士已到咱们家了！”宗珏惊喜地叫道：“真的？”听说李白到来，她激动得脸都红了。她心慕李白已久，早想一瞻谪仙人风采，只是无缘见面。今日李白的到来，像一块石子投入了平静的湖水，使她的心久久不能平静。以前李白像天上的星斗，可望而不可即，只能心中想想罢了。今日却实实在在地来到了她家，她怎能不激动呢！

“看，这是李白写的新诗。”宗璟说。宗珏赶紧接了过来，在书桌上将诗卷展开，展到《长相思》一首，读道：

长相思，在长安。络纬秋啼金井阑，微霜凄凄簟色寒。孤灯不明思欲绝，卷帷望月空长叹，美人如花隔云端！上有青冥之高天，下有渌水之波澜。天长路远魂飞苦，梦魂不到关山难。长相思，摧心肝！

宗珏对李白的诗爱不释手。宗璟对姐姐开玩笑说：“姐姐，你要小心，莫要叫太白先生的诗将你的魂勾了去哟！”

宗府客厅中，宗璟为李白准备了一席丰盛的接风酒席。陪席的有大梁处士于逖和裴十三。于逖约有六十岁，裴十三和宗璟年龄相仿。

“太白先生远游归来，学生敬先生一杯，为先生接风洗尘。”宗璟举杯祝道。大家喝了一阵酒之后，老仆宗义将糖醋溜鱼送了上来。宗璟说：“请吃鱼！这是家姊特为先生做的。”

李白吃了一口，赞道：“这是什么鱼？味道鲜美极了！”

宗璟说：“这是糖醋溜黄河鲤鱼焙面，是我们这里的一道名菜。”

于逖夸奖说："令姊真是好手艺啊，现在能做好这道菜的人已经不多了。"

"黄河鲤鱼，以鸿沟下游这一段黄河中的鱼最佳，个头以一斤半左右最好，以九月的鱼最肥。制作特别考究，做起来也很麻烦。即使是平时，我家也很难吃到。要不是太白先生来，我姐姐也是不轻易露一手的。"提到他的姐姐，他感到很自豪。

裴十三说："今天我们都是沾李学士的光了。""我们应该感谢宗小姐。"李白说。

宗璟用筷子指着盖在鱼上的面丝说："你们再尝尝这焙面，要沾着汤吃。"

众人用筷子夹起了焙面。这焙面细如发丝，色泽金黄，蓬松酥脆，入口即化。配着鱼汤，别具风味。都连夸道："好吃，好吃。"宗璟笑着说："这叫作'后食龙肉，先食龙须'。"

于逖忽对御筵产生了兴趣，问道："李学士是见过大世面的人，在皇帝的御筵上也吃过酒席，不知御筵上的大菜味道如何？"

李白说："御筵上的酒席多是样子货，样子做得好看，吃起来却很一般，远不及地方小吃有特色。"

裴十三问："杨贵妃敬您的西凉葡萄酒，喝着怎样？"

李白说："西凉的葡萄酒，属于地方名酒，当然也是别有风味的了。什么东西一到了宫中，就非变味不可。好东西都是民间的。"

于逖笑道："所以李学士就辞京还山了，对吧？"

李白也笑着说："于公说得对。要吃还是家常菜，要穿还是旧时衣，所以我李白就回来了。"

宴后，宗珏将宗璟叫到绣房，问道："今天我做的菜，太白先生觉得怎样？"宗璟说："姐姐，你做的鲤鱼焙面，最受欢迎。太白先生非常喜欢呢。"宗珏听了非常高兴，说："只要他能喜欢就好。""太白先生说，他明天就准备走了。"

宗珏一听说李白明天要走便慌了，说："你就不能想办法挽留他多住几天？""我说了，他说家中的孩子在等着他回去呢。""先生家还有什么人？”宗珏问。“只有一个保姆鲁姑，在照顾他的两个孩子。”“先生的夫人呢？”“先生的原配夫人许氏，早在安陆时就去世了，留下了两个孩子。继室刘氏，因不安于室，便与先生分手了，所以他至今还是孤身一人。怎么，你问这个干什么？”宗珏的脸微微一红，说：“没什么，随便问问。”

蜀琴欲奏鸳鸯弦

李白误入宗小姐闺房，二人灵犀一点，好像是久别的知音。李白拨动了宗小姐的心弦，使她情不自已地弹起了锦瑟。

夜深了，客房中，李白仍在灯下读书。丹砂困得直打哈欠，说："老爷，时间不早了，快休息吧，明天还要上路呢。"

李白有读夜书的习惯，仍不觉困，便对丹砂说："你先睡吧，我再看一会儿书。"

丹砂先睡去了，李白仍在看书，不时地望着灯光沉思。

此时，在绣房中，宗珏在灯下绣花。不知怎的，今日她老是走神，几次都将针刺到了手指上。她干脆将针线活搁下，坐在那里发愣。

李白的到来搅乱了她平静的生活。她几次都想去看一看这个名震天下的大诗人长得是什么模样。但是，一个未曾出嫁的姑娘，怎好去见一个陌生的男人呢？今天上午，她只是透过帘子，远远地看到过李白的身影，心便突突地跳。她是从李白的诗和别人的谈话中认识李白的。在她的心目中，李白是一个才华横溢、英俊潇洒的男子汉，她在做梦时都想见到他。如今他真的来了，怎样能想办法见他一面，也不枉此一生了。

夜色已深，宗珏躺在床上睡不着觉，她此刻心中非常烦乱，于是起身，在锦瑟前坐下，情不自禁地弹了起来。

此时李白读书已有点困倦，他打了一个哈欠。连日来的奔波，再加上白日与朋友的应酬，他确实有些累了，想早些休息。

这时,他忽然听到远处传来了悠扬的瑟声。这瑟声的曲调他十分熟悉，原来奏的是《长相思》。

李白此时听得出神，已了无睡意。他原来认为这是宗璟所奏，因为宗璟曾向他学过此曲。明天就要走了，他想去找宗璟聊聊，说会儿话。

李白走出房门，顺着瑟声寻去。

李白走到弹瑟房间的跟前，发现窗子上映出的却是一个女子的身影。他正想退回去，这时，里边的女子却随着瑟声唱了起来，那歌词不是别的，正是他所写的《长相思》歌词。

李白不由得住了脚，听了起来。他正听得入神，忽听见啪的一声，他转身一看，却原来是只猫从房上跳下，碰倒了花盆，发出了声响。

这时，宗珏听到外面有声响，便开门走了出来，问道："谁？"

李白感到十分尴尬，想退走已经来不及了，只好走上前去，说道："是我，李白。"

宗珏感到又高兴又羞怯，说："原来是李先生。"李白讪讪地说："在屋里挺闷得慌，随便出来走走。听这里有琴瑟之声，便走过来听听。我还以为是宗璟呢，原来是宗小姐。对不起，多有打扰。"说了，便转身欲去。

宗珏不知这时从哪里来了一股勇气，她对李白说："先生莫走，请到屋里坐坐，我有事要向先生请教。"

李白见是宗珏便欲转身离去，宗珏邀李白进屋说话，李白觉得深夜与一女子谈话有些不妥，说："天晚了，说话有些不便，明天说吧。"

宗珏说："明天先生就要起程，请稍坐一会儿。"李白只好答应："好吧，我就待一会儿。"

两人走进室内，宗珏指着椅子说："先生请坐。"

宗珏见李白有四十六七岁，身材颀长，面色白皙，三绺长髯，眼光有神，比她想象的还要飘逸潇洒。

李白看宗珏粉黛不施，衣不重彩，有一种天生的清雅秀丽，在灯下分外妩媚动人。

两人的眼光忽然碰在了一起，像触了电一样，又都把眼光避开。

两人沉默了一会儿，李白打破了僵局，他明知故问道："小姐刚才弹的是什么曲子？""是先生的《长相思》。""这首诗是我在江南写的，是思念长安的一位朋友。"宗珏问："仅仅是思念朋友吗？"李白反问道："那您说呢？""我看这诗中还寄托有一种君国之思，是吧？""对。也可以说是寄托了一种理想。宗小姐您真聪明，有不少的人，还以为我只是在写男女相思之情呢。""诗无达诂，他们这样理解也未尝不可。

即便如此，这也是一首非常动人的情诗。”

李白见宗小姐对他的诗有如此深刻的见解，不由得刮目相看，说：“没想到小姐这么深于诗，遇到了您这样的行家，我算是找到知音了。”

听李白此语，宗珏顿觉得脸上热辣辣的，心中虽然高兴，嘴上却说：“不敢当。我这是胡说乱讲，请先生不要介意。”

李白既遇知音，便向宗珏畅吐胸怀：“一些腐儒和假道学骂我只写酒与女人，其实他们根本就没有读懂过我的诗。”

宗珏点头说：“是的，在他们的眼中，见不得一个‘情’字和一个‘女’字。连对屈子的美人芳草，也认为有伤风化。他们连起码的比兴知识都不懂。”

“在天地之间，唯有男女之至情，才是最真挚的。所以，屈原才用男女以比君臣，用美人以比君子。这种世间最美好的感情，我能不歌颂吗？”李白激动地说。

“这种美好的感情，也许只有我们女子才会体会得最深。刚才，我唱您的这首《长相思》，激动得就要流泪了。我觉得这首诗，就像是您写给我的。”她立即就发现自己说漏了嘴，羞得满面通红。

李白好像也看出了这一点，他马上就转移了话题：“小姐这桌子上都是些什么书？”“佛经和道书。”“您挺喜欢这些书？”“平时无事，偶尔翻翻，借此消遣消遣罢了。”

“看得出来，您好像内心也是很苦闷的。”李白关心地问。宗珏苦笑了一下，说：“我的祖父三朝为相，位极人臣，地位显赫，可是最后却下场极惨。我们从钟鸣鼎食之家，一下子便成了平民百姓。我父母又早去世，只剩下我们姊弟二人相依为命。如今我弟弟已经成家立业，我的心事已了，年岁已大，别无他求，但愿在佛道之中了此残生。”宗珏见李白如此关心自己，便毫不隐瞒地向他说出了自己的不幸家世。

李白安慰道：“人生的道路上，总有些坎坷不平，不那么顺当，您要看开些。”宗珏问道：“先生也有这样的感受？”

“是的，但是我可没有您那么悲观。其实，我的家世和您家也有些相仿。先祖原是帝室宗亲，可是后来却因故被贬往西域，成了流民。到了我父亲这一代才返回内地，成了一个不敢公开身份的隐士，一切都得从头开始。”李白见宗珏对自己那么坦诚，顿有知己之感，于是也向他袒露了自己的家世。

“那后来呢？”宗珏问。“后来的情况您和宗璟大概也是知道的，为了报效朝廷，实现我的人生理想，也为了恢复先祖的荣光，我仗剑出蜀，辞亲远游，走遍了大半个中国，费了大半生的努力，才走进了长安。”

“先生待诏翰林，曾草答番书，醉酒赋诗，使力士脱靴，国忠捧砚，才名震京师，豪气冲九霄，天下都传为美谈呢。”

“但是我所追求的并不是这些，”李白说，“而是愿意为天下的黎民苍生做些事情。可是，难啊。他们所需要的并不是一个报国济民的志士，而只是一个能为他们唱赞歌的宫廷诗人啊。”提起翰林待诏这段历史，李白就有无限感慨。

“于是您就毅然辞京还山，又回到我们平民百姓中来了。先生，我们所敬佩的就是您这一点。”说到此，宗珏眼中流露出钦佩之情。

李白笑道：“说好听一点，是辞京还山；说不好听点，就是被人家从朝廷中挤出来了。所以，我心中也和您一样，充满了烦恼，充满了忧愁，甚至充满了愤怒。”

“别人总是说您的诗，旷达似道，飘然似仙，可是我总觉得您的诗在旷达和飘然之中有一股郁郁不平之气。”对李白的诗的理解，宗珏别具慧眼。

李白深为赞许地点了点头说：“是的，这也许是我坎坷的人生境遇和狂放的个性所造成的吧。”说到这里，他笑了，“您看，本来我是应该安慰您的，现在反而向您发起牢骚来了。”

宗珏感激地望了李白一眼说：“您这么一说，反而比安慰我还有用，本来我是很寂寞孤独的，现在我的心情好多了。”

见宗小姐情绪有些好转，李白有些欣慰，他又现身说法道：“一个人就怕想不开，要善于自我排解，自我解脱。您看我，现在什么都不在乎，往事都如过眼烟云。”

“我哪里能跟您相比，您是一个功成名就的人，而我如今连个归宿还……”说到这里，宗珏忽然停下来不说了。她一个待字闺中的女儿家，怎好意思向一个外人说起自家的归宿的问题呢。

李白并没有考虑这么多，他安慰道："小姐不必过于担忧。您还年轻，路还长着呢，将来一定能找一个如意郎君。"

"谈何容易，这样的人家让我去哪里找呢？"宗珏有些忧伤地说。"会找到的。"李白说。除了这些安慰的话，他还能说些什么呢？宗珏叹道："但愿上天有眼。"

这时，醮楼上已打三更，李白便告辞说："时间不早了，您休息吧。我该走了。"

"您也该休息了。先生，您好走。"宗珏深情地目送李白出去。

李白回到客房休息，他躺在床上，翻来覆去，怎么也睡不着。宗珏的影子总是在他的眼前晃来晃去，尤其是那双对他充满期待的忧郁的眼睛，使他难以忘怀。眼前的这位宗小姐忽然出现在他的面前，她的身世是那么令人同情，她的性情是那么温柔聪慧，她的心灵是那么纯真善良，她的那双眼睛又那么忧郁动人，使他怦然心动。莫非这是上苍赐予他的一个好机会？

他心事不宁，总也难以入睡，于是只好起身，在屋里来回走动。他走至窗前，打开窗户，见对面远处宗珏闺房内的灯还亮着，不由得心潮澎湃……

此时的宗珏，也和李白一样，辗转反侧，彻夜失眠。她睡不着，于是起来坐在梳妆镜前，看着自己在镜中的面影。

镜中出现了她秀丽的面容。她发现，自己并不老，在烛光下，反而显出美丽的光彩。她在镜前呆望着，心却驰出了身外。

她仿佛看见镜子中的自己披红挂彩，头戴新娘的婚冠。

她正顾影自怜，身后忽又映出李白身穿结婚喜袍，站在了她的身边。

他们脸对着脸，相互幸福地凝视着。她幸福地偎依在李白的怀里，陶醉地闭上了眼睛。等她再睁开眼时，镜中的自己仍然是孑然一身。

想到自己的婚姻大事至今尚未有着落，宗珏的脸上顿时布满了愁云：父母早逝，谁能为自己婚姻大事操心作主呢？想到这里，两颗豆大的泪珠，从面颊上滚了下来。

李白看着绣房的灯光一直亮着，知道宗珏也没有睡，想起在绣房中的谈话，李白就觉得二人的心，确实贴得很近。刚才，他与宗珏谈得是多么知心，多么温馨，多么投机。他是多么想再继续与她谈下去，他见了她，总觉得心里有许多话要说，可是，男女之大防，不可不慎。想到这里，他的心开始平静了一些。这一夜可真长，李白翻来覆去，没有睡好觉。

第二天清晨，李白认真地想了想，感到自己昨晚的行为太孟浪了些，大觉不妥。自己已是有儿女的人，况且目前四海流浪，到处做客，家徒四壁，连自己的生活都难有保障，哪里能再耽误人家。遂决定早些辞行，离开宗家，便让丹砂打点行装，前来客厅辞行。

宗璟说："请先生稍待，我还有重要的话跟您说。"宗璟咳嗽了两声。于逖从内屋应声而出。

李白向于逖揖道："原来于公也在这里。"

于逖上前说道："老夫这次来，一是为先生送行，二是有重要的事情要跟您相商。"

"您也有重要的事？"李白问。"其实，我要说的和宗璟所要说的是一回事。"于逖说，"太白先生，我给您保个大媒如何？"

"说的是哪一家？""远在天边，近在眼前。""你说的是……"李白其实心中已猜中了几分。

于逖挑明说："我说的就是宗小姐，宗珏。"李白犹豫道："这……能行吗？"

客厅的谈话仍在进行，于逖说："莫非先生嫌弃宗小姐？"李白摇了摇头。于逖又问："再不然是先生觉得门不当，户不对？"李白又摇了摇头。"那究竟是因为什么？"于逖疑惑地说。

李白说道："我李白如今已是半百之人，而宗小姐尚在青春，正是好时候。我是怕耽误了宗小姐的前途。"

于逖和宗璟都松了一口气。于逖说："若是这个原因，先生请不必担心。先生正值春秋，而宗小姐已年及而立，在年龄上也挺般配。"

李白说："此事还是不妥。"于逖问："这又是为何？""我李白浪迹天涯，一无官职，二无产业，况还有子女之累，我不能让宗小姐为我受苦。”李白恳切地说。

李白的话，宗珏在帘后听得句句真切，听李白所说，处处都是为她着想，心中很是感动。此时她也顾不了那么多的封建礼仪，掀帘走了出来，对李白说道：“只要先生不嫌弃，为妾甘心一辈子服侍先生。虽吃糠咽菜，颠沛流离也在所不辞！”说着便欲跪拜。

李白连忙上前搀起：感激地叫了一声：“小姐！”宗珏望着李白激动地喊了一声：“先生！”

于逖哈哈大笑，说：“此事我就不再多说了。我这个媒人就单等着喝喜酒喽！”

这时，裴十三也进到屋来，说道：“来得早，不如来得巧。喝喜酒可不能忘了请我呀？”宗珏羞得满脸通红，赶紧转身回内屋去了。裴十三叫道：“宗小姐不要走啊，我可还要吃你的糖醋溜鲤鱼呢！”

在于逖和宗璟的撮合下，李白和宗珏结婚了。洞房中，新娘盖着红巾坐在床沿，李白上前用棍挑去新娘的头盖巾。宗珏脸上露出幸福的微笑，在烛光下显得异常娇美动人。李白坐在宗珏的身旁，宗珏幸福地投进李白的怀抱中。

且探虎穴向沙漠

不管谁说安禄山欲反，皇上就是不信。可李白在得知安禄山暗中扩军买马的消息后，他决心亲到幽州一趟，一探虚实。

天宝十一载（752）冬，长安大明宫，玄宗龙钟老迈，坐在龙座上，高力士侍座。杨国忠率领文武百官向玄宗朝拜。自本年十一月李林甫死后，杨国忠就当了宰相。他在朝中恃杨贵妃之势，权倾朝野，百官无不对其唯唯诺诺。他惟一所担心的就是安禄山这个胡儿，因贵妃认了他当干儿子，深受玄宗信任，又仗手中握有重兵，便恃宠而骄，想入朝为相，欲与杨国忠争宠，二人结下了矛盾。杨国忠视他为心腹大患。

百官朝拜后，杨国忠上前奏道："臣闻安禄山雄居边关，立胡将千余人，私自结交奚人和契丹，互为声气，大有不臣之心，实为大唐之患。望陛下尽早除去此害。"

玄宗不以为然，说："我待此胡儿不薄，他定不会背恩弃义，杨爱卿，你太多心了吧？"杨国忠说："陛下若是不信臣之言，可速召安禄山即刻入朝，他必定不来！"玄宗半信半疑地说："我想安禄山还不会至于此罢？"他征询驸马张垍的意见道："张爱卿，你说呢？"

张垍奏道："臣以为，安将军受陛下恩宠甚隆，情逾父子，定然对陛下不会有二心。"玄宗又回头问高力士："你说呢，力士？"高力士既不敢得罪皇上，又不愿得罪杨国忠，他圆滑地说："皇上说得是，皇上说的是。不过……"玄宗问："不过什么？"

高力士偷眼瞧了瞧杨国忠，见杨国忠盛气凌人的样子，接着说道："不过杨丞相说得也有道理，不妨就照杨丞相说的法子试上一试。"

玄宗说："既然杨爱卿不放心，朕就试上一试。"杨国忠面有喜色，连声赞道："圣上英明，圣上英明！"玄宗命力士道："传朕旨意，立召安将军火速入京！"

几匹快马奔向幽州（今北京一带），在大帅府门前停下。安禄山等人慌忙出来迎接钦差。

钦差向安禄山宣旨："圣旨到！安禄山听旨！皇上召安将军火速入京。"安禄山跪接旨："臣接旨奉诏！"

安禄山将钦差安排在驿馆，好吃好喝地安排着，并送给了钦差许多金银珠宝、人参、鹿茸等。安禄山便立刻召集亲信和谋士商量对策。副帅史思明说道："杨国忠一向妒忌大帅，近来多次向皇上进谗言，加以陷害。他是想把大帅骗入京去，千万不能上当。"

安禄山之子安庆绪也力劝道："父帅，我看此去凶多吉少，还是不去为妙。"

严庄是安禄山手下的"智多星"，他思忖了半天说："依下官之见，还是去的好，而且越快越好。"

安禄山问："为什么？"严庄分析道："我看这是皇上对您的试探。大帅如果硬着头皮不去，就正好中了杨国忠的奸计。他可以名正言顺地说大帅心里有鬼，不敢入京觐见。如果您立即进京，便可立消皇上心中之疑，以破杨国忠之奸计。"

安禄山一拍腿说："好主意，就按照你说的办。明日备马，即刻起程！"

第二天，安禄山带着谋士严庄、高尚和几名副将，日夜兼程地奔赴长安。他一下马便直奔金銮殿，朝见玄宗。

御阶下安禄山在哭诉："臣对陛下一片忠心，皇天可鉴。可是，杨丞相三番五次告臣欲反。这真是天大的冤枉啊。"

玄宗安慰道："安爱卿，朕并没有疑你啊。""臣愿在皇上面前剖腹以献红心，以表臣对陛下的忠诚。"说着，安禄山又故技重演，拔出一把短刀，装腔作势，便欲自刺。

玄宗忙加制止说："安爱卿不可，朕是知道你的，你何必如此？不管别人如何说你，朕对你是十分相信的。你要和杨爱卿同心协力，共保朕的大唐啊。"

安禄山向玄宗叩头，碰地有声："臣愿为大唐江山肝脑涂地，誓死以报陛下知遇之恩！"

玄宗回头对高力士说："力士，传朕旨意，封安禄山为东平郡王，赐骏马两千匹，帛一万匹。"高力士高声向朝臣宣道："敕封安禄山为东平郡王！""谢陛下龙恩。吾皇万岁，万岁，万万岁！"安禄山向皇上叩头谢恩。

玄宗叫杨国忠道："杨爱卿！你和安爱卿都是朕的左右臂膀，岂可将相失和，互相猜疑？你二人可结拜为兄弟，永为通家之好。"

"这……"杨国忠有些犹豫。"这什么？"玄宗不悦。杨国忠赶紧叩头道："臣遵旨！"安禄山也忙叩头说："陛下英明，臣谢旨。"

玄宗大悦："好好，你们二人'将相和'，乃大唐之福也。"

众朝臣齐贺道："祝吾皇万岁，祝大唐社稷万世千秋！"

玄宗起身下了御座。

退朝路上，安禄山遇见杨国忠。安禄山上前答话道："杨丞相，怎么样？"他向杨国忠眨了眨眼，做了一个怪相。杨国忠哼了一声，拂袖而去。

安禄山望着杨国忠的背影，说："呸，咱们走着瞧！"

返回幽州的路上，安禄山得意扬扬地和他的一帮随从纵马飞驰。他在马上哈哈大笑说："他杨国忠能把我怎么样？"

高尚笑道："杨国忠这下子可弄巧成拙，不但没有得逞，反而偷鸡不成蚀把米。"严庄说："我看他不会因此甘休，大帅还是提防他为好。"一部将摇着马鞭说："他不是说大帅要反吗，我看干脆就反个样给他们看看。"

安禄山斥道："你们懂个什么，不许胡乱说。我们回去招兵买马去，多多益善。"

安禄山朝马屁股上狠抽一鞭，众胡骑随安禄山纵驰而去。

一天，宗府来了一个幽州客人。此人是李白在长安的故人礼部员外郎崔国辅之子、安禄山幽州节度使的推官崔度。他因要回家探亲路过此地，顺路看望李白。李白、宗璟等人与他在客厅叙话，谈起安禄山军中之事，崔度说："安禄山虽然大字不识一个，可是此人诡计多端。他为了冒领军功，常常轻启边衅，滥杀无辜。他曾多次以宴请奚和契丹的酋长为名，将他们骗至军中，用酒将他们灌醉，然后将他们作为俘虏献入朝廷。他还杀了许多边地的百姓，假冒战功，向朝廷请赏，所以搞得边地民怨沸腾，民族关系十分紧张。”崔度揭露了安禄山弄虚作假、冒领军功的一系列丑行。

宗璟惊得目瞪口呆：“竟有这样的事？”崔度继续揭露说：“这且不说，此人还野心勃勃，大有不臣之心。最近他从朝廷回来，到处招兵买马，扩充军队，还新建了一座雄武城，在里面顿集武器和粮草，并天天操练兵马，如今边将大部分都换成了胡人。别看内地一片歌舞升平，幽州可是天天练兵，杀气腾腾啊。”

“这些情况朝廷知道吗？”李白觉得问题十分严重。“朝廷也曾知道些风声，派人去调查，”崔度说道，“可是派去的使者多受安禄山的贿赂，回去替他隐瞒。”崔度摇头叹息说，“安禄山也极狡猾，杨国忠多次向皇上报告安禄山欲反，说若召安禄山入朝，他必定不到。可是，皇上召安禄山入朝，安禄山马上就到。因此，安禄山特受皇上的信赖。谁说安禄山欲反，皇上都不相信。”

李白问崔度：“那你为何不去向皇上报告呢？”“皇上连杨国忠的话都不肯信，难道他会信我这个小小推官的话吗？况且，我现在手中也并无什么真凭实据。”崔度也有难言之苦。

“崔兄今后打算怎么办？”宗璟问。“我虽无力制止安禄山的野心和活动，但我也不能助纣为虐。”崔度表示：“这个推官，说什么我也不干了。我宁肯回家种田去，也绝不再回去了。”

李白对他的做法表示赞许：“贤侄说得对，说什么我们也不能干对不起国家和民族的事。”崔度谢道：“谨遵世叔教诲。”

崔度所报告的幽州消息，使李白产生了极大的忧虑。他这些日子，食不甘味，寐不能寝。一日，李白和宗氏夫人商量，说他要亲自到幽州去探察一番。宗氏十分忧虑和担心，况新婚燕尔，蜜月还没有度完，丈夫却要离开她去一个十分危险的地方。李白态度很坚决，她知道，像李白这样的人，一旦决心一下，是九头牛也拉不回来的。

夜里，宗氏在床上翻来覆去睡不着觉，她推推李白，李白也一直在床上醒着。宗氏对李白说：“我想了一宿，你说的是对的。我知道，你的主意一旦决定，我也挡不住你。只是太危险了，你要加倍小心才是。”

时值严冬。大河上下，千里冰封，下着鹅毛大雪。

李白和丹砂一道要去幽州打探安禄山的虚实。宗氏夫人等众人到黄河渡口送行。李白对宗璟等人揖道：“家中一切都拜托你们了。李白告辞！”他和丹砂翻身上马，踏着河冰，冒着弥漫的风雪而去。众人望着他们的身影，消失在黄河上的风雪里。

天宝十一载（752）春李白到了幽州。幽州城门守卫森严，来往行人都要受到守门士兵的盘查。

李白扮成一个游方的道士，丹砂扮成他的徒弟，随着人群混进城去。

进了城门，二人在城内街上行走，但见街上的行人稀少，不时地有兵士扛着枪、拿着大刀在街上巡逻。

街两旁的店铺，大部分都没有开张。

二人行至街口，忽听响起了三声大炮，有人喊：“快来看哪，今天街口又要杀人了！”

李白和丹砂见有一群人围在那里，便走上前去，挤进人群一看，见街中心绑着两个人，跪在地上，一边一个刽子手，手里持着雪亮的大刀。

李白问身旁的一个人：“要杀的是什么人？”一看客说：“这两个人是节度使幕府中的官，他们要到京城去诬告安大帅造反，在半路上被抓了回来。被判了诬告主帅罪，今天要开刀问斩。”

李白问：“既是朝廷命官，为什么不送到朝廷治罪？”看客说：“听说皇上给安大帅赐有尚方宝剑，可以先斩后奏。”

这时，只听监斩官在宣布犯人罪状：“诸位听着，现奉安大帅军令，立即将刘、张二犯就地正法。刘、张二犯，内结死党，外交契丹，妄图谋害安大帅。谋害未逞，又编造伪证，企图逃往长安，诬告安大帅谋反，其罪死有余辜。今后，谁要是再到长安诬告安大帅，就是这个下场！”

监斩官一声高喊：“开斩！”两个刽子手手起刀落，二人便人头落地。

李白见此，气得两眼直冒金星，忍不住就要发作，这时忽然有人拍了拍他的肩膀，他吃了一惊。回头一看，原来是他在长安时认识的渔阳节度使幕府何判官。何判官急忙将李白拉至家中。

进了室内，何判官才松了口气。他命家人摆酒，酒席摆上后，他挥手命众人退下。屋内只有李白、丹砂和何判官三人。入座后，何判官问道："太白兄，你怎么到这个地方来了？"

李白说："听说你在这里当了大官，我是特地前来恭喜你呀。""太白兄，你应该是了解我的。我现在是骑虎难下，迫不得已啊。"何判官向李白表白道。

"你的情况，我已听说了。"李白说，"不瞒你说，我这次来是探虎穴的。"他也向何判官坦率地交了底。

李白边喝酒边向何判官叙说了一路上的见闻，最后说："以前，内地纷纷传言安禄山要准备造反，但那仅仅是传言。我还真是半信半疑，这次我来幽州，一路上所闻所见，已证实了这些传言。""你所见的还仅仅是表面。而真正的证据，只有我才最清楚。"何判官将安禄山如何招兵买马，如何制造朝廷官服，如何铸造玉玺金印等事说了一遍。

何判官徐徐说道："安禄山思叛，早有此心。他为此处心积虑已有十年了，只是他心中一直顾忌着两个人。"李白问道："哪两个人？""一个是李林甫。""李林甫？"李白不解。

何判官点头道："李林甫老奸巨猾，安禄山每次入朝，他的心事总是被李林甫猜得一清二楚，好像是他肚中的蛔虫似的。每次安禄山见到李林甫，总是提心吊胆，寝食不安。"

丹砂说道："李林甫去年不是已经死了吗？""是啊，如今李林甫已死，安禄山的这顾虑已不存在了。""还有一个人呢？"李白问。何判官说："那就是皇上。"

"如今皇上健在，他安禄山不是就想造反了吗？"李白说。

何判官说："是啊，安禄山本不欲马上造反，先前皇上英明有为，他还有所顾忌；更何况还曾对他有知遇之恩，他也不想马上动手。可是，如今皇上年老昏聩，国事不修。况且杨国忠与安禄山不和，杨国忠屡次在皇上面前言他必反。他已是骑虎难下，不得不铤而走险了。""杨国忠这不是在逼他造反吗？""是啊。如今安禄山可是反势已成，箭在弦上了。"

李白义愤填膺地说："这真是奸臣误国呀！"

这时家人进来报道："老爷，安大帅派人来叫您入府议事。"

何判官命道："给来的人说，知道了，我马上就去。"

在何判官的安排下，李白和丹砂在幽州城和新建的雄武城侦察了几天，果然见幽州城中弥漫着一股阴森恐怖的气氛。到处都有兵士在巡逻，发现可疑的人都盘查搜身。李白和丹砂小心地躲过他们，来到了雄武城。果如崔度所言，城中的营盘中，一队队士兵在紧张地操练，粮草垛堆积如山，在大仓中兵器一列列地排列着，马厩中的马匹，红马、白马、黑马、青骢马一排排分槽喂养，千百成群。他们夹杂在服役的百姓中，出了雄武城。看到了安禄山欲反之状，李白十分忧心。他到了战国时燕昭王招贤纳士的黄金台上，仰望苍天，大呼："皇上啊皇上，你没有招到卫国的英雄和贤士，反而招到了一匹野心勃勃的狼啊！大唐啊大唐，你真的要危在旦夕了！"

傍晚，李白和丹砂，回到了何判官的家中。何判官在密室中与他们仔细地研究和商量了一番。何判官将一个小包裹拿出来交给李白，嘱托说："这是我收集安禄山的反状和私制准备登基用的玉玺印章的印记，先生务必亲自交给皇上。这里很危险，我给你们准备了两匹快马，你们要赶快走，我就不留你们了。"

李白见状，赶快收了东西，塞进怀中，便说："那我们就告辞了。"

何判官叮咛道："太白兄一路要小心。"说完就把他们送走了。

李白和丹砂从何判官家出来，正下着鹅毛大雪，一片一片地从天飘落，真是"燕山雪花大如席"呀。他们急忙上马，便往城外走。路上，碰见一个官员带着一群士兵骑马而来。李白与那官员打个照面，便匆匆而过。

那人一愣，心想：这个道士好生面熟，好像在哪里见过。他骑着马边走边想，突然猛地一拍脑门，说："我想起来了，莫非他是李白？他来这里干什么？"

原来此人正是严庄，他曾随安禄山在天宝初到过长安，见过李白一面。他命令手下人说："快追，抓住那个道士！"

李白和丹砂骑马直奔城门。城门的守兵要阻拦，被李白拔剑砍倒在地。李白直冲城外的大道而去。

李白和丹砂纵马奔驰，道两旁的树，纷纷向后飞去。一群骑马的胡兵仍在他身后紧追。胡兵向李白放箭，李白的腿上中了一箭，差一点从马上栽倒在地。他咬着牙，和丹砂回首射箭，几个胡兵从马上坠下。其他的胡兵迟疑了一下，距离逐渐拉开了。

他们终于甩掉了追兵，于是日夜兼程，向前赶路。易州（今河北易县）、定州（今河北定县）、邯郸（今属河北）、相州（今河南安阳）、河阳（今河南孟县）等地界碑名，在他们的身后一个个掠过。

李白、丹砂骑马驰过了河阳桥，直向东京洛阳奔去。

我纵言之将何补？

幽州归来，李白欲到长安亲自向皇上告安禄山不臣欲反之迹，魏大人指着押回幽州的囚车说："这状你能告得赢吗？"

李白和丹砂驰着快马过了黄河上的河阳桥（原在今河南孟津黄河上），来到了洛阳，快马驰进了洛阳城门。二人在河南府府衙门前刚一下马，都栽倒在地，晕过去了。

李白在河南府尹魏大人家睡了一天一夜。他一醒来，就向魏府尹报告了安禄山在幽州招兵买马、意欲造反的情况，并将何判官给他的安禄山欲反叛的证据，拿给魏大人看，并说他要亲自将这些证据送给皇上。他欲从床上下来，却因疲劳过度，又有箭伤，体力不支，差点栽倒。魏大人急忙将他搀住，劝慰他说："李学士，你的伤势不轻，还不能走路，若不抓紧时间治，你这条腿就要废了！"李白急说："那这些证据怎么办？"魏府尹说："你放心吧，我派人五百里加急，直送长安！"

"这我就放心了。"李白的心这才如同一块石头落地。

李白在魏府焦急地等待着，天天盼着从长安来的消息。魏府尹怕李白着急，请李白到天津桥边的谪仙酒楼上饮酒。李白屈指计算着日子，他已等十多天了，还不见有回来的消息。他十分焦急，坚持一定要亲自到京城去面见皇上。魏府尹一再劝慰："莫急，再等一等嘛。"

这时，衙役来报："魏大人，去京师送信的人回来了。"

送信人急进来回禀："大人，李学士的信，我两天之内就送至了京师，转呈了朝廷。只是为了等候消息才迟至今日返回。"

李白急问："圣上他怎么说？"送信人禀道："圣上他说，仅凭这些东西，难以为证。"

"里面不是还附有安禄山私刻的皇帝玉玺图章的印记吗？""皇上怀疑，这图章印记也可能不真。"

“什么？难道这是我造的假？”李白觉得自己的脑袋轰地一下，如被人当头敲了一棒。

魏大人问：“皇上还说些什么？”“皇上说：‘要不是看在李白曾是朕的故人的份上，非将他治罪不可！’”

“啊？”李白气得面色发白，两手直抖。“圣上，你糊涂啊！”魏府尹叹道。

李白决绝地说：“事到如此，我李白已将生死置之度外了。我要亲自入京，面见圣上，一剖忠诚！”

“太白兄，你已经尽力了。此事就是冒了杀头之罪，亲自面圣，也未必能使皇帝相信。不信？你来看！”说着，魏府尹推开楼上的窗户，让李白向外看，但见有一群差役押着四五辆囚车，从天津桥上经过。

一个差役敲着锣喊道：“大家听着，圣上有旨：谎报军情者斩！诬告边帅大臣者反坐！格杀勿论啊！”

魏大人指着桥上的囚车说：“看见了吗？这些人都是从幽州前去长安告安禄山谋反的。可是皇上不但不信，反而把他们统统押送到幽州，让安禄山亲自处理他们。你看，这状你能告得赢吗？”

李白大惊，叹道：“难道当今的天子，就变得如此昏庸糊涂了吗？”魏府尹也摇头叹息不止，李白痛苦地仰天长叹：“老天啊，难道你真要亡我大唐吗？”

李白回到家中，悲愤地向宗氏夫人讲了幽州之行和上书朝廷的始末，宗氏安慰了他一番。李白对国家的殷忧始终未减。他查了大量的史书，包括《竹书纪年》《国语》一类的书籍，从中找出大量的人君大权旁落、奸臣窃位的事例。使他吃惊的是，就连史书上一再颂扬的尧舜禅位一类的美谈也是假的。他看着，看着，突然狂笑了起来。

这时，窗外响起了隆隆的雷声，一阵狂风卷着雨点打在窗前的竹子上。李白注视着在风雨中摇曳的竹子，想起了娥皇和女英在风雨的竹林中哭着去寻找大舜的情景，心中忽然涌起了诗情：“丹砂，拿纸笔来！”

“是，老爷。”丹砂将文房四宝取来，为李白研墨。

李白取笔蘸墨，在纸上奋笔疾书：

远别离，古有皇英之二女。乃在洞庭之南，潇湘之浦。海水直下万里深，谁人不言此离苦？日惨惨兮云冥冥，猩猩啼烟兮鬼啸雨。我纵言之将何补？皇穹窃恐不照余之忠诚，雷凭凭兮欲吼怒。尧舜当之亦禅禹。君失臣兮龙为鱼，权归臣兮鼠变虎。或云尧幽囚，舜野死。九疑联绵皆相似，重瞳孤坟竟何是？帝子泣兮绿云间，随风波兮去无还。恸哭兮远望，见苍梧之深山。苍梧山崩湘水绝，竹上之泪乃可灭！

（《远别离》）

李白写完，抱着酒壶痛饮了一番。他边打着酒嗝，边说道："自古以来，人君失权者没有一个有好结果。即便是古之圣贤如尧舜者，也不免于此。更何况不如尧舜的呢？皇上呀皇上，难道您真要重蹈古人之覆辙吗？我李白空有一腔爱国热血，而不为您所信。大唐呀大唐，你的劫数真的已经到了吗？"

说完，又抱起酒壶喝了起来。宗氏夫人忙抢过酒壶，说："夫君，你不能再喝了。"

李白又将酒壶夺了过来："不喝酒，我心中难受啊！"

宗氏安慰说："你已经为国为朝廷尽力尽心，问心无愧了。他皇上宠信奸邪，不听忠言，你又有什么办法呢？你难道为他吃的苦头还少吗？"

"我是担心，从此天下就多事了。老百姓要想过太平的日子，可就难了。"

"既然不能为国分忧，尽忠出力，我看你就独善其身吧。"

说起独善其身的话，李白建议道："夫人，你不如随我一道去江南隐居吧。既然如此，我们不如就离朝廷远远地。眼不见，心不烦。"

宗氏却说："我看你躲到哪里，你也不会忘记朝廷的。离得愈远，你相思得愈苦。"她举例说，"你的《远别离》中不是把自己比作娥皇和女英吗，'恸哭兮远望，见苍梧之深山。苍梧山崩湘水绝，竹上之泪乃可灭'。你啊你，永远是个苦相思的命！"

李白慨叹说："可惜的是，我李白只是单相思啊！"

明月不归沉碧海

晁衡要与遣唐使一道从扬州回日本，李白亲送至扬子江口。一个从海上逃生的人回来报告，晁衡遇海难了。

天宝十二载（753），李白又一次离家到江南远游。他本来要宗氏夫人随他一起去的，可是，宗氏夫人身体不佳，不便远行，再说，家中有些事，也确实需要她亲自料理。而李白却是一个一刻也闲不住的人，金陵的朋友多次来信相邀，宗氏见李白终日在家喝闷酒，也不是办法，恐怕憋坏了李白的身体，只好让李白只身前往。

李白又回到了金陵，与窦滔、卢六等人交游，在此期间，他们结伴金陵附近游山玩水，寻亲访友，诗酒为乐。有时，李白还远涉吴越，在天台、会稽、永嘉石门等地寻访名胜。当他回到金陵时已是天宝十二载(753)冬了。此时日本国的遣唐使藤原等人要回国，在中国久居多年的日人晁衡也要随他们一起归国。晁衡原名阿倍仲麻吕，开元五年（717）由日本作为遣唐使学生来中国，慕中华之风，留之不去，改姓名晁衡或作朝衡。曾于长安太学读书，后在唐做官，历经校书郎、左拾遗、仪王友等职，一直做到从三品的秘书监。这次回国是受玄宗之命，作为日本遣唐使和大唐使者的双重身份前往日本。天宝初在长安时，与李白相识，结为好友。此时来至扬州，准备乘船出海，李白听此消息，来扬州为他送行。二人相见甚欢。

再说有一个叫魏万的青年，自号“王屋山人”，仰慕李白的为人和诗歌，他从王屋山（在今河南济源北）起程，千里迢迢来找李白。他先到梁宋（今河南开封、商丘），找到了李白的家，宗氏夫人告诉他说，李白到江南去了。他便乘舟南下，从梁宋直赴会稽山阴(今浙江绍兴)，后又沿着李白的踪迹，访天台，过杭州，历姑苏，至金陵，还是没有追上李白，于是便乘舟直下扬州，听说李白在西灵寺，便前来求见。

此时李白正与日本遣唐使晁衡会见。晁衡赠李白日本裘一领，李白十分高兴地穿在身上。李白身穿日本裘，显得格外精神别致。

这时，知事僧前来通报："李学士，门外有人求见。"李白于是对知事僧说："好吧，请他进来。"

魏万进来，见李白穿着一身日本服装，猛地一愣，问道："您就是李学士？"李白说："是的，我就是。"魏万疑惑地问："您这身打扮？"

李白这才恍然大悟，笑着说："这是晁卿赠给我的日本裘，我穿上好看吗？"魏万点头说："好看，好看。"说完，他就向李白跪下叩拜："学生魏万为寻先生，从王屋山赶至汴州，又从汴州赶到山阴、天台、杭州、苏州、金陵。沿途行程三千余里，时间半年有余，直到这里才赶上了先生。"

李白对这位至诚的青年大为感动，便决定收下魏万为弟子，并给他改名为魏颢。

次日，晁衡的海船从扬州起程返日本，李白、魏颢、丹砂与扬州官员及西灵寺诸僧前来相送至瓜州渡口。晁衡与李白等人依依惜别。

海船起锚，扬帆而动。李白等目送海船沿着长江徐徐向大海驶去。

晁衡等日本使者走后，李白又在西灵寺住了一些时日。一天，李白正在院中练剑，寺中的方丈慌慌张张地到李白面前，向他报告一个不幸的消息："李学士，不好了。晁大使他们遇难了。"

李白大惊："什么，船沉了？"方丈说："是的。听说日本遣唐使的船，刚驶到海上，就遇到了飓风。五条大船，全部遇难。只有一人抱着一块破船板，在海上漂了三天三夜，才逃得一命。"

魏颢在一旁说："我们去送他们的那天，可是万里无云的好天气啊。"李白叹道："真是天有不测之风云，海有不测之风浪呐。"

李白命丹砂说："丹砂，准备香纸，我们到海边去。"

李白与众人赶到大海边，在海滩设奠焚香烧纸祭拜。他专为晁衡写了一首悼诗：

日本晁卿辞帝都，征帆一片绕蓬壶。明月不归沉碧海，白云愁色满苍梧。

（《哭晁卿衡》）

李白沉痛地祭奠道："晁卿，晁卿，魂兮归来！君不能魂归故国兮，愿英灵与天地同在。吾奠之以诗与酒兮，向君之灵遥拜。呜呼哀哉飨餮！大唐李白拜祭。"

李白将祭文、祭诗和祭酒，都投入和洒进大海，表示祭奠。大海卷起涛声，好像在表示沉痛的哀悼。

其实晁衡在这次海难中并没有死，他所乘的船与其他船只被飓风吹散，后漂至安南驩州（今越南荣市），遇到了海盗，船上死了一百七十余人，独他与藤原清河脱险，后转归长安。晁衡继续在中国做官，一直做到镇南都护，大历初罢归京师，大历五年（770）正月卒于长安，时年七十三岁。此是后话。

［第七章］

为君谈笑静胡沙

但用东山谢安石，为君谈笑静胡沙。

——李白《永王东巡歌》其二

誓欲清幽燕

安禄山起兵反叛，占领了洛阳，李白逃难江南，隐居庐山。永王使者韦子春请他出山，一席话，说得他热血沸腾。

天宝十四载（755）初冬，骊山华清宫中，玄宗由贵妃、高力士、杨国忠等人陪着，一起看歌舞，一派升平气象。

虢国夫人等杨氏姊妹都围着玄宗献殷勤，杨贵妃也身穿舞衣加入舞女群中跳起了胡人的旋风舞。

虢国夫人坐在玄宗身边剥干荔枝，她剥好一颗便亲手将荔枝送到玄宗嘴里。玄宗边吃荔枝边说："玉环这个胡旋舞虽然也跳得不错，但终不及大肚子胡儿跳得有味儿。要是安禄山能在这里就好了。"贵妃听此，便停住不跳了，娇嗔地说："那你还不下一道旨令，把他赶快召来。"

玄宗说："玉环你好糊涂，他身为朕的守边大将，我还要靠他为朕的大唐看守门户呢。怎能因此小事，劳他的大驾？"

虢国夫人也插言道："还是皇上会用人，安将军对陛下可是忠心耿耿啊！"玄宗眯起色眯眯的眼睛拍着虢国夫人的肩膀说："还是玉瑶聪明。朕内有杨国忠，外有安禄山，就可以高枕无忧了！"

高力士面呈忧虑之色，他想上前进言，但终于没有吱声。杨国忠满脸不悦，上前欲语："陛下……"

玄宗心烦地说："国忠，你也太多心了，朕只要一提安禄山，你就不高兴。"杨国忠只好退下。

天宝十四载（755）十一月，正当唐玄宗与杨氏姊妹在华清宫欢歌笑舞之时，此时的幽州军营元帅大帐中，安禄山却在调兵遣将，骤集十五万人马，号称二十万，以"清君侧"讨伐杨国忠为旗号，公开反叛。一路上攻城略地，如入无人之境。安禄山三路大军，杀向中原。中原各地，到处是战火。

河北战场上，朝廷的官军和叛军作战，不几个回合，官军败绩，狼狈逃窜。

常山（今河北正定南）城被攻破，常州太守颜杲卿战败被俘，后被押至洛阳；邢州（今河北邢台）太守不战而降，率众出城门迎敌；洺州（今河北永年）太守弃城而逃；睢阳（今河南商丘）城上，张巡身负重伤，血流满面，仍坚持指挥。南霁云领残兵和胡兵拼杀，死伤殆尽。睢阳城头上，堆满了守卒的尸体。

河阳桥（在今河南孟津黄河上）失守，叛军人马蜂拥过黄河浮桥。在不到一个月的时间内，叛军就攻下了洛阳。

此时的骊山（在今陕西临潼）华清宫内，依然是一片笙歌和欢笑之声。玄宗正与贵妃等杨氏姊妹及宫女玩击鼓传花的游戏，玄宗亲击羯鼓。直到洛阳守军前来报告洛阳已被安禄山攻陷的消息，唐玄宗这才知道，安禄山真的反叛了。

洛阳城已被安禄山攻陷，东京守备、河南尹魏大人衣甲破碎，满脸血污，被叛军俘虏，带至安禄山面前。安禄山向魏大人劝降，魏大人对安禄山破口大骂，被安禄山一剑刺死，并将他的头悬城示众。颜杲卿被押至洛阳后，安禄山劝降，被颜杲卿骂个狗血喷头，颜杲卿也被安贼处死。被俘的朝廷官员中还有卫尉卿驸马张垍，他看到魏大人和颜杲卿被杀的惨状，当场吓得身子一软，就跪了下来，大喊饶命，愿意投降。做了叛贼后，被安禄山任命为大燕中书令，为宰相要职。后来，洛阳、长安被收复后，张垍被唐肃宗流放岭南而死。

在洛阳城中，安史乱军到处烧杀抢掠。大街上、城郊外、河沟里，官军和老百姓的尸骨纵横。

北风呼啸，败马悲鸣，一片凄凉景象。

安史乱军打到东都洛阳城下的消息，很快传到了金陵。李白听了大吃一惊，他借卢六一匹快马，连夜向汴州赶路。当他赶到家中时，洛阳已经失守了。接着滑州（今河南滑县）、灵昌（在今河南滑县西南）失陷的消息也相继传来。开封城内一片惊慌。一人喊：“不好了，安禄山已经攻破洛阳了！”又一人喊：“睢阳也失守了，胡兵已经杀过来了！”

逃难的人群从城中蜂拥而出，一片喊爹叫娘、呼儿唤女的叫喊声。

南去路上的马车、牛车、挑担的、推小车的、骑马的、牵驴的、步行的拥挤一片。

在逃难的人群中，就有李白和宗氏一家人。马车里坐着宗氏夫人和宗璟之妻，在车后边，李白和宗璟骑马跟着，丹砂和宗义挑着行李。

李白对宗璟说："想不到安禄山的叛军这么快就打过来了，可怜我东鲁的儿女，来不及去接他们了。"

宗璟说："叛军一时还到不了那里，况且那里还有裴将军、贺兰老爹及鲁姑的照顾，一时是没有问题的。"望着逃难的人群，李白叹息道："安禄山之乱，使多少人家妻离子散，家破人亡啊！"

逃难的人群，一直向南涌去。李白和宗璟一家人与众人一起，几经颠沛流离。李白北望已沦陷的洛阳，对那里的人民十分担心，心中十分悲愤，他用游仙诗的体裁写了一首诗：

西上莲花山，迢迢见明星。素手把芙蓉，虚步蹑太清。霓裳曳广带，飘拂升天行。邀我登云台，高揖卫叔卿。恍恍与之去，驾鸿凌紫冥。俯视洛阳川，茫茫走胡兵。流血涂野草，豺狼尽冠缨。

（《古风》其十九）

在此诗中，李白寄托了对安史叛贼的无比愤恨和对洛阳人民的巨大同情。

天宝十五载（756）春，李白来到了溧阳（今属江苏）。

李白的老友张旭和扶风豪士窦滔听说李白到了溧阳，便到那里去看他，在溧阳酒楼为李白接风。席上，李白给他们讲了当年他深入幽州虎穴探听安禄山反叛之事，并感慨唐玄宗不听他的谏言，养虎成患，弄得国家到如此地步。

窦滔问李白下一步要到哪里去，李白说他先将家安顿在庐山，然后再去游说江东诸侯，起兵勤王。窦滔说："好，我也要散尽家财，联络三吴英豪，前往郭子仪军中，投军抗敌。我们殊途同归，共诛胡虏！"

张旭很支持窦滔的爱国行为，说：“我要不是老了，就一定与你们一起投军抗敌，恢复我大唐河山！”

临别时，李白写了一首诗，赠给了窦滔和张旭：

朝作猛虎行，暮作猛虎吟。肠断非关陇头水，泪下不为雍门琴。旌旗缤纷两河道，战鼓惊山欲倾倒。秦人半作燕地囚，胡马翻衔洛阳草。一输一失关下兵，朝降夕叛幽蓟城。巨鳌未斩海水动，鱼龙奔走安得宁？颇似楚汉时，翻覆无定止。朝过博浪沙，暮入淮阴市。张良未遇韩信贫，刘项存亡在两臣。暂到下邳受兵略，来投漂母作主人。贤哲栖栖古如此，今时亦弃青云士。有策不敢犯龙鳞，窜身南国避胡尘。宝书玉剑挂高阁，金鞍骏马散故人。昨日方为宣城客，掣铃交通两千石。有时六博快壮心，绕床三匝呼一掷。楚人每道张旭奇，心藏风云世莫知。三吴邦伯皆顾盼，四海雄侠两追随。萧曹曾作沛中吏，攀龙附凤当有时。溧阳酒楼三月春，杨花茫茫愁杀人。胡雏绿眼吹玉笛，吴歌白纻飞梁尘。丈夫相见且为乐，槌牛挝鼓会众宾。我从此去钓东海，得鱼笑寄情相亲。

（《猛虎行》）

李白与张旭和窦滔告别之后，前往庐山去了。在五老峰下昭德观附近，安顿家人。昭德观的观主腾空子，是前宰相李林甫的女儿，因不满其父而出家当了道姑。李白在嵩山时曾与她相识，如今比邻而居，宗氏夫人好玄乐道，与腾空子一见如故，很谈得来，因此常常过从。李白将宗氏托付给腾空子，便只身前往吴越去了。

在杭州李白谒见了徐王李延年。李延年是唐高祖第十一子李元礼之曾孙，封嗣徐王，因与李林甫有隙，被贬出京，后任杭州郡司马。因他掌管一郡兵马，又是王爷，李白便劝他当此国难之时，起兵勤王，李延年本有心抗击胡虏，趁机建功立业，重返朝廷，因此被李白说动了心。正在这时，他的弟弟李延陵却带来了太子李亨在灵武（今宁夏灵武）擅自即位的消息。自安史叛军攻破潼关，玄宗弃京师长安西巡巴蜀，至马嵬坡，陈玄礼、王思礼等策动兵变，杀死了杨国忠，逼死了杨贵妃，后拥玄宗入蜀继续西巡，太子李亨留守关中，在太监李辅国和随从部下的怂恿下，在灵武（今属宁夏）即位，是谓肃宗。改年号为至德，尊玄宗为太上皇。李延年深知宫闱斗争的厉害，且颇晓李亨心胸狭小，度量不大，又新即位，自己身为亲王，恐怕引起李亨的猜忌，便托词有病，取消了起兵勤王的打算。临别时，他送了李白一些程仪，并婉言劝李白千万不可孟浪，凡事必须三思而后行。

李白失望地回到了庐山，心怀殷忧地过起了隐居的生活。

庐山香炉峰前，晨雾弥漫。李白背着药篓，手持药锄，到山上采药。雾气渐渐升起，越来越淡。阳光照耀在香炉峰上，紫气缕缕如烟。一条瀑布遥挂在香炉峰的石壁上，透过渐消的晨雾，依稀可见。

山路上，一个挑着柴草的樵夫，边走边唱着山歌："日照香炉升紫烟，遥看瀑布挂前川。飞流直下三千尺，疑是银河落九天。"李白停止挖药，倾耳静听。听见是在唱他的《望庐山瀑布》诗，心中非常高兴，捋着胡须微笑。这是他三十多年前漫游庐山时所作的诗，后来便在庐山流传开来，成了农人樵夫的山歌。

日晚，李白背着药篓，携着药锄，沿着山路回家。

庐山屏风叠下，茅屋数间，前有一个用竹篱扎成的小院。宗氏夫人依门远望，看见了李白的身影，忙迎上前去，接过李白的背篓，为李白扑打身上的尘土，告诉他，永王李璘的行军司马韦子春又来了。他先前来过两次，说是永王李璘奉命讨贼，派他请李白入幕，都被宗氏夫人挡了回去。才隔了几天，他又来了，说是非请李白下山不可。

屏风叠李白茅舍前，韦子春见到了李白："太白兄，这次可找到你了。"

二人进屋，韦子春说："太白兄，我这次可算是三顾茅庐了。太白兄这次可是非下山不可了！"韦子春对宗氏夫人笑着说。宗氏夫人边给客人上茶边说道："我家太白是草野之人，哪能和诸葛亮相比？你们请他可是找错门了。"

"太白先生就是当今的隆中深隐的诸葛孔明，东山高卧的谢安石。不然，我家贤王怎能派我三番五次地前来恳请呢？这是永王给先生的亲笔信。”说着，韦子春从袖中掏出了一封书信，递给了李白。

李白将信接过，看了一遍，放在石桌上，长叹一声，推辞说：“子春兄，不是李白不识抬举，弟实是草野之人，才疏学浅，又生性疏懒，不惯拘束，恐不能胜贤王的企盼和眷顾。况且拙荆又身体欠安，体弱多病，家中不能没有人照顾。”

韦子春说：“仁兄若有后顾之忧，嫂夫人的生活和安全，全包在小弟身上了。”说着，他从小校手中接过包裹，送到李白手中，说：“这是纹银五百两，权为嫂夫人补贴家用。以后还会有人送钱粮过来。”他又拿出一个包袱，打开，里面是锦服一套，说：“你看，官服都给你带来了。”

李白将银两和锦服推向一边，说：“你这是干什么，我并没有答应你要去呀。”

韦子春知道，劝将不如激将：“太白兄，你我兄弟交往二十多年，我还不知道你吗？你五岁诵六甲，十岁观百家，十五通诗书，二十精兵法。自幼有异人传授，深于长短纵横之术；峨眉山上学过剑，有一身过人的武艺功夫。你熟读圣贤之书，所学何用？不就是要申管晏之志，安邦济民，报效国家吗！”韦子春动之以情，晓之以理，继续说道，“如今海内横溃，中原沦陷，多少黎民苍生陷于水深火热之中，多少城池土地，沦于胡虏的铁蹄之下。当今，东南半壁，唯有永王率兵勤王，欲东下金陵，北上中原，横扫胡虏，澄清海宇。大丈夫为国立功，此其时也。太白兄，难道你能坐视黎民苍生辗转于沟壑，亡命于铁蹄之下而不闻不问吗？”这番话说得李白浑身燥热，热血沸腾：“子春兄，知我者，莫如兄也。我何尝不想投笔从戎，为国立功？只可惜我老了，比不得当年了。心有余而力不足啊！”

“太白兄此言差矣。你才五十多岁，何能言老？那姜太公八十多岁才得遇文王呢，那谢太傅指挥淝水之战时不也已六十多岁了吗？君不闻时谚云：‘六十不为老，七十不古稀。伊尹八十才任相，子牙九十当军师’吗？”韦子春以历史上的名人为例，来打消李白的顾虑。

李白深为韦子春之言所动，说：“子春兄所言甚是。人活着就是要干出一番事业的，不然就是白活一世。想那汉朝的谷口郑子真，隐居深山七十多年，高名动京师，天下皆藉藉，但他一辈子也没有干出一件益国益民的事来。像这样的独善其身，又有什么用呢？国尚不保，何能保家，又何能保身？兄这次来得正好。你就是不来，我也要下山去的。山河破碎，生灵涂炭，天下如此，我怎能隐居得下去呢！”略停片刻，他对韦子春说：“兄先在院中少待，等我与夫人稍作商量。”

这时，宗氏夫人从室内走了出来说：“夫君，你们的谈话我都听见了。看来，硬留也是留不住你了。你的脾气我是了解的，即使留住了你的身，也留不住你的心。我只担心的是你的身体。为妻本当前去侍奉夫君，只是军中有妇人不便，一切都要你自己好自为之了。”

李白说：“家中的事，一切由丹砂照管。你若寂寞，就搬到腾空子的道观中去住。在这里，我们没少得她的照顾。”

“夫君，你放心地去吧，去施展你安邦济世平叛灭胡的本领和才智吧。我在家里等着你凯旋的消息。”说着，眼泪却忍不住流了下来。李白深为感动，紧紧地握住宗氏的手说：“夫人，我去了，你要多保重。”并笑着对宗氏说：“归时倘佩黄金印，莫学苏秦不下机呀。”宗氏夫人破涕为笑。韦子春向宗氏长施一揖：“嫂夫人多保重，回头我会派人来看您的。”

李白和韦子春坐上滑竿，一行人在山路上一簸一颠地走了。宗氏夫人和丹砂长久地站在门前凝望，直到人影消失在山路的拐弯处。

斗粟不与淮南春

永王幕府中，李白力陈平叛之策，唐肃宗却疑永王有自立之意，派大兵前往江南围剿，置永王于死地。

至德二载（757）正月，浔阳江边，停泊着一艘楼船，船体高大，楼厅宽广，船四周都站着执戟的兵士。

李白、韦子春上船，永王璘从船上阁楼中迎出。永王为玄宗之子，少失母，为肃宗所养育。玄宗奔蜀时，封其为荆州大都督，兼领山南、江西、岭南、黔中四道节度使，命其赴镇。在江陵，募兵数万。永王以平叛为号召，下江东抗敌。路过九江时，慕李白才名，请李白下山入幕。

永王有四十多岁，长相威猛，目光斜视，有一股桀骜不驯之气。见了李白却变得谦恭有礼起来："太白先生驾到，寡人有失远迎！"永王走下楼船拱手迎接。楼船大厅内，永王领李白与军中将官与幕士一一相见。

永王对李白说："寡人本拟亲顾茅庐相请先生，只是王命在身，须臾不得离开，只好派韦秘书代寡人前往。先生不会怪罪寡人有所怠慢吧？"

李白谢道："殿下三次派人到茅舍枉顾，如此礼重，我李白乃区区一介布衣，岂敢坐大？殿下自江陵东下，率兵勤王，驱除胡虏，北定中原，李白岂有不下山相助之理？"

永王见李白下山相助，很是高兴，说道："先生所言极是。寡人这次出藩，就是要收拾东南这半壁河山的。本藩承太上皇之命，出镇东南，寄信之深，宠任之重，是诸王中少有的。盛王虽任命为江南东道节度使、广陵都督，但他并未赴任。这防守东南、北剿胡虏的重任，其实是我一人担着。太上皇和皇上对寡人如此信任，我怎能不勠力报国呢？今请李学士助我一臂之力，也正是此意。"

李白见永王对自己如此诚恳和器重，感动地说："殿下如此器重李白，李白岂敢不效犬马之劳，以报款诚？况且平叛杀敌，收复中原，上报国家，下济苍生，乃李白生平素愿。若能一展我李白安邦济民之志，虽九死而不悔！”

永王向李白请教用兵方略，李白自负有王佐之才、孙吴之智，便从容说道：“自三国魏晋以来，中国之经济重心逐渐南移。尤其是自永嘉以来，中原士庶，多迁东南。如今江南工商之盛，农垦之利，富甲海内。天下财赋，江南三居其一；再说江山形胜之固，金陵乃龙盘虎踞之都，地控长江天险，退可凭险固守，攻可海陆并进。以征则兵强，以守则国富。自古以来，金陵乃是兴王成霸之地。”李白进一步分析当今形势，为永王筹划方略：“如今禄山逆贼，率领胡虏从范阳倾巢而出，意在占领两京，盘踞中原。其兵力尽集中在潼关、秦川一带，则其范阳老巢兵力空虚。以李某之意，殿下可率兵东下，以金陵为根据地，然后派一支劲旅，从扬州沿运河北上，直捣河洛，与西北诸军，东西夹击虏贼。再派一支舰队，从海上北进，直捣胡虏幽蓟老巢。此一举，便可扫妖孽于幽燕，斩鲸鲵于河洛。何愁胡虏不灭，国土不复？”

永王大将季广琛，为李白之言折服：“太白先生，所言极是。”

“待扫清胡尘、澄清海宇之日，再西入长安，朝见天子。到那时，殿下可就是当朝第一兴国元勋了！”李白对永王扫除叛乱、收复国土寄寓了很大的希望。

李白的一席话，说得众人心诚悦服，点头称是。永王也不住地捻须点头。不过在他的眼中露出一丝不易察觉的狡黠目光：“太白先生的确名不虚传，宏言高论，正合吾意。”

接着永王手下谋士薛镠，向李白作一揖，请求说：“久闻学士有七步之才，何不当场为大家吟首诗，让我们都开开眼呢？”

李白说：“区区雕虫小技，此有何难。今日贤王率水军东巡，就以此为题。现在我口占为诗，请薛大人笔录一下如何？”“小弟愿效此劳。”说着薛镠就展纸沾墨以待。

李白略作思索，便顺口吟道：

永王正月东出师，天子遥分龙虎旗。楼船一举风波静，江汉翻为雁鹜池。

三川北虏乱如麻，四海南奔似永嘉。但用东山谢安石，为君谈笑静胡沙！

雷鼓嘈嘈喧武昌，云旗猎猎过寻阳。秋毫不犯三吴悦，春日遥看五色光。

龙盘虎踞帝王州，帝子金陵访故丘。春风试暖昭阳殿，明月还过鳷鹊楼。

二帝巡游俱未回，五陵松柏使人哀。诸侯不救河南地，更喜贤王远道来。

丹阳北固是吴关，画出楼台云水间。千岩烽火连沧海，两岸旌旗绕碧山。

王出三江按五湖，楼船跨海次扬都。战舰森森罗虎士，征帆一一引龙驹。

长风挂席势难回，海动山倾古月摧。君看帝子浮江日，何似龙骧出峡来。

帝宠贤王入楚关，扫清江汉始应还。初从云梦开朱邸，更取金陵作小山。

试借君王玉马鞭，指挥戎虏坐琼筵。南风一扫胡尘静，西入长安到日边。

（《永王东巡歌》）

李白一连口占了十首，只累得薛镠手不停笔，满头是汗。

此十首诗是模仿《诗经》十首为一什，故原只有十首，后来所传的十一首，其中的第九首，是有陷害李白者所作的伪作。此十首诗，表面上是在颂永王东巡的军威，而实寓劝于颂，劝勉永王勠力北上平胡，收复中原。尤其是最后一首“南风一扫胡尘静，西入长安到日边”二句，意思是说，扫平胡虏之后，西入长安，奏凯还朝，朝拜肃宗。

“李学士锦心绣口，出口成章，不愧是谪仙之才！”众人纷纷夸赞。

永王对李白更是倍加称道：“何止是锦心绣口，直是经天纬地之才啊！”永王邀聘李白入幕，自有他个人的用意，就是要利用李白这面旗帜，笼络东南名士，招买民心。

至德二年（758）正月，永王水军，沿江而下，舳舻相属，连绵十余里。永王站在船头，踌躇满志，捻须微笑。

唐肃宗听说永王在江陵招兵买马，便心怀警惕，命永王立即至蜀觐见太上皇，永王非但没有理睬，反而率军东下金陵。此消息传到彭原郡（今甘肃宁县）肃宗的行在时，肃宗闻之大怒。唐肃宗上朝，对群臣说："永王璘，违抗朕命，不去蜀中觐见太上皇，反而公然挥师东下广陵，非叛而何？卿等有何良策，上奏以闻。"

侍御史高适出列，奏道："臣高适启奏陛下：臣在蜀中时，太上皇以诸王分镇，臣就极力谏阻说此计千万不可。这样做不但使军权分散，而且还容易造成诸侯尾大不掉之患。西汉景帝时吴楚七国之乱，可为前鉴。今日永王果然违抗圣命，公然叛逆。臣以为，虽然逆胡猖獗，倾覆两京，其情势固然可虑，但以臣看来，此不过是肌肤之患。而永王祸起萧墙，却病在腠里。若不早治，恐会病入膏肓。攘外必先安内，自古已然。"

高适的攘外必先安内之说，深得肃宗赞赏。他点头说："高爱卿所言甚是，说下去。"

高适继续奏道："况且，江东乃膏腴之地，天下赋税，三占其一。今中原骚乱，民不聊生，朝廷的租税大半要靠江南了。这江南若是失了，无疑是釜底抽薪，朝廷的租税就无从所出了。臣以为，要趁永王在江南尚未站稳脚跟之际，攻其不备，打他个措手不及，灭患于未萌之际。臣献此一愚见，望陛下圣裁。"

唐肃宗对高适的建议很满意，说道："高爱卿，朕依你所奏，朕命你为御史大夫兼扬州大都督长史、淮南节度使。诏与江东节度使来缜率本部兵马，平淮南之乱。"

高适叩头拜呼："臣高适领旨，祝陛下万岁，万万岁！"

肃宗说："听说李白现在璘幕中，这可是真的？"

高适说："微臣……也是听说。"肃宗面有怒色，说道"李白为人狂悖，目中无朕。若他从璘为逆，定当重判！"

高适脸上汗出，说："臣遵旨。"叩头退出。

高适回到府邸，杜甫夤夜来见，对高适说：“达夫兄，你高升了，向你贺喜啊。什么时候起程？”

高适说：“明天，军情紧急，不可延误。”

杜甫说：“太白兄今在永王幕府中，你一定要想办法救他一救，可不能坐视不管呐！”

“从朋友的角度上来说，我确实应该救他，可是……我也有我的难处啊！”高适一脸难色。

“什么难处？”杜甫问。“听说李白是永王的主谋之一，今圣上点名要我拿他和永王问罪，我怎好违抗圣命？唉，李白做事也太糊涂了。”高适埋怨道。

杜甫为李白辩解说：“以太白兄的为人，他肯定不会自愿从逆，说不定是受了蒙蔽或是为永王所胁迫。”

“不管胁从也罢，受蒙蔽也罢，反正他现在已上了贼船。我们若不与他划清界限，不但救他不成，恐怕将来反受其累。高适劝杜甫少管闲事。

“为了朋友，就是舍了身家性命，我杜甫也在所不辞。目前，李白正在难中，我们不帮他，谁还来帮他？”杜甫为救朋友愿两肋插刀，并提醒高适说，“当初，达夫兄在汴梁街头流浪的时候，太白兄不是也帮过你吗？”

“不是我不帮他，”高适向杜甫解释说，“而是此事干系重大。这可不是几两银子的事，而是大是大非的立场问题，弄得不好，不是贬官就是要掉脑袋。”说到底，高适还是怕受李白牵连。

杜甫面色沉了下来：“既然如此，杜甫告辞！”“子美，别走，你误会我的意思了。”

“什么，我误会了？”“我的意思是此事不可着急，要慢慢来。官场上的事，太复杂了，你还不太懂。要学会先保护自己，然后才能顾及朋友。”高适世故地说。

“是的，我不如你会做官，也学不会你的处世之道。我杜甫是太愚了，什么时候也不能忘朋友。告辞了。”杜甫说了，便拂袖而去。

后来，于至德二年润八月，杜甫因房琯被罢相事件，上疏援救，肃宗大怒，墨制勒令杜甫归家省亲。其时李白案已经定案长流夜郎。杜甫错过了对李白的援救，觉得十分遗憾。多年后，他对李白的冤案写诗说“世人皆欲杀，吾意独怜才”，对统治集团对李白的迫害，表示强烈的不满和愤慨。

至德二年二月，永王水军已达金陵，并在江岸安营下寨。永王大营军帐中，吴郡采访使李希言的使者，递给了永王一份文书。

永王看过后大怒：“大胆李希言，简直是无法无天。寡人是太上皇之子，当今皇帝的兄弟，论地位仅在一人之下，谁敢不尊？他李希言竟敢对我指名道姓，平牒抗威，成何体统！来人，将来使给我拉下去砍了！”

杀了来使之后，永王命众将入帐听令，要出兵广陵，攻打李希言。李白听说后忙进帐劝阻：“殿下，千万不可！”

永王问道：“有何不可？”李白说：“殿下现在身兼何职？”永王说：“这还用问吗？本王身兼山南东道、山南西道、黔中道、江南西道四道节度使。”

“对呀，殿下所管辖之地的范围，本当西至江陵，东至当涂。可如今我们已到了金陵，此地属江南东道之地，已越出了殿下的节制范围。本来我们东进金陵，就已有出界之嫌了。再贸然出兵广陵，岂不莽撞？”李白此时开始意识到，永王此次金陵之行，可能是擅权行为，因此不得不明言。

永王一时语塞，不知如何对答。李白见永王无语，便劝永王要行动谨慎：“在下以为，殿下在所辖区境内巡察，守土抗敌，自是王爷的职责，别人当然也没有什么话好讲。可如今殿下率战舰千艘，大军十万，直下金陵、广陵，若没有王命，岂不令人生疑？我们可不能授人以柄呀，望殿下三思！”

永王满不在乎地说：“太白先生过虑了。我永王是出兵平胡，哪能顾及那么多的职守和名分？”

薛镠在旁急忙接着说：“是啊，是啊，一切以平胡抗敌、恢复大业为要。其他的都是小事，不必过多考虑。不可让小事误了大事，限制了我们的行动。吾王上秉天钧，奉命抗敌，名正言顺，谁敢不遵，谁敢不从？”

李白坚持道：“我的意思还是谨慎一点为好。江南东道、淮南道属盛王所辖，他虽未出藩，但名义上毕竟还是……”永王打断了李白的话，说：“先生不必过虑此事。本王已有太上皇的密诏，让寡人代行其事。”

“可当今皇上他可曾有旨？”李白问道。永王说：“李学士不闻兵法有云：‘将在外，君命有所不受’？”

李白愕然。

丹阳（在今安徽当涂县东北）战场上，浑惟明和李希言两军兵马交战，旌旗蔽天，战尘遮日，杀得昏天黑地，不见胜负。广陵（今江苏扬州）战场上，季广琛与李成式两军交战，季广琛渐渐不支，败走。

李白见官军内部互相厮杀，十分痛心。他万万没有想到，他本来是一心随永王起兵勤王，北上平胡，收复中原故土的，如今却陷入唐肃宗、永王兄弟之间的争权夺利之中。他不能眼睁睁地看着唐朝官军不在中原战场杀敌，却在江东兄弟相残，互相争斗。他要再一次劝说永王。

李白进入永王大帐对永王说：“殿下，这仗千万不能打。即使李希言没有什么密诏，就算他是矫诏自卫，而我们是越境东下，也不名正言顺。况且胡虏还盘踞中原，大敌当前，我们两虎相斗，其中必有一伤。鹬蚌相争，只能是渔翁得利。胡虏没有伤着一个，我们自己的弟兄却死伤不少。他们不死于胡虏，却死于亲者之手，这种亲者痛、仇者快的事，千万不能干！再这样下去，我们不就是对抗朝廷了吗？”

事已至此，永王也觉得没有再瞒李白的必要了。他便将事情的来龙去脉和盘托出：“事至如今，我也不必瞒你。早在江陵之初，我刚刚赴镇，就接到皇上的诏令，命我将兵权交出，赴蜀觐见太上皇。当初，我和他李亨都是太上皇任命的抗敌将帅。当时他被任命的是天下兵马元帅，我被任命为四道节度使。可是事隔不久，他就擅自登基，当了皇帝。”

李白说：“太子灵武即位，虽然不合常规，可是如今已得到了太上皇的认可呀。”

永王继续说：“他太子当皇帝，我不反对。可他不该一当上了皇帝就立即收拾寡人，夺我的兵权。我李璘就是咽不下这口气。我李璘即使不能当皇帝，但也要干出一番扫清胡虏、安定天下的大业来。这样，我才能对得起大唐的列祖列宗啊。没想到他李亨对我处处猜忌，硬将我往死路上逼。如今我已是骑虎难下，欲罢而不能啊！”

李白这时才知道，他受了蒙骗。但他对永王的处境，也有所同情。他对唐玄宗、唐肃宗父子与唐肃宗、永王兄弟之间的权力争斗，感到十分痛心和不满。但为了国家大局，他决心再对永王做一番劝谏：“殿下，李白以为您应以国家大局为重，为天下百姓着想啊……”

正说到此处，有一个探子急奔入军帐报道：“禀王爷，新任御史大夫兼淮南节度使高适，奉诏征讨，已率领十万大军杀过来了！”

“什么？”李白听此消息惊得目瞪口呆。

永王急命道：“命季广琛、浑惟明入帐听令！”“是！”传令官遵命急下。

密室中，四位大将在秘密商讨。季广琛对诸将说：“广琛与诸位追随永王，难道是要跟他反叛朝廷吗？当初太上皇奔蜀，在诸王中，唯有永王最为贤能，我们跟随他不过是想要为国立功罢了。以为以永王之力，如能率领江淮重兵，长驱雍洛，大功一定能够告成。如今却不然，这不是迫使我们去做朝廷叛逆，乱臣贼子吗？”

冯季康问：“那么，我们该怎么办？”浑惟明说：“依我看，我们不如各率本部向朝廷投诚。”康谦赞同二人意见：“好，就这么办。不准走漏风声！”

季广琛从箭袋中抽出一支箭说：“咱们起誓，如有告密、泄密者，有如此箭！”说着，他将箭啪的一声在手中折断。其他人也都折箭为誓。

传令官回永王大帐中向永王禀报：“禀王爷，季广琛、浑惟明等人都逃走了！”

永王气急败坏地说：“什么？给我都追回来！”

季广琛率兵五千逃奔广陵，永王使者带兵追上了季广琛，喊道：“季将军，请回来。永王对将军不薄，为何要带兵出走？”

季广琛在马上向永王使者施礼说：“我曾受王爷恩德，故不忍与尔等决战。我这是逃命归乡，你们真要逼我过甚，我就要和你们决一死战了！”

“这……”使者吓得连忙后退。季广琛抱拳一揖道：“广琛告辞了！”他用手一挥，命令部下说：“跑步前进！”

追者畏惧，不敢再追，勒转马头回去了。

长江南岸，永王军中一片混乱。水军中，不少士兵争相坐小船逃命。一士兵喊：“快逃吧，朝廷的人马，马上就要杀来了！”

永王派几个执法军官跳上船，企图阻止逃亡。一军官喊：“临阵脱逃者，格杀勿论！”说着，便对逃跑的士兵乱杀乱砍。

一士兵向大家喊道：“不要听他的，杀死他！”众水兵将执法军官推落江水中。他们争夺小船，纷纷逃走了。

夜晚，江上漆黑一片。江北，朝廷军队大营中，李成式命军士用芦苇扎成火把点燃。一个人手举两个火把，在江边晃动。成千上万个火把，在黑暗中舞动。

江南岸，永王大营中，永王的士兵看到江北沿岸到处是晃动的火把，影入水中，一片通红。这时永王军中也有人点燃火把相呼应。

永王和其子襄城王李偒，见此状大惊，慌忙准备逃走。襄城王对永王说：“父王，朝廷军队已经渡过大江了，我们赶快逃吧！”

永王说：“备马，快走！”

江边燕子矶上，李白和韦子春相对默然。过了好一会儿，李白开口：“子春兄，想不到，真想不到，我李白一心报国，要清幽燕、静胡沙、斩鲸鲵、扫河洛。谁知壮志未酬，反而跟着永王背上了一个叛逆朝廷的罪名。我真是运蹇命奇呀！”

韦子春向李白道歉说：“太白兄，都是小弟的过错。当初要不是我极力撺掇你下山，怎能落到如此地步！”

李白惭愧地自责说：“唉，我们都太幼稚。看不出政治斗争如此复杂、残酷。一当上了皇帝，就是亲父子、亲兄弟也会成为仇人啊。早知如此，我们也决不会卷进这里边来。”

韦子春劝道：“后悔有什么用？你看，死的死了，逃的逃了。就连季广琛、浑惟明这样的大将，也都逃走了。我们还在这里等死吗？我们也赶快逃吧！”二人趁着混乱，各自逃走了。

永王和襄城王一起逃走，李成式率兵在后紧紧追赶。

李成式追了六十里，才追上了他们。他喊道：“二逆贼休走，下马受降，饶你们一命！”

襄城王回马挺枪，刺向李成式：“大胆李成式，竟敢挡王爷的去路，看枪！”

李成式向弓箭手挥手下令，众射手一齐放箭。襄城王忽被一箭射倒，李成式一刀将他斩于马下。

永王落荒而逃。逃至大庾岭，江西节度使皇甫侁追上了永王及其残部。皇甫侁命放箭，永王肩中一箭，其马也被绊马索绊倒，一头栽倒在地上。皇甫侁骑马赶上，手起刀落，一刀将永王斩落马下。

皇甫侁用木匣盛永王的脑袋，快马驰至彭原郡肃宗行在，向唐肃宗请功。肃宗不但没有奖赏他，反而拍案大怒：“大胆皇甫侁，执吾幼弟，不送入蜀中让太上皇处置，而擅自杀之，是何道理？来人，给我将皇甫侁拿下，推出去斩了！”

群臣跪下为皇甫侁求情：“念皇甫侁为陛下一片忠心，请陛下开恩！”

肃宗强按怒气说：“好吧。看在众人的面上，我饶你一死。革去衣冠朝带，削职为民，永不叙用！”

南冠君子，呼天而啼

李白逃离了永王幕府，在彭泽被官府拿获，投入浔阳狱中。李白在狱中悲愤地仰问苍天。

李白一个人在野地中奔走。他不敢走大路，只在荒山野岭的小径上奔走。他白天躲避官兵的搜捕，晚上赶路。

彭泽（今属江西）县城门前，守门士卒在严加把守。对来往行人，一个个地搜查，辨认。

城门旁边有一张布告。众人在看布告，一人在念："钦犯李白，字太白，现年五十有七，面白有须。从永王李璘作乱，现已在逃。钦命各州县严加缉拿，限三十日捉拿归案。有知情报官者，赏银二百两。有协同官府抓获者，赏银一千两。有……"

李白头戴一顶破竹笠，走到城门跟前，见有士兵把守盘问，便闪到看布告的人群中，装着看布告的样子，想办法伺机溜走。

正当他听人念布告时，突然有个人拍了拍他的肩膀，说："李学士，你让我等得好苦啊！"

李白转头一看，原来拍他肩膀的不是别人，正是永王幕府的参谋薛镠。李白看着薛镠那张狞笑得意的脸，全然不像以前他在永王幕府中时那张向他献媚微笑的面孔。李白向他瞥了一眼，说："对不起，你认错人了。"

薛镠冷笑道："李学士眼高，见识的人太多，可能已不认识薛某了。我薛某可是认得你李学士！"他向身旁的士卒使了个眼色，众人一哄而上，将李白抓住。

李白愤怒地啐了他一脸唾沫，骂道："无耻小人，不知羞耻！"薛镠并不生气，用手帕擦了擦脸上的唾沫，厚着脸皮说："羞耻值几钱？这可是一千两赏银呢！带走，送官府！"

至德二载（757）春，李白被投入浔阳狱中。李白被“咣啷”一声戴上重枷铁镣，押在死囚牢中。他愤怒地高喊：“你们为什么要抓我，我李白是无罪的呀！”

牢房中，阴暗潮湿，一缕阳光从囚窗的缝隙中射进牢房内，照在李白脸上。李白脸色苍白，鬓发缭乱，怨怒和悲愤使他的脸变了形。这时，一个牢子从牢栅缝中塞进一碗粥，碗上架着一双筷子，筷子上有一个黑窝头。“吃吧！”牢子说。

此时在军营大帐中，高适正设宴招待季广琛、浑惟明、冯季康、康谦等降将。高适举杯说：“诸位请！诸位将军能够深明大义，弃暗投明，实乃义举。今我高某略备小酌，请大家一聚。”

季广琛心怀不安地说：“我等待罪之将，还望高大人宽大为怀，从轻发落。”

高适笑道：“此言差矣。尔等非但无罪，反而有功。若非尔等倒戈，我高某平乱岂能如此之快？本官将上报朝廷，为诸位请功。”

季广琛等悬在喉咙口的心一下子放了下来，他们感恩戴德地说：“谢高大人！”

浔阳狱中，窗外雷声隐隐，天骤然变阴。

李白仰望着铁窗外阴沉的天空，他的心情也像狱外的天一样阴沉、烦闷，多年郁积在心中的忧愤一下子便爆发出来：“黑暗啊，无边的黑暗，在这个世界上，没有光明，没有希望，没有正义，没有公道，有的只是陷阱、阴谋、谎言和欺骗。这是一个黑白颠倒的世界，可以把真的说成假的，把人说成鬼，把蹇驴当成麒麟，把凤凰说成野鸡。这是一个龌龊肮脏的世界，在这里只有小人得志，鬼魅横行，一切正直高洁的人都没有立足之地。”

忽然一道闪电，劈开了天空，一声响雷在头顶炸开。

李白望着窗外的闪电，他聚集在胸中的幽愤一下子炸开了：“闪电啊闪电，你劈吧，我要把你化作一把倚天的长剑，要劈开这世界的黑暗！巨雷啊巨雷，你击吧，我要把你化作一面震天的大鼓，把这个肮脏的世界轰毁！什么天皇地祇，你们在哪里？你们为什么不出来主持公道和正义？什么佛陀神仙，你们又在什么地方？你们为什么不给坏人以惩罚，给好人以报答？为什么我李白一心忠君报国，却屡屡蒙受灾难？为什么那些奸佞小人，干尽了伤天害理的坏事，却一个个志得意满，青云直上？苍天有眼，你眼在何处？鬼神有耳，你耳在何方？”

这时外边下起了滂沱大雨，雨点被狂风吹进铁窗，洒在李白的脸上。李白感到些快意：“大雨啊，下吧，你下吧，用你洁净的天水，洗清这大地的污浊，涤荡这人间的尘泥！不，你不是雨，你是我李白的眼泪啊。我是在为我李白的不幸遭遇而痛哭，是在为天下黎民苍生的悲惨境遇而痛哭，是在为大唐的前途和命运而悲哀痛哭啊！”

老狱卒看李白一直处于悲愤之中，已有两天没有吃东西了，十分担心和同情地说：“太白先生，不要太伤心了，心要放宽点。您多少吃一点吧，身体要紧。虽说您是冤枉的，将来案子审清了，证明您是无辜的，可您的身体却饿坏了，这不是白糟蹋自己吗？”

李白说：“如今到这种地步，还谈什么珍惜身体，珍惜又有什么用？”

老狱卒开导他说：“要想开点，人总是要吃饭的呀。”

李白摇着头，迷惑不解地说：“我真是不明白，为什么他季广琛、浑惟明等人，和我李白都是永王的部下，他们还同朝廷的军队交手打过仗，而他们如今不但无罪，却还都成了有功之臣。而我这个手无寸铁的人，反成了阶下囚。苍天啊苍天，你公道何在，天理何存？”

老狱卒也解答不了李白的疑问，只好安慰他：“太白先生，现在既已如此，您就不要管它天理和公道了，还是想办法雪清冤枉要紧。”老狱卒看了看左右无人，便对李白说：“我们都知道您是冤枉的。浔阳县谁不知先生是名扬天下的大诗人、行侠仗义的大好人？您有什么消息需要我传递，就尽管说，我保证给您送到，并且保密。”

李白说：“谢谢老长公的好意。我李白若有出头之日，是不会忘记您的。”

老狱卒：“先生不必客气，尽管吩咐。”

李白：“我这里有一封书信，请您转交给我的夫人宗氏。”

李白从怀中掏出一块衣襟，上面写着给宗氏夫人的信：“请将此信一定转到，拜托了！”李白向老狱卒长揖一礼。

老狱卒忙还礼：“使不得，使不得。您是谪仙下凡，小老儿受了您的礼，是要折寿的。请先生放心，我一定送到。”

宗氏夫人接到李白的书信后立即和宗璟前来浔阳狱探监。宗氏见李白颈戴长枷，手锁铁铐，足系长镣，面色苍白，神情憔悴，便扑到李白怀中。她抚摸着李白的伤痕和虚弱的身体，李白紧握着宗氏夫人的手，二人抱头饮泣。李白跪在夫人面前，后悔地说：“我悔不该不听贤妻之言。恨只恨我李白见识短浅，竟看不出他们父子、兄弟之间竟如此互相猜忌倾轧，手段如此狠辣。这是我自己往火坑里跳呀！”他又对伤心泣涕的宗璟说：“贤弟，自从令姊嫁我以来，她跟着我担心遭罪，颠沛流浪，没过过一天舒心的日子，你也为我操心劳累。我实在是对不起你姐姐，对不起你们宗家呀！想你们宗家，宗老相爷，三入凤凰池，贵为宰相，门第何等显赫。本来盼我李白能助你重振门风，再显家辉，荣宗耀祖，光显门楣。可惜呀可惜，我李白不但不能帮你们荣显家门，反而成了朝廷的罪人，还要辱没你们宗家。我是你们家一个倒霉的姑爷啊！”

宗璟也与李白抱在一起，含着眼泪安慰李白：“姐夫，您千万不能这么说。大家都知道您是冤枉的、无辜的。总有一天，朝廷会明白，您是清白的！”

这时，老狱卒走过来说：“听说崔涣崔相爷，现在任江淮宣慰大使，出巡江南。御史中丞宋若思也领兵赴河南等地击胡，已到浔阳了。”

李白眼中现出了希望之光，说：“好，我现在马上给他们写信，请夫人和贤弟，转呈给二位大人，请他们一定要为我雪清冤案。”他请老狱卒找来了纸笔，匆匆地给崔涣和宋若思各写了一封信，最后又从衣襟上扯下了一块布，咬破食指，给崔涣写了一首诗，一起给了宗氏夫人。宗氏一见是血书，一阵心痛。但她咬牙忍悲，接过了血书。她对李白说道：“这次讨伐永王的主帅高适，不是你的老朋友吗？为何不先找他？”

李白说：“高达夫他身任主帅，找他恐多有不便，不要使他为难。况且……”宗氏夫人没等他的话说完便接道：“越是朋友，越不好开口，是不是？夫君，你太迂腐了。我去求他，即使他不答应，也不会伤了你的面子。”

李白叹了口气说：“好，夫人，你就看着办吧。”

老狱卒在一旁催促：“有要紧的话快些说，不要伤心了。一会儿典狱长就要过来查狱了。”

宗氏夫人临别向李白嘱托：“你一定要多多保重身体。为妻就是上刀山下火海，也要救夫君出来！”

宗璟将一包银子塞给了老狱卒，老狱卒半推半就地收下了。宗氏姊弟匆匆离开了浔阳监狱。

多君同蔡琰

宗氏夫人为救李白不辞艰辛到处求助，崔涣感动地对宗氏说：“夫人救夫之举可比汉之蔡琰。”

宗氏夫人骑着一头毛驴，宗璟在前面牵着，在野外的小道上行走。突然，天空刮起了狂风，下起大雨来。道路变得十分泥泞难行，宗璟背着行李在一旁为她撑着伞。他们历尽艰辛从浔阳来到了宣城，在江南宣慰使崔涣的门前停下。宗氏夫人在宗璟的搀扶下，下了毛驴。

御史中丞兼江南西道采访使宋若思正在堂上与崔大人议事，宗氏夫人冲过门人的拦阻，顶着状纸闯进崔府。她一面向里闯，一面高喊：“冤枉，民妇冤枉啊，请崔相爷为民妇作主！”崔涣问：“什么人，你竟敢擅闯相府？”

宗氏夫人上前向崔涣和宋若思跪下：“民妇宗珏，含天下奇冤！”宋若思已认出是李白的夫人，向崔涣介绍说：“相爷，这是李白的夫人宗氏。”

崔涣上前欲扶起：“原来是太白夫人，请起，有话好说。”宗氏夫人长跪不起：“大人若是不准民妇的状，民妇就跪死在地上，永不起来。”

崔涣回到座上：“把状纸呈上来。”随从将宗氏夫人所呈的冤状和血书，呈给了崔涣。宋若思说：“这是李白给相爷所写的冤状，现请崔相爷过目。”

崔涣接过看了一遍，将冤状和血书又递给宋若思，宋若思见血书上面写着《上崔相百忧章》：

共工赫怒，天维中摧。鲲鲸喷荡，扬涛起雷。鱼龙陷人，成此祸胎。火焚昆山，玉石相磓。仰希霖雨，洒宝炎煨。箭发石开，戈挥日回。邹衍恸哭，燕霜飒来。微诚不感，犹絷夏台。苍鹰搏攫，丹棘崔嵬。豪圣凋枯，王风伤哀。斯文未丧，东岳岂颓？穆逃楚难，邹脱吴灾。见机苦迟，二公所咍。骥不骤进，麟何来哉？星离一门，草掷二孩。万愤结缉，忧从中催。金瑟玉壶，尽为愁媒。举酒太息，泣血盈杯。台星再朗，天网重恢。屈法申恩，弃瑕取材。冶长非罪，尼父无猜。覆盆傥举，应照寒灰。

宗氏夫人哭诉道："请二位大人明鉴，李白实在是受小人所陷，他是冤枉的。"

崔涣大为感动地说："太白夫人为救其夫，不畏劳苦，在烈日和风雨下终日奔走，不惜受种种委屈，其举可比蔡琰，实在是令人感动。夫人你起来吧，这状纸，我准了。"

宋若思在一旁也为李白说情道："崔相爷，下官以为，李白所陈述的都是实情。李白忠心报国，绝无从永王反叛之意。况且，永王之叛，皆是薛镠、李台卿等人之谋，李白并不知情。"

崔涣点头，表示赞同宋若思的意见："江南采访使皇甫侁在江西执杀永王，皇上闻此大怒，说：'皇甫侁执我爱弟，为何不送蜀中让太上皇处置，妄自擅杀？'并将皇甫侁贬为庶民，永不叙用。永王的家属不但一个没杀，反都派人保护，送至太上皇处。以老夫看来，既然永王的部下都不算叛逆，永王的家属也没有治罪，那么，李白只是他的一个文人骚客，又能有什么罪呢？"

宋若思附和着说："相爷所见甚是。那永王手下的两个得力大将季广琛、浑惟明，曾经对抗过官军，如今还都升了官呢。若永王府中的一个风雅诗人却成了附逆的重犯，岂不荒唐么？"

崔涣："以宋大人的意思……"宋若思说："下官以为，当下正是用人之际，李白不仅是闻名遐迩的大诗人，而且还是一个胸怀韬略、学究天人的可用之才。不如先将李白释放，暂在我幕府就职，并且向朝廷上一荐表，推荐朝廷任命他为一京官，以光朝列。相爷以为如何？"

崔涣也觉李白确实是个不可多得的人才，今又有宋若思愿意出头担保此事，就顺水推舟地说："宋大人此意甚好。这件事就交给你来办吧！"

宋若思正等着这句话，忙答应道："下官遵相爷的旨意去办，请尽管放心。”宗氏夫人见此高兴地流出了眼泪，她向二位大人叩头感谢：“谢二位大人！”

宋若思上前扶起宗氏夫人，说：“请夫人回去转告太白先生，就说我宋若思马上就要到狱中前去接他出狱，并摆酒为他接风！”

宗氏夫人在宗璟的搀扶下，颤巍巍地走出了崔府，向着天空喊道：“皇天有眼，太白终于遇到救星了！”

至德二载（757）八月，在崔涣和宋若思的解救下，李白被保释出狱，并被宋若思聘为幕府的顾问，李白为宋若思起草一系列的文件，如《祭九江文》《请都金陵表》《荐李白表》等。

以上这些文稿，出现在宋若思的书案上。宋若思拿起《请都金陵表》边看边点头赞许：“这些奏文，写得实在是好，既有雄图远识，又有胆略和气势。我将即刻上奏于朝廷。”

《请都金陵表》和《荐李白表》又出现在唐肃宗的御案上。唐肃宗拍案大怒，将李白为宋若思所写的《请都金陵表》掷于阶下：“真是荒唐之极。宋若思要我迁都金陵，这不是要我做偏安之君吗？”他又拿起了另一篇，向众臣展示：“这一篇更是胡闹，竟然还推荐李白当什么京官。李白乃朕亲点的钦犯，没有经过朕的批准，崔涣和宋若思竟敢擅自释放出狱，真是胆大妄为！”肃宗向李辅国说：“传旨，崔涣出使江南，惑于下情，滥进者非一，今又擅自释放钦犯，实是有负于朕望，不称厥职。今罢去他同中书门下平章事的相位和江淮宣慰使的职务，贬为余杭太守。宋若思举荐不实，犯有同罪，今罢去御史中丞一职，贬为宣城太守。罪犯李白，附永王作乱，大逆不道，罪不容赦，诏令收监，秋后处斩！”

这时，左仆射、天下兵马副元帅郭子仪出朝列上前跪奏。

郭子仪奏道：“臣郭子仪启奏陛下，请陛下暂息雷霆之怒，收回成命。”杜甫也上前跪奏：“臣杜甫进谏陛下，窃以为此旨不可。”

唐肃宗怒道：“朕旨有何不可，讲！”

郭子仪谏曰：“李白跟随永王实属胁迫，非是出于自愿。况在永王东下的途中多次劝谏永王不要擅自出境，不可抗拒王命。无奈永王不听，自取其患。”

肃宗说："空口无凭，何以为证？"

郭子仪说："李白在幕府中曾给贾少公写有一信，可作证明。"于是他将李白致贾少公的书信拿了出来。

肃宗："呈上来！"太监将书信呈上。

肃宗："你念给朕听听。"

太监念道："王命崇重，大总元戎，辟书三至，人轻礼重，严期迫切，难以固辞，扶力一行，前观进退。……"

唐肃宗看着群臣，问道："还有什么证据吗？"

这时宋若思所派送奏章和材料的属官王侍御拿出一卷诗呈给皇上："李白在永王幕府中曾写有诗，诗中说：'试借君王玉马鞭，指挥戎虏坐琼筵。南风一扫胡尘静，西入长安到日边。'此诗分明是讽谏永王要为国平胡、拥戴圣上的。"

肃宗接过一看，原是李白所作的《永王东巡歌》，唐肃宗看完把眉头一皱，说："大胆，你怎敢欺骗朕，难道你不怕犯欺君之罪吗？"

王侍御："微臣不敢。"肃宗："那朕来问你，你所呈的《永王东巡歌》为什么只有十首？怎么与御史台所呈的十一首不一样，偏少了其中最关键的一首'祖龙浮海不成桥，汉武寻阳空射蛟。我王楼舰轻秦汉，却似文皇欲渡辽'？此诗分明是将永王比作秦皇汉武和太宗皇帝，怂恿永王拥兵称帝。这你该怎么解释？"

王侍御的冷汗直从头上冒出，他如实据答："回禀圣上。这十首诗是从永王军中传出，和李白自书的《永王东巡歌》是一样的。臣从未见过'祖龙浮海不成桥'的那一首，此首恐是别人伪造，陛下要提高警惕，不要上当。当心有人作伪证陷害好人啊！"

肃宗大怒："大胆，难道是朕陷害李白不成？"

王侍御伏在地上没有抬头："微臣不敢。"

郭子仪手托官帽向皇上请求："臣郭子仪，愿请贬官三级，并敢以臣的官职和身家性命为李白担保，李白绝无叛朝廷之心。"

肃宗询问高适的意见："高爱卿，你亲自审理过此案，你看对李白怎么处置？"高适思忖了好一会儿，治罪于李白于心不忍，说李白可无罪释放又不敢，便把这个球又踢给皇上：“臣以为李白一案……但凭陛下圣裁。”

众朝臣此时都纷纷跪下为李白求情：“请陛下开恩，免李白之罪！”唐肃宗不耐烦地说：“好了好了。不过李白死罪可免，活罪难饶。传旨，将李白长流夜郎！”

朝辞白帝彩云间

李白以“从璘附逆”的罪名，被判以“长流”之刑远流夜郎。时逢大旱，李白夔州遇大赦，他高兴得在船上仰天高歌。

乾元元年（758）春，李白终被以“从璘附逆”的罪名，被判“长流夜郎”，时间是三年。李白怎么也没有想到，他不但没有被朝廷任作朝官，“以光朝列”，反而以长流之罪，被贬在唐人眼中看来荒无人烟的夜郎（在今贵州正安西北）边城。崔涣和宋若思也因脱李白出狱而被贬官，宗氏夫人和宗璟送他到江岸，哭得天旋地转，最后只得洒泪而别。在李白的眼中，自己还不如江边的向日葵，因为向日葵还能用自己的叶子来护卫自己的根，而自己却被连根拔掉，远移他方，一点护卫自己的能力也没有。

李白的小船在解差的押解下，逆江流而上。船至江夏时，遇到从京师贬来的史郎中，二人同病相怜，一起在黄鹤楼上饮酒听笛，使李白顿起迁谪之情，作诗一首记之：

一为迁客去长沙，西望长安不见家。黄鹤楼上吹玉笛，江城五月落梅花。

（《与史郎中钦听黄鹤楼上吹笛》）

李白又在汉阳遇到了老友尚书郎张谓出使夏口，在沔州太守杜公和汉阳宰王公的陪同下，一起游了汉阳城南的南湖。是夜湖中水月如练，张谓对这里的湖光山色十分欣赏，对李白说：“古往今来，此湖佳景，不知招得了多少文人骚客的青睐，可是此湖连个名字也没有，真是太可惜了，你可给起个好名字，也好传之不朽。”李白看张谓如此喜爱此湖，便以张谓的官名命此湖曰“郎官湖”，席上的人一致称好。汉阳宰王公对李白十分仰慕，特别留他在汉阳逗留了几日，一同游了鹦鹉洲等名胜，才恋恋不舍地送李白西行。

船至荆门山（在今湖北宜昌西），从此向西，江道变窄，此时已是初秋天气，两岸树木萧瑟，李白至此感慨万千。当年他初出蜀时，乘船至此，感到天地突然宽阔开朗，心中有说不出的新奇和高兴。如今他越往西走，越觉得心灰意冷。三十多年了，他的年龄、心境都发生了巨大的变化。那春花初放的年纪，那瑰丽如梦的理想，如今都成了过眼烟云。

李白的小船继续逆江而行，前面就是三峡中的黄牛峡。两岸高山对峙，绝壁临江。向上看，只见一线青天，江流变得又急又猛。船家无法撑船逆流而上，只得沿着陡峭的栈道拉纤。那栈道是从峭立的石壁上凿出来的。纤夫们拉着船，艰难地向上游前进。

黄牛峡上，只见高岩上有石如人，负刀牵牛，人黑牛黄。

逆水拉船，船行非常缓慢。栈道上的纤夫，发出“嗨哟”“嗨哟”的声音。江上的船夫唱起了巴蜀民歌，那歌声高亢中带有凄凉，宛转中含有悲哀：

朝发黄牛哟，暮宿黄牛呃。三朝三暮哟，黄牛如故呃。……

听着这熟悉而又怆楚的歌声，李白的心情也沉重起来。他站在船头眼望着头上的一线青天，和光着上身拉纤的船夫，捻须吟道：

巫山夹青天，巴水流若兹。巴水忽可尽，青天无到时。三朝上黄牛，三暮行太迟。三朝又三暮，不觉鬓成丝。

（《上三峡》）

船在逆水中艰难地行进，巫山神女峰遥遥在望，李白心潮起伏，他回忆起当年初入三峡的情景：

那是天高云淡、秋清气爽的季节，李白怀着“已将书剑许明时”的雄心壮志，屹立在船头上。他初次见到巫山神女峰时心中兴奋的心情，直到如今还记忆犹新。

眼看着离家乡越来越近，李白的心一阵紧似一阵。他看了看身上所穿的囚衣和身旁的枷锁镣铐，越想越不是滋味。他不禁感叹：“这叫我如何去面对蜀中的亲友，那企盼我高轩大马、衣锦而归的父老乡亲呐？”泪水在李白的脸上潸然而下。

船至夔州（今重庆奉节），李白与两个解差下船，王仁要到县衙办公事，赵义则陪着李白登上了白帝城。

白帝城上的诸葛庙，依然如昔，没有大的变化，可是，李白此次的心情与以前初出蜀时游此地时却大不相同。诸葛亮的塑像依然端坐在祠堂中，只是庙中的香火却比以前萧条多了，来上香的人寥寥无几。李白恭敬地在诸葛亮像前上了三炷香，拜了又拜。面对这位一生景仰的先贤，他感慨万千地说：“诸葛先生，想你我都有一样的匡君之志、绝世之才。可你却拯汉室于危亡之际，延汉祚五十余年。功高一世，名满天下，万代景仰。可我几十年浪迹天涯，仗剑去国，几度沉浮。如今却被枷带锁，远流荒蛮。真是愧对先贤啊！……”

诸葛亮身穿鹤氅，头戴纶巾，手执羽扇，端坐在上方，两眼细眯着，好像在望着他。诸葛亮仿佛在含笑问他：“李白，古之君子事君有三种：上者以师，中者以友，下者以奴才。你做到了哪一种呢？”

李白恭敬拱手：“诸葛先生，李白我没有做奴才！但是惭愧，我也没有能做成帝王的朋友，更没有成为帝王师，我成了帝王的囚犯！”

诸葛亮仿佛点了点头：“你李白能自重自爱，不做奴才，翘然独立，在当今之世，也就不错了！”

李白上前一步，大声地说：“不！孔明先生，我李白有王佐之才，大鹏之志，于国家危难、百姓涂炭之际，不能如先生为帝王师，成就王霸之业，反倒披枷戴锁，远流蛮荒，我有何面目立于天地之间？先生，我错在哪里呀？”诸葛亮又化成木然泥像，没有回答。

扶着门框的李白，缓缓地滑下来，跪在像前喃喃地说：“孔明先生，我错在哪里？我错在哪里呀？”

天色已晚，李白在观星亭上，望着夕阳下的群山，耳边不时传来阵阵哀号的猿声。

李白望着西方暮霭中的层峦叠嶂，心潮起伏："那远在天边的云山，不就是我家乡的大匡山吗？我那去世的爹娘，你们在天上看着我，盼望着我能为您争得封赠的荣名，而今我反而给您二老增辱添羞，有累门声。我那月圆小妹，为兄答应你高车驷马迎你出蜀一游的许诺，也未能实现，实在是对不起你们呀。"

这时天色渐暗，西方的太白星在天空中闪烁，李白望着这颗他的本命星自言自语："太白星啊太白星，难道我真是你的人间转世？莫非我真是个被贬下凡的谪仙人，来人间受罚的？为什么我的命运这么坎坷多舛？难道这真是天命吗？"

太白星在夜空中眨着眼，没有回答……

第二天，奉节县令领着差役来到了驿馆，见了李白，从袖中抽出诏书："《以春令减降囚徒敕》，听——"他展开诏书念："天下现禁囚徒，死罪从流，流罪以下，一切赦免！"

李白："……一切赦免？"差役大叫："流罪以下，全部赦免，先生，您遇赦啦！"王仁、赵义也叫道："没罪啦！赦免啦！"

李白颤巍巍地抢过诏书，看着，叨念着："流罪以下，全部赦免……我遇赦啦？没有罪啦！"他抬眼望着东方："夫人啊，夫人，知道吗？我无罪了，我被赦免啦！"他流着泪，突然举起诏敕，回身向西："父亲、母亲、月圆！我被赦免啦！"他奔向武侯祠："孔明先生，我赦免啦！"他奔向最高处向着群山喊叫："我没有罪啦！李白被赦免了！"

三峡的山谷中回荡着李白的声音。

奉节县令想请李白回县衙住几天，为他洗尘，李白婉言谢绝了。他将囚服从身上脱下，投入了大江。他对押解他的差人王仁、赵义喊道："备船，我们回家！"

一叶小舟载着李白三人，在三峡中顺流而下。阳光照耀着江水，闪闪发光；两岸的猿猴，三五成群地出现在三峡岸边的树林里，像欢呼似的发出啼叫。

小船在江心愉快地颠簸着，李白站在船头，昂首迎风。两岸的山峰像跑马似的向身后奔跑。船在江中快如飞箭，船头激起雪白的浪花。

李白站在船头愉快地哼着巴蜀小调：

朝辞白帝彩云间，千里江陵一日还。两岸猿声啼不住，轻舟已过万重山。

（《早发白帝城》）

歌声中，小船离白帝城越来越远，轻快地驶过巫山神女峰，掠过秭归屈原祠，穿过明月峡、黄牛峡和西陵峡，向江陵漂去……

一朝谢病游江海

韦良宰离任赴京后，李白在江夏受尽了冷眼，从弟李之遥对他问寒问暖，关怀备至。人情冷暖，使他感慨万端。

乾元二年（759）春，李白怀着十分喜悦的心情，放舟出了三峡。

李白觉得此时他就像一只刚出笼的鸟儿，一下子飞到了广阔的天空；又像一只出网的鱼儿，一下子回到无边的大海。出了三峡，天也阔了，江也宽了，他的心情也变得十分愉快和舒坦。他误以为，将他赦放就是为他平了反，唐肃宗到底还是一位中兴的明君，没有忘记他这位盛唐时代的大诗人，一定还准备重用他，将召他入朝为官。

一叶小舟在大江上漂流，船至江陵，老船夫问："李学士，江陵到了。停船吗？"李白一挥手道："不停，直下江夏！"

小船在岳阳城陵矶靠岸。李白命王仁和赵义上岸买了两坛老酒和几样小菜，又让船家在江上打了几条鲜鱼，让船家煎熟了，在船舱里摆了一桌酒菜，和王仁、赵义一块畅饮。

王仁向李白敬酒："先生此次赦还，一定是皇上想起了您老人家。先生马上就要入朝为官了，为此，小的敬先生一杯！"

李白哈哈大笑："好，干杯，干杯！"

赵义也趁机溜起须来："入朝当官，那是自然。先生原是太白金星下凡，听说太白金星在天宫就是玉帝的宰相，太白先生这次入朝就要当宰相。来，为先生当宰相而干杯！"

李白酒已微醺，听此言喜得眯起了眼睛，捋着胡须说道："老夫年轻时就有入朝为相、致君尧舜之志。可惜现在我已经老了，当宰相恐怕是不行了。但是如果让我在朝中，做一个帝王之师，管一管礼乐诗文，我还是蛮称职的嘛。"

两公差一致恭维道："那是当然，那是当然。为太白先生当个帝王之师干杯！”

在两公差的频频劝酒中，两坛岳州老窖，快喝光了，李白还连连喊着：“斟酒，斟酒！”

两坛老酒下来，李白诗兴大发，只见他颇有醉意地摇头晃脑吟道：

去岁左迁夜郎道，琉璃砚水长枯槁。今年赦放巫山阳，蛟龙笔翰生辉光。圣主还听子虚赋，相如却欲论文章。……

（《自汉阳病酒归，寄王明府》）

吟着吟着，他的声音越来越小，后面的句子，就断断续续地听不大清楚了。他已经醉了。

乾元二年（759）初夏，李白来到江夏（今湖北武昌）。

江夏太守韦良宰，是太白故人，早在天宝年间，二人就有密切来往。天宝十载冬，李白去幽州探虎穴时，路过贵乡（今河北大名），曾受时为贵乡县令的韦良宰热情招待。这次来到江夏，李白知他已为江夏太守，便前去拜访他。正逢韦良宰行将离任，调京候选之时，韦良宰正想找个人，写一写他的德政碑，借机鼓吹一下他的政绩，苦于找不到写文章的高手，恰好李白于此时到来。韦良宰感到非常高兴，连忙将他迎到府中。二人互叙契阔，李白向他谈幽州之行，谈入永王幕府及长流夜郎等各种遭遇，都深得韦良宰的理解和同情。韦良宰请李白为他写德政碑，李白欣然应允。

韦良宰赴京候选，临别前对李白说，他到京后定向皇上举荐李白，让他在江夏多住几天，静候消息。韦良宰说到做到，到了长安，他果然向皇上上奏表举荐了李白。肃宗将奏表看也不看一眼，说：“李白本是逆反之罪，罪该当死。朕已免其死罪，后又赦免他的长流之刑，已经够便宜他了。况太上皇早已说他不是廊庙之器，你还荐他作甚？”说完，将韦良宰的荐表掷于地上。

韦太守走后，李白便住在悦宾客栈，等候他的消息。闲着无事，他便到郑判官、王县宰等人处去走走。一开始他们还能设宴相待，后久久未见有起用李白做官的消息，便对他渐渐地冷淡起来，不是闭门不见，就是清茶一杯，或托词有事，起身送客，全然没有了以前的热情。更有甚者，在街头碰上李白，不待李白和他们打招呼，扭头便走，好像怕沾了李白的晦气。一日，店小二拿着一封信送给李白："李学士，韦太守从京师给你来的信。"李白满怀喜悦地拆信，信上说："弟已将仁兄举荐朝廷，可是……"李白读信后仰天长叹："天哪，我李白的出路在哪里呀！"他沉思了半晌，自言自语地说道："我还是赶快回庐山去吧。"

李白背着行李走向江岸码头，见一群人乱哄哄地拥了出来。李白问一旅客："大哥，这是怎么啦？"一旅客说："客官有所不知，江上的船只都停运了。襄阳守将康楚元叛乱，正在攻打荆州呢，他的大军已将江面封锁了。""唉，留也无处留，走也走不掉，我该怎么办呐？"正在李白发愁之际，忽听后面有人叫他："太白兄你怎么在这里？让我好找！"

李白回头一看，原来是他的从弟李之遥。二人来至江城酒楼，李白与李之遥在酒楼对饮。李之遥说："太白兄，如今我因得罪了上峰，给安了个'饮酒过度'的罪名，已从南平贬官武陵了，听说十二哥来了江夏，特来看你。"

李白感动地说："谢谢贤弟的关心。自我长流夜郎以来，有人便像躲瘟神一样，唯恐避我不远。贤弟却待我一如往昔，我打心眼里感到高兴。"

"真是人心易变啊。当年吾兄奉诏入京，天子亲自降辇步迎。兄在金銮殿中草拟王言，醉答番书，有力士脱靴，国忠捧砚，龙袖拭涎，贵妃献酒，是何等荣耀！自古以来士人哪有这样的殊荣？真为我士林扬眉吐气啊！那时，王公权贵，争相交攀，以能得你一诗、见你一面为荣。"李之遥提起了李白当年在长安风光一时的情景。

李白也沉醉于过去的回忆里："是啊，当年我春风得意之时，有多少人前来攀附逢迎。以前笑我穷困潦倒的人，也一反常态，大夸我生有福相，该贵当公侯。没有亲戚关系的人，也来攀我为亲戚；从来不认识的人，也来套近乎，说是风雨故人。想当年，真是如一场春梦啊。"说到此，李白长叹了一口气，接着说："如今我走背了时运，那些以前和我酒肉之交、称兄道弟的人，现今见了我，能躲的躲了，躲不了的，对我像对乞丐一样，给以冷眼。真是世态炎凉，令人心寒呐！这些日子，我只好一个人借酒浇愁啊。像兄弟你这样的人，还能有几个呢？”说着，他端起酒杯，连连猛饮起来。他已喝得有些醺醺然，还要再喝。李之遥劝道：“太白兄，酒不可多喝，喝多了伤身。”

李白坚持还要喝，说：“今日贤弟前来看我，愚兄感到心里高兴，我要喝个痛快。贤……贤弟，你听着，听我给你吟一首诗，好不好？”李之遥连连点头说：“好，好。”李白用筷子敲着眼前的碗碟，吟道：

少年不得意，落魄无安居。愿随任公子，欲钓吞舟鱼。常时饮酒逐风景，壮心遂与功名疏。兰生谷底人不锄，云在高山空卷舒。汉家天子驰驷马，赤车蜀道迎相如。天门九重谒圣人，龙颜一解四海春。彤庭左右呼万岁，拜贺明主收沉沦。翰林秉笔回英盼，麟阁峥嵘谁可见？承恩初入银台门，著书独在金銮殿。龙驹雕镫白玉鞍，象床绮食黄金盘。当时笑我微贱者，却来请谒为交欢。一朝谢病游江海，畴昔相知几人在？前门长揖后门关，今日结交明日改。爱君山岳心不移，随君云雾迷所为。梦得池塘生春草，使我长价登楼诗。别后遥传临海作，可见羊何共和之。

（《赠从弟南平太守之遥二首》其一）

吟完了诗，李白说：“这首诗，就赠给贤弟做个纪念吧。”李之遥高兴地将李白的诗用笔录下，纳入袖中，说：“有十二哥的诗伴在身边，就像时时能见到十二哥一样，想你时就打开来看看。”

李之遥要到武陵（今湖南常德）赴任，二人临别，李之遥将随身所带的银两给了李白，说：“弟随身所带银两不多，这些你先用着，以后我再派人来送。兄以后可到武陵县去找我。”李白眼含着热泪向李之遥揖别。

［第八章］

垂辉映千春

我志在删述，垂辉映千春。

——李白《古风五十九首》其一

将船买酒白云边

贾至被贬岳州司马，邀李白至岳阳一游，洞庭湖上，李白与贾至、李晔暂做了几日神仙。

李白又回到了悦宾客栈。一日，李白正在室内愁坐，忽然有两个岳州的差役前来找李白，说是岳州司马贾至大人派来的，请他到岳阳去。

乾元二年（759）八月，李白来到了岳州。船在岳阳楼前靠岸，李白下船，李晔和贾至在岸边迎接。三人都是长安的老相识。李晔有六十多岁，他是大郑王的裔孙，在朝中任刑部侍郎。由于得罪了宦官李辅国，他被贬官岭南，路过岳州。贾至在朝中任中书舍人，后被贬为汝州刺史，又由汝州刺史再贬岳州司马。

贾至为东道主，在岳阳楼上宴请李白和李晔。三人边饮边叙旧，李白说："长安一别已十多年了。往事不堪回首，真如过眼烟云。"

"太白兄在长安时，不是在宫中陪驾天子，就是与诸王宴游。再不然就是沉醉酒市，做醉中八仙。子美有诗说得好：'李白一斗诗百篇，长安市上酒家眠。天子呼来不上船，自称臣是酒中仙。'当时，在我辈看来，太白兄真是神仙般的人物。"贾至羡慕地说。

李白感慨地说："老子云'骤雨不终朝'。又云'满则溢'。天下没有不散的筵席。我大唐开元间已臻极盛，在天宝初已埋下危机的种子。那时李林甫为相，杨国忠炙手可热，高力士权倾一朝，安禄山重兵在握，已有坐大之势。为此，我曾忧心如焚，上书太上皇。可是我的话有如东风射马耳，太上皇就是不听，以致酿成天下大乱。我李白有心为天下平乱，反而落得个流放的下场，如今我倒成了刑余之人。"

李晔道："历数朝中故人，现在不是死的死，就是贬的贬。我不过是因为审了一件案子，得罪了宦官李辅国，结果由刑部侍郎，被贬至岭南做一个县尉。现在的新朝廷和以前有什么两样？还不都是权奸当道，好人受气！”

贾至更为感伤，他和他的父亲贾曾，先后在朝中做中书舍人，为皇帝起草诏诰，曾深为皇上所器重。他们父子继美，世掌丝纶，为人称羡。如今说起贬官之事，气便不打一处来。他愤愤说道：“如今朝中哪能容得忠直之士？杜甫不就是因为房相公和太白兄之事，力谏皇上，而被贬为华州司功参军了吗？严武和我也被视为房相公一党，被贬出朝了。”

李白听说杜甫也被贬出了朝廷，到了华州当司功参军，非常关心地问道：“现在子美在哪里？还在华州吗？”

贾至说：“他早就离开华州了。听说他离开华州后，还回了洛阳老家一趟。后来就弃官西走，入了秦州，又由秦州南下巴蜀。他在秦州时，曾给我寄了一卷诗。其中有《三吏》《三别》《秦州杂诗二十首》，还有怀念太白兄的几首诗。他听说您被长流夜郎，非常担心，夜不能寐。又不知您近来的消息，心中很着急，让我将诗转给你。我将他写给您的诗，已带来了。”他从袖中取出一卷诗交给了李白。

李白接过杜甫怀念他的诗，急着展开观看。诗云：

死别已吞声，生别长恻恻。江南瘴疠地，逐客无消息。故人入我梦，明我长相忆。恐非平生魂，路远不可测。魂来枫林青，魂返关塞黑。今君在罗网，何以有羽翼？落月满屋梁，犹疑照颜色。水深波浪阔，无使蛟龙得！

浮云终日行，游子久不至。三夜频梦君，情亲见君意。告归常局促，苦道来不易。江湖多风波，舟楫恐失坠。出门搔白首，若负平生志。冠盖满京华，斯人独憔悴。孰云网恢恢，将老身反累。千秋万岁名，寂寞身后事。

（《梦李白二首》）

凉风起天末，君子意如何？鸿雁几时到，江湖秋水多。文章憎命达，魑魅喜人过。应共冤魂语，投诗赠汨罗。

（《天末怀李白》）

昔年有狂客，号尔谪仙人。笔落惊风雨，诗成泣鬼神。声名从此大，汩没一朝伸。文采承殊渥，流传必绝伦。龙舟移棹晚，兽锦夺袍新。白日来深殿，青云满后尘。乞归优诏许，遇我宿心亲。未负幽栖志，兼全宠辱身。剧谈怜野逸，嗜酒见天真。醉舞梁园夜，行歌泗水春。才高心不展，道屈善无邻。处士祢衡俊，诸生原宪贫。稻粱求未足，薏苡谤何频。五岭炎蒸地，三危放逐臣。几年遭鵩鸟，独泣向麒麟。苏武先还汉，黄公岂事秦。楚筵辞醴日，梁狱上书辰。已用当时法，谁将此义陈。老吟秋月下，病起暮江滨。莫怪恩波隔，乘槎与问津。

（《寄李十二白二十韵》）

李白一连读了杜甫四首在秦州怀念他的诗，感动得热泪盈眶，说："子美呀子美，我的好兄弟，还是你真正了解我。你真是我李白的好知己呀！"

李晔说："杜子美身处逆境，尚能为太白仗义执言，比起来，那高适身为高官，却置朋友而不顾，真是太不够意思了！"

"子美贤弟，你时时刻刻想着我，我李白也时时刻刻在想念着你呀！如今你流落到蜀中，我却流落到了江湘，我们二人都是有家归不得呀！"李白被杜甫深挚的情谊所感动，并对他流落异乡的遭遇深表同情。

贾至也深有同感："太白兄，如今我们大家都是一样的。我和子美是同乡，都是河南洛阳人。回望故乡在何处？洛阳北望见鸿飞。神京渺渺望难见，更在洛阳西复西！"

李白对贾至说："幼邻老弟，你也不必太伤感了。自古道：'铁打的江山流水的官'。做官嘛，总不免要调来调去的。更何况，当今圣上对你不薄。依愚兄来看，皇上对你，比汉文帝对你的先人贾谊还仁爱宽厚呢！"

贾至疑惑地问："何以见得？"

李白说："我给你作一首诗，你自己仔细品味吧。"说着，便吟道：

贾生西望忆京华，湘浦南迁莫怨嗟。圣主恩深汉文帝，怜君不遣到长沙！

（《巴陵赠贾舍人》）

李晔仔细地品味了一番，说道：“妙，妙，太白此诗大妙！此诗大有小雅怨刺之旨，而又不失于温柔敦厚之意。从字面上是挑不出任何毛病的。你看，当今圣主恩深过于汉文帝，对贾君的爱怜又胜过汉文帝之于贾谊。这不是对皇上恩典的歌颂吗？可是，再往深处一想，可就不是那么回事喽！”

贾至点头说道：“这深处的意思我明白，就是说，既然圣主对我恩深，又何必贬我。汉文帝虽是一代圣主，但他贬贾谊于长沙，终是失德之举。岳阳比起长沙，虽然离京师得近二三百里，但这不过是五十步与百步之差罢了。”

李白无限感慨地说：“我一心盼着有一个圣明之君，中兴大唐，想把我的余生，都献给大唐的中兴大业。为此，我到处奔走，寻找报国的门路。现在看来，我实是瞎忙一气，反而落得一身霉运。”

李晔也说道：“两京收复以后，朝廷以为天下大定，就忙着上尊号，封功臣，享九庙，祭山川，行亲耕，亲蚕桑之礼，几乎全是装点升平。至于如何平胡虏，安社稷，则无远虑之策，只有偷安之计。又加上皇后干政，宦官用事，李辅国专权于内，鱼朝恩监军于外，因此政令多乖，忠良见疑，以致造成九节度使大败于相州，使贼势复炽。安庆绪杀安禄山，史思明又杀安庆绪，自立为大燕皇帝，河南诸郡又复陷敌手。如此‘中兴’，真是令人笑话！”

两京收复之初，贾至也确实高兴过一阵子，但如今却对时局大失所望：“二圣还京，我们也确实高兴了一时，以为‘中兴’的局面终于到来了。我与王维、岑参、杜甫朝堂和诗，一时传为佳话。拙诗中的‘共沐恩波凤池里，朝朝染翰侍君王’，王维的‘九天阊阖开宫殿，万国衣冠拜冕旒’，虽也被传颂于一时，但都不过是水中之影，一场春梦而已。”

李白悲愤地说：“难道大唐的中兴，真要成为一句空话了吗？”

李晔劝道：“莫谈国事，越谈越气。我们还是喝酒为妙啊。”

中秋之夜，月明如镜。月光在湖水的微波中荡漾，像无数银鱼在水面跳荡。一只画船载着李白、贾至、李晔，三人在湖上赏月。船上灯火通明，桌上的杯盘，狼藉一片。

在冉冉的篆香中，琴声锵然，李晔在全神专注地弹琴。贾至斜依在舷窗旁，陶醉在琴声里。

李白站在船头，欣赏月下的洞庭湖。湖水浩瀚无边，水天相接，一望无垠。在那水天相接处，有一抹黑影，那就是君山。远远望去，宛如东海中的蓬莱仙岛。

看到这美丽的景色，他尘虑顿失，心情仿佛明月光辉一样明亮清澈。是天上的明月将洞庭湖打扮得如此美丽动人。

湖上的清风朗月，触动了他的心弦，今宵的良辰美景，激起了他的灵感。他朗声吟道：

洞庭西望楚江分，水尽南天不见云。日落长沙秋色远，不知何处吊湘君。

南湖秋水夜无烟，耐可乘流直上天。且就洞庭赊月色，将船买酒白云边。

洛阳才子谪湘川，元礼同舟月下仙。记得长安还欲笑，不知何处是西天。

洞庭湖西秋月辉，潇湘江北早鸿飞。醉客满船歌白苎，不知霜落入秋衣。

帝子潇湘去不还，空余秋草洞庭间。淡扫明湖开玉镜，丹青画出是君山。

（《陪族叔刑部侍郎晔及中书贾舍人至游洞庭五首》）

贾至感叹道："太白兄的这些诗，空明澄洁，玲珑剔透。听了使我尘虑俱失，真要飘飘欲仙了。你听'且就洞庭赊月色，将船买酒白云边'，是何等境界，我们不是神仙了吗？"

李晔此时也停止弹琴，从船舱里走了出来。拍手大笑说："我李晔有福，今夜也陪诗仙做了回神仙。'洛阳才子'自然是指贾至你了。这'元礼同舟'中的李元礼，则非我莫属。我们都成了'月下仙'。真是太幸运了！老夫若不是贬官路过此地，哪有今晚与太白贤侄一起做神仙的福分？我这个官贬得值！”

贾至也笑着说：“侍郎大人说得对，这官贬得值，值！”

笑声在湖水上荡漾，不觉东方之既白。

李白在岳州与李晔和贾至过了一段快活而难忘的日子，可筵席虽好，总有散时。李白本欲返回庐山，无奈襄阳守将康楚元、张嘉延作乱，袭击荆州，道路不通。只好暂且南游，以等时日。贾至和李晔前往送行，贾至赠李白诗云：

今日相逢落叶前，洞庭秋水远连天。共说京华旧游处，回看北斗欲潸然。

（《洞庭送李十二赴零陵》）

李白将诗纳入袖中，对二人说：“这些日子是我心情最快乐的几天，我好久没有这样痛快地作诗了。”他仍念念不忘前日作诗之事，临别之际还在解释：“前日之筵，我喝醉了，曾有‘铲却君山好，平铺湘水流。巴陵无限酒，醉杀洞庭秋’之句，我并不是要铲除君山，而是要铲除朝廷中那些奸邪小人，要铲除安史叛军和康楚元、张嘉延这些乱党叛将，一消我胸中的块垒和郁愤啊。是他们搞得我有国难投，有家难归呀！”最后，他与贾至和李晔依依惜别。

草书天下称独步

李白南游衡阳、零陵，得遇少年书法家怀素，面对怀素的笔冢和一屋写满字的芭蕉叶，李白大发感叹……

告别了贾至，李白骑着毛驴，踏上了南行的路程。此行的终点是零陵（今属湖南永州），也就是大舜南征有苗而逝的地方，传说此地有帝舜的陵墓，是谓零陵。一路上，李白晓行夜宿。到长沙，他凭吊了贾太傅祠；过衡阳，他登了衡山祝融峰。就这样，他边走边游，走了一个多月，才来到了永州零陵。

在永州（治所在今湖南零陵），李白住在永州司户参军卢象家中。卢象在天宝初曾任司勋员外郎，与李白过从甚密，老友见面，分外高兴。

卢象厅堂正中立着一幅《天马歌》的草书屏风。诗曰：

天马来出月支窟，背为虎文龙翼骨。嘶青云，振绿发，兰筋权奇走灭没。腾昆仑，历西极，四足无一蹶。鸡鸣刷燕晡秣越，神行电迈蹑慌惚。天马呼，飞龙趋，目明长庚臆双凫。尾如流星首渴乌，口喷红光汗沟朱。曾陪时龙跃天衢，羁金络月照皇都。逸气棱棱凌九区，白璧如山谁敢沽？回头笑紫燕，但觉尔辈愚。天马奔，恋君轩，駷跃惊矫浮云翻。万里足踯躅，遥瞻阊阖门。不逢寒风子，谁采逸景孙？白云在青天，丘陵远崔嵬。盐车上峻坂，倒行逆施畏日晚。伯乐翦拂中道遗，少尽其力老弃之。愿逢田子方，恻然为我悲。虽有玉山禾，不能疗苦饥。严霜五月凋桂枝，伏枥衔冤摧两眉。请君赎献穆天子，犹堪弄影舞瑶池。

《天马歌》一诗，是李白的一首近作，应卢象之请，前不久才寄给他的，如今却书成了一副龙飞凤舞的草书，制成了屏障，李白见此格外高兴。他站在草书的前面，仔细地端详着。

卢象见李白对此草书极感兴趣，说："这是兄最近寄给我的大作，我请了一位书法高手写了这幅屏障，你看写得如何？"

李白连连夸道："好，好，此字写得如骤雨狂风，惊蛇走虺。章法多变，变而不乱，堪称书法之精品。我朝自张旭以来，此等草书，尚不多见。"李白又看了看题款，落款上写着："怀素敬书李白诗于大唐乾元二年秋。"于是问道："这个怀素是谁？"

卢象说："怀素是个和尚，一个二十多岁的少年上人。"李白高兴地说："这个怀素倒是个值得一见的人物。"

绿天庵坐落在零陵城东的东山上，又名藏真庵。因庵内种有一大片芭蕉林，绿叶蔽天，故附近的百姓都叫它绿天庵，原名反而很少有人能知道了。

卢象领着李白到了绿天庵，穿过蕉林，来到僧房前。一位年轻的和尚出来迎接。和尚有二十三四岁，长得骨骼清奇，态度闲雅。他见是当今大诗人李白到来，高兴万分。一听说李白要欣赏他的书法，更是兴奋异常。他赶紧进内室，将他书写的李白诗歌的书法作品抱了出来，一幅幅地展开让李白看。

李白打开一看，书写的是他的《将进酒》；又打开一幅，写的是他的《蜀道难》；又打开一幅，写的又是他的《梦游天姥吟留别》；又打开一幅，写的是杜甫的《饮中八仙歌》。张张都写得龙飞凤舞，神采飞扬。李白和卢象连连夸赞："写得好，写得好！"

李白问："还有吗？"怀素又从屋内抱出来一捆，他们又一张一张仔细地欣赏。李白问："还有吗？"怀素把他以前所写的书法都拿了出来，往案上一堆。他们又看完了，李白又问："还有吗？"怀素对李白和卢象说："跟我来！"

三人来到芭蕉林中的小屋前。怀素打开了小屋门，让李白和卢象观看。原来屋内装的全是写满字的芭蕉叶。

怀素又领他们到林外的一个墙角附近，二人见那里有座像坟一样的土堆，土堆前竖着一块木板，上书"笔冢"二字。怀素说："贫僧自幼父母早亡，只得到寺院为僧。由于身为沙弥，无钱买纸，只好种此芭蕉林，取芭蕉叶当纸练字了。”

看着满屋的写满字迹的芭蕉叶和一尺多高的“笔冢”，李白仿佛看到怀素当年在芭蕉叶上苦练书法的情景：屋中的蕉叶越积越高，一支支破笔渐集成冢，涮笔的池水越来越黑，怀素仍埋头作书不止。

李白对怀素苦练书法的事迹很为感动，说：“我也给你写一幅看看！”回到室内，怀素研墨展纸，李白挥起紫毫，文不加点地写道：

少年上人号怀素，草书天下称独步。墨池飞出北溟鱼，笔锋杀尽中山兔。八月九月天气凉，酒徒词客满高堂。笺麻素绢排数箱，宣州石砚墨色光。吾师醉后倚绳床，须臾扫尽数千张。飘风骤雨惊飒飒，落花飞雪何茫茫。起来向壁不停手，一行数字大如斗。恍恍如闻神鬼惊，时时只见龙蛇走。左盘右蹙如惊电，状如楚汉相攻战。湖南七郡凡几家，家家屏障书题遍。王逸少，张伯英，古来几许浪得名。张颠老死不足数，我师此义不师古。古来万事贵天生，何必要公孙大娘浑脱舞？

（《草书歌行》）

卢象向怀素贺道：“李学士一锤定音，怀素，你就要扬大名于天下了！”怀素仍谦逊不已：“岂敢岂敢，这是李学士对我的最大激励！”

后来，怀素、卢象又陪李白到唐兴县（今湖南宁远）的九嶷山中去拜谒虞舜的陵墓，之后李白又回到永州零陵住了数月，日日与卢象、怀素谈论诗歌，切磋书法，后闻荆州康楚元、张嘉延之乱已平，便急于回庐山家中。

庐山秀出南斗旁

回到庐山，李白重整瑶琴，再理道书，准备从此归隐，安度晚年。可是李光弼出镇淮南的消息，使李白心中再起波澜。

上元元年（760）春，李白回到了庐山屏风叠。李白自流放以来，已两年多与宗氏夫人不曾见面。此次回来，也不知宗氏夫人的近况如何。他越是到了家门，越是情怯，唯恐家中出了什么事情。所谓“近乡情更怯，不敢问来人”是也。他站在院门口，鼓足了勇气，才敲了敲柴门。

丹砂应声而出：“谁呀？”他一见是李白，惊喜地喊道：“老爷回来了！”他上前接过李白的包裹，赶紧回屋喊道：“夫人，夫人！老爷他回来了！”

宗氏夫人、宗璟都从屋中迎了出来，三人见面抱头痛哭。经过三年的生离死别，他们总算又团圆了。

李白看着宗氏夫人消瘦的面孔，心疼地抚摸她，问道：“夫人，这几年你是怎样熬过来的？”宗氏夫人低声地抽泣着，说不出话来。

宗璟说：“自姐夫被流放后，姐姐日夜担心思念，忧心成疾，结果大病一场。多亏了腾空子时常来帮助煎药、熬药，又请了医术高明的道士为姐姐治病，姐姐的病才好了起来。但从此就落下了一个病根，一着急时就犯病，你回来了，这就好了。”

李白自回庐山之后，便重整瑶琴，再理道书，准备在庐山长期隐居。

他又重操旧业，背着药篓到庐山各处采药，然后让丹砂拿到浔阳城里去卖，换些粮米油盐等生活用品。闲暇时，便与宗氏斗牌弈棋，或琴诗相娱。有时便一同到腾空子道观里论佛说道，聊聊闲话。

一日，李白正在院中摊晒药材，笸箩中、席子上摆得到处都是。

丹砂背着一袋米从城中回来，对李白说：“老爷，盐、米都换来了。”他从怀中掏出了一封信，说：“这是侍御史卢虚舟给您的信。”

李白看完了信，叹了一声，对夫人说：“唉，卢侍御也要贬官了。他说，他准备辞官不做，非要到庐山来，同我一起求仙学道不可。”

茅屋内，灯光如豆，李白在饮酒赋诗，宗氏在李白身旁，就着灯光缝补衣裳。诗写成了，李白拿给夫人看，夫人边念边点头说：“好，好。”

李白燃起了一炉香，宗氏夫人弹起了瑶琴。李白在乐曲的伴奏下，唱起了《庐山谣》：

我本楚狂人，凤歌笑孔丘。手持绿玉杖，朝别黄鹤楼。五岳寻仙不辞远，一生好入名山游。庐山秀出南斗旁，屏风九叠云锦张，影落明湖清黛光。金阙前开二峰长，银河倒挂三石梁。香炉瀑布遥相望，回崖沓嶂凌苍苍。翠影红霞映朝日，鸟飞不到吴天长。登高壮观天地间，大江茫茫去不还。黄云万里动风色，白波九道流雪山。好为庐山谣，兴因庐山发。闲窥石镜清我心，谢公行处苍苔没。早服还丹无世情，琴心三叠道初成。遥见仙人彩云里，手把芙蓉朝玉京。先期汗漫九垓上，愿接卢敖游太清。

（《庐山谣寄卢侍御虚舟》）

歌声中，我们仿佛看到了李白拄着拐杖登山，一轮朝阳照耀着香炉峰，三叠泉瀑布在跳跃奔流，茫茫大江在滚滚东去，五老峰的倒影在鄱阳湖的碧波上荡漾，一群仙女在庐山顶嬉戏玩耍，然后手把莲花升天而去……

李白刚一唱完，宗氏夫人就鼓掌说：“唱得好，唱得好！”李白说：“还是夫人弹得好。”李白笑道，“三分诗，七分唱耳！”

二人妇弹夫唱，其乐也融融。

这时杜甫正在李白的家乡绵州一带流落，他翘首东望，盼望能够得到李白的消息。可是，在这兵荒马乱之中，正常的邮路不通，庐山与绵州相隔关山万重，哪里能传什么消息？杜甫在他的茅屋前倚杖叹息，口中自言自语，想念着远方的李白：“也不知太白兄现在怎么样了，他收到了我给他的诗了吗？他可是受尽了人间的委屈和不平啊。他能经得起这样残酷的打击吗？要是他能回到蜀中的家乡，我们能够在一起谈诗论文，那该有多好！”

杜甫在昌明河边。竹林小径独自徘徊，边走边吟：

不见李生久，佯狂真可哀。世人皆欲杀，吾意独怜才。敏捷诗千首，飘零酒一杯。匡山读书处，头白好归来。

（《不见》）

上元二年（761）五月，史朝义杀史思明自立为帝率兵南侵中原，浙江袁晁寇乱浙东，肃宗皇帝听此消息，深感不安。

长安大明宫中，唐肃宗当着群臣委任太尉李光弼兼充河南副元帅，都统河南、淮南、山南东道等五道行营节度，出镇临淮（今江苏盱眙），剿灭贼寇。李光弼领旨出朝。

郭子仪将李光弼出镇江淮南下平乱的消息，派人传给了李白。李白接到了这个消息，激动得好几天都没有睡好觉。国家的命运和民族的安危，时刻挂记在他的心头。再说，自己头顶上这个赦放流犯的帽子，压得他也实在不好受，只有为国建功立业，才能彻底洗清他“从璘附逆”的罪名。一天晚上，他给夫人说了想到李光弼麾下投军报国的想法，宗氏夫人坚决反对，说：“你都是年过花甲的人了，怎么还不死心？难道你吃过的苦头还算少吗？当年要不是你投李璘幕府，怎能有长流夜郎的下场？”李白向夫人解释说：“李璘名义上是平胡，其实是心怀异志。李光弼是奉天子之命，荡平东南贼寇，可万无一失。再说，若我失去了这次机会，等胡虏一平，我哪还有建功立业的机会呢？还怎能入长安朝见天子呢？”夫人却担心地说：“夫君，此次形势虽与以前不同，但是，你的年龄和身体已大不如前了。三年的流放，毁了你的健康。以为妻之见，是去不得的。”

李白不甘服老，他从壁上摘下了青龙宝剑，抽出舞了一回，说：“夫人，你看我算老吗？”

夫人笑着说：“不老，不老，还年轻着呢。不就是脸上的皱纹多了点，胡子白了点，手脚慢了点吗？”

李白也被夫人逗乐了：“哈哈，夫人，真有你的！可是，就是以衣食之计，我也得下山一走了。如今我们的生活，光靠宗璟和腾空子的接济，能是长远之计吗？夫人，你还是让我去吧。我虽然年迈，去那里也不会让我冲锋陷阵，只是为主帅出个主意，参谋参谋。况且，我们也不能辜负郭元帅的一片美意呀。”

宗氏夫人不语，陷入了沉思。心里想，是啊，寄人篱下的生活，终不是长远之计。如今与李白交往的官员和士绅越来越少，虽然节衣缩食，也难免捉襟见肘。况且如今平阳姑娘有病，还要向东鲁的伯禽姊弟寄些生活费和医药费，度日艰难啊。想到这里，她无可奈何地向李白挥了挥手。

李白和丹砂一道下了庐山，在浔阳江上了船，李白在船头站着，江风吹着李白斑白的胡须和头发。

李白感慨地说：“想不到我李白又出山了。有人说‘江山易改，本性难移。’是啊，我李白就是忘不掉大唐的江山和天下的黎民百姓啊。天下未平，我心难安啊！”

忽然，李白感到身体有些不适，觉得胸中隐隐作痛，身上发冷。丹砂问道：“怎么啦，老爷？”李白强忍着疼痛，说：“没什么，大概是受了些风寒。”

丹砂将李白扶进了船舱。船至金陵时，李白已面色苍白，浑身无力，头上冒着豆粒大的汗珠子。

丹砂扶着李白艰难地走下船去，将他送至金陵卢六家。李白躺在床上发着高烧。卢六家的仆人和丫鬟在他的身边侍候着。

卢六请郎中看了李白的病情，郎中说是腐胁疾。他已经发了三天的高烧了。李白在病榻上说：“我本拟跟随太尉，投笔从戎，北上请缨，一申铅割之用。唉，我这身体，真不中用！”

李白喘息了一会儿，对丹砂说：“看来军中我是去不成了。我这里有给李太尉的一首诗，请人转给他。就说我李白人虽未能跟他去平虏杀贼，但我的心已随他去了。祝他出师告捷，马到成功！”说着就止不住地咳嗽起来，一个丫鬟连忙去给他捶背。

经过半个多月的调养，李白已能下床走动。他在庭前扶着拐杖散步，突然想起了金陵子，自己已有多年没有见到她了。他问卢六，金陵子现在何处。卢六开始岔开话题，不回答他。经李白一再追问，他才吞吞吐吐地告诉他，金陵子四年前已经去世了，卢六沉痛地回忆起了往事。

金陵子早就不再弹唱了，她收了个徒弟叫青儿，继承她的衣钵，她则专门收集李白的诗。她立下了一个愿望，将来为李白出一部诗集，留传于世。她知道李白是一个落拓不羁的人，他虽写诗不下万首，可是他本人却极少留底稿，因此她决定以自己的力量，把李白散落在社会上的诗收集齐。好在卢六也极力帮助她，玉成此事。卢六已为此变卖一些家产，和金陵子一起到处收购李白的诗稿。经过多年的努力，他们收集的李白手稿和借抄过录的李白诗卷，已装满了几大箱子，新收集的诗篇也挂满了一间屋子。

一天，金陵子和卢六正在整理和抄录李白的诗，忽然下起了倾盆大雨，大风吹开了房间的窗户，将雨水洒进室内，屋顶也漏起雨来，结果把所收藏的李白诗稿大都浸湿了。雨过天晴之后，她和青儿在秦淮河岸边，将被打湿的诗稿摊在地上亮干。等诗稿差不多都晾干时，突然来了一股旋风，将诗稿一下子席卷而去，有的刮到了天上，有的刮进了河里。金陵子和青儿在河岸抢着诗稿。金陵子沿着河边追着一张诗稿，一不小心，掉进了秦淮河里。青儿哭着喊着救人，等卢六从家中赶到河岸时，金陵子已被打捞上岸，但她已经停止呼吸了。她的手还牢牢地抓着一团纸，打开一看，虽已残破模糊，但仍依稀可辨，正是李白写给她的那篇《杨叛儿》……

卢六继续向李白讲述："后来，我安葬了金陵子，去浔阳找你时，你已被流放夜郎去了。"卢六从箱中取出金陵子所保存的部分诗稿，递给了李白。李白此时老泪纵横，他擦了擦眼泪，双手接过诗稿，问道："金陵子现安葬在哪里？"卢六说："在城外梅花坞上。"

金陵城外梅花坞，金陵子坟前，梅花盛开。坟前墓碑上写着"金陵子之墓"五个大字。

李白在坟前摆供拜祭，他面对金陵子的墓百感交集："陵子，我李白对不起你呀！你为我李白付出得太多了，我李白为你所做得太少了，陵子啊陵子，我真是愧对于你呀！"

李白将所赠给金陵子的诗稿，一张一张地在坟前火化。诗稿上写着《杨叛儿》《长干行》《采莲曲》《寄远》《对酒》《赠金陵子》等诗……

诗稿在火焰中化作只只灰蝶，飞上了高空。李白望着眼前的火焰发呆，火焰中渐化出金陵子的幻影：金陵子慢步地奔向李白："李公子，我来了！"

在幻想中，李白也慢步迎上前去："陵子！"二人执手倾诉着一生的生死离别之情……

李白扶着金陵子的墓碑，颓然而坐，泪水潸然。这时，卢六走过来叫他："太白兄，天色已晚，我们回去吧。"

过了好一会儿，李白才有所反应，木然地点了点头。

人生不朽是文章

石门山中，元丹丘与李白回忆了几十年的交情，安慰他说："你有诗，有梦，有酒，有月亮，有朋友，活得很实在，你不空。"

听说老友元丹丘还在石门山，李白不等身体完全康复，便雇了一头毛驴前去看望元丹丘。在横望山陶公祠前，李白下了毛驴。他上前敲了敲门，一个道童应声出来开门。李白随道童进入院内。屋门前有一个小炉子，上面有一煎药罐子，里面发出缕缕药香。

过了一会儿，一个华发苍颜、形容憔悴的道士走了出来，看见李白，便大喊了一声："太白贤弟，可把你给盼来了！"

李白望着元丹丘瘦削憔悴的面容，不整的衣冠，与先前飘逸倜傥的姿貌，怎么也联系不在一起。但他还是认出来了："丹丘兄，几年不见，你竟也老成了这个样子，我几乎认不出来你了。""大难不死，我们兄弟能活着再见面，就是大幸。贤弟也老了。"元丹丘望着李白斑白的须发说，向道童喊道："快上茶。"

李白环顾祠中，除了中间供着的陶弘景的泥胎像之外，徒然四壁。说道："不必麻烦了，来碗水就行了。"

"太白贤弟，听说你被长流夜郎，愚兄心中非常焦急。我曾去浔阳找你，可惜去晚了，你已经走了。后来听说你已被赦，但也不知你流落何处，劳我四处打听。前些日子在丹阳县城，遇到你的外甥高镇，他也说不清楚你在什么地方。没有想到你竟又摸到我的门上来了，为兄实在是高兴，咱们兄弟一定要再喝上他几杯！"又见到了老友，元丹丘着实高兴。

这时道童把茶端上，李白看到元丹丘潦倒的模样，不想让他为难，说："咱们就以茶当酒吧，你不必张罗了。"

元丹丘说："我床下还放着一坛纪叟酿的老春呢，这坛酒是我专门为你留的。你不来，我谁也不让他喝。金童，快去把我床下那坛老酒搬来！"

道童应声而去，将酒搬了过来。李白将酒坛上的封口一打开，一股子酒香扑鼻而来。李白深深地吸了两口，陶醉地说："纪叟老春，真是名不虚传啊，我已有好久没有喝过了。以前在宣城时，我最爱去的地方，就是纪叟酒店。我是每去必饮，每饮必醉。忆昔手携碧玉壶，醉倒纪叟卖酒垆。醉后不许人说醉，推人远去不让扶！"

"今天我让你喝个够，请放心，你就是醉了我也不说醉，颓溜桌下我不扶。"元丹丘笑道。李白也笑道："痛快，痛快！这话我爱听！"

道童端上了几样菜蔬和煮的花生米。

元丹丘说："今日无鸡无肉，只有山后我自己种的几样菜蔬。不成敬意，请贤弟包涵！""只要有好酒，无菜也将就。丹丘兄，请了！"

三杯酒下肚，话就多起来。他们一起回忆往事，便情不自禁地感叹唏嘘。

"丹丘兄，自我们从成都、峨眉相识，结拜为兄弟，如今已有四十年了。当初是夫子红颜我少年，如今你我都是皤然一老翁了。当初，我们一道峨眉学琴练剑，一道嵩山访道问仙，后来又一道聚会洛阳、长安，那时你在昭成观当威仪，我在朝中为供奉翰林。出朝后，我们相聚华山、石门，谈玄论道，好不自在。……那些日子，是何等地令我怀念啊。"回忆起当年二人相交的桩桩往事，李白感叹唏嘘。

丹丘点头道："是啊，是啊，我们是四十年的生死交情啊。"

"回想当年，真如一场春梦。还记得吧？当年你在颍阳山居的酒肆里举杯痛饮……""当然记得，"元丹丘将酒杯一举，摇头晃脑地吟道："岑夫子，丹丘生，将进酒，杯莫停啊！"

李白笑了起来："你元老道的记性不错嘛！"他接着吟道："天生我材必有用，千金散尽还复来——唉，我现在还有什么用，哪里还有什么金呐！"元丹丘默然。

李白："回想当年，令人感慨万分。如今我们二人都已垂垂老矣，沈腰潘鬓，病卧江东。那开元盛世，难道就真的一去不复返了吗？我大唐的气运，难道真的就这样快完了吗？我的雄心壮志，难道真的要化为泡影了吗？我的报国之心，难道真的不能再实现了吗？"

元丹丘说："国运犹命运，谁能猜得准？除非是神仙下凡！"

李白叹道："我空有谪仙人的名号，谪仙人不就是神仙下凡吗？连自己的命运都不知道，我这个谪仙人有什么用？"

元丹丘安慰道："太白，你应该知足了，你这一辈子得到的还少吗？什么谪仙人、酒中仙，社会上还有许多人称你为诗仙，至少，你有诗，有梦，有酒，有月亮，有朋友！古人有云：'太上立德，其次立功，再其次立言。'有你的诗流传后世，这就够了！"

"难道我就这样戴着一顶长流释放犯的帽子，去上天国了吗？不！不能啊！"一想到遭受流放的耻辱，李白就感到痛心疾首。"贤弟，我是深知你的为人的。我知道你一辈子才华盖世，心高气傲，又生不逢时。你理想远大，要安社稷，济苍生；你要出将入相，位居台辅；你要为帝王之师，行王霸之略，帝王之术。可惜，你生错了时候，找错了对象。"

元丹丘又以古人为例，进一步安慰道："孔老夫子一辈子汲汲于世，但他的大道，生前始终没有人采用。他曾感叹道：'道不行，乘桴浮于海。'""但他始终哪也没有去！"李白说。

"大圣人尚且如此，而况我辈呢？"元丹丘说，"贤弟，看开些！你常喊'对此弥将钟鼎疏''明朝散发弄扁舟'，怎么，都不算数了？"

"我是说功成身退，可我一辈子功业无成啊，你让我怎么退呢？""是的，但你终于没有去，或是去而复来。因为在你的心中，始终装着大唐的社稷江山和黎民百姓。你不能眼看着大唐的江山，呼啦啦大厦将倾；你不能忍受大唐的百姓哀鸿遍地，转死沟壑。你虽然有时将功名看得很淡，说什么'功名富贵若永在，汉水亦当西北流'等，但那只是一时的激愤之语。在你的内心深处，你无时无刻不在做事君荣亲的梦啊。"

李白坦率地承认："说得对，虽然我外似狂放，好像什么也不计较，其实我是一个很痴迷的人。"

"我也知道，你对隐逸学道一往情深，但你是想功成名就之后，再隐退。你既要有功名成就之显耀，又要得退隐行乐之闲逸。你是两样都想占着，一样也舍不得的呀。贤弟呀贤弟，你是如此的执迷不悟，叫为兄怎样来说你呢？我只能告诉你，屈辱与尊荣，转头皆是梦。一死带不去，万事皆成空！”元丹丘批评李白对人生太执着，以至于造成精神痛苦而不能自拔。

老友的批评，使李白心情好受了一些，他向老友尽情地倾吐了心中的烦恼：“元兄批评得好，我确实还不够旷达，不够超然。看来，这辈子我也当不上神仙，我只是一个普通的人。是的，做人难啊！做人不光是享受人世间的欢乐，还要承担人世间的苦难。如今，这苦难我已尝得太多，太沉重，我已不胜负荷。只有在酒中，在诗中，在幻想中我才能忘掉它，才能忘掉这个苦难的世界啊！”

元丹丘指着墙上的一幅横批，上面写的是司马承祯的话：内不觉其一身，外不知乎宇宙，与道冥一，万虑皆遣（《坐忘论》）。他说道：“忘掉这世上的一切吧，世界本来就是一场虚幻。”

“我曾跟你学过道，幻想从道教中解脱我自己：‘余尝学道穷冥筌，梦中往往游仙山。何当脱屣谢时去，壶中别有日月天。’但是，做梦也有醒来的时候，幻想破灭后仍是黑暗的深渊。我不是不信道，我不是不信神仙，只是，我还是不能大解脱，还是不能消除我心中的烦恼啊！”

“你说的道理又何尝不是。说实话，我也深有同感。我又何尝没有烦恼，又何尝能‘空’得了呢？其实，我们为什么要追求虚无呢？人生还是实在一些好。太白贤弟，你不空，你活得很充实，比为兄强多了，干吗老跟自己过不去？”

“人间难得是真情。我觉得此生最实在的，真正能安慰我心的，就是你我朋友之间的知己之情、朋友之谊啊！”李白的话也感染了元丹丘，其实在他的心中何尝没有人生的困惑和懊恼呢？大概只有知己之间的倾心相吐相慰，才是发泄和化解这困绕人生之忧烦、抚慰受伤之心灵的唯一良方吧。

对于元丹丘的话，李白深表赞同，他为有这样一位人生知己而欣慰：“古人云‘人生得一知己足矣’。弟与丹丘兄相知四十余载，弟能有兄这样的一个知己，也就满足了。酒逢知己千杯少，来来来，元兄，咱们一醉方休，一醉方休啊！”二人喝了个烂醉如泥。

李白在横望山住了几日，二人携手故地重游。对这里的每条小溪，每座山峰，李白都怀着无限的爱恋。

几天后，李白欲告辞，他从腰间将所剩的二十两银子，全放在元丹丘的桌子上。元丹丘推辞不过，收下了十两，将另十两硬是还给了李白。

李白说："元兄，你要好好地养病，祝你早日康复，弟以后再来看你。"

元丹丘似乎预感到这是二人最后一次见面，伤感地说："送君此去，不知何日才能重逢。贤弟，你也是大病初愈，要多多保重。"

二人握手无言，深情对望。告别了，老朋友，但愿此生还能相见！一首友谊之歌却在李白心中激荡回旋：

吴山高，越水清，握手无言伤别情。将欲辞君挂帆去，离魂不散烟郊树。此心郁怅谁能论？有愧叨承国士恩。云物共倾三月酒，岁时同饯五侯门。羡君素书常满案，含丹照白霞色烂。余尝学道穷冥筌，梦中往往游仙山。何当脱屣谢时去？壶中别有日月天。俯仰人间易凋朽，钟峰五云在轩牖。惜别愁窥玉女窗，归来笑把洪崖手。隐居寺，隐居山，陶公炼液栖其间。灵神闭气昔登攀，恬然但觉心绪闲。数人不知几甲子，昨夜犹带冰霜颜。我离虽则岁物改，如今了然识所在。别君莫道不尽欢，悬知乐客遥相待。石门流水遍桃花，我亦曾到秦人家。不知何处得鸡豕，就中仍见繁桑麻。翛然远与世事间，装鸾驾鹤又复远。何必长从七贵游？劳生徒聚万金产。挹君去，长相思，云游雨散从此辞。欲知怅别心易苦，向暮春风杨柳丝。

（《下途归石门旧居》）

李白疲惫地回到庐山屏风叠，立在家门前，心想我可回来了，从此以后，我要守着夫人好好地过日子，再也不出来了。他于是上前拍打着柴门叫道："开门，夫人，是我李白回来了。"从屋内迎出来的不是宗氏夫人而是腾空子。她见是李白，懑怨说："啊呀，李学士，你怎么才回来？""怎么啦？家里出了什么事？"李白急问道。"夫人病危，她已昏迷了好几天了。"这时宗璟也闻声而出，见了李白说："姐夫，我姐姐她快不行了！"李白闻此大惊，快步走进了家门。

李白来到床前，见夫人闭着双眼在床上躺着，脸色蜡黄。李白坐在床边，用手摇晃着宗氏夫人："夫人，夫人，是我，李白回来了。"宗氏夫人艰难地睁开了眼睛，见是李白，眼睛一亮："夫君，你回来了，可把你给盼回来了。李太尉的幕府，你不去了？"李白望着夫人，呜咽着说："不去了，我哪里也不去了。我要在家陪着夫人你，我哪里也不去了。"夫人勉强微笑着说："不去了好，我就是担心你的身体。你回来了，可是为妻我……恐怕是快不行了。"说着就又喘得上不来气。李白望着宗氏瘦削的面孔，难过地说："夫人，都怪我，是我没有照顾好你。"宗氏夫人闭着眼睛喘了一会儿，又挣扎着说："为妻跟随夫君十多年，虽然没有享过什么福，可我觉得活得很充实。是我没有侍候好……你，你要好好……保重。"说完后就又昏了过去。李白摇着宗氏叫道："夫人，夫人！你不能去呀。我李白不能没有你呀！"

过了好半天，宗氏夫人才又慢慢地睁开了眼睛。她看着李白，示意将她的首饰盒拿过来。李白拿将首饰盒拿到了她的面前，将盒子打开，里面有一对翡翠耳环和一支碧玉簪。宗氏夫人断断续续地说："这是我……我娘留给我的，送给平阳姑娘……做个留念吧！"她吃力地握着李白的手。李白热泪盈眶地对夫人说："夫人，这件事我一直没有告诉你，平阳她……她早几年就因病去世了。"宗氏夫人猛地一惊："什么？平阳她竟先我而去了？我可怜的……未曾见面的……苦命的女儿啊！"说了，一口气上不来，又昏了过去。"夫人，夫人！"李白大声叫着。过了好一会儿，宗氏夫人又醒了过来，她喘着粗气，挣扎着说："夫君，你要多……保……"话还未说完，就断了气。李白哭着大喊："夫人，夫人！你不能死，你不能舍我而去呀！老天哪，你为什么这样无情啊！你走了，我可该怎么办呐！"

宗璟和丹砂都跪在地上悲痛地哀哭。

茅舍的中堂中，设着宗氏夫人灵堂。灵位上竖着宗氏的牌位，上写着"亡妻宗氏讳珏之灵位"，灵柩前摆着纸人纸马和供品。李白坐在灵前，木然地望着宗氏夫人的牌位出神。

李白的耳边，仿佛又听到了宗氏那弹《长相思》的优雅的瑟声，那闺房床头甜蜜的窃窃私语，那弹奏《庐山谣》的优美的琴声……宗氏的音容笑貌也不断地在李白的眼前闪现：绣房中，他们初次见面，宗氏那双忧郁而含情的眼睛；送李白跨马凌黄河时，宗氏那满怀忧虑的面容；浔阳狱中二人抱头痛哭时，宗氏那凄切的神情……

想到这一切，都已矣哉一去不返，李白不禁潸然泪下。

安葬了宗氏夫人之后，李白和丹砂告别了宗璟，告别了庐山，离开了这个伤心之地。

李白茫然地走着，丹砂在后牵着一头毛驴。向何处去？哪里才是我李白的安身之所？元丹丘那里吗？不行，他已自顾不暇。回到金陵？也不行，那也是一个伤心之地。他忽然想起了老友李阳冰。他现在正在当涂县当县令，何不去前去投靠他？

想到这里，李白骑上毛驴，与丹砂一起向当涂县（今属安徽马鞍山）走去。

吾家有季父

宗氏夫人去世后，李白只好离开庐山去投靠族叔当涂县令李阳冰。李阳冰对李白说："为你的诗集写序之事，就包在我身上了。"

李阳冰和李白结识甚早，在长安时二人就有交往。传说灞上人耕地得石函，里面有绢素古篆文《孝经》二十卷，初传李白，后李白将此古篆文《孝经》传给了李阳冰。李阳冰经过刻苦摹写，终成大唐著名的篆书家。盛唐时，人请李邕写碑文，必请李阳冰篆碑额，二人书法珠联璧合。若不请他们撰写碑文和写碑额，时人便认为是对先人的不孝。李白对李阳冰的书法成就，也曾写诗高度赞扬："落笔洒篆文，崩云使人惊。吐辞又炳焕，五色罗华星。"因此，李阳冰对李白是很感激的。李阳冰在缙云县当县令时，曾邀李白去做过客。几年前，他在当涂县当了县令，又热情写信相邀李白前往。

当李白来到当涂县时，此时的李阳冰正值任期将满，忙着向即将上任的新县令交接手续，听说李白到来，便将李白接到家中。

李阳冰对待李白仍像过去那样热情，这使李白感到十分温暖："李白老病，此次来投奔族叔，给您添了许多麻烦。"

李阳冰年龄小李白几岁。二人本非近亲，但在唐代，同姓有联宗之风，故李白以族叔呼之。李白以前并不以族叔呼李阳冰，只是此时，李白已遭穷途末路，已有老病嗟卑之感，此次又是有求于李阳冰，故以族叔呼之。李阳冰听李白呼他族叔，觉得有些别扭，于是对李白说："太白，你还是叫我阳冰吧。这样，我听着还舒服些。你怎么变得这样客气了？你以前可不是这个样子。不管什么时候，你来我这里，我都衷心欢迎。我的家也就是你的家。"

李白咳嗽了一阵子，喘了一会儿气，情绪消沉地说："不瞒你说，我近些日子觉得有些精神恍惚，身体也变得越来越糟了。我有个预感，怕是我的日子不会太长了。”

李阳冰看得出，李白显然比以前老了许多。他心中不禁有些怆然，于是安慰道：“太白何出此言，一时有些小恙，觉了身体不舒服，也是常事，不必过于担心，也别老往坏处想。我们都是老友，你的事，也就是我的事。”

李阳冰的友谊之情使李白原有的一些忧虑一下子都解除了，他向李阳冰说了自己下一步的打算：“阳冰既然如此肝胆相照，李白就不为身后之事发愁了。我想在你这里多住几天，趁着我的身体还能将就，想把我的诗集整理一下，也算对后人也有个交代。”

听说李白要整理自己的诗集，李阳冰非常支持：“你在开元、天宝之际就已名满天下，早就该有部诗集了。这是名垂千秋、利在后人的大事，望你早日着手。如有用得着我的地方，我定当尽力！”

“说来惭愧，古人说，太上立德，其次立功，再其次立言。太白不才，虽有立德、立功之志，却无立德、立功的机遇和本事。只能写几首小诗，窃得四海之空名。此是雕虫小技，儿戏之道，实不足道也，连立言也说不上。”李白还是念念不忘他的立功立业的宏愿，自谦他的诗词是小道。

李阳冰引章据典，纠正道：“你也太过谦了，文章也是经国之大业。《诗》乃是五经之首，怎能说是雕虫小技、儿戏之道呢？”

“像孔夫子、孟夫子，老子、庄子，那才称得起是立言呢，诗歌只算是小玩意儿。可是，我除了写过几首诗之外，还能为后人留点什么呢？我也只好敝帚自珍了。”李白与历史上的圣人和贤人相比，自愧弗如。

李阳冰根据自己的认识，对李白的诗歌做了高度的评价。他说：“你不是说过：‘屈平词赋悬日月，楚王台榭空山丘。兴酣落笔摇五岳，诗成啸傲凌沧洲’吗？千首诗还能轻万户侯呢！诗之功，可谓大焉，怎可轻视？我大唐以诗道重天下，诗歌之盛，以我大唐为最。大唐之诗歌，当以你为首。你可以说是我大唐诗国的魁首。以阳冰看来，自三代以来，风骚之后，能够驰驱屈宋，鞭挞扬马，千载独步的，惟有你李太白一人。其实，这也不是我个人的意见，而是天下的公论。”

听了李阳冰如此地高度评价自己，李白感到心中热乎乎的，他非常激动地说：“太白也曾有孔夫子删述之志，想通过诗歌的编选和创作来弘扬孔夫子的诗道，光大风雅美刺比兴的传统，以发扬诗歌的抨击邪恶、鼓舞人心的战斗精神。杜子美以前很赞同我的意见，我原以为此道天下已绝久矣，没想到阳冰今天竟有如此快论，使我的颓唐之心为之大振。我的知己虽然也有几个，但是，知我诗者，则惟有你与子美知之最深！为我李白诗集作序之事，今天我就托付给你了。请先受我李白一拜！”说着，李白就向李阳冰长揖施礼。

李阳冰忙还礼道：“不敢不敢。能为太白的诗集作序，是我阳冰的荣幸。我岂有推辞之理？为你的诗集写序之事，就包在我身上了，请你尽可放心。我看你可先在后房休息几天，待身体好些了再整理诗集也不迟。老友以为如何？”

李白没想到李阳冰对自己如此礼遇，在他最困难的时候，收留了他。一份感激之情，沛然洋溢胸间。

在当涂县衙后庭的厢房里，李白焚膏继晷地整理自己的诗集，誊抄的诗稿在桌子上越堆越高。

夜深了，月已西斜。李白的室内，灯光依旧亮着，纸窗上映着李白伏案写字的身影。夜气寒冷，李白一边咳嗽一边不停地抄写。

诗稿在继续增高，烛光摇曳，蜡烛却越来越短。又一篇篇的诗稿堆了上去。

李白一一翻阅自己的诗稿，《别匡山》《登锦城散花楼》《上李邕》《峨眉山月歌》《大鹏赋》《望庐山瀑布》《长干行》《金陵酒肆留别》《行路难》《梁甫吟》《春夜洛城闻笛》《将进酒》《元丹丘歌》《嘲鲁儒》《蜀道难》《清平调词》《梁园歌》《鲁郡东石门送杜二甫》《梦游天姥吟留别》《答王十二寒夜独酌有怀》《忆旧游寄谯郡元参军》《陪侍御叔华登楼歌》《哭晁卿衡》《赠汪伦》《秋浦歌》《长相思》《远别离》《永王东巡歌》《狱中上崔相涣》《早发白帝城》《庐山谣》《下途归石门旧居》……等诗的诗题，一一在眼前闪过。

烛光仍在摇曳，李白望着诗稿沉思。一幕幕往事在诗稿的文字中幻化：

在匡山随赵蕤读书的情景，在峨眉山与元丹丘向雍尊师学剑的情景，出三峡的情景，与金陵子在金陵相遇的情景，与许氏夫人结婚的情景，在洛阳北门受羽林军围攻的情景，与元丹丘、岑勋一道游嵩山的情景，在鲁郡与鲁儒舌战的情景，在长安受玄宗接见的情景，在汝阳王府中八仙醉卧的情景，与杜甫、高适梁园吟诗的情景，与宗氏夫人一见钟情的情景，在幽州与安禄山追兵拼杀的情景，与汪伦游桃花潭的情景，在楼船上向永王进谏的情景，在浔阳狱中与宗氏夫人见面的情景，在横望山与元丹丘诀别的情景，宗氏夫人去世的情景……都一幕幕地在李白眼前闪过。

李白在诗稿中回顾了自己的一生，不禁老泪纵横。

蜡烛燃烧殆尽，奄奄将熄，不觉东方之既白。

大鹏飞兮振八裔

仙乐声中，从月宫中仙女们拥着鸾车，向李白迎来。他含笑离开了人间。他的一张诗笺仿佛化成了大鹏，冲天飞去……

李白在李府中调养了一段时间，身体也显然有些好转。一次，他在后花园水池边观鱼，望水凝思，池水中渐渐显出汪伦的面影。他自言自语地说：“也不知道汪伦现在怎么样了？”他想起了汪伦。

第二天，丹砂牵着一匹老马，李白坐在马上，来到了桃花潭的万村。桃花依旧，但已不复以前兴旺景象，村中十室九空，一片破败之象。好不容易才找到了汪伦家，丹砂上前敲门。良久，才从里面走出一个仆人。

丹砂问：“汪伦先生在家吗？”

仆人答：“他已经死了几年了。”

李白主仆二人只好离开桃花潭，到了宣城，在城南寻找纪叟酒店。酒店倒是找到了，可是酒旗斜倒，关门闭户。

李白问一个路旁一个老者：“请问老哥，这里酒店的纪叟哪里去了？”老者答道：“他今年春就死了。”

“死了？”李白很伤心，他默默地注视这一切，如今人亡物非，不禁悲从中来。他从路旁卖炊饼老汉那里找到了一支木炭，在纪叟酒店的门板上写道：

纪叟黄泉里，还应酿老春。夜台无李白，沽酒与何人？

（《哭宣城善酿纪叟》）

写完后，他呆呆地望着，不忍离去。丹砂对李白说：“老爷，我们回当涂吧！”李白说：“不，到横望山去。”他好像预感到元丹丘要出事，他要去再看看这位知己老友。

古道上，秋风萧瑟，李白骑着老马踽踽而行，丹砂在后头跟着。李白骑在马上边走边想，心里说：丹丘子，你还好么？我可是就剩下你这一个最要好的朋友了。

二人来到了横望山石门陶公祠前，陶公祠的门半掩着，李白和丹砂推开门走了进去。

院内空空荡荡。丹砂推开祠堂的门，里面已空无一人。只见墙壁上的一张横批已掉下半边，上面写的是司马承祯的语录：内不觉其一身，外不知乎宇宙，与道冥一，万虑皆遣。——录自司马承祯《坐忘论》。原来已人去祠空。

李白疑惑地说："走啦，或是死啦？"

李白向横批长施一揖，见物怀人，忽觉热血上涌，惨痛地喊道："坐忘，坐忘，你叫我怎么能忘得了啊！丹丘兄！你也去了。去得好，去得好，去得好啊。哈哈，你去得好啊！陵子，你去了；夫人，你去了；平阳，我的女儿，你也去了。你们都去了，为什么单单把我留在这人世间受苦受难啊？你们等等我，我也要随你们而去呀！"

说着，李白就手执横批，披头散发地在旷野上狂奔起来，衣襟开了，鞋子掉了，他也浑然不觉，依旧喊道："你们不要走，你们等等我呀！"

丹砂在后面追叫着："老爷，老爷！他疯了！"李白忽觉心口一热，就口吐鲜血，晕倒在地。

李府客房内，李白躺在床上，一连几日都在高烧之中。他不断地说着胡话，一会儿喊："丹丘兄，你不能走啊！"一会儿说："陵子，你等等我！"一会儿叫："夫人，夫人，你怎么不来看我呀！"一会儿唤："伯禽，快去接你妈妈！"

此时客厅中李阳冰正在与郎中谈话。郎中说："李学士的病，怕是不行了。他患的是腐胁疾，脓胸穿孔。"李阳冰请求道："还是请大夫多想想办法，花钱多少都没有关系。"郎中摇头，说："李学士的病，是由于心情忧郁和喝酒过度引起的。看得太晚了呀，再吃药也是白搭。准备后事吧！"

李阳冰退而求其次，建议说："是不是先想办法，使高烧消退？"

郎中无奈地说："好吧，那就先开一剂清热散吧！"

客房内，李阳冰亲将熬好的汤药喂李白，李白的神志仍然不很清醒。

这时一个衙役进来叫李阳冰道："老爷，新任县令赵大人请您去一趟，说是把交接手续清理一下。"李阳冰对家人和丹砂说："你们照看好太白先生，我去去就来。"李阳冰匆匆地出门走了。

李白仍在昏睡。躺在床上，他只觉得自己身体很乏，没有一点气力。他想坐起来，却觉得连睁眼的气力都没有。这时，他的耳畔突然响起了一阵仙乐，眼前出现了幻景：在仙乐声中，一群仙女簇拥着一驾鸾车，从月宫中飘然而下，向他徐徐而来。

仙乐的声音越来越小，那驾鸾车和那群仙女又渐渐地远他而去。李白高喊："等等，等等！"他在床上拼命地辗转挣扎，满头是汗。李白睁开眼睛，视线由模糊逐渐变得清晰起来，只见眼前站着丹砂和几个家人。丹砂高兴地说："老爷醒过来了，醒过来了！"

李白的心绪还留在梦中，他问道："那驾鸾车呢？那群仙人呢？"丹砂和家人们都莫名其妙，问道："是老爷在做梦吧？"

李白说："刚才我分明见有驾鸾车前来接我，未等我上鸾车，他们又从窗户飘走了。"

此时李白已经退浇。他忽然来了精神，从床上坐了起来，叫道："渴，我渴！"丹砂连忙端茶水来。李白喝了几口，将茶杯放下，说："给我酒喝！"丹砂劝道："老爷，郎中嘱咐，不让病人喝酒。"李白生气地说："那是说别人，我是李白。"

丹砂耐心地向李白解释："老爷，还是不喝为好，您现在有病。"李白痛苦地说："不喝酒我难受啊！"丹砂只好端来了一壶酒，说："那就少喝一点吧。"

李白端起酒壶，一饮而尽，嘴里喊道："痛快！痛快！"

那酒仿佛有一股神奇的力量，李白觉得突然精神抖擞，身上也有了力量，他从床上挣扎起来，手扶着竹杖走出了室外。

此时，室外月明星稀，虫声唧唧。李白又想起了刚才的梦境，那驾鸾车，那群仙人，她们是从哪里来的？是从月宫中来的吗？她们又到哪里去了？是又回到月宫里去了吗？

李白说："今晚的月色真好，我已经有好久没有心情赏月了。丹砂，备船，备酒，我要到采石去赏月！"

丹砂急劝阻道："不能啊，老爷，您的身体太虚弱。"

李白生气地说："丹砂，你是知道我的脾气的。这也恐怕是我最后的一次了。快去备船！"

丹砂无可奈何，只好答应。

一叶小舟，在月夜的大江中顺水漂流，来到了采石矶（今安徽马鞍山采石镇）江边。

采石江头，楚江岸畔，月明如昼，岸沙似雪。船靠岸边停下，舟中，李白一人置酒独酌。

李白举酒邀月，频频举杯。他回想他艰难的一生，酸甜苦辣，味从中来，面对着浩瀚的江水和空旷的夜空自言自语：

"想我李白，五岁诵六甲，十岁观百家，十五学任侠，二十习王霸之术，二十五仗剑去国，辞亲远游。遍干诸侯，历抵卿相。屡次游东都，谒长安，为的是实现我那安社稷、济苍生的宏伟志愿。没想到，到最后得到的却是含冤下狱，长流夜郎，垂老江滨，无人过问的下场！这是我不弃世人，而世人却弃我呀！莫非我真是天上的谪仙，玉帝罚我来到人间，为的是让我历尽人间的坎坷？为什么人间就这么不平？为什么孔夫子汲汲一世，而大道不行？为什么箕子、微子忠心保主，却反被赶走或处罚为奴？为什么屈原忠而遭谴？为什么我的先祖李广将军身经七十余战，而不得封侯？为什么我李白一心为国平叛，反而被看成叛逆？为什么，这一切都是为什么？"

他抱起酒壶向着喉咙猛灌，酒顺着他的胡须流了下来，流湿了衣襟。"哈哈，还是三闾大夫说得好啊：'世混浊而莫余知兮''众人皆醉而我独醒'呀！哈哈，这个黑白颠倒的社会！哈哈，这个黑暗如漆的人间！这人间真是没有一片净土，没有我谪仙人生活的立锥之地啊！"

李白斟了满满的一杯酒，将酒杯高高地举过头顶，对着天上皓皓的明月说话："明月呀明月，我请你干一杯！你才是我的理想所在，才是我心中的一片光明的净土啊！我要飞入你的怀中，我要离开这污浊的人间！但是，你离得那么远，我怎样才能飞到你那里去呢？难道只有在梦中？”

他低头瞧见水中的月亮，说：“啊——明月，你不是已经落到水里去了吗？你是为了靠近我，才跃进水中的吗？你是为了迎接我，才来到我的跟前吗？你是在召唤我吗？”

李白俯在船边，伸手去捞水中的月亮，但水中的月亮马上就散了，过了一会儿又出现了。

“月亮你不要走，你是属于我的！哈哈，月亮，你要我拥抱你吗？”李白跳入水中，扑那水中的明月，高叫道：“月亮被我捉……捉到了！”

船家发现李白掉进了水中，高喊：“不好了，李学士跳进水里了！”

“老爷！老爷！”丹砂伙同船家，连忙将李白从水中救起。

李白已醉得不省人事了。

李阳冰府中，李白依旧躺在病榻上。他时而清醒，时而糊涂，嘴里说着胡话。

李阳冰后悔不已：“都怪我，这几天忙着向新任县令交差，没有看护好太白先生。一旦有了好歹，让我怎样向后人交代啊？”他转身对仆人李忠说：“李忠，快骑上一匹快马，速到东鲁去接伯禽公子！”

李阳冰在李白的床前侍候。他端着药碗服侍李白喝药，喝了药之后，他将碗递给身边的仆人，接过递来的毛巾给李白的额头擦汗。

李阳冰轻轻地拍着李白：“太白醒醒，太白醒醒！”李白缓缓地睁开了眼睛，见是李阳冰，眼中的泪水不由得先流了出来，感激地说：“是李白拖累得族叔不浅，甚感惭愧。”李阳冰：“太白莫说此话，是阳冰照顾得不周。”

李白嘱托道：“阳冰，我这病是好不了了，我有三件事相托。一是我李白一生清白，最喜谢公青山，愿有终焉之志。我死后请葬我于青山之下。二是我李白一生漂泊，对于平阳、伯禽姊弟照顾不周，愧为人父。如今平阳已经去世了，只剩下了爱子伯禽。今我撒手而去，对他实放心不下，现只有委托给你了。三是我平生著作，大半流失，现仅有草稿十卷，现托给你保管，还望能够流传后世。所嘱写序之事就拜托你了。”

李阳冰眼含热泪，应道：“太白放心，所托之事，阳冰定当照办！”

李白吃力地挣扎着从枕旁取出诗稿递给李阳冰。

李阳冰郑重地接过了手稿，两人的手紧紧地握在了一起。

冬夜，窗外，月光似雪，云淡星稀。室内，一支残烛，在风中摇曳。

李白依然躺在病床上。他忽然来了精神，从床上坐了起来，对丹砂说：“丹砂，拿纸笔来！”丹砂递过纸笔，李白吃力地写：

大鹏飞兮振八裔，中天摧兮力不济。馀风激兮万世，游扶桑兮挂左袂。后人得之传此，仲尼亡兮谁为出涕？

（《临路歌》）

最后几个字越写越吃力，李白的手颤抖得不能握笔。他勉强写完了最后一个字，笔就从他的手中掉了下来。

这时，一阵仙乐又在李白的耳畔响起，他的眼前出现了幻景：

在仙乐声里，月宫中一群仙女簇拥着一驾鸾车，向李白迎来。走在最前面的几位仙女，仿佛就是金陵子、许氏夫人、宗氏夫人和爱女平阳。后面跟着一群仿佛是司马承祯、贺知章、元丹丘一样的老神仙，他们含笑向李白招手。李白踏上云头，含笑迎上前去……

残烛被风吹灭了，李白躺在床上，含笑离开了人间。

窗前一缕温柔的月光照耀着他的笑容。

大唐宝应元年（762）十一月，中国伟大的浪漫主义诗人李白逝世。

李白的诗笺随风飘荡，飞出室外。

一张诗笺仿佛化成了一只大鹏，冲上云霄，在万里云天中翱翔。

后　记

这是一部李白的文学传记，但也不是随意杜撰、凭空虚构的小说。其历史背景和传主的主要行踪事迹，基本上都是有历史根据的。但李白毕竟是一个一千多年前的历史人物，他的很多具体事迹、行踪以及他的家世，由于年久失考，有的甚至李白在世时也不易搞清楚，至今仍是一个谜，有待我们进一步地探讨。因此，他的生平事迹有许多空白，尤其是其具体生活的情节，是无论怎样考证也无法知道的，只有通过想象来填补。

在中国的古代诗人中，李白是一个最具有传奇色彩的人物。有些历史的传说，虽然不一定是历史事实，但却很符合李白的人物性格，如"醉草吓蛮书""力士脱靴""骑驴过华阴""采石捞月"等。这些传说在一定程度上，表达了人民群众对李白的热爱，同时也是人民群众在某种程度上对李白思想人格和他的诗歌的一种理解、一种诠释和一种感受。诗歌主要记载的是人的心灵活动，李白传记所主要记载的也应是作为一个伟大诗人的心灵活动史。为了使李白的事迹更加生动，尤其是为了再现李白诗歌创作的具体创作环境——审美对象、创作动机及创作心理，这些东西都是有关历史文献很少记载或不载的，因此需要做一些合理的虚构、想象来补充。这样也可能导致主观的东西多一些。但实际上，李白形象及其诗歌作为一个审美对象，历来都是由诗人和读者共同创造的。李白的形象在历代不同的读者心中都不可能完全相同，对其诗歌的理解也不可能完全一样，都会渗人读者自己的主观感受和创造。一个纯粹的历史上的李白，是不可能完全还原出来的。正像一个考古学家，根据远古的恐龙化石的碎片拼补起来恐龙骨架所恢复的恐龙形象，不可能与历史上恐龙的真正形象完全重合，它只能是考古学家的一种较近于历史的合理想象。而李白作为一个为人喜爱的诗人，他与历史文物又有所不同。

他的精神是活的，他的形象被历代的人们不断地塑造着，流传着大量的历史传说。他的诗歌也不断地被人们阐释着、重新理解着。诗人的生命也就在读者不断地重塑和重新理解中，永远活在人民的心里。因此，当今的李白形象，在某种意义上来说，既是历史认识的延续和叠加，也是当今读者对李白的新的接受和理解。

本书在写作的过程中，参考了许多时贤的著作。李白生平经历的线索基本上是根据我的恩师詹瑛先生的《李白诗文系年》的时间顺序写作的，有时参考了安旗、薛天纬先生的《李白年谱》，有时则酌以己见。书中李白的大体行踪，基本上是采用历史成说或当代时贤的研究成果，但也有些是自己的新见。如洛阳献赋一节，则是出于我自己对李白研究的见解，详见拙文《李白由东鲁入京考》(河北大学学报1982年第一期)、《李白“三十成文章，历抵卿相”是在东都洛阳》（《唐代文学研究》第7辑）等。书中与李白交游的人物确有其人，他们与李白交游确有其事，但在具体情节的处理上，有的是出于传闻，而有的则是出于虚构。为了使文章生动，我将有些情节故事化了，吸取了一些小说和剧本的写法。此书受到许多师友的帮助，在这里我向他们一一表示诚挚的谢意。

作者

1998年9月于郑州

再版记

此书原于2002年4月以《盛唐骄子李白传》的书名，在郑州大学出版社出版，收在《中国文人传记丛书》中。因此书是20年前的旧作，今天看来有些不足之处。今经部分修改后，将于四川文艺出版社出版。此书虽是李白传记，但因颇具传奇色彩，主要讲的是李白的生平故事，运用了文学描写的手法和故事情节化的通俗写法，故今改名为《李白传》，更加符合书中的内容。讲好李白的故事，就是本书的主旨。这样更有利于传播李白的事迹和其诗歌的思想和文化精神及树立李白较为圆满的人物形象，进而达到更好地普及李白思想精神和宣扬李白诗歌文化的效果。是耶，非耶，以求教于读者朋友。

作者

2022年2月2日于郑州醉白斋

主要参考文献

[清]王琦注，《李太白全集》，中华书局，1977年版。
[后晋]刘昫，《旧唐书》，上海古籍出版社，1986年版。
[宋]欧阳修等，《新唐书》，上海古籍出版社，1986年版。
[宋]司马光，《资治通鉴》，上海古籍出版社，1987年版。
[宋]李昉等编，《太平广记》，中华书局，1981年版。
[五代]王仁裕等，《开元天宝遗事十种》，上海古籍出版社，1985年版。
瞿蜕园、朱金城校注，《李白集校注》，上海古籍出版社，1980年版。
安旗主编，《李白全集编年注释》，巴蜀书社，1990年版。
詹锳主编，《李白全集校注汇释集评》，百花文艺出版社，1996年版。
郁贤皓主编，《李白大辞典》，广西教育出版社，1995年版。
李景白校注，《孟浩然诗集校注》，巴蜀书社，1988年版。
刘开扬校注，《高适诗集编年校注》，中华书局，1981年版。
王瑶，《李白》，华东人民出版社，1954年版。
林庚，《诗人李白》，上海文艺联合出版社，1954年版。
詹锳，《李白诗文系年》，人民文学出版社新一版，1984年版。
黄锡圭，《李太白年谱》，作家出版社，1958年版。
郭沫若，《李白与杜甫》，人民文学出版社，1971年版。
安旗、薛天纬编著，《李白年谱》，齐鲁书社，1982年版。
安旗，《李白传》，三秦出版社，1994年版。
葛景春，《李白与中国传统文化》，群玉堂出版公司，1991年版。
林东海编著，《太白游踪探胜》，人民美术出版社，1993年版。
葛景春，《李白与唐代文化》，中州古籍出版社，1994年版。
周勋初，《诗仙李白之谜》，台湾商务印书馆，1996年版。

陈贻焮，《杜甫评传》，上海古籍出版社，1982–1988 年版。

傅璇琮主编，《唐才子传校笺》，中华书局，1987–1990 年版。

乔象钟、陈铁民主编，《唐代文学史上册》，人民文学出版社，1995 年版。